愛如繁星

暢銷華文愛情小說女王
匪我思存◎著

目錄

1 新生

入職五年，祝繁星第一次休年假。

也是迫不得已，因爲志遠給她下了最後通牒。

兩個人都要結婚了，雙方父母卻還沒有見過面。

祝繁星工作繁忙，去年過年的時候說好了和志遠一起回繁星老家，順便也讓雙方父母見見，志遠父母老早就在催促婚事，他們很傳統，認爲應該先主動去女方家裡見見未來的親家，然後再提親。

結果公司在美國成功上市，CEO要去納斯達克敲鐘，這事整個公司忙活了幾年，比天還大，全體高階主管齊刷刷放棄春節與家人團聚，分成好幾撥陸續飛往美國。祝繁星是總裁最得用的行政祕書，忙前忙後，協調各種行程安排，在大年三十的晚上跟著總裁一起飛往紐約。

回家過年的事自然是吹了，志遠對此不是沒有怨言。

繁星連續幾天加班，累得夠嗆，在飛往紐約的航班上才迷糊睡了幾個小時。總裁對屬下從來大方，本來她級別不夠，但每次出差，總裁總是自掏腰包讓她升級頭等艙。對此顧欣然很羨慕，繁星不以爲意，尤其是跨國航線，下飛機通常連時差都不調就要開會，不躺平了睡一覺，哪有足夠精力應付？

敲鐘之前，總裁其實還是略緊張的，全世界大概只有她一個人知道。因為他在敲鐘前，如同平時開重要會議之前一樣，隨手把自己的手機交給她，她接過手機時，發覺他手指微涼，繁星下意識一抬眼，發現總裁的眼神裡竟然有一絲難以察覺的焦慮緊張。繁星不由自主嘴角一彎，笑容裡飽含鼓勵和讚賞，像幼稚園老師對小朋友的那種眼神，幾近哄勸，總裁見狀錯愕半秒，半秒後，他已鎮定自若如常，繁星幾乎懷疑自己看走了眼。

外人眼裡總裁大概是如神祇般的存在：二十二歲名校肄業，二十三歲創業失敗破產，二十六歲再次創業，三十歲的時候，公司已經佔據全球市場份額的六十五％。公司內部從上至下也十分尊敬他，雖然技術型公司總免不了爭執，會議室裡吵得不可開交，但最後只要他出面，再犟的技術人員也會服氣。

在公司，「舒總說過」四個字簡直有魔力，並非因為他是公司創始人，也不是因為他付大家薪資，而純粹是一種實力認可。那幫科技宅男才不管技術之外的事情，他們唯一敬佩的是實力。

舒熠，三十二歲，才華橫溢，人還長得眉目端正、清俊秀雅，一直低調到幾近隱匿，但因為公司成功上市，閒置多年、毫無成就感的公關部苦苦哀求，舒熠才難得點頭，讓公關部心花怒放地將他在納斯達克敲鐘的照片發往各媒體，第二天就上了財經頭條，各方媒體突然發現如此低調的青年才俊，蜂擁而來想要約訪，這次公關部再怎麼苦苦哀求，總裁也不肯接受任何採訪。

公關部被媒體逼得焦頭爛額，繁星看公關部那個巧舌如簧的經理各種強調公司形象、輿論紅利，舒熠只是靜靜聽完，說：「這些不是我想要的。」公關經理不甘心，說為了公司……舒熠說：「公司也不需要這些。」

所以外界唯一的照片，就是在納斯達克敲鐘儀式上，一溜兒因爲穿不慣西服而顯得有些嚴肅拘謹的高階主管中間，就數舒熠笑得肆意飛揚，眉梢眼角是一種輕鬆的愉悅，好似剛剛拿到滿分的大學生。

繁星在這張大合影中敬陪末座，她本來按慣例躲在人群之外的角落裡，但敲鐘現場其實熱鬧而混亂，那個美方的接待人員跟她打了好多天的郵件交道，見面時已經自來熟，此刻大大咧咧往她肩頭一攬，說「笑得開心點」，她便也被收入鏡頭裡。

鏡頭裡的繁星其實一點也沒笑，她拿著舒熠的手機，嘴唇微抿，神色若有所思，一半是因爲剛才遞錯了眼神，一半是因爲惦記待會兒的答謝晚宴。舒熠邀請了自己當年的導師出席，老人家年紀大了，卻不肯帶助理，獨自飛過大半個美國來赴宴，敲鐘儀式一結束，她要立時趕去機場接機，不知道路上會不會堵車，千萬別遲到了。

所以難得一張上了頭條的照片，繁星卻顯得心事重重。

顧欣然看到這張照片時，一點也沒注意到繁星，只是盯著照片中央的舒熠，嚷道：「天啊，妳老闆竟然這麼年輕這麼帥！一定是 Gay。」

繁星不置可否。其實總裁應該有女友，只不過他不願意向任何人透露自己的私生活，再加上公司全是科技宅男，個個都不愛打聽閒事，連入職好幾年的高階主管都不知道總裁是否已經結婚，更遑論其他人。

繁星幫舒熠訂過幾次花，還有一、兩次只適合情侶的餐廳。也曾接到一名女性的電話，十分大方地說：「舒熠手機關機，估計是沒電了，妳幫我看一看，他是不是又在辦公室睡著了。」

舒熠加班是常態，有時候太累了會躺倒在辦公室沙發睡著。繁星剛上班時第一次遇見，是早上提前到公司，推開老闆辦公室的門準備打掃，結果發現老闆蓋著西裝外套睡在沙發上，嚇了一跳，後來就習以爲常。繁星在網路上訂了一個羊絨毯子，很中性的藍灰色，平時收在自己的儲物櫃，每天晚上下班時，她都會把毯子放在老闆的沙發上。好多個早上她輕輕推開門，舒熠都蓋著這毯子，睡得像個嬰兒般。

那天，繁星吃完午飯回來，桌子上擱著一個牛皮紙袋，裡面是厚厚一疊兩萬塊，信封上是舒熠的字跡，寫著「毯子」，如同簽名般凌厲飛揚。寥寥兩個字，正如他平時說話一樣簡潔。

祝繁星心想老闆眞是不識人間煙火，這毯子網路哪能賣到兩萬塊。不過多餘的錢她也沒退，陸續替老闆買了很多瑣碎東西，比如毛巾牙刷，隔段時間在老闆洗手間裡換上新的。

最新出了音波牙刷，繁星不知道好不好用，立時給老闆買了一支。他試新產品永遠有興趣，如果不好用，第二天會告訴她，再換一支牙刷。

漸漸地，繁星對市面上的高級男性用品瞭若指掌，託老闆的福，還成了好幾個專櫃的VIP，櫃姊每次都用羡慕的口吻，說她對男朋友眞好。

繁星總是笑笑不說話。

志遠有時候頗有微詞，因爲他住城市另一邊，在大城市裡，這代表兩個人每到週末才有機會見面，如果兩人之中有一個人再加班或出差，大半個月見不著都正常。繁星也覺得無奈，她和志遠是大學同學，兩個人進校門後就談戀愛，畢業工作後感情仍舊穩定，只是幾年戀愛談下來，像已經結婚的老夫老妻，未免平淡。只是志遠覺得她沒出息，他們金融系人才輩出，學長們有的已經做到了五百強的高層，志遠雄心勃勃，一心打拚積極向上，她好歹也是名校，這行政祕書簡直是……幸好她是女人，女人的事業不必那麼強。志遠是這麼想的。

繁星不爭辯。從小她並不爭強好勝，成績也是中等偏上，是老師喜歡的老實學生，沒有花巧，不走捷徑。高考時發揮超常，竟然進了名校最熱門的科系，夾雜在一群天才中，未免就顯得平庸。學校的各種榮譽自然也輪不到她，畢業時也有五百強公司校招，但她偏偏就選了這家新公司，職位還是祕書。

說來好笑，當初選這個工作，純粹因爲這家公司跟志遠簽約的那家五百強在同一幢雙子座商業大樓，兩人盤算好了，中午吃飯時能在一塊兒。沒想到大半年後，志遠跟著自己上司跳槽到另一家公司，薪水倒是立時翻了一倍，只是從此跟她隔了大半個城市。

遠點就遠點吧。志遠當時也鼓吹她跳槽，換掉祕書這個工作，最好離他現在的公司近點，這次她堅定地說「不」，因爲誰知道志遠還會不會跳槽。

志遠說她沒出息，害怕改變，爲此兩人還吵了一架，說是吵架其實是冷戰。繁星最害怕冷戰，志遠不接電話，不回訊息，也不理她，她覺得自己像一條鹹魚，被放進巨大的冰箱裡，到處都是冷冰冰的霜霧，四面密閉緊合，令人特別絕望。

還很小的時候，那時候父母還沒有離婚，每天都冷戰。繁星回家後連飯都沒得吃，也不敢說餓，只要一說餓，父母就會給一個白眼，瞪著她說：「讓妳爸/媽做給妳吃！」

父母好幾年不說話，有事只叫她傳話，最後甚至就給對方寫條子，也不跟她說話了，家裡每天都像冰窖。等到她小學畢業，父母終於離婚，兩個人都不想要她，推來推去，後來父母各自組成新家，她在每一邊的新家待一個月。

不用說，每個月都像是從一個冰箱換到另一個冰箱。

繁星的謹小愼微、遇事多想、寧可多做也不願犯錯的習慣，就是那時培養出來的。

她進這家公司時，顧欣然最反對，說大材小用，這種新創業的公司沒幾年就倒閉了！要她別成天惦記著跟志遠在一塊兒，說她爲他犧牲太多了！

繁星只回答前半句：「這家新公司欣欣向榮，一點也不像要倒閉的樣子。」後半句就不搭腔了，顧欣然哪裡知道，她非常想要有個家。

自己的家。

想要一樣東西的時候，自然必須爲之付出，這是她很小就明白的道理。比如父母都不肯做飯時，她小小年紀就學著做蛋炒飯，把手燙傷了也沒人帶她去醫院，就著水龍頭讓自來水沖一沖，不疼了自己擦點藥膏。後來她做得一手好菜，父母雖然依舊冷淡，倒也肯給三分顏色了。

到底是有用的人呢！如同她勤勤懇懇工作，公司一點也不虧待她，每年替她加薪，上市前還給她期權，那可是很大一筆錢。

不知爲何，她沒跟志遠提期權的事，也沒跟任何人提。其實公司所有資深員工都有期權，她不好打聽別人有多少，只按照時價算了算自己那份，竟然價値千萬。她一方面覺得這不是眞的，一方面又誠惶誠恐，總覺得這饋贈太大手筆，公司遲早會反悔收回去。

從小就是這樣，太過美好的事物她都不相信是眞的，總覺得自己不配擁有，後來她看心理學的書籍，說是因爲缺乏安全感。

在學校裡，志遠追了她好長一段時間，她也不敢答應，怕自己配不上這份愛情。但幸好，青春熱烈到底戰勝了她心底的怯懦，而且志遠是多麼陽光的少年，愛踢球愛運動，平時買水果買零食給她，在她生日時還跑到女生宿舍樓下擺了無數蠟燭，拼成一個巨大的愛心——雖然後來輔導員拿滅火器衝出來把蠟燭給噴熄了。

繁星沒有親眼目睹盛況，但同寢室的姊妹大膽衝到窗前，拿手機拍了好些照片傳給她看。繁星幾乎是在全樓女生的起哄聲中接受了志遠的追求，大學不談戀愛還能做什麼呢？何況志遠也是好學生，她也規規矩矩地去圖書館，認真完成老師指派的作業和論文，然而並沒有考研究所的打算。

志遠倒是勸過她考公務員，看她沒興趣，也就算了。

繁星最怕的是沒錢。公務員太清貧了，那點薪資，在這偌大的城市裡，真的只夠吃飯，她怕養不活自己。

不能掙錢養活自己是繁星最大的惡夢。

當初願意來做這祕書工作，也有一部分原因是薪水開得比五百強更高。

舒熠越來越頻繁地帶著她出差，所有高階主管都喜歡她，有她在，茶水永遠對每個人的胃口，開會開到絕望的時候哪怕要一杯現磨的義式咖啡，她都能面不改色地端出來。中午即使在會議室吃便當也不潦草，她記得每個人愛吃什麼菜，有什麼樣的忌口，能挖掘全然陌生的城市裡最接近家常口味的食物，永遠不是那種常見的油膩膩外賣。餐後有水果，洗淨切塊，白瓷小碟每人一份，顏色搭配得漂亮、賞心悅目；等到下午正睏乏時，她恰到好處地送上熱茶與點心。

科技宅男也是人，也知道什麼舒服什麼不舒服。

有她在，永遠都舒服。

所以難得的，繁星完全不懂科技，卻備受公司所有科技宅男的尊敬與喜愛。

也有人想要追求繁星，但科技宅男畢竟老實，結結巴巴嘗試表白，繁星只說一句「我有男朋友了」，便立時知難而退。

今年公司業績良好，發完年終獎金，各部門陸續開始放假。每年老闆總是最後一個放假，她也就成了堅守崗位的燈塔。

不過今年比較特別，舒熠破天荒沒有把行程排滿到大年三十，提前很多天讓她訂了清水灣的酒店，包下整幢度假別墅。一應細節都是繁星替他安排，由此得知老闆這次特別大手筆，酒店的ＶＩＰ客服經理在郵件裡列一長串清單，鮮花從北京名店訂好，全部由比利時空運，搭配的香氛蠟燭則是從法國特意進口。樂隊專程從上海飛過去，爲了現場演奏，同行的還有一位大廚及助手，只爲了做道地的上海菜，另外還有超豪華遊艇，甚至還租了一架直升機。

繁星鬆了口氣，心想總裁終於打算好好跟女友度假了。

總裁每年加班比她更甚，常年累月如此，有幾個女人受得了？

酒店的ＶＩＰ客服經理特意給她發各種視頻，偌大的海邊別墅，泳池波光粼粼，草坪綠絨如毯，雞蛋花燦爛盛開，私人沙灘椰林搖曳。ＶＩＰ客服經理一邊走一邊介紹，特別打開主臥的門，高舉手機讓她透過鏡頭看清楚房間細節——嘩，白色的床幔被海風輕微拂動，一切的一切都美得像電影，既夢幻又浪漫。

說來慚愧，她還沒有去過三亞①。

她對大海的全部印象，還是大一時全班自費結伴去大連旅行。

三亞的海濱原來完全是不一樣的，她不由得爲之心動。

她今年的航空公司積點算下來，正好夠換四個免費的國內航線頭等艙，於是立時做了決定，打電話跟志遠商量，把雙方父母都帶去三亞度假順便見面。大冬天的，誰不嚮往陽光沙灘？何況三亞空氣清新，對老人家甚好。

她的積點，正好可以讓雙方父母全部升等到頭等艙，搭飛機也舒服一點。她和志遠反正年輕，經濟艙擠擠就行了。

志遠說要問問父母。畢竟老人家比較傳統，認爲春節是團聚的日子，不見得肯出門。

沒過五分鐘，他回電話，說父母都答應了，倒是她自己父母這邊出了麻煩。

繁星的爸爸聽說要去三亞，滿口答應，只是他離婚後再娶，給繁星找的後媽有個兒子，比繁星還大幾歲，早早結婚生子，祝爸爸在家跟繁星後媽一起幫忙帶孫，如果要去三亞，他得帶著繁星後媽和小孫子。這倒也罷了，沒過兩分鐘，他又打電話來，說不去了，因爲兒媳婦聽說他們要去三亞，頓時不高興給臉色了。

繁星嘆了口氣，自己的父親自己知道，話是沒明說，要嘛就不來，要來他們一家子全得來。可是他們一家子五口全來，自己又算什麼？

①三亞，位於海南島的最南端城市。

更別提她的親媽了，聽說要去三亞興趣缺缺，說飛機要坐好幾個小時，腿都伸不直，憋屈得很，不想去。

繁星只好說自己的積點可兌換頭等艙，挺寬敞的。

繁星的媽這才有了興致，說酒店也要五星級的哦，到三亞不住五星級算白去了，一定要海景大套房。

繁星還未答話，她媽又說，我跟妳叔叔今年還沒有度過假呢，正好趁著過年放假，跟妳叔叔還有妹妹出來走走。套房才能住得下三個人，不然妳訂兩個房間，不划算的。

說起來，倒是挺爲她考慮似的。

繁星哭笑不得，這親媽在退休後仍然是風頭正盛的時髦人物，比如她的那些老閨蜜都說出去旅遊，只有她說「度假」，高下立現。

這個妹妹也不是繁星的媽生的，而是那位叔叔跟前妻的女兒，只是後媽不好當，繁星媽覺得名聲要緊，所以處處對這女兒比親生女兒更和善更客氣，嬌寵得十分不像話。繁星每年回老家，哪怕不給自己親媽買禮物，也一定要給這位妹妹買禮物，不然媽媽一定會給臉色看的。

繁星只覺得頭痛，她的計畫和預算裡當然沒有這麼多人，當初志遠說要去她老家她心裡就直打鼓。自己父母多年積怨，偶爾見面還會吵起來，會發生什麼事她完全無法控制，心裡著實忐忑難安。

所以那次過年雙方父母沒能見面，她事後隱隱約約竟感覺鬆了一口氣，彷彿逃過一劫。只是在劫難逃。

這次要真把這兩家八個人弄到三亞，一定會嚇到志遠的父母。

幸好這麼多年祕書歷練下來，適應了不動聲色解決棘手問題。首先她婉轉地向父親說明，自己實在無法安排他們一家五口前來三亞，春節房源緊張，自己這也是託關係才訂到房，不如還是按原計畫帶著阿姨和小孫子來，當然了，自己特意給嫂子準備了護膚品當禮物，正好託父親和阿姨帶回去。另外給龔姨——她始終這麼稱呼後媽，也準備了禮物，希望她辛苦一點，跟老爸一起帶小孫子來。

她爸勉強答應了，她轉頭又給自己母親打電話——海景大套房真的訂不上了，妳天天手機裡看新聞，三亞現在什麼情況妳也知道，而且機票只有一張頭等艙，妳不如跟叔叔一起來，我陪妳逛逛，給妹妹買個包包，她剛上班，正是用得著好包的時候。而且每年過年，她不是都要跟她媽媽回姥姥家嗎？她要是來了三亞，她媽媽不高興了，萬一打電話來說什麼，叔叔也要跟著不高興。

到底是親媽，聽懂了她話裡的暗示，於是欣然答應了。

說到底，還是用錢解決一切問題。好在公司剛發的年終獎金不菲，又事關終身大事，繁星早就知道這一關難過，所以大包大攬多多花錢，準備渡過難關。

確定了機票，繁星又開始訂酒店。春節是三亞的旺季，她真怕訂不到，好在公司每年幾次活動，涉及總裁的行程都是由她與市場部協調，市場部的同事替她找了熟人，酒店順利地訂上了。

繁星當然沒有把酒店也訂到清水灣，跟總裁住一個地方，那不是瘋了？哪怕在同一個海灣裡都不行，太近。再說，他住的那家酒店超貴！

她選了最穩妥的亞龍灣，而且將父母兩家人安置在兩個酒店裡，兩個酒店相距甚遠，最大程度地避免碰面。

在電話裡，繁星就講清楚了，來三亞可以帶著叔叔阿姨來，可是去見志遠的父母，當然只得自己父母兩個人，不然怎麼介紹？

她父母總算在這個問題上沒有跟她多糾葛，大概是因爲她承諾要帶他們去海南的免稅店買買買，所以，花錢得太平。

辦妥了自己父母這邊，繁星又替志遠父母訂機票酒店，特意選了亞龍灣裡第三家酒店，不偏不倚正好在她父母兩家酒店的中間。

最後才是她和志遠的機票和酒店。

機票好說，住在哪裡讓她犯了愁，總不能再訂亞龍灣的第四家酒店，市場部只怕都要納悶她是不是在做酒店代訂業務了，不然親朋好友爲什麼就不能住在一塊兒呢？

可是跟父母哪家住一塊兒都不合適，跟志遠父母住一家酒店的話，她比較傳統，總覺得不妥，糾結了一會兒，到底拿不定主意，只好打電話問志遠。

志遠正在開會，走到走廊接電話，聽說是這件事，挺不耐煩的。

「妳不是當祕書的嗎？這麼點小事都辦不好還要來問我，你們老闆平時是怎麼忍受妳的？」

沒等她再說什麼，他就把電話掛了。

繁星沒有跟他生氣，他最近又升職了，薪水是加了不少，可是壓力也大，尤其年底，他們的業績壓力大得不得了，她確實不應該拿這種小事去煩他。繁星想了想，決定硬著頭皮拜託市場部同事多訂兩間房，一間跟自己媽媽同一個酒店，她去住，一間跟志遠父母同個酒店，他去住。

機票不好訂，每天都只有全價頭等艙，好幾千塊錢，她有些心痛。春節期間三亞酒店貴得要上天，她和志遠的相處模式一直是誰出的主意誰花錢，她出主意去三亞，所以她負責全部費用。光酒店的錢就花掉不少，到全價頭等艙這兒，眞有點下不了手。

最後繁星還是搶到了兩張經濟艙，雖然是早上六點多飛，但是她和志遠早早去三亞，還可以爲雙方父母接機，更方便。

總裁飛去三亞的第二天清早，繁星終於和志遠一起也飛去了三亞。

說是一起，其實是去機場碰頭，繁星住得離機場近，五點鬧鐘響了，匆忙洗漱就出發，路上還化了妝。這本事是繁星上班後練出來的，總加班睡不夠，每一分鐘睡眠時間都彌足珍貴，早晨實在睏得不能提前起床化妝，終於被迫學會了在計程車上化妝。誰能想得到呢？大學時她連粉底有哪幾種都不知道，如今她的手又穩又快，趁司機停個紅燈就能把眼線迅速描好。

志遠離機場比較遠，好在早上不塞車，他也到得很準時。

春節的機場人山人海，大清早就安檢大排隊，兩個人站在蜿蜒如長蛇的隊伍裡，沒睡飽的臉都有幾分慘澹。

不料，這一天機場大霧，航班一直延誤到下午，兩人白起了一個大早。本來機場就負荷超載運轉，這種大延誤簡直比戰場還要混亂慘烈，每個登機口都塞滿了人，座位區早就不夠用，很多人乾脆席地而坐。

志遠坐在箱子上靠牆養神，繁星比較慘，因爲要去三亞，她特意穿了裙子和高跟鞋，站了一會兒就腿軟得不得了，又不能像志遠一樣坐在箱子上，更不能坐在地上。

她只好將背靠在牆上，借一點力，可惜行李早已託運，不然翻出沙灘鞋來換上，比較舒服點。

有人跟登機口的工作人員吵起來了，志遠連眼皮都沒抬，繁星發現他真的睡著了。或許是最近太累了，他住得離機場遠，今天可能凌晨四點就起床了。

繁星深深後悔沒有買全價頭等艙，不過是咬咬牙的事，她卻一時小氣，不然這會兒在頭等艙候機室，起碼有沙發可以讓志遠躺得舒服點，還有計時收費的休息艙可以睡覺。

好不容易，班機終於起飛，落地之後取完行李一看，父母的航班已經紛紛要落地，繁星當機立斷，拿起手機訂了好幾輛接機的車。志遠父母的飛機最先落地，繁星接到他們，通知第一輛接機的車上來，讓志遠先帶他們去酒店，她在機場繼續等父母的航班。

幸好做了這樣的安排，因爲她父母的航班先後落地，在機場一見面就大吵了一架。

原因挺可笑的，繁星特意沒把他們的航班訂同一班，但沒想到省城的機場也大大延誤，相隔四個小時的航班竟然差不多時間先後抵達。繁星的爸爸心疼老伴帶孫子，讓老伴和孫子坐了頭等艙，繁星的媽媽當仁不讓是頭等艙，落地發現對方也是從頭等艙接駁車下來的時候，繁星媽自然特別不服氣，冷嘲熱諷繁星後媽占自己女兒便宜。

繁星後媽——龔姨年輕的時候有個稱號叫「朝天椒」，聽名字就知道有多厲害，不然也不能這麼多年把繁星爸管得服服帖帖，聽了繁星媽指桑罵槐的話，哪裡還忍得住，立刻反唇相稽。

兩人在機場海關就妳一言我一句隔空對罵起來，最後到底是繁星媽念過大學更吃虧，她自詡知識份子，沒法跟這種庸俗的小市民歐巴桑一般見識，所以一見了女兒，繁星媽就恨鐵不成鋼地說：「妳有錢給別人買頭等艙，就不捨得給妳叔叔買頭等艙！妳叔叔個子有一百八十幾公分，年紀又大，人又胖，硬塞在經濟艙裡有多難受，妳知道嗎？」

繁星只好陪笑，說那頭等艙不是自己花錢買的，而是積點兌的，自己也是給爸爸用積點兌了頭等艙，沒給外人買。

繁星媽越發恨鐵不成鋼了。「給妳爸買！妳知道妳爸那德性，什麼香的臭的不拿去給狐狸精獻寶？妳給他買，還不如把積點扔在水裡，妳怕經濟艙塞不下他那麼大個人是嗎？妳掙幾個錢容易嗎？被他坑了去便宜別人！」

繁星還沒說什麼，龔姨已經跳起來一陣罵。

「誰是狐狸精？妳罵誰呢？我跟老祝是合法夫妻！老祝心疼我，讓我坐頭等艙怎麼了？妳心疼妳老公，也掏錢給他買頭等艙啊，妳摳門不捨得還在這兒瞎嚷嚷！」

繁星媽氣得渾身發抖，眼看就要撲上去手撕龔姨，繁星趕快攔在前頭。一邊朝自己爸爸使眼色，一邊說：「爸，你們都累了，你看孩子也睡著了，趕快帶阿姨上車去酒店吧，這裡空調太冷，別讓孩子著涼感冒。司機電話我已經傳到你手機上了。」

繁星媽被女兒死死拖住，直到上車後還怨恨不休，責怪繁星：「胳膊肘朝外拐，不幫著自己親媽竟然幫著後媽！」

繁星只好滿臉堆笑說假話：「媽，我怎麼能不向著妳！」

「那妳還讓他們先走！」

「我這不是要陪著妳和叔叔去酒店，能不讓他們先走嗎？」

繁星媽一想，確實，女兒到底還是向著自己的。前夫跟狐狸精可不就得抱著孩子在大太陽底下自己找司機嗎？繁星媽徹底心平氣和了。

等到了酒店，繁星本來在這家酒店訂了兩間普通房，但她跟著總裁常年出差住酒店住成了SPG①白金，酒店慷慨地給她本人升級到豪華海景套房，繁星立刻把這豪華海景套房讓出來給媽媽和後爸，自己拿著行李去住另外一間普通房。

這下繁星媽喜出望外，再沒什麼不滿意了。

繁星一進了房間，便趕緊打電話給志遠，得知他父母那邊一切妥當，又趕快打電話給自己爸爸。

「爸，你到酒店了嗎？怎麼樣？房間還可以吧？嗯嗯，我知道……嗯嗯……龔姨怎麼樣？那就好，房間水果可以吃，那是我訂好的，不會另外收錢，你放心吧。明天我已經訂好車，司機帶會龔姨和小寶寶去海洋館和『天涯海角』海濱風景區……你就放心吧！」

打完這個電話，繁星才坐下來脫掉穿了一天的高跟鞋，赤腳踩在房間的木地板上，終於鬆了口氣。

❀

第二天一早，繁星就被爸爸的電話吵醒。原來小孫子昨天半夜就鬧不舒服，上吐下瀉，他慌了神，好不容易等到早上，看著孩子還沒好轉，就打了電話給繁星。

繁星只好迅速洗漱一下，趕過去爸爸住的酒店，看龔姨急得團團轉，立刻叫了車趕去醫院。醫生診斷是水土不服，開了藥劑，結果剛在急診室裡餵下去，小寶寶又吐了滿地。龔姨急得要跟醫生吵起來，繁星一邊勸，一邊打電話給自己在海南的同學，問清楚最好的小兒科在哪裡，又帶著親爸後媽和小寶寶趕過去。

三亞就這麼一家醫院算頗有名氣，冬季旅行高峰人山人海，排隊的時候還有車禍急診，還沒輪到小寶寶掛的號，就已經中午了。

本來約了志遠的父母中午一起吃飯。繁星見爸爸實在不願意走，龔姨一個人帶著哭鬧的孩子也確實不行，自己又蓬頭垢面，待會兒只怕還要排隊拿藥，只好打電話給志遠父母，再三道歉，撒謊說自己父親身體有點不舒服，想將聚餐改到晚上。

志遠父母倒是客氣，知道是水土不服腸胃炎，還客套了兩句，說要來醫院探望，繁星連忙攔住了。

等小寶寶好不容易掛上點滴，已經是下午三點多，繁星先叫車回酒店換衣服化妝，收拾好了又打電話給龔姨，客客氣氣問小寶寶好些沒有，還需不需要自己過來幫忙。幸好龔姨會做人，說：「好多了，現在不哭不鬧了，剛才還吃了半瓶牛奶，多虧妳一早上趕過來忙前忙後，跟著找醫院又出錢拿藥。妳放心吧，一會兒我就叫妳爸過去，我一個人應付得了。」

繁星再三道謝。

---

① SPG為Starwood Preferred Guest縮寫，意思為「禮遇優先顧客」。

繁星爸到底還是遲到十分鐘，繁星媽不由得瞪了他一眼，用眼神責備他在女兒的終身大事當頭還遲到。繁星唯恐父母又吵起來，只好緊緊攥著母親的手。

好在住在無敵海景套房的繁星媽心情甚好，沒有跟前夫多計較，只是當著志遠父母的面，將自己女兒誇成了一朵花。

志遠父母對繁星也是滿意的。志遠家在一個二線城市，志遠父親是當地知名重點高中的校長，母親則是中小型公司的小主管，兩個人都挺喜歡繁星。

繁星皮膚白皙，相貌溫柔，逢人先笑，眉眼彎彎透著和善，說話輕聲細語，辦事周到細心；又是名校畢業，跟自己兒子是同學，能考上名校的女孩自然不傻，她和自己兒子的基因都這麼好，將來的孫子還得了，一定是常春藤名校的苗子。

所以志遠媽拉著繁星的手，怎麼看都看不夠，怎麼愛都愛不夠，口口聲聲感謝繁星媽，謝謝她培養了這麼優秀的女兒。

志遠爸跟初次見面的未來親家也沒什麼好說的，所以只是微笑勸酒，繁星爸一天都沒吃東西，半夜就開始張羅小孫子不舒服的事，空著肚子被他勸得喝了七、八杯酒，頓時就臉紅延伸到脖子上。

繁星媽被未來的親家母這麼一番奉承，不禁得意忘形，誇耀道：「妳不知道繁星多孝順，昨天酒店幫她升級到海景套房，她立刻就讓給我住，昨天晚上還帶我們去吃了海鮮大餐。哎喲親家母，那個酒店是真的好，桌椅就擺在沙灘上，比韓劇還浪漫呢！一邊吃海鮮一邊吹海風，不知多愜意，還有菲律賓樂隊在旁邊演奏，哎喲，不瞞您說，活了一大把年紀，我就享這個女兒的福。」

繁星連連使眼色也攔不住親媽的炫耀，志遠媽猶未覺得什麼，繁星爸倒不高興起來。因爲早起龔姨罵他，昨晚是他非要去海鮮市場吃海鮮，寶貝孫子也吃了一整個海膽蒸蛋，一定是海鮮市場不乾淨吃壞了肚子！他是被龔姨降服慣了的，當下不敢頂嘴，心裡也犯嘀咕，他還是好多年前跟團來海南，這次也是出發前聽人說海鮮市場便宜又好，才帶龔姨和小孫子去的，從亞龍灣坐計程車花了一百多塊呢，結果吃完了還挨罵。

這時聽見前妻炫耀，一口一個「我的星星乖女兒」，一想自己兩頭受夾板氣，從早上忙到現在，從醫院離開時妻子還好一頓挖苦，冷嘲熱諷趕他走，說別耽擱了女兒的終身大事！酒勁一上來，他就「砰」地將桌子一拍。

「妳帶妳媽住套房吃海鮮，就不管爸爸的？祝繁星，妳別忘了當年妳媽連生活費都不肯給妳，妳高中學費誰給的？妳上大學誰偷偷塞了妳一千塊私房錢，我還是妳爸爸嗎？沒良心的白眼狼！」

志遠父母愣在當地，繁星媽不甘示弱：「怎麼了？女兒對我好怎麼了？我告訴你，女兒就是跟媽親，誰眞心疼她，她知道！你這個沒良心的東西，這會兒倒跟女兒算起帳來，不就是姓龔的狐狸精挑唆的？果然古人說得好，有了後娘就有後爸！」

繁星趕快勸，但哪裡勸得住，繁星媽還不肯罷休，繼續痛罵：「這是什麼場合，你就對著女兒嚷嚷？你還是個人嗎？老話說虎毒不食子，你簡直連禽獸都不如！」

繁星爸衝上去就要動手，志遠父親連聲喊著「老哥老哥，算了」，和志遠一起攔住，沒想到繁星爸喝多了蠻勁大發，一甩手，「啪」的清脆響亮一聲，正好一巴掌打在志遠父親臉上。

繁星眼前一黑，耳中嗡嗡亂響。這一耳光比打在她臉上更難過，她心亂如麻，像被捅了一萬刀，她定了定神，趕快叫服務生拿冰塊來。志遠終於將繁星爸架到了一旁，繁星接過冰塊，急忙用餐巾包好，遞給志遠媽：「阿姨，您趕快讓叔叔敷上。」

志遠媽看繁星一張小臉都急得慘白，手中拿著冰塊，焦急淒涼地望著自己，心裡一軟，到嘴邊的話就吞了下去，不作聲地接過冰塊，給丈夫敷上。

繁星媽這邊卻不放過，立刻拿起手機，打通龔姨的電話，劈里啪啦就把龔姨罵了一頓，罵她狐狸精，挑撥離間，竟然叫老祝來砸親生女兒的場子，自己哪怕拚了這條命，也不能教她稱心如意……

繁星急得在一旁直拉媽媽的衣袖，連聲叫：「媽，妳別說了！」

繁星媽罵了個痛快，繁星爸按捺不住，又要衝上來跟她拚命。志遠趕快抱住他的腰，醉漢勁大，志遠的眼鏡被撞到了地上，被繁星爸踩了個稀碎，人也被甩得一個趔趄，繁星爸終於衝到了前妻面前，沒想到繁星不聲不響擋在了中間，一雙眼裡全是淚水。

「爸，你要打就打我吧。」

繁星爸舉起的拳頭終究放了下去，他跺了一下腳，不顧這包廂裡一片狼藉，轉身就走了。

繁星媽恨恨地說：「喪良心！不管親生女兒死活的混蛋！」

繁星只覺得精疲力盡。志遠近視度數很高，一直拖延著沒去做手術，眼鏡一摔，隱形又放在房間沒有帶下來，現在眼前白茫茫一片什麼都看不見，只能摸索著先坐下來。志遠媽既心疼被打的丈夫，又心疼兒子，不知不覺眼淚就湧出來了。

繁星媽一看她掉淚，覺得大大地失了面子。前夫這麼一鬧，女兒和自己都在未來親家面前丟盡了臉，以後女兒在公婆面前還要怎麼做人？就連自己，只怕永遠在親家母面前抬不起頭來。她這麼好勝的人，想到一輩子在親家母面前抬不起頭，簡直比要了她的命還難過，眼淚立刻唰地也流下來了。

兩個媽媽都在哭，志遠父子沉默著，繁星便是再機靈也想不出辦法來收拾這樣的殘局，只覺萬念俱灰。

這時，繁星的手機響了。一看是總裁打來的，不能不接。

舒熠的聲音很低，彷彿感冒了。他和平時一樣客氣，開頭就先道歉：「抱歉，休假了還打電話給妳，但我這邊臨時出了點狀況，妳能不能馬上買機票，趕過來處理？」

繁星十分詫異，支支吾吾：「舒總……」

舒熠說：「妳是不是回老家了？要是沒有航班了，我讓商務機去接妳。」

繁星大驚失色，上次總裁讓她租商務機，還是因為總裁的母親病危，他要趕去上海。她頓時知道若不是十萬火急，他不會打電話給自己。

繁星只好告訴他，自己正在亞龍灣。

舒熠的聲音在電話裡透著深深的疲乏。「那正好，我叫直升機去接妳。」

繁星強自鎮定下來，先叫了車送自己媽媽回酒店，又親自陪志遠一起送他父母回房間。

志遠回房間戴上隱形眼鏡，才發現手肘紫了一塊，就是被繁星爸剛才那一甩給撞的。看繁星楚楚可憐地站在眼前，他什麼也說不出來，只是嘆了口氣。

繁星說：「你替我向叔叔阿姨賠罪，我爸他喝醉了就這樣，我實在是……」繁星眼眶發熱，她實在不願意哭，又怕自己忍不住。

志遠撫一撫她的肩，安慰地拍拍她的背，她接著說自己馬上要去清水灣，老闆估計有要緊事叫自己過去處理。

聞言，志遠終於忍不住爆發。

「妳來休假還管什麼老闆！剛出了這麼多事妳能扔下就走嗎？」

繁星不忍心說走就走，但她做慣了祕書，這職位就是事無鉅細、風雨無阻，再說要不是十萬火急，舒熠應該不會打電話給她。

繁星稍稍解釋兩句，志遠不理她，自顧自上陽台抽菸去了。繁星最怕冷戰，不禁覺得冰箱又回來了，自己又變成了小小的魚，被塞在冰箱底部，掙扎不了，連空氣都凝結成冰。

繁星想了想，還是走到陽台上跟志遠解釋。

「老闆可能是眞的有急事，他都說要派直升機來接我了……」

誰知這句話徹底惹毛了志遠，他扔掉菸蒂，緊盯著繁星。

「不要在這裡炫耀了，誰不知道你們公司上市，你們個個都拿了期權！我辛辛苦苦做了這麼多年，還不如妳馬上就能兌千萬的股票！」

繁星不知他竟然知道這件事，倉促而下意識地分辯：「可那是期權，還不作數呀……」

志遠怒極反笑。「祝繁星，妳忘了我跟妳一樣，是學金融的？」

繁星只覺得胸口發緊。她沒有跟志遠提過期權的事，原因很複雜，她自己也不願意去深想，到這當口被他一語道破，不由得有幾分心虛。

繁星囁嚅道：「我總覺得應該拿到手才算，所以沒有跟你提過……」

志遠說：「妳就這樣看不起我，覺得我會貪圖妳的錢？」

繁星慌了。「志遠，你怎麼這樣說？你明知道不是。」

志遠扭過頭，脖子裡有條青筋在緩緩跳動。其實有句話他不能說，畢業後，他的工作狀況一直比繁星好，他的前途一片光明，他也習以為常，總覺得男人應該比女人更強，就如同自己父母那樣夫唱婦隨，那不是挺好的嗎？固然繁星願意去做祕書有點胸無大志，但女人嘛，將來有了孩子，回家當全職太太就好，他有信心養活妻兒。

可沒想到，一個在投顧公司工作的同學說：「你小子真行欸，當初你女朋友去當祕書，我們死活都想不通，你也不攔著，現在繁星他們公司在美國上市，聽說所有資深員工都有了期權，像繁星這樣做了五年的員工，期權一定在千萬以上。沒想到你眼光如此長遠，會佈局！」

志遠當時腦子裡就嗡一響，知道自己在短短數年內，只怕趕不上繁星了。

憑什麼？當年她去做祕書時，自己是怎麼嘲笑她的？簡直就像打他的臉。

想到繁星隻字不提期權的事，他的心更像是有一萬隻螞蟻在啃。

或許是嫉妒，他不肯承認的嫉妒。

他在學校時成績比繁星好，畢業後職位比繁星高，每天辛苦地工作，跟世界一流的精英鬥智鬥勇，他清楚自己如果運氣夠好，再過幾年或許就能升到更高的職位賺到人生第一桶金，可繁星就在會議室端茶倒水，替總裁訂訂機票，輕輕鬆鬆就拿到了千萬。

憑什麼？世界何其不公！這一切根本就不應該屬於她！

他忍不住說出傷害繁星的話：「我們還是分手吧，免得耽誤妳搭直升機去爲慷慨大方的老闆效力。」

❊

直升機就停在酒店的停機坪上，繁星心事重重地上了直升機，飛機騰空而起，她才翻江倒海地難過起來。

繁星下飛機時，已經重新補過妝，一路走一路飛快地綰好被螺旋槳吹亂的頭髮。從停機坪走到別墅草坪時，她已經平靜得像每一個去上班的早晨，絲毫看不出破綻。

偌大的別墅被佈置得像夢境般，地上到處都是從比利時運來的花，經過花藝師精心設計過造型，還有香氛蠟燭；草坪邊放著幾排椅子，她知道那是給樂隊坐的，酒店曾經跟她確認過，只是樂隊現在不知去向。泳池旁安靜得很，舒熠就坐在泳池旁的長桌邊，眼神渙散，領結被他拆了擱在桌上，桌上還有一枚碩大的鑽戒，天鵝絨正襯著粉鑽璀璨的光芒。

舒熠一副失魂落魄的模樣，繁星從來沒見過這樣的他，連她走近了都沒發覺，還是她輕輕叫一聲「舒總」，他才抬起頭，兩眼無神，彷彿在夢遊，根本就沒看見她似的。

繁星又叫了一聲「舒總」，他才回過神來，答非所問：「她沒答應。」

繁星看這樣子，大概是總裁精心準備的求婚卻被拒絕了。

這麼大的場面，這麼多的昂貴鮮花，這麼大的粉鑽，結果……

看總裁這樣，繁星都不覺得自己慘了。

舒熠站起來，說：「妳處理一下現場，樂隊的人剛走，別有什麼不好的流言傳出去。」

繁星點點頭，開始打電話。首先付清潔費給酒店，讓他們來收拾這一地的鮮花；繁星接著決定給樂隊領隊封個大紅包，免得他們胡亂傳話給媒體。

一個電話還沒打完，只聽到身後「撲通」一聲，繁星回頭一看，總裁正在泳池中筆直下沉。

繁星來不及多想，扔掉電話就跳進泳池。繁星只在大學爲了體育學分學過游泳，其實並不擅長，她在池中好不容易撲騰著抓住了他，自己倒嗆了好幾口水，拚盡全力拉著他浮上水面，一邊咳嗽一邊勸他。

「您別這樣啊……天涯何處無芳草……她不答應您就再找啊，您這麼年輕有爲、一表人才，還怕找不到女朋友嗎？」

舒熠面無表情地盯著她看，繁星這才注意到總裁划水比自己嫻熟很多。

舒熠說：「我只是打算游個泳，冷靜一下。」

繁星訕訕地放開緊抓住他的手，舒熠往後一仰，以標準的仰式游開了。

繁星卻腳踝一痛，抽起了筋，咕嘟咕嘟往下沉，最後還是舒熠發現不對勁，游過來把她撈起來。

繁星灌了半肚子的水，瑟瑟發抖，裹著浴巾坐在泳池邊，嗚嗚咽咽地哭。她還沒在外人面前這樣哭過，可是她一整晚緊張、焦慮、委屈，說不出的難過，到這時成了壓垮駱駝的最後一根稻草，她實在是承受不住了。

繁星哭了個昏天暗地，舒熠看她哭得稀里嘩啦，也不問什麼，就坐在旁邊默默發呆，想自己的事。

繁星哭累了，終於覺得不好意思，擦乾眼淚，張嘴欲解釋，但看舒熠仍鬱鬱寡歡的模樣，知道他不關心為什麼自己會失態，於是也不解釋了。

舒熠看她不哭了，便打電話叫酒店管家送來威士忌和全新的女裝。管家真是見慣了大場面，看到披著浴巾、渾身濕透、臉上帶淚的繁星，連個詫異的眼神都沒有，只說「您要的東西我放在這裡」，然後轉身就走了。

舒熠倒了一杯酒給繁星，繁星一仰脖子就喝了，舒熠自己那杯卻慢慢品嘗，他問：「妳怎麼就認為我打算自殺呢？」

酒壯慫人膽，繁星回道：「因為您太優秀了啊，優秀的人都受不了打擊，真的。我從P大畢業，聽說前幾屆物理院有個學長是天才，學物理的卻能挑出電腦老師的錯誤，可他最後瘋了。」

舒熠說：「我也是P大的，妳說的那個學長，是我。」

繁星張大了嘴，嘴裡簡直能塞下整個雞蛋。

舒熠說：「也沒瘋，就是抑鬱症，出國治了兩年，最後治好了，可是就不想回去念書，於是考了普林斯頓，念了一年覺得狀態不好，不想念了，就出來創業。」

他說：「我的抑鬱症早好了，創業失敗的時候我都沒想過自殺，妳放心吧，失戀更不會了。」

繁星沒想到舒熠會跟自己講這些，包括剛剛求婚失敗的戀人。

「最困難的時候她在我身邊，我一直想，上市成功就向她求婚，因爲終於有能力給她最好的生活，可她說，這不是她想要的。」

他還是很傷心，從眼神中看得出來，失落中透著黯然。

繁星沉默地喝著酒。從很小的時候她就知道，有些傷口只能自己癒合，旁人說什麼都沒有用。

舒熠問她：「妳呢？三亞假期怎麼樣？是和男朋友一塊兒來的嗎？」

繁星嘆了口氣，說「別提了」，然後原原本本向他講述今天晚上發生的事。

舒熠很同情她，但也無從勸解，兩個人只是默默地碰杯，喝酒。

最後舒熠喝高興了，打電話叫了西班牙火腿來佐酒，酒店管家仍舊面不改色，除了片得薄如蟬翼的西班牙火腿，還送上了鹹橄欖。

舒熠說：「這個管家很有妳平時的風采！」

繁星回：「謝謝啊老闆，我當您誇我了。」

舒熠道：「是眞的！那次宋決銘跟我打賭，我說不可能有難倒妳的事，他不相信，所以開會開到一半，他嚷嚷餓了要吃餛飩，還要手工的那種，結果半小時後，妳就送來一碗熱騰騰的手工餛飩，然後我就贏了一百塊！」

宋決銘是主管技術的副總裁，繁星心想那次把她急得，費了好大工夫才找到手工餛飩。這群科技宅男眞無聊，眞是幼稚園小朋友，幼稚！

繁星伸手。「一百塊，歸我！」

舒熠錯愕了幾秒，掏出濕淋淋的皮夾，翻了半晌沒翻到現金，面露尷尬。

舒熠訕訕道：「先欠著吧，眞要命，除了A輪融資①之前，這輩子還沒這麼窘迫過。」

繁星哈哈大笑，舒熠也跟著大笑起來。

笑痛快了，舒熠躺倒在草坪上，說：「妳看，星星。」

繁星抬頭，清水灣空氣清新，天空繁星燦爛，跟平時看到的不一樣。北京的星光是微弱的，在城市光害下幾乎看不見。

舒熠躺在草坪上一直沒有再說話，繁星還以爲他醉得睡著了。

過了好久，舒熠才道：「今天晚上的事妳千萬別跟人說，太丟人了。」

繁星說：「您放心，我也有把柄在您那兒。」

舒熠這才明白她爲什麼告訴自己她的私事。這個祝繁星，眞是水晶心肝玻璃人。

兩人相顧無言，再次舉杯。

舒熠喝醉了。

繁星覺得這樣挺好的，要是眞跟平時一樣若無其事、冷靜理智，那不得憋出毛病來，既然是失戀，痛快發洩一下就好了。

繁星其實也喝得差不多了，撐著勁叫酒店管家還有幾個服務生過來，幾個人一起把舒熠抬回房間。她和管家一起看著人收拾這遍地的鮮花，好不容易忙完了，她看時間已經凌晨三點，問清楚別墅還有客臥，決定胡亂將就一晚。

酒店管家叫住她，遞給她一樣東西。

「祝小姐，這個太貴重了，麻煩您代舒先生收好。」

繁星接過大粉鑽戒指，泳池邊大燈還開著，照得鑽石流光溢彩，粉透了半邊指甲。這怕值好幾百萬，剛才忙忙亂亂都沒留意到，幸好管家細心，特意交給她保管。

繁星把粉鑽放在包包裡，習慣性掏手機打算給舒熠留言，告訴他粉鑽在自己這裡，這才發現手機不見了，尋了一圈才發現是被自己一急扔泳池裡了。

撈起來也沒法用，全灌的是水。

算了，一切等明天再說。

酒店管家還是那樣面不改色，給她安排好床就退走了。

✻

大約是喝了酒，繁星竟然睡得很好。

第二天醒來，她覺得恍若夢境，只是宿醉頭痛得很，而且眼睛腫得像桃子一樣，是昨天哭得太厲害了。

繁星草草洗漱走出去，舒熠已坐在泳池邊吃早餐，神色自若地跟她打招呼。

---

① 一般剛起步的公司或團隊，如果資金不足想對外融資，融資的順序，一般為天使投資→A輪（一輪）融資→B（二輪）融資→C（三輪）融資等。

「早！」

一點尷尬都沒有，眞不愧是總裁。

舒熠問她：「要直升機送妳回去嗎？」

繁星搖搖頭。她叫了計程車回亞龍灣，想想還是先去向志遠的父母當面賠罪。畢竟昨天沒有親自道歉，自己又匆匆忙忙有事走掉，總是對長輩的不尊重。

誰知道到客房按門鈴沒有人，志遠那間房裡清潔人員正在打掃。繁星以爲他們去了海灘，結果一問，櫃台人員說這兩間房的客人都已經退房了。

繁星方寸大亂，在大廳借了電話打給志遠。

志遠在機場，看到酒店的電話號碼，還以爲落了東西，就接了起來。

繁星十分焦慮，只叫了一聲「志遠」就說不出話來。

志遠問：「妳打電話來幹什麼？」

繁星說：「你們怎麼退房了？我特意來向叔叔阿姨道歉。」

志遠回：「不必了，我們都已經分手了，這事已經和我父母沒關係了。」

志遠把電話掛掉，繁星失魂落魄。

志遠其實心裡也不好過，掛完電話收起手機，志遠媽在旁邊問：「是不是繁星？」

志遠既不點頭也不搖頭，志遠媽媽繼續道：「昨天你不是說了嗎？她跟老闆不清不楚的，這樣的女孩子，我們家哪裡敢招惹？」

其實昨晚跟繁星吵架，吵完他也後悔。繁星的家庭是什麼樣子，早在交往之初她就坦誠相告，他一直覺得，這不是繁星的錯，昨晚也是遷怒居多，才賭氣說出分手的話來。等繁星走後，媽媽又過來看他，聽說他和繁星吵架鬧分手，並不清楚眞正的緣由，只當是爲了晚餐親家大鬧的事，勸他別斤斤計較，兩個人都只差結婚了，可不就得接受對方的好與不好。繁星家裡是亂，可她本人是眞的好啊。

志遠媽幾十年的人生經驗，覺得繁星將來一定是個好妻子好母親，親家公親家母是難纏，但他們早就離婚了，各有各的家，這種情況下，繁星將來也不會怎麼惦記娘家，會一心一意把小家過好，這不是利大於弊嗎？

志遠猶豫再三，想想這幾年的感情，又聽媽媽的各種勸，還是給繁星打了電話，結果電話怎麼也打不通。

志遠媽首先著急起來：「她不是被老闆叫走了嗎？這大晚上的，一個女孩子孤身去見老闆，怎麼把手機關了？她老闆到底是什麼人啊？繁星也眞是，怎麼這麼不通事理？瓜田李下，大晚上的，怎麼能老闆一叫就走！這有什麼工作非得晚上去辦？」

志遠心裡正有一根刺，便脫口道：「她老闆最大方不過，給她上千萬的股票，她能不盡心盡力嗎？」

志遠媽一聽這話，更急了。「繁星不是祕書嗎？她老闆爲什麼給她股票？你說給了多少？上千萬的股票？」

志遠不吭聲，他沒法跟媽媽詳細說這事，也覺得沒臉說。叫他怎麼說呢？一樣的專業，一起畢業，他當年高考分數比繁星高，在校期間各課成績也是他比繁星好，他一直認爲自己比繁星優秀，但現在繁星錢掙得比他多。難道要向自己媽媽承認，自己還沒女朋友優秀？

志遠媽看兒子不吭聲，心裡頓時涼了半截。繁星長得好，又是祕書，祕書這職業，在傳統看法裡總帶了幾分曖昧，電影電視裡那些妖妖道道的女人，成天跟老闆不清不白的，可不就是女祕書嗎？

早幾年的時候，志遠媽對繁星這職業是有點犯嘀咕的，但繁星氣質端莊，辦事又俐落，志遠媽才沒多想，今天兒子半含半露幾句話，她頓時驚出了一身冷汗。

志遠媽拍板了。「我們清清白白的人家，不能讓這樣的女人進門，你說分手說得好，明天我們就回家。」

志遠知道媽媽誤會了，但不知爲什麼不願去解釋。不然他該怎麼跟家裡交待呢？戀愛是他自己談的，繁星是自己主動追求的，父母又特別喜歡繁星，總覺得她會是個好媳婦，媽媽一聽他們吵架先勸他與繁星和好。

可自己心裡那根刺，眞無法跟父母說。跟繁星分手吧，不甘心；跟她結婚吧，更不甘心。志遠糾結著，志遠媽就更以爲自己猜對了。

兒子竟然受了這樣大的委屈，兒子竟然有這樣重的心事，兒子竟然瞞著父母，還總說繁星工作忙她也不容易。一想到這些，志遠媽就心疼得要掉淚，所以態度越發堅定，一大早就收拾行李退房走人。

等繁星失魂落魄地趕到機場，志遠一家早就走了。

繁星從高架橋走下去，一路車子紛紛按喇叭，她覺得全身都沒力氣，走著走著腿一軟，人就倒在了地上。

舒熠意興闌珊地吃完早餐，讓酒店安排了車送自己去機場，在車上正好小憩片刻，眼看車已經上了往機場出發的高架橋，突然前方司機紛紛按喇叭。

舒熠一抬頭，正好看見繁星晃晃悠悠倒下去。

司機還以爲是碰瓷，嚇得急剎將車停住了。舒熠推開車門下車的時候，倒下的繁星旁邊已經圍了一圈人在指指點點。

有人說是中暑，有人說打一二〇叫救護車，還有人說會不會是心臟病，看著怪年輕的……

舒熠把繁星抱上車，對司機說，不去機場，先去最近的醫院。

繁星從小身體不錯，出校門後更是沒怎麼病過，這下真的病來如山倒，燒得人事不省，意識恍惚。

她似乎做了很多惡夢，最大的惡夢是恍惚回到小時候，忘記帶鑰匙，然而父母都不在家，她敲開鄰居的門，想從陽台爬回自己家，結果一腳踏空，從七樓直墜而下，一直摔下去，似乎永遠落不到底，四面像冰箱一樣，颼颼的冷風往上吹，她就在冷風裡一直往下墜，一直往下墜……

繁星還夢見高考，老師告訴她高考不算數，得重新考。繁星知道如果重新考，自己絕對考不上P大，她急出一身汗。如果考不上P大，她就沒那麼容易找到工作，沒有工作，她拿什麼養活自己？她如果不能養活自己，爸媽是絕對不會管她的。

她在惡夢裡大喊大叫，卻似乎發不出什麼聲音，沒有人來救她。

連志遠也不要她了。

繁星徹底醒過來時，才發現自己躺在床上，偌大的房間很整潔，窗外遠處就是碧藍的大海，海風吹起床上白色的帳幔，露台上爬滿紅豔豔的三角梅；一個長腿帥哥穿著藍色睡衣坐在露台躺椅上，對著筆記型電腦回郵件，他敲打鍵盤的聲音清晰地傳入屋內，越發顯得安靜。

繁星的第一個念頭是：自己發燒燒糊塗了，竟做夢都夢見總裁了，不知道下一秒會不會夢見總裁要開除自己。

她一直做惡夢，都做怕了，可一抬手發現手背上貼著半透明膠帶，膠帶下是打完點滴的針眼。她有點糊塗，這夢太眞了，哪有夢到這麼細節的？

舒熠發現她醒了，放下筆電走進來。

繁星看見總裁凝重的臉色，不由得問：「老闆，我沒得什麼絕症吧？」

舒熠一愣，「醫生說妳是脫水，補充液體多休息就好了。」

繁星狐疑地問：「那您臉色怎麼這麼難看？」

舒熠說：「我走進來才想起來，還是忘了取現金，那不還欠妳一百塊錢。」

沒想到舒熠還記得這事，繁星噗哧一笑。

舒熠道：「今天是大年三十，我們老家的規矩，病人是不能在醫院過年的，醫生說妳沒事，我就把妳從醫院帶出來。正好酒店這房訂了好幾天，又不能退。」

繁星對總裁感激涕零。在機場那困惑、焦慮、窘迫的一幕幕，她都想起來了。她本能地不願去回顧那難堪的時刻，有什麼比被曾經最親密、曾經以爲要共度一生的愛人拋棄更傷人的呢？繁星下意識逃避。

在她心裡有個小盒子——這是她很久以前就學會的本事，那個盒子裡關著她最不願意記得的事，每次遇到特別難過的事時，她都對自己說不要再想了，把這些東西收起來，統統塞到那個小盒子裡，就像從來不曾發生過。

現在繁星也把志遠一家的不辭而別塞到小盒子裡去了，關得嚴嚴實實，就像從來沒有發生過。這是她自我保護的本能。

每次她把什麼東西塞到小盒子裡，她都會努力想點別的，讓自己趕緊快樂起來。所以她就想到總裁這次救了自己，名副其實的救命之恩，自己以後做牛做馬報答，再也不嫌科技宅男每次點的餐太麻煩，等春節放完假後上班，就給總裁換更好的咖啡豆，買新的咖啡機，再也不把他當小白鼠亂買新產品了，起碼看看評價再買。

舒熠沒想到她一瞬間會有這麼多想法，看她思緒起伏的樣子，便道：「妳不要太難過了。多危險啊，差點就出了車禍。」

繁星十分感激舒熠，如果不是他及時在機場外救了自己，說不定這個年就真得在醫院冷冷清清一個人過了，那滋味一定孤獨絕望得令人發狂。她不由得提議：「老闆，我包餃子給您吃吧！」

舒熠愣了一下。

繁星說：「今天不是大年三十嗎？這都下午了，您是來不及趕回去過年了，我包餃子給您嘗嘗，也算過年了。」

舒熠說道：「沒什麼關係，反正我就一個人，在哪裡過年都一樣。」

繁星心細如髮，聽出舒熠說這話時，語氣悵然而寂寥。

她對每年的過年都很畏懼，以前不論去父母哪邊家裡過年，自己都是個拖油瓶，不尷不尬顯得多餘。後來念大學了，父母只差沒直接說妳別回來過年，她厚著臉皮只作不知，在父母兩家一邊混一年，倒也公平。等工作後，回家過年必然要買很多禮物，老的小的，哪個人都不能輕易打發，還要小心地平衡，自己家父母不算完，還有志遠那邊的長輩。她每年都把年終獎金花個七七八八，父母對她態度倒好了很多，但過年到底是何種滋味，她心裡一清二楚。

雖然過年時總是跟很多人在一起，其實她清楚知道，自己本質上就是一個人過年罷了。

沒想到總裁也一個人獨自過年。

她眞的準備包餃子，不爲別的，包餃子有個儀式感，總能驅逐一些她和總裁不得不獨自過年的冷清。沒想到總裁說：「要包餃子還是我來吧。」

繁星十分驚詫。「您還會包餃子？」

舒熠淡淡地說：「我還會辦公司、ＩＰＯ上市①呢，妳親眼見過的。」

她發現老闆還滿會講冷笑話的。她忘了總裁曾經是留學生，大部分留學生都被逼上梁山做得一手好菜，總裁何止會包餃子，還煎得一手好牛排，用一點點紅酒烹，香飄十里。

繁星餓了一整天，聞見噴香的牛排，肚子咕嚕叫，她羞得臉紅。

舒熠裝作沒聽見，卻在她盤子裡盛了一大份，把較小那份留給自己。

兩個人坐在有無敵海景的露台上吃牛排。

繁星吃得嘴角流油，一邊吃一邊誇：「老闆您這手藝眞是絕了，我跟著您吃過的米其林餐廳也沒這麼好。」

舒熠說：「不能因爲我今年發了十九個月年終獎金，妳就說這種昧良心拍馬屁的話。」

繁星誠懇地道：「我那不是指望您明年發二十九個月年終嗎？」

她吃得飽飽的，癱在躺椅上不想動彈。天空已經暗下去，滿天都是晚霞，有一顆明亮的星星升起來，不知是不是啓明星（金星）。

繁星說：「這裡眞美啊，眞想一輩子都像現在這樣，什麼都不想，什麼都不做，吃飽喝足，就癱在這裡發呆。」

總裁回：「洗手，包餃子。」

酒店送來的麵粉不怎麼好揉，舒熠捲起袖子，一邊加水一邊和麵，繁星給他打下手。

舒熠竟然會擀皮，而且同時能擀兩張，中間厚四周薄，又圓又好，繁星佩服得五體投地。但她餡調得香，餃子包得也好，每只鼓鼓的像金魚。

兩個人一本正經地在開放式廚房裡包餃子，客廳電視嘰哩呱啦播著春節聯歡晚會，光聽那背景聲，倒是很熱鬧。

繁星說：「您眞是讓我刮目相看，您不是上海人嗎？怎麼擀皮這麼利索？」

舒熠說：「我媽媽習慣大年夜要包餃子，小時候都是我陪著她包，所以就學會了擀皮。」

---

① IPO（Initial Public Offerings），首次公開募股，又名首次公開發行、股票市場啓動，是公開上市集資的一種類型。

繁星「哦」了一聲，不曉得怎麼往下接，因爲總裁媽媽已經去世了，是兩年前的事。

她只好急忙岔開話：「哎，要不我們在餃子裡包錢吧？吃到就大吉大利！」

繁星跑去翻零錢，可惜只有幾枚一元硬幣，她覺得有點大，其實五角最好，金燦燦的像金幣，但也只能這樣了，反正只是好玩。她細心地拿了酒店牙刷認眞清洗，又放進鍋裡高溫消毒，等煮沸了十分鐘，才拿起來包進餃子裡。

舒熠有點不以爲然。「吃朵菊花出來，哪裡吉利了？大菊（吉）大利嗎？」

繁星跟著顧欣然看過幾本耽美小說，聽到這句話再也綳不住，把錢一扔，哈哈大笑，笑得直彎了腰，舒熠被笑得莫名其妙，說：「妳笑什麼？」

繁星笑得眼淚都出來了，但又不能跟他解釋爲什麼好笑，可是越看他困惑的眼神就越發覺得好笑，只能忍住笑，撒謊道：「您鼻尖上有麵粉。」

舒熠扭過頭去想照鏡子。「哪裡？」

繁星趁他扭頭，趕快用手指沾了點麵粉，走到他面前，踮起腳做擦拭狀。

「這兒。」繁星輕輕在他鼻梁上一抹，給他看手上的麵粉。「還沒擦乾淨，您等等。」繁星拿起面紙，認眞將她剛剛抹上他鼻梁的那層麵粉全部擦掉。「好了。」

舒熠鼻梁挺高的，而且眼睛極亮，眼角的形狀微微上挑，是傳說中的桃花眼，水汪汪的。繁星還是第一次離舒熠這麼近，被他這雙眼睛這麼盯著一看，她心虛剛才玩的小花招，心跳得像擂鼓，想要往後退，結果「碰」一聲撞在後面的椅子上，頓時就摔了個四腳朝天。

繁星狼狽無比，舒熠還以爲她又犯病暈過去了，趕緊過來扶她，問：「怎麼了？又暈了？要不要叫醫生來？」

「沒事沒事！」繁星心想真不能幹壞事，剛捉弄完老闆，自己立刻摔跤了。「我沒注意到後面這椅子。」

舒熠眼裡卻蘊著一絲笑意，那點笑像漣漪般漸漸擴散，這次輪到繁星被笑得心慌了。

「老闆，您笑什麼啊？」

舒熠手上全是麵粉，剛才急著扶繁星，蹭了她一臉。「別動。」他認真地用手指上的麵粉在她嘴旁畫了兩道，這下好了，像聖誕老人，繁星哈哈笑。

兩個人包了八十個餃子，太多了吃不完，凍在冰箱裡。

坐在客廳沙發裡守歲，他們有一搭沒一搭地閒聊，等著過十二點再燒水下餃子。

繁星講起外婆。小時候外婆對她最好，有一年跟著外婆守歲，她睏得直打盹，外婆到十二點把她叫醒，給她留了最大的福橘，還有紅包，然後叫她和表哥去門外放煙花。這是小時候難得的美好回憶。

舒熠說：「煙花還有啊，待會兒我們一塊兒放去。」

繁星想起酒店確實備有煙花，準備求婚成功後在海灘上燃放的，她怕大過年的老闆又想起失戀的事，趕緊亂以他語。

「您小時候，過年有什麼特別開心的事？」

舒熠說：「也沒什麼，小時候過年，我媽媽每次總是放個紅包在我枕頭底下，新年一大早我掀開枕頭，看到那個紅包，就覺得很開心。後來我去北京念書，放寒假回去，大年初一一掀枕頭，還是有個紅包，我媽還把我當小孩呢，就覺得像回到小時候，特別幸福，特別滿足。」繼而悵然道：「去年過年的時候，我早上醒過來，還是習慣性地將枕頭一掀，只是現在再也沒有人在我枕頭底下放紅包了。」

正說著話，電視裡開始倒數了。

十、九、八、七、六、五、四、三、二、一。

煙花騰空而起，萬家鞭炮聲，主持人說著吉利話，音樂響著喜慶的旋律。

繁星說：「新年快樂！」

舒熠也說：「新年快樂。」

兩個人喜氣洋洋地煮餃子。

第一鍋餃子煮好，繁星撈起來分成兩盤，其實每盤也就七八個，吃個吉利意頭而已。

她撈餃子的時候手上有輕重，果然，舒熠吃到第二個餃子，就「嘎嘣」一聲，吃到了硬幣。

繁星忍住笑，一本正經說：「大吉大利！」又說：「吃到金錢要許願！趕快許願，挺靈的！」

舒熠只是微笑。「我沒什麼願望，要不讓給妳許願。」

繁星說不用，結果她也吃到硬幣，趕快放下半個餃子，雙掌合十許願。

「大吉大利！今年老闆更上一層樓，給我們發二十九個月年終獎金！」

她許願聲音很大，一邊說一邊偷瞄舒熠，就見他在忍笑。

吉利話說完，繁星說：「我借用一下電話，給我爸媽打電話拜年。今天一天都沒給他們打電話，也不知道他們在酒店怎麼樣了。」

舒熠挺意外的，「他們對妳那樣，妳還這麼關心他們啊？」

繁星說：「好不好的生我一場也把我養到這麼大，總不能跟父母記仇吧，沒他們哪有我？他們是對我不怎麼好，可他們也沒義務對我好啊。我要是連親生爸媽都不認了，那我還是個人嗎？」

不知道為什麼，舒熠的臉色漸漸沉下去，他沒說什麼，擱下筷子就上樓了。

繁星不知道哪句話觸怒了老闆，只好先給父母打電話。繁星爸說小孫子已經好多了，完全不用吃藥打針了，龔姨也挺好的，今天他們三個人參加了酒店的除夕活動，大年夜過得很高興。末了，繁星爸才訕訕地說：「昨天我喝多了酒，志遠父母那裡……」

「爸，沒事。」繁星快刀斬亂麻，「都已經過去了，我就是打電話來給您和龔姨拜年。」

繁星媽更好哄，她還以為女兒這兩天跟志遠住一塊兒。「男人就是要哄嘛，妳說兩句軟話，好好陪志遠爸媽逛逛，哎呀，妳說這事……我這老臉都沒處擱……」

「沒事，媽，我能處理，您安心過年吧。」

等哄完父母，繁星放下電話才琢磨：總裁怎麼啦？一晚上他都和藹可親、平易近人，剛剛怎麼就甩臉子走人了？

繁星躺上床時，翻來覆去，覺得自己好像也沒說錯什麼話，怎麼就把老闆給得罪了？失戀事小，失業事大，繁星一點也不想這當頭失業。她在床上躺了半天睡不著，側耳傾聽隔壁房間也靜悄悄的，萬籟俱寂，只有窗外傳來輕微的海浪聲，想必總裁早就睡了。

繁星乾脆坐起來，仔仔細細將今天晚上自己的所作所為，還有總裁說過的每一句話都回憶了一遍，怎麼也想不通自己到底哪裡得罪了老闆，最後她決定不想了——她決定亡羊補牢，不就是哄老闆開心嘛，平時她做得很好，這次一定也能做到。

繁星爬起來，從包裡拿出紅包袋，這是她來之前預備的，原本是打算包給爸爸帶來的小孫子，現在另派上用場。繁星拿出錢包，抽出幾百塊，正打算塞進紅包袋，想了想又咬牙從錢包裡多抽出幾張百元大鈔，數了數，才裝進紅包裡。

老闆說了，小時候最開心的是初一早上醒來，一掀枕頭，就看到枕頭下的紅包。滿足了他，他開心一笑，就不計較她曾經說錯話了。

她赤腳下床，躡手躡腳走到總裁房門外，聽了聽，室內悄無聲息。

她輕輕扭動門鈕，挺好的，沒鎖。她一步步，輕輕地走到床邊。

只是這床實在太大了，繁星一隻手拉住床柱，另一隻手拿著紅包，盡量伸長手臂。她不由得屏息，輕輕地，慢慢地，只要推進枕頭底下，就萬事大吉。

還差一點點，只差一點點，最後一點點！

「啪！」

燈突然亮了，繁星嚇了一大跳，本能手一縮身子一仰，卻用力過猛，後腦勺「咚」地不知道撞到什麼，撞得頭暈眼花，立刻失去平衡，整個人「啪」地摔到被子上，她懊惱地抬頭，床上的舒熠正面無表情地看著她。

「妳幹什麼？」

繁星心想，她這渾身是嘴也說不清楚自己爲什麼半夜偷偷摸摸跑進總裁房間，現在還趴在他床上啊！但，必須解釋！

她深深吸了口氣。「老闆，我給您講個笑話吧。有天我跟我媽吵架了，吵完架我非常後悔，想給我媽買條珍珠項鍊，但我又不知道我媽戴多長的項鍊，所以半夜的時候，我偷偷拿著繩子溜進我媽房間，想把繩子套在她脖子上，量一量她戴多長的項鍊合適，可我剛把繩子套上她脖子，我媽就跟您一樣，突然醒了，問我想幹什麼？」

舒熠面無表情地看著繁星，繁星目光灼灼地看著舒熠。

舒熠一點一點將繁星手裡攥著的那個紅包抽出來，繁星眼睜睜看著他將紅包隨手塞進他枕頭底下。

「好了，謝謝。現在妳可以回去睡覺了？」

繁星心想，真不愧是我P大的天才學長，泰山崩於前而面不改色。她不能丟P大的臉，從床上爬起來，撣撣衣服，理直氣壯地說：「不客氣！晚安。」

繁星果然好夢，睡到日上三竿，她忘記拉窗簾，太陽一直曬到枕頭上，才把她曬醒。她伸個懶腰，一低頭，突然發現枕頭下露出紅色一角，她掀開枕頭，一只紅包靜靜躺在枕頭底下。

繁星好奇地打開，裡面有一疊錢。其實這紅包就是她昨天打算放進總裁枕頭下的那個，不過多了張紙條，字跡熟悉的凌厲飛揚，上面寫「欠條，兩百元整」。

按拜年的風俗舊禮，紅包是不興原封原樣還回去的，一定要多加一點錢。所以現在總裁欠她兩百塊了。

繁星不由得微笑起來。總裁還是挺有人情味的嘛。

✽

大年初一，繁星陪父母去拜觀世音菩薩。經過這次的事情，她反倒想開了，反正見面就會吵架，迴避也免不了風波，你們又都信菩薩，那就一塊兒去拜，有本事你們當著菩薩的面吵啊！她厭倦了居中調和，新的一年，愛怎麼怎麼地。

果然，雖然爸爸帶著龔姨和小孫子，媽媽帶著賈叔叔，竟然都心平氣和，一路爬台階拜菩薩，客客氣氣。賈叔叔還幫爸爸一起抬嬰兒車，兩邊都相敬如賓了。

大年初一，誰都得講點吉利話辦點吉利事嘛。

吃飯時，依然是繁星先訂好的包廂。旅遊景點人山人海，也沒啥好東西吃，但大家都餓了，這頓飯竟然吃得香甜又和睦。繁星買完單想，要是早兩天能像這樣多好啊，就不會出事了。

父母都不知道她跟志遠已經分手，一徑催促她。

「妳都出來一天了，趕快回去陪陪志遠父母。」

「就是，人家也人生地不熟的，我們這裡妳別管了，我們自己叫車回酒店。」

繁星還是堅持分頭把父母送回酒店，自己去通訊行胡亂買了支新手機，補了卡。猶豫了一下，她還是打了電話給志遠，但久久沒有人接，也不知道是不是因爲看到她的號碼。

繁星挺灰心的。認識這麼多年了，每次吵架其實都是她主動求和，她總覺得自己是女孩子，柔一點沒關係，男人要面子，不給他台階下哪成？這次是自己父母大大的不對，但他就這樣一聲不吭走了，一點解釋的餘地都不給自己。

繁星想他或許想冷靜一段時間。好吧，冷靜一段時間也好，自己也能想想清楚。

雖然是這麼想的，她心裡還是很難過。

難過的時候她最喜歡的地方是菜市場，人來人往，一旁全是新鮮的蔬菜，瓜果鮮翠，水魚肥美，特別有人間煙火氣。

繁星難受的時候最喜歡做飯，做飯能讓她忘記好多事情，專心致志，心無旁騖。

她在菜市場買了一堆食材。大年夜的總裁還煎牛排給她吃，投桃報李，她決定好好做幾個上海菜，給總裁改善飲食。

三亞的菜市場品類齊全，就是冬筍難買，繁星跑了幾個超市才買到，便叫車趕回清水灣。

舒熠一看到食材，果然很高興。「要是有醃肉就好了，可以做醃篤鮮[①]。」

繁星說：「沒有醃肉，但買了火腿。」

火腿其實更香，繁星切冬筍的時候，有人按門鈴，繁星正忙著，於是舒熠走過去開門。

繁星以為是酒店管家。「哎，忘了買薑，酒店廚房一定有……」一邊說，她一邊朝外走，打算跟酒店管家說借薑的事。

舒熠打開大門，主管技術的副總裁宋決銘拿著瓶紅酒，笑容滿面地站在門口。

「Surprise！」宋決銘笑嘻嘻地摟住舒熠的肩膀。「哎，我陪我父母在三亞過年，我知道我

---

①上海人常做的湯品，主要是將醃過的鹹肉加上新鮮的肉細火慢燉，這就是「篤」的意思，以呈現出鮮美的湯頭。

打擾你們恩愛，放心，我就是來蹭頓飯就走。」

宋決銘一邊說一邊往裡面走，舒熠攔都攔不住，半秒後，拿著紅酒的宋決銘跟拿著菜刀的繁星狹路相逢，面面相覷。

宋決銘沒把紅酒瓶當場摔落地算是鎮定過人，繁星拿著菜刀瞬間血衝大腦，張口結舌。反倒是舒熠破罐子破摔，跟沒事人似的。

「祝繁星，我祕書，你認識的。宋總，公司管技術的副總裁，妳認識的。」

宋決銘心想，我能不認識嗎？她辦公室就在你辦公室外頭，成天給你收拾桌子端茶倒水，每次開會便當都是她安排，我們還拿她打賭過一百塊錢。想到這裡，宋決銘恨不得抽自己一耳光。

繁星也想，能不認識嗎？公司統共才幾個副總裁？這一個脾氣最耿直，衝進辦公室就跟總裁吵架，吵完還死皮賴臉讓她倒杯特濃的咖啡，不加奶不加糖，解解渴再跟總裁繼續吵。哦，對了，他還拿自己跟總裁賭過一百塊錢。

宋決銘看了看滿砧板的菜，把紅酒放在桌上，說：「那什麼……我剛想起來我還有點事，你們先忙，我先走了！」

繁星心想，別啊，你這一走，我跳進黃河都洗不清了！

她趕快說：「別別，您都來了，我也是做兩個小菜，給舒總換個口味。您留下一塊兒吃飯吧！」

舒熠也說：「是啊，來都來了，一塊兒吃。」

宋決銘惴惴不安，看看舒熠，又看看繁星。

「一塊兒吃？」

他也好糾結的，這叫什麼事啊！自己爲什麼腦抽了大年初一跑來找舒熠，明明知道舒熠在跟女朋友度假，這不就無意間撞破了天大的祕密，回頭自己不會被滅口吧？

舒熠堅定地將他拉回客廳。「一塊兒吃！」

宋決銘其實是有事跟舒熠聊，拿了手機調出圖紙，就跟舒熠討論實驗室的新產品，兩個科技宅男一聊到技術，簡直兩眼放光，就在客廳裡激烈地討論起來。宋決銘照樣口沫橫飛，跟總裁就某個指標參數爭得你死我活，最後憤怒地一拍沙發扶手，說：「你要這麼著我不幹了！我要回實驗室做技術員。」

總裁冷冷地回：「你不幹行啊，你看公司哪個實驗室敢收留你，哪個敢我把哪個的預算砍一半。」

宋決銘委屈得像黃金獵犬，只差伏在沙發裡嗚嗚哭了。

繁星恰到好處地說「菜好了」，宋決銘恨恨地坐到餐桌邊，一邊咕噥著抱怨，一邊開紅酒。

「沒想到你眞不同意我的觀點，這麼貴的酒，我白拿來給你喝了。」

舒熠眼皮子都不撩，說你拿回去好了。

宋決銘轉向繁星求援：「妳看他像話嗎？見過這樣欺負人的老闆嗎？」

繁星笑嘻嘻地接過酒瓶，把酒倒進醒酒器裡。「技術呢我不懂，菜涼了不好吃，趕快趁熱吃。」

宋決銘還是氣呼呼的，但繁星手藝是眞的好，宋決銘吃得眉開眼笑。

酒過三巡，舒熠才說：「抱歉啊老宋，其實繁星也知道的，我剛剛失戀，心情不好，所以剛才說話過分了點，你別往心裡去。」

宋決銘再次瞠目結舌，心想這又是唱得哪齣，不過老闆都賠禮道歉了，科技宅男再不通人情世故，也趕快打圓場。

「沒有沒有，咱們不是從上下鋪就開始吵架，一直吵到今天嗎？哪能跟你一般見識，說不定早被你氣死了。」

繁星挺好奇。「你們是同學？」

「不是，我T大的，他P大的，我還比他大兩歲呢，哪能是同學？就是大學那會兒在外租房，窮學生嘛，租那種群租房，那間房特小，就擱得下一個上下鋪，關門不側身都關不上，我們恰巧租到同一間房，我睡上鋪，他睡下鋪。兩個人睡不著，半夜爬起來打遊戲，放假就一起跑去中關村電子街攢主機板記憶體什麼的。嘿嘿，其實想想那時候的日子，也滿有意思的。」

不知道爲什麼，舒熠低頭只是喝湯，好像有點意興闌珊。

繁星心想總裁還是挺細心的，留宋決銘吃飯，特意還說出失戀的事情，以撇清跟自己的關係，不然回頭公司要是傳得滿城風雨，自己可沒法見人了。

他很少在下屬面前提自己的私事，這算打破常例，何況失戀這種事，其實沒必要跟任何外人交待。繁星挺感激的。

酒足飯飽，宋決銘搖晃著腦袋，說：「哎呀繁星，妳手藝眞好，做菜這麼好吃，誰那麼有福氣把妳娶回家？妳要是沒有男朋友，我一定追妳！」

繁星只是微笑。

舒熠說：「追啊，她剛失戀。」

繁星再次血氣上湧，雖然餐刀就在手邊，可她不能手刃剛發了十九個年終獎金的總裁。

舒熠好像一點也沒意識到自己說了什麼不該說的話，自顧自就在那吃餐後水果。

繁星痛恨自己爲什麼要把水果洗淨切塊，連子兒都用牙籤挑了，擺得整整齊齊給他吃。

宋決銘喜出望外，兼之酒勁上頭，樂呵呵就開口問：「繁星妳看我怎麼樣？我雖然已經三十五了，比妳大好幾歲，但我從來沒交過女朋友，我純潔啊。」

「哐」一聲，舒熠把西瓜皮扔在盤子裡。

宋決銘兀自在那喋喋不休：「收入嘛，妳知道的，公司反正上市了，我有股票有分紅，年薪也不少呢。」

總裁拿起火龍果，一整塊放進嘴裡。

繁星微笑著收拾碗盤，百忙中用眼角餘光瞥了總裁一眼，心想，剛才把火龍果切得大眞好，噎得你！

「我是獨生子，不過我父母都有退休金，放心，他們不跟我一塊兒住，而且喜歡到處旅行，還說要趁著這兩年還沒孫子給他們帶，環遊世界呢！但因爲我是獨生子啊，可能將來父母年紀再大點，我得給他們買同一個社區，能經常過去看看，方便照顧。不過繁星妳脾氣這麼好，跟他們相處一定沒問題的。」

繁星眼前金星亂迸。我脾氣好什麼啊，現在就想拿塊西瓜塞住你的嘴。

宋決銘卻越說越自信。「妳看，我T大畢業的，不懂什麼花哨，就是踏實過日子，妳們女孩子不是說我這種是什麼……經濟適用男①！」

繁星心想，好嘛，一個上市公司高階主管，每年的分紅超過千萬，竟然在這兒聲稱自己是經濟適用男，還留不留活路給別人走了？

舒熠慢條斯理地吃著芒果，說：「追女孩子不是你這樣追的，你這樣一百年也追不上，怪不得你打光棍到如今。」

宋決銘不服氣。「那該怎麼追？你示範給我看啊！」

舒熠沒料到他會說出這句話，不由得一愣。

這也是企業文化的一種，技術型公司不打嘴砲，誰要覺得誰不行、做得不對，那你就做對的示範。

說得粗俗點，You can you up，no can no BB.②

舒熠是鼓勵這種文化的，因爲他本身是技術至上的信奉者，公司所有研發小組都不會攻擊競爭對手，覺得對手不行，那就做出更好的產品來讓對手瞧瞧，他們到底是哪裡不如自己唄。

所以被宋決銘這麼一將軍，舒熠就愣住了。

宋決銘見他愣住，不由得得意道：「你看，你也不懂吧！你要眞懂，怎會失戀呢！」

繁星看總裁的臉色都變了，心想這宋決銘眞是喝大了，何必要在老闆心口捅刀，把老闆逼到這種地步呢？

繁星趕快打圓場：「好了好了，其實女孩子想法是挺難琢磨的，而且一人一個樣，要不怎麼說，女人來自水星，男人來自火星？談戀愛這種事要看緣分的，跟你們做研發不一樣，不是怎麼追，什麼樣的技巧，就能追到對方。再說了，我暫時不想談戀愛。」

跟志遠的事都還沒最後講清楚，宋決銘這都哪跟哪啊。

宋決銘倒是很失落。「那妳想談戀愛的時候考慮一下我啊！」

繁星啼笑皆非，只好收拾了碗盤拿去水槽。

宋決銘堅忍不拔工科男的韌勁又上來了，跑到水槽邊給她幫忙。「哎，繁星，妳明天有時間嗎？我們一塊兒去天涯海角？我還沒去過呢，聽說雖然是老景點吧，但還不錯。」

繁星微笑道：「天涯海角就不去了，我明天要陪舒熠。」

她本來是隨口扯個緣故，宋決銘卻一回頭就嚷嚷：「哎，舒熠，你明天一個人能行嗎？我跟繁星出去玩兒。」

舒熠還在那裡吃芒果，繁星買的水果，又大又甜，再加上芒果整片對剖切下來，用刀劃成丁翻起來又不顯，一整個兒都被他吃了。

吃著吃著，他說話就含糊起來：「你問繁星。」

他自己還沒覺得，宋決銘已經叫起來：「哎呀，舒熠，你這是怎麼啦？」

繁星聽他聲音不同尋常，忙摘了橡膠手套走過來看，只見舒熠半邊臉都腫了，嘴角一圈全是

---

①經濟適用男，指不吸菸、不喝酒、不關機、不賭錢的男人；從事教育、IT、機械、技術類等職業，收入不一定高，但穩定。

②中式英語，直譯為：你行你上，不行就別亂噴。

紅的。

繁星嚇了一跳，定了定神才想起來可能是過敏，連忙讓舒熠用冷水洗手洗臉，清潔皮膚。

舒熠洗完臉後連眼睛都腫起來了，繁星一看不行，立刻聯絡酒店派車，送舒熠去醫院。

大年初一的晚上，繁星就在兵荒馬亂中度過，幸好送醫及時，清潔完過敏的皮膚給藥後，急診醫生就批評舒熠。

「就算芒果好吃，也不能吃那麼多啊！」

繁星怯怯地替舒熠分辯：「只吃了半個。」

「自己是過敏體質不知道啊？嚴重的話會出人命的，大過年的，就不能管住嘴嗎？」

舒熠大概成年之後還沒有被人這樣當小朋友似的訓過，但他嘴都腫了，說話也不利索，乾脆一言不發。

繁星說：「以前也吃過芒果，好像也沒過敏。」

醫生說：「今天晚上喝酒了吧？吃海鮮了吧？總貪嘴吃了七八樣東西吧？一整個芒果他拿著啃的吧？果汁蹭到臉上沒擦對吧？」醫生痛心疾首，「別心疼妳老公，他要再這麼饞，下次更嚴重。」

宋決銘趕緊解釋：「這不是她老公，是她老闆。」

醫生詫異地看了宋決銘一眼。「那你是病人家屬？」

宋決銘說：「不，他也是我老闆。」

出了醫院，已經是半夜，舒熠的臉終於開始消腫，看著好很多，說話也清楚了。「老宋你回去吧，大半夜了。」

宋決銘賊心不死地看著繁星。

繁星趕快說：「您看舒總這樣呢，明天我得留下來照顧他。」

宋決銘到底是兄弟情深，頓時愧然。「對，對，妳好好照顧舒熠。」

❀

回去的路上，舒熠上車就睡著了。口服抗過敏的藥裡有鎮靜成分，他的臉已經消腫大半，就是嘴角還有一點紅，像是小孩子吃完糖沒有擦乾淨。

從市區醫院到清水灣，路途頗遠。繁星其實也很睏，她白天陪父母去拜菩薩，晚上又從做飯折騰到現在，但老闆已經睡著了，自己睡著了多不合適。她告誡自己，別睡別睡，不能睡，挺住回去再睡，可是眼皮沉重得很，不知不覺，她就迷迷糊糊了。

車身微微震動，舒熠醒來，發現繁星睡著了，車子搖晃，她睡得並不安穩，長睫輕顫，眼珠在微微轉動。真皮座椅很滑，她的頭總是往一邊歪，歪著歪著整個身子就跟著歪了，看姿勢並不舒服。

舒熠想起來，有一次開會，也是熬到了凌晨三四點，大家一杯接一杯地灌著濃咖啡，最睏乏的時候，他站起來活動手腳活躍思路，一扭頭，發現繁星縮在會議室角落睡著了。

大概是會議室空調太冷，她縮成很小很小的一團，背抵著椅子，頭深深地埋下，像嬰兒蜷縮在子宮的姿勢。舒熠看了兩年的心理醫生，知道這種睡姿是最沒有安全感的。

當時他想，平時看繁星成天笑嘻嘻的，什麼事都難不倒的樣子，公司福利待遇又好，她名校畢業，科系熱門，資質不差，人又開朗活潑，跟公司誰都處得來，研發團隊那票科技宅男個個都暗戀她，她到底哪裡缺乏安全感了？前兩天聽她說起父母、男友的事才知道，原來是原生家庭的問題。

怎麼說呢？同是天涯淪落人。

他一個大男人都曾經扛不住抑鬱兩年，何況她一個小女生？女人心思更細膩，百轉千回，一定比他想得要多得多，看她平時做事就知道，她是寧可多想也不願做錯的人。這世上每個人都如此孤獨，誰知道每個人歡笑背後的眼淚？

現在看她睡得跟啄木鳥似的一點一點，他就覺得怪可憐的。

眼看她猛然往下一滑，就要磕在座椅中間的扶手上，怕得磕個鼻青臉腫，舒熠眼明手快，一下扶住她的額頭，輕輕一側身，繁星靠在他肩膀上，終於睡安穩了。

舒熠覺得這沒什麼，她成天忙前忙後圍著他轉，再棘手瑣碎的公事私事都是她處理，自己幫這點小忙，該當的。

繁星睡到車進酒店大門，輪胎輾過減速板才醒，一醒發現自己竟然靠在舒熠肩窩裡。不知爲何車顛得讓她跟總裁睡到一塊兒去了，頓時鬧了個大紅臉，趕快起身。

幸好舒總裁沒醒，不然太尷尬了。

她摸摸嘴角，沒流口水吧？若沾到總裁襯衫上那眞是太丟臉了。

繁星痛下決心，以後一定坐在副駕駛位上，再也不犯這種錯誤了。今天是因爲舒熠過敏，爲了中途方便照顧才坐在後座，偶爾跟老闆並排坐，就這麼丟人現眼。

車到別墅前，繁星才叫醒舒熠。

舒熠假作迷糊，揉了一下眼睛。「快上去休息吧，都要天亮了。」

繁星失了睏頭，躺在床上倒睡不著了。

她是個氣味敏感的人，總覺得手指上似乎有點陌生的氣味，像是薄荷香氣，又有點像草坪剛修剪完的青草味。她都洗過澡了，但這氣味隱隱約約，一直存在，最後，她終於想起來，像是過敏藥膏的味道。

太丟人了，難道自己睡著了還摸了總裁的臉？

繁星忐忑不安地睡著了，感覺剛睡了沒一會兒，就被自己媽媽打來的電話吵醒。

原來志遠媽回家之後，左思右想委實咽不下這口氣，更何況大過年的，親戚朋友們全知道他們一家三口去三亞度假，同時見見未來的親家商量婚事，結果提前回來，她窩在家裡三天沒出門，接到拜年的電話也隻字不提，只裝作還在三亞。

不然親戚們問起來，臉往哪裡擱？

到了大年初二，志遠媽終於忍不住了，瞞著志遠，偷偷打了個電話給繁星媽。志遠媽好歹也是公司的小主管，兼之丈夫做了這麼多年校長，教育工作者的妻子說起話來有條不紊，滴水不漏，委婉又犀利，其實就是一個主題：繁星媽妳到底是怎麼教育女兒的，怎麼把女兒教成這樣，腳踩兩條船狠狠傷了我兒子的心？可憐志遠一片癡心竟然落到如此地步，簡直是明月照溝渠。

繁星媽最開始還有幾分不好意思，畢竟那次晚餐是繁星爸大鬧飯局，還打了親家的臉，總歸是自己這邊不對。她以爲這事已經過去，女兒明明也像沒事人一樣，結果後面越聽越不對勁，等聽明白來龍去脈，繁星媽感覺簡直如五雷轟頂。

女兒竟然把她蒙在鼓裡，虧自己還以爲她天天在陪志遠父母。

繁星媽一掛斷電話，就直接打給繁星。

她劈頭第一句就是：「祝繁星妳能耐啊！妳這是跟誰學的？好的不學妳學妳爸捻花惹草，腳踏兩條船，妳還是個人嗎？」

繁星睡意朦朧地接了電話，一時都懵了。繁星媽在電話裡罵個痛快，根本不給繁星插嘴解釋的機會，到最後撂下一句狠話：「妳立刻滾過來跟我當面說清楚！人家志遠樣樣都好，妳怎麼就跟那些狐狸精一樣臭不要臉跟老闆不清不楚的？我告訴妳，妳今天不來跟我說清楚，我馬上跳海自殺，死在三亞也勝過沒臉回去見人！」

繁星放下電話，去洗手間洗臉。看著鏡子裡自己煞白的臉，她想，爲什麼媽媽都不相信自己呢？從小就是這樣，考了一百分，歡天喜地拿回家，媽瞥了一眼，冷冷地說：「抄的吧？」她委屈得哇哇哭，心想從今以後只有每次都考一百分，才能證明自己的成績並不是抄來的。

她一直很努力，考上P大，在小城裡如果換成別人家估計早樂瘋了。父母倒也難得，聯合起來請老師吃飯，謝師宴嘛，老師誇她高中三年有多麼努力才能考上P大，她媽媽說：「哪裡啊，自己的丫頭自己知道，她就是運氣好。」

一直到後來，連繁星自己都覺得自己是運氣好，才能考上P大。

那些每天只睡六個鐘頭，做比所有同學多一倍的練習題，在洗手間都背單詞的日子，彷彿是另一個人的經歷。

繁星穩穩地對著鏡子打粉底，在心裡對自己說：我都已經二十多歲了，獨立工作五年，我再也不是那個彷徨無助的小孩，我能面對這一切。

但她下樓見到舒熠，跟他請假說有點私事要去處理的時候，仍舊無精打采。想到要去應付親媽滔滔不絕的怒斥，說不定親爸還會在旁邊火上澆油，她只覺得心力交瘁。

舒熠覺得只過了一晚上，自己這小祕書跟換了個人似的。說得俗點，就像霜打的茄子，模樣跟前兩天他剛從機場高架橋把她撿回來時一樣。

舒熠不動聲色，「妳本來就在休假，特意抽出私人時間過來照顧我，我還沒有說謝謝，無所謂請假這事。妳要用車嗎？我讓司機送妳。」

繁星搖搖頭，她匆匆忙忙綰好的頭髮有幾絡落下來，就垂在頸旁，一搖頭，那碎髮就輕輕搖晃，毛茸茸的，像隻小狗，不，像貓，機靈，可有時候又呆呆的。

舒熠問：「有什麼需要幫忙的地方嗎？」

繁星有點怔忡地看著他，舒熠心想這時候她就挺呆的，像貓看見窗外的蝴蝶，讓人忍不住想幫牠打開紗窗。

舒熠說：「我看妳滿臉愁雲，想必是遇上什麼難事，有什麼可以幫上忙的話，儘管說，除去工作關係，我們算是朋友吧？」

繁星心想，你還說呢？罪魁禍首就是你。

她很坦誠地說：「沒事，就是我媽知道我跟男朋友吵架的事，要把我叫過去教訓一頓。我媽那脾氣，就唸叨個沒完，也不會聽我解釋。」

舒熠注意到她的用詞，她說的是「跟男朋友吵架」，而不是「跟男朋友分手」。

他說：「那吃了早飯再去吧，空著肚子挨罵，太慘了。」

繁星苦笑。「清水灣過去有點遠，我媽現在怒不可遏，我再去得晚，她更生氣了。」

「那就讓她氣唄，妳都成年了，在感情上做出自己的選擇非常正常，爲什麼還要順從她？」

繁星說：「不是順從她，就是……」她講到一半忽然氣餒，自己爲什麼要跟總裁講這些呢？

「我說了，我們也算朋友，做爲朋友，其實我建議妳冷一冷她，有時候長輩就像小朋友，妳越是在她氣頭上想哄她，她越是大哭大鬧給妳看。等她發現妳不關注的時候，她就知道這些手段對妳而言是無效的，下次她就不會再這樣了。」

舒熠打開冰箱，倒了一杯牛奶，隨手放了兩片吐司進烤箱。

「吃了早餐再去，讓她也冷靜想想，她有沒有權利干涉妳的感情。我給妳煎兩個雞蛋，妳要單面雙面煎？半熟還是全熟？」

總裁都親自給自己做早餐了，繁星只好坐下來。這早餐不吃，就是不給老闆面子了。毋庸置疑，繁星是兩權相害取其輕，畢竟老闆不高興就事關飯碗，而親媽，她早就知道媽不會給她飯吃，不管媽高不高興。

吃過早餐，繁星問：「您中午吃什麼，要不要我安排酒店送餐？」

她做習慣了祕書，哪怕明知道總裁本人亦能做得一手好菜，她也得安排好他每頓飯。

舒熠輕描淡寫地說：「不用，我陪妳去見妳父母，中午我們就在亞龍灣吃。」

繁星再次被五雷轟頂，看著舒熠說不出話來。

舒熠說：「公司傳統，下屬扛不了的雷上司出面，我不覺得妳能很好地應付妳母親。」

繁星張口結舌。「可是……」

「別可是了，走吧。」

繁星跟在舒熠身後，一路愁眉不展地低著頭，只顧琢磨怎麼措辭，好勸阻舒熠不要跟自己一起去，等走到停機坪看到直升機停在那裡，繁星還傻乎乎的。

「妳不是說趕時間嗎？我們開直升機過去。」

舒熠把她拉上直升機。因為太高了，他腿長一跨就上去，她還在五雷轟頂，所以被老闆拉上去了，還沒反應過來。

直到戴上耳機，繁星才戰戰兢兢地問：「老闆您自己開飛機？」

「在美國學會的。放心吧，我有直升機駕照，技術也不錯，曾經跟朋友一塊兒穿越過大峽谷。」

舒熠拿起手冊核對各項參數，繁星嚇得趕快閉嘴，不打擾老闆駕駛，她一點也不想機毀人亡。

一路上她都屏息安靜，生怕說一個字讓舒熠分心。結果舒熠還真的飛得挺穩的，一路沿著海岸線飛，碧藍的海水，銀色的沙灘，廣闊的大海像一卷巨大的油畫鋪陳在腳下。

螺旋槳的聲音吵得繁星心煩意亂。這是第二次搭直升機了，只是兩次她都沒什麼心思看風景。

等舒熠在地面人員的指揮下，將直升機穩穩停好，螺旋槳逐漸靜止，繁星才找到機會說話。

「舒總，我媽雖然念過大學，但她這輩子順風順水慣了，我繼父對她又好，她在家說一不二的，說話挺沒分寸。她不會因爲您是我老闆，就對您客氣，她不是那種能講道理的人……」

這叫什麼事啊，她眞怕自己親媽把自己飯碗砸了。

舒熠說：「挺好的啊，妳別告訴她我是妳老闆，妳跟她說我是妳新男朋友就行了。」

雷太多，繁星被劈得無話可回。

繁星喃喃：「老闆您別這樣啊，我媽眞會動手打你的，眞的。」

舒熠說：「她打得贏我嗎？」

繁星想起老闆的拳擊教練，不由得又開始擔心自己媽媽。

「萬一我媽說了什麼難聽的話，您別跟她計較啊。老闆您還是回去吧，您是不是想逛亞龍灣？要不我幫您訂個酒店喝下午茶，亞龍灣沙灘好，還是下午您到海邊游個泳？我自己去見我媽就行了，眞的！」繁星苦苦哀求，簡直是聲淚俱下了。

繁星心想這哪兒跟哪兒啊，送你去醫院第一是職責，第二是因爲芒果是我買的、我削好了給你吃的，我也怕你過敏嚴重了人命關天啊。

舒熠說：「妳放心，看在妳昨天半夜還送我去醫院的分上，我能幫妳搞定的。」

繁星認爲，老闆是因爲失戀了魔怔了。失戀這種事吧，就像快刀子捅人，剛捅進去都不覺得痛，事後反應過來才痛不欲生。一定是這樣，老闆失戀好幾天了，現在終於有了失戀綜合症，都願意扮演社區委員會大嬸，要去調節母女矛盾了。

繁星知道今天會很麻煩，但萬萬沒想到她媽竟然擺出了三堂會審的陣仗。

繁星媽本來只打算把繁星爸叫來，兩個人一起好好教訓一下女兒，當然了，主旨是罵：女兒像誰不好，像親爸，真是老祝家的孬種。這種話，當然得繁星爸在一旁親耳聽著才有意義。

誰知道龔姨不放心老伴，怕繁星爸鎮不住場子，又被繁星媽欺負。繁星媽多厲害的女人啊，沒事都敢打電話把自己罵個狗血淋頭，老祝那麼老實，被前妻生吞活剝都不夠，所以龔姨堅定又堅決地帶著小孫子，陪老祝一起到繁星媽住的酒店。龔姨振振有詞：「她要敢打你，我還能在旁邊攔著點，攔不住我還能報警，我要是不在，你被她打死了我都不知道。」

老祝是被她收服了的，老婆說一不敢說二，只好帶著她和小孫子一塊兒來了。

繁星媽下樓一看，好，竟然連狐狸精都帶來了，這是一家子齊心要來對付我了，立刻打電話把老賈也叫下樓。

兩邊就這樣擺齊了人馬，所以當繁星走進大廳，就看到氣哼哼的爸媽，一如既往地像烏眼雞互瞪。

繁星心道不妙，連忙問大廳經理：「中餐廳有沒有安靜點的包廂？」

她怕在大廳鬧起來，人來人往的，豈不難堪？

大廳經理說：「抱歉，我們是東南亞風格的餐廳，沒有完全隔音的包廂。」

繁星心裡一咯噔，還來不及說話，就聽舒熠在身後問：「那有沒有會議室？要一間安靜的會議室。不用太大，能容納十幾個人的就行。」

繁星萬分感激總裁的急智，心想不愧是P大的天才學長啊，竟然能想到租用酒店會議室。會議室當然有，大過年的，沒有誰跑到三亞來開會。

繁星媽萬萬沒想到繁星竟然還帶了個男人來，她冷眼打量，摸不清舒熠的路數，所以一言不發。舒熠倒是挺坦然，自顧自拿出信用卡，去商務中心辦理租用會議室的手續了。

繁星只覺得自己親媽眼裡嗖嗖地飛出刀子，簡直要在舒熠背上扎出無數孔來，連忙說：「媽，我們去樓上會議室說吧。」

她話音還沒落，就聽到不遠處有人驚喜地喊：「哎呀，繁星！這麼巧！」

繁星回頭一看，竟然是宋決銘。他穿著泳褲披著浴巾，頭髮上還掛著亮晶晶的水珠，活像剛洗完澡還沒吹乾的黃金獵犬。

宋決銘喜出望外，連忙上前跟她打招呼。「妳怎麼在這兒？」

怎麼又半路殺出個程咬金，這還不夠亂嗎？繁星說：「我媽住這邊的酒店，所以……您怎麼在這兒呢？」

宋決銘眉開眼笑。「我陪我爸媽住這酒店，剛游完泳打算回房間，就看到了妳，眞是巧啊！這是阿姨吧？繁星，介紹一下啊？」

繁星只好對自己媽媽介紹：「媽，這是我們公司的宋總。」

宋決銘趕快在浴巾上擦擦手，伸出手來想握手。「阿姨您好！您眞年輕，繁星長得跟您眞像！」

繁星媽一聽是公司老總，整個人就炸了，指著宋決銘的鼻子就罵：「黃鼠狼給雞拜年，沒安好心！你以為你開個公司當老闆，就能覬覦我女兒！我們家繁星是清清白白人家的女兒，絕對不給有錢人當二奶！我告訴你，你甭想騙她年輕不懂事！你敢欺負我女兒，我跟你拚了！」

宋決銘被這劈頭蓋臉一頓罵都罵暈了，繁星連忙攔在中間。「媽！媽！您誤會了，您弄錯了！」

宋決銘更著急。「哎，阿姨，什麼二奶啊！我單身啊，連女朋友都沒有！」

繁星媽正罵得痛快，一時剎不住，好不容易狠狠喘了口氣。「你單身？」

宋決銘像小雞啄米般點頭。「是啊！我本科畢業就出國念博士，在美國待了好幾年，我們學校中國女生特別少，想找女朋友也找不著啊！回國後就創業，忙得要死，繁星知道的，我們天天加班，我絕對沒有女朋友！」

繁星媽瞧了他一眼。「你美國留學的？」

宋決銘驕傲地說：「柏克萊，阿姨您聽說過嗎？」

「聽過，我還去過呢！」繁星媽忍不住瞟了前夫和龔姨一眼，開始誇耀：「去年夏天繁星出的錢，給我們報名的旅行團，讓我跟她叔叔去美國西岸玩，路過柏克萊，導遊說時間不夠了，不進校參觀，還說這學校特別好，跟史丹佛一樣好！」

宋決銘趕緊糾正：「阿姨，我們專業排名比史丹佛高！」

繁星媽卻問：「你真沒女朋友？」

宋決銘拍著胸脯保證。「真沒有！」

繁星媽思索了兩秒。「那讓我考慮考慮！我再跟繁星商量商量……」

宋決銘喜出望外，繁星卻急了。「媽！不是……這……他……」這叫什麼事啊！

正亂著，舒熠回來了，宋決銘一見他，倒有幾分意外。「舒熠，你怎麼在這兒？」

舒熠不動聲色，隨手拍了拍他的肚子。「你住這酒店？趕快上去穿衣服，免得回頭著涼了。」

宋決銘肚子上全是水，站在大廳裡被空調吹了這麼久，確實也覺得冷。他咧嘴一笑，道：「那我先上去穿衣服，阿姨，晚上我請您吃飯，大家一起啊！繁星，我待會兒給妳打電話。」

舒熠說：「電梯來了，趕快上樓吧，多不禮貌啊，對女士們露著胸。」

宋決銘覺得舒熠說得有道理，繁星那麼精細的一個人，還有未來的丈母娘也在呢！看旁邊一圈人，或站或坐，有男有女有小孩兒，說不定都是繁星的親戚，自己披著浴巾濕淋淋地站在這兒，可不是太不禮貌了嗎？電梯來了，他吐了吐舌頭，趕快鑽進去了。

舒熠三言兩語打發走宋決銘，問繁星：「去會議室？」

繁星覺得親媽剛才已經陰差陽錯衝著宋決銘嚷過了，一鼓作氣，再而衰，三而竭，估計戰鬥力已經釋放得差不多，最糟糕的局面都應付過去了，還怕什麼呢？

一進會議室，繁星明顯放鬆了許多。會議室是她的主場，她決定把這當成一場特別難搞的協調會，開會時什麼場面她沒見過，那幫科技宅男鬧起來的時候，好幾次她都以爲要打群架呢，結果還不是嚷嚷一陣，每個人衝上去畫圖、寫公式，試圖說服對方。

但她萬萬沒想到，舒熠一上來就對所有人說：「大家好，大家都是繁星的長輩，我自我介紹一下，我叫舒熠，是繁星的新男友。」

繁星媽驚呆了，繁星也驚呆了，最後還是龔姨問：「妳是繁星新男友，那……那剛才那個宋總呢？」

舒熠說：「哦，宋決銘他確實是想要追求繁星，這不有我在，他的努力都白費了嗎？」

繁星媽終於反應過來。「可他是柏克萊啊！」

舒熠輕描淡寫地說：「我是普林斯頓，阿姨，普林斯頓也不差。」

繁星媽想了想，確實，普林斯頓也挺有名的，何況這位還比剛才的宋總更帥呢。

繁星默默在心裡吐槽：然而你輟學了，並沒有畢業。

舒熠說：「宋決銘人是挺不錯，但他睡覺打呼嚕，阿姨，繁星睡覺多輕啊，有點動靜她就醒了，要是將來的老公睡覺打呼嚕，她能睡得好嗎？身體是革命的本錢，她要是睡不好，身體就不好，從根本上來講，這就不行。」

繁星媽不知不覺點了點頭。

繁星只覺五雷轟頂，心想要是顧欣然在這兒就熱鬧了，一定會扯著她擠眉弄眼。「妳老闆怎麼知道宋決銘睡覺打呼嚕啊，他們倆是不是睡過?!」

繁星也不知道怎麼回事，最後就變成總裁與所有人相談甚歡，繁星媽跟總裁大談美國風景，相見恨晚的繁星媽聽取建議決定明年一定要自駕遊美西。繁星爸跟總裁討論怎麼釣魚，兩個人一直從河魚應該用什麼餌，討論到怎麼去阿拉斯加釣鮭魚。總裁連龔姨和賈叔叔都照顧到了，連那麼不善言辭的賈叔叔都跟他津津有味地講怎麼做好吃的辣子雞。最神奇的是嬰兒車裡的小寶寶睡醒了，還沒等龔姨叫著心肝寶貝抱起來，先望著總裁咯嘰一笑，咧歪了嘴。

眞眞是皆大歡喜，除了繁星。

繁星媽握著舒熠的手，「繁星我就交給你了，她從小被寵壞了，脾氣不好，你要多擔待些……」

繁星爸站在一邊連連點頭。

繁星大急。「不是……媽……那個……」

舒熠不動聲色地托住她的手，「謝謝阿姨。」

繁星爸則說：「晚上一起吃飯，我們好好喝兩杯！」

繁星趕快阻攔：「不，爸，那個……晚上我……我還有事！老闆找我有事！」

繁星求救地望著舒熠，舒熠若無其事點點頭。「對，晚上繁星的老闆要跟她開會。」

繁星媽說：「大過年的，還開會？」

繁星只好繼續撒謊：「我們公司不是在美國上市嗎？美國人不過春節的。」

繁星媽接受了這個解釋，卻不由得抱怨：「你們老闆也太不像話了，他自己是工作狂，還拉著妳大過年加班，怪不得找不到女朋友！活該他單身！」

繁星知道她對號入座，以爲宋決銘是老闆，但當著舒熠的面只好假裝沒聽見。「媽，我該回去了，一會兒老闆要找我了。」

舒熠還在客客氣氣地跟大家道別，繁星媽瞅著機會把繁星拉到一邊，叮囑她：「這個小舒比志遠長得帥，人也比志遠好相處，好好把握。」

繁星哭笑不得。「媽，不是，這個……我其實跟他……」

繁星媽神祕一笑。「其實妳還沒有想好對不對？媽什麼都看出來了！」

繁星挫敗地想，回頭眞得和總裁好好聊聊，他這麼不按常理出牌，這局面自己該怎麼收拾啊？

繁星媽繼續說：「別裝啦女兒，人家都知道妳睡覺輕了，妳這麼傳統的人，不喜歡怎麼會跟他……女人，身體是最誠實的！」

直到上了直升機，繁星還在五雷轟頂中，被自己的媽雷得外焦裡嫩，實在是無言以對。

飛機飛到一半，碧藍的大海就像一匹無邊無際的綢子，鋪陳在視野的盡頭。繁星想到這幾天發生的各種事情，沒料到父母越加誤會重重，攪局容易收場難，舒熠又是老闆，科技宅男不通人情世故，哪裡知道她那裡一地雞毛。

繁星深深嘆了口氣，心裡琢磨待會兒怎麼跟老闆談這件事。

忽然，耳機裡傳來舒熠的聲音。「嘆什麼氣？」

繁星只好言不由衷地說：「夕陽眞美。」

正是傍晚時分，西斜的太陽照在海面上，波光粼粼，萬點碎金。

舒熠忽然道：「帶妳看樣東西。」

繁星還有點懵，直升機已經掉轉方向，朝著茫茫大海飛去，不知飛了多久，直升機做出一個盤旋動作，當再次掉轉方向時，舒熠指向斜前方。

「妳看！」

萬道霞光正照耀著遠處的海岸線，狹長的沙灘被鍍上一層淺淺的玫瑰粉色，海岸不遠處有一座島嶼，夕陽拉長了島嶼的陰影，兩道蜿蜒的海岸線交匯在尖岬，因爲角度和光線，那倒影變成了巨大的心型，泛著粼粼的粉色波光，在漫天晚霞的映襯下，變幻莫測。

繁星驚訝得說不出話來。

飛機懸停在空中，螺旋槳呼啦啦響著，太陽很快地落下，那顆心變得越來越瘦，越來越尖，越來越長，最終匯成了一道長長的流光，夕陽有一半沉入了海中，那些波光流動著，散開去，漸漸變成了細碎的金色光點，跳躍在浪尖。剛剛那一幕好似夢境，再也不見。

直升機重新掉轉方向，回到正確的航線。

舒熠說：「只有幾分鐘能看見，這是我偶然發現的。」

一直到下飛機，繁星都沒有再說話。

吃過晚餐，繁星糾結了半晌，最終走到舒熠房間敲門。

「請進。」

舒熠正坐在露台上，筆記型電腦放在藤几上，旁邊還放著一杯咖啡。不知道是在回郵件還是看圖紙，看她進來，就闔上筆電。

繁星糾結地開了口：「我們談一談吧。」

舒熠模樣很放鬆。「好啊。」他問：「妳要喝什麼嗎？咖啡？茶？」

繁星其實很想來杯威士忌，酒壯慫人膽嘛，但她搖了搖頭，坐下來，很眞誠地說：「舒總，謝謝您今天幫我解圍，可是這個方法對我而言，其實有很大的困擾……」

舒熠擺出一副正認眞傾聽的模樣，繁星卻糾結著不知怎麼往下說。

「您這麼做，我不知道是出於……」繁星一句話還沒說完，手機突然響起，一看號碼是宋決銘，頓時覺得尷尬，只好說：「不好意思，舒總，我先接個電話。」

宋決銘的聲音在電話裡也是興高采烈的。「繁星，不是說好晚上一塊兒吃飯嗎？阿姨住哪個房間？要不要我上樓去接你們？」

繁星冷汗都冒出來了，支吾著：「我在舒總這邊，晚上我開會呢。」

宋決銘納悶：「開會？開什麼會？舒熠找妳開會幹嘛？他要開會也應該找我啊！」

繁星說：「宋總，還要開會，我先掛了啊。」

繁星狼狽地掛斷電話，舒熠坐在躺椅上，很逍遙的模樣。「這就是原因。」

繁星張口結舌。

舒熠說：「宋決銘要追妳，這就是我多管閒事的原因。妳是個很優秀的女孩子，也是很好的祕書，宋決銘要是跟妳談戀愛結婚，最後妳一定會辭職的。從自私的立場來講，我實在是不願意失去像妳這樣的祕書，而且，妳跟宋決銘眞的不合適，你們倆都是很好的人，走到一塊兒要是分手，就會有人受傷，我不願意看到這種事發生。」

繁星想了想，這似乎勉強解釋得通。

繁星趕快向老闆表態：「就算結婚我也不會做全職太太，我還是要工作的。」

開什麼玩笑，養活自己是她最基本的目標，她這麼嚴重缺乏安全感的人，實在沒辦法想像自己不工作，靠別人養活。

舒熠看了她一眼。「妳還是有考慮宋決銘？」

繁星連忙說：「沒有沒有，真沒有，我不喜歡他那樣的。」

舒熠端起咖啡呷了一口，問：「那妳喜歡哪樣的？」

繁星一時答不上來，只好胡亂搪塞：「其實，我也不知道……」她想了想，又補上一句：「以前，我認為自己喜歡我前男友那樣的，大學同學，知根知底，人也純粹。現在……」她嘆了口氣。

人長大了，就複雜了。或者說，離開學校那個單純的環境，就變了。

她和志遠還是模範情侶呢，這幾年每年同學聚會，都有人問他們倆何時結婚。她也曾經很篤定地想，這輩子就是這個人了，可是沒想到瞬間就變成這樣。

舒熠伏在欄杆上，似乎出神地看著不遠處墨黑翻滾的海浪。

「繁星，妳別誤會，我其實是想幫妳。」他沒有回頭，看著大海慢慢說。「我在美國的時候，有一陣子好窮好窮，窮得連飯都吃不起。有個女孩，很善良，每天都幫我買午餐，悄悄地放在我桌上，其他人看到了，就起哄說她一定是暗戀我，她落落大方地回：『是呀，只不過我不是暗戀，是明戀啊，我就是喜歡他，怎樣？』」

他說：「那時候我也是這樣以為的，所以雖然困難重重，雖然好像是在絕境，可是從來沒有失去過希望。因為有人這樣光明磊落地大聲說：我就是喜歡他，怎樣？」他注視著星光下翻卷的海浪。「有人愛，是這世界上最強大的資本，赤手空拳的時候，也不會怕。」

繁星過了好久，才問：「那……」

舒熠仍舊沒有回頭，但他笑了一笑。「過了好久好久我才知道，她其實並不愛我，只是覺得那時候應該這樣說，因爲那時的我驕傲、敏感又脆弱，她只有這樣說，才有立場來幫助我，而我也不會覺得受之有愧。」

繁星長長地呼了口氣。「她眞是一個好人。」

「是啊。」舒熠終於轉身，靠在欄杆上。「所以今天我幫妳，希望妳不要覺得尷尬。妳跟我講了那麼多事，我是覺得，其實他們都不夠愛妳。比如妳的前男友，他夠愛妳的話，這些雞毛蒜皮的事根本不會成爲你們分手的理由，還有……」舒熠輕聲說：「在父母面前，如果有一個人夠愛妳，妳也會有更多尊嚴。」

繁星忍不住熱淚盈眶。因爲這份感激，還沒等新年上班，繁星就訂了全新的咖啡機，還預定了新的咖啡豆——雖然舒熠大年初五就飛往美國出差了。

繁星在三亞機場送走父母，也直接飛回了北京。

✽

假期猶未結束的北京還有節日的空曠，地鐵裡空空落落，環線上車輛稀疏，交通便利，到哪裡都方便，整個城市彷彿冬眠般還沒睡醒。

繁星在租來的屋子裡大掃除，她本來跟一個朋友合租，但去年的下半年，那個朋友搬出去跟男朋友住了，繁星算了算房租，覺得自己能負擔得起，她清靜慣了，怕再找室友相處不來，也就一個人奢侈地住起了兩房。

空出來的那間房也朝南，繁星在屋子裡鋪上了厚厚的地毯，天氣晴朗時就坐在窗台前看書，或者跟著網路上的教練做瑜伽。長年累月坐在辦公室，肩頸總有點不適。

晚上的時候，一個人抱著零食看鬼片。

顧欣然偶爾來探望她，總是羨慕。「妳這狗窩眞舒服，哪天我要是流落街頭了，妳一定要收留我啊！」

繁星滿口答應。

顧欣然是繁星的高中同班同學，她成績一直比繁星要好，高考的時候卻發揮失利，去了傳媒大學，因爲同在北京，所以大學四年放假總跟繁星結伴回家，兩人自然而然成了好朋友。畢業後，顧欣然進了新媒體工作，每天起三更睡五更，辛苦得不得了，但樂在其中，因爲她從小就熱愛八卦事業。

顧欣然把年假攢到接著春節假期一塊兒休，所以去了峇里島，還沒回來。

繁星覺得挺好的，她一個人花了兩天時間，把屋子裡裡外外收拾得清清爽爽，還趁著人少去花市，買了兩盆綠植，將室內點綴得春意盎然。

畢竟，新的一年又開始了。

2 初綻

雖然舒熠出差了，繁星還是在新年的第一個工作日準時到了公司。

沒料到座位上橫躺著一束巨大的玫瑰花，眞的十分巨大，估計有九十九朵之多，饒是科技宅男雲集的公司不特別八卦，繁星走進公司的瞬間也備受矚目。

繁星在看到花束的兩秒腦子像斷了線，隨即反應過來，因爲卡片就擱在花束上。繁星還以爲是志遠買花來道歉，結果打開來看到熟悉的字跡。

新年快樂，繁星。這句話旁邊還畫個了笑臉。

雖然沒有落款，繁星還是認出了字跡。開玩笑，身爲祕書，能認不出這是公司宋總的筆跡嗎？

繁星很煩惱，這麼多花，不知道怎麼處理才好。她想了想，把花束打開，插了一束在花瓶裡，然後走進舒熠辦公室，將他茶几上的花瓶也插上一束，餘下還有好多，就分給了同事們。

整層辦公室都浮在玫瑰氤氳的香氣裡，新年第一天，大家心情都不錯。每個人都笑嘻嘻地對繁星說：「繁星，妳男朋友眞寵妳。」

繁星只好笑而不語。

到中午時分，宋決銘竟然晃晃悠悠踱過來了，繁星一看到他就緊張。三亞還好，畢竟是度假，沒熟人，這裡可是公司。她熱愛工作，一點也不想跟上司鬧緋聞。

結果宋決銘一本正經跟她討論了一會兒舒熠的行程安排，說要約舒熠開會，講的全是正經公事，繁星剛鬆了口氣，結果宋決銘左顧右盼一下，飛快地從身後將某樣東西擱在她桌上。

「我媽做的，趁熱吃！」

還沒等繁星反應過來，宋決銘已經飛快地消失在走廊盡頭。

繁星打開飯盒，原來是臘味飯，有臘排骨、臘肉、臘腸，蒸得油光澄亮，香氣噴鼻，臘肉彷彿半透明的琥珀般，肉汁一直沁到飯裡，旁邊還擺著幾條齊整整的菜心，綠盈盈的。

繁星覺得問題嚴重了，太嚴重了。

❀

午休時間，她沒敢在公司多待，跑到樓下咖啡廳裡坐了半天，只是煩惱。

繁星決定打個電話給顧欣然，顧欣然正在峇里島的小店買貝殼工藝品，聽她糾結地講完，顧欣然完全沒當回事。

「這有什麼啊？不就是你們公司主管想追求妳，妳把妳那個冰雪美人的勁兒拿出來，不怕凍不死他！」

「我哪裡冰雪美人了？」繁星說，「而且這中間有誤會。」

「能有什麼誤會啊？妳不是跟志遠吵架分手了嗎？除非妳還喜歡志遠，這才是問題。」

繁星愣住了。

顧欣然說：「妳好好想清楚，要是喜歡志遠，那就去解釋，努力把他追回來；要是不喜歡志遠了，我看這宋決銘也挺好的，妳不如試一下跟他發展發展？」

繁星說：「這不太好吧，畢竟是我們公司高層。」

顧欣然不以爲然。「有什麼不好的？男未婚女未嫁，妳單身他也單身，來來來，告訴我，那個宋總是不是長得不帥？」

繁星認眞考慮了兩秒。「濃眉大眼的，也不是不帥……」

「要想這麼久，那就是不帥了！」顧欣然豪氣地說：「眞正的那種帥，是妳一看就想要睡他，都不帶猶豫的！」

繁星囁嚅著，終於說了實話：「我總覺得宋總像弟弟，雖然他年紀比我大，但是……我說不上來，他就像是熟人親戚什麼的，人倒是滿好的，就是完全不能想像他眞的在追求我。」

「妳啊，就是讓志遠給坑了。他倒好，先下手爲強，大學就把妳追到手了，妳都沒建立起對男人的正常審美。妳這是還沒適應單身身分，聽我的，多談兩場戀愛，多遇幾朵桃花，妳就知道妳眞正喜歡的是哪種男人了。」

繁星一點也不想談戀愛了，談一場就傷筋動骨的，再說了，志遠還是大學同學呢，知根知底的，結果現在，兩敗俱傷。跟別人談戀愛又怎麼樣？總不能永遠談下去，一旦談婚論嫁，她就得面對自己家那一地雞毛。

顧欣然得出結論：「妳這是沒有安全感，所以對婚姻沒信心，連帶妳對談戀愛這事都沒信心了。妳還需要治療，得找個眞正愛妳的人，妳就能痊癒了。」

國際長途太貴，繁星沒好意思多講，草草掛斷電話。

其實顧欣然說得對，她是沒有安全感，哪怕心裡有了計畫，也得求助於旁人，就像現在，她就非得給顧欣然打個電話才能眞正地下定決心。

繁星想了想，打開手機，寫了一條長長的短信，最後又逐字刪掉，簡化到最後，就變成了：「我們談一談吧。」

志遠久久沒有回覆短信，也不知道是因爲忙，還是因爲不想回。

午休時間已經過了，繁星垂頭喪氣地走回公司。

一進門，忽然聽到有人叫她名字，抬頭一看，竟然是總裁。

她張口結舌，下意識問：「您怎麼回來了？」

舒熠說：「事情辦得順利，就提前回來了。」

繁星這才發覺自己剛才問得不妥，哪能這樣質問老闆，好像他不該回來似的。

不過舒熠似乎也沒注意，只是說：「臘味飯挺不錯的，我用微波爐熱了一下還挺好吃的，是妳自己做的吧？」

繁星剛才被宋決銘一嚇，直接把飯盒藏舒熠辦公室的冰箱裡了，想說整個公司除了她，不會有人敢去翻老闆的冰箱，等風平浪靜她再找機會把飯盒還給宋總，誰知道舒熠提前回來了，還把臘味飯直接吃了。

她只好支吾了一下。

舒熠說：「花也挺不錯的，不過我不喜歡紅玫瑰，下次別訂了，弄得辦公室香噴噴的，客戶來看到不好。」

繁星冷汗都冒出來了。

舒熠說：「我回家洗個澡，調一調時差。妳通知所有副總，明天上午開會。」

舒熠自顧自轉身走了，繁星趕快輕手輕腳進老闆辦公室，果然，舒熠把臘味飯吃得乾乾淨淨，連顆米都沒剩。繁星把飯盒拿出來，去茶水間洗好晾上，又把老闆辦公室花瓶裡的紅玫瑰抽出來，硬是一枝枝塞進自己桌上的花瓶裡，再打電話給平時相熟的花商，讓他十萬火急送一束別的花來。

等她忙完這些，再給所有副總的祕書發郵件，通知明天會議的事。有的副總排不開時間，還得協調，幾個電話打下來，大半天就過去了。

舒熠回家調整時差去了，她不用照顧下午茶，但明天開會還有些準備工作，新咖啡機送來了，還有新的咖啡豆，繁星正簽收，突然聽見手機「嘀」的一響，是新短訊進來的提醒。

繁星忙完了才看手機，是志遠發來的，他回覆：「今天晚上見個面？」

繁星想了想，才發了兩個字：「好啊。」語氣似乎很輕鬆，只有她自己知道，其實沉甸甸的。

臨近下班時間，繁星趁人不注意，悄悄走到宋決銘的辦公室，左顧右盼了一下，才小心翼翼地敲門。

「請進。」

宋決銘的辦公室跟舒熠的完全是兩種風格，堆滿了各種東西，偌大的桌子鋪著各種圖紙和報表，簡直連放杯子的地方都沒有——茶杯放在窗台上。她知道宋決銘不讓祕書收拾，怕收拾後他反倒找不到東西，但亂成這樣，繁星只好目不斜視，視若無睹。

宋決銘一看是她，不由得眉開眼笑。

繁星趕快把飯盒從包裡拿出來，見桌子上鋪得連針都插不進去，只好小心地將飯盒擱在窗台的茶杯邊。「宋總，我是過來還您飯盒的。」

宋決銘問：「晚上一塊兒吃飯吧？在三亞就說吃飯，但妳一直忙沒吃成。」

繁星說：「我晚上約了人。」

宋決銘不假思索地說：「那我開車送妳。」

繁星趕緊說：「不用不用，我去的那個地方很容易堵車，我打算搭地鐵。」

宋決銘說：「那我陪妳坐地鐵。哎，妳不知道，當年我們租的那個房子特別便宜，也特別破特別舊，可是有一點好，離地鐵站很近，而且那時候地鐵便宜啊，兩塊錢隨便坐！我每次寫不出來論文，或實驗有個什麼問題想不通了，就刷卡去坐地鐵，在地鐵裡一趟一趟地坐，那時候地鐵人也少，經常整個車廂就幾個人，空蕩蕩的。在地鐵裡繞十個八個圈子，什麼都想通了！所以一直到現在，我都很喜歡坐地鐵。」

繁星只好微笑著說：「我是要去搭晚上人潮高峰的地鐵，可擁擠了。」

「所以我才要陪妳去，不然妳被人擠到了怎麼辦？」

話說到這種地步，繁星覺得不能不解釋清楚了。

「宋總，其實我現在一點也不想談戀愛，所以……」

「明白明白！」宋決銘將頭點得像小雞啄米。「我完全明白妳的意思，但是呢，繁星，這不影響我陪妳坐地鐵吧？這是護送，是紳士風度！妳看妳有時候出差，舒熠還會幫妳拎行李箱對吧？妳一個人去擠地鐵，我於心不忍。」

科技宅男執拗起來，簡直不可理喻。

繁星說：「您那麼忙，真不用陪我。我不坐地鐵了，我叫個車過去。」

宋決銘說：「那還是我開車送妳吧，妳就當我是專車司機。」

話都說到這份上了，繁星急中生智：「宋總，真不用了，我想起來正好有個文件要送去給舒總，順路，我讓司機送我就行了。那地方離舒總家很近，地鐵就一站，我走過去都行。」

宋決銘有點猶豫。「妳真給舒熠送文件？」

繁星誠摯地點點頭。

宋決銘有點蔫蔫的，終於道：「那好吧。」

繁星倒也沒撒謊，有個文件要舒熠簽字，而且催得很急，但她回覆對方得等舒總從美國回來後，對方也答應了。沒想到舒熠提前回來了，繁星決定還是拿去給他，也不算假公濟私。

❀

舒熠住的地方離公司不遠，平時開車也就十幾分鐘，但晚上下班高峰堵車得厲害，走走停停半小時才到。繁星來過總裁家裡幾次，都是跑腿送資料或別的公事，知道他一個人住，很是清靜。

這社區管理很嚴格，訪客要在大門外登記，並按門鈴。

結果按門鈴久久沒有人應，舒熠看起來不在家。繁星看著文件浮水印一溜兒的「絕密」字樣，於是重新鎖進自己的公事包。白跑了一趟，還是明天辦公室找他簽吧。她讓司機下班回家，自己邁開腿，直接走去一站路外見志遠。

每次餐廳都是繁星訂的，這次也不例外。她特意挑了個略貴的地方，一來是安靜，方便說話，二來是覺得哪怕要分手，得好聚好散，談清楚了。

志遠比她到得早，她略表歉意。

「抱歉，臨時有工作，所以遲到了。」

志遠倒比從前客氣，很有風度地說：「沒關係，我也剛到。」

兩個人拿起菜單細看。

志遠問：「妳想吃什嗎？」

繁星其實沒有食慾，而且志遠向來不在這上頭用心，認識都這麼久了，也不知道她喜歡吃什麼。

繁星隨便點了牛排，志遠也草草點了些東西，侍者退走，兩人反倒無言以對。

繁星想了想，還是先開口：「對不起，三亞的事情，我很抱歉。」

志遠說：「沒什麼，我也處理得很不冷靜。」

繁星說：「叔叔阿姨那裡，麻煩你再幫我道個歉，我爸爸只要喝了酒就變成另外一個人，實在是不好意思……」

志遠說沒事。

短暫的沉默。

菜來了，先是前菜——一點點沙拉，放著小小一片魚。繁星用叉子拆著那片魚，一縷一縷，好像思緒般，是斷的、亂的。

志遠也只是沉默地喝湯，兩個人的餐具都極少發出聲音，繁星越發覺得這兒安靜得可怕。

繁星決定鼓起勇氣開口，這時，門口突然有人走進來，志遠抬眼看到，連忙放下刀叉站起來打招呼。

「學姊！」

繁星一扭頭，只看到一個非常漂亮的女子，穿著白色裙子，挽著大衣，大波浪卷髮，眉眼精緻得像洋娃娃。她未語先笑，露出深深的酒窩。「咦？志遠，這麼巧。」

志遠向她介紹：「這是祝繁星，也是我們P大的；這是唐學姊，比我們高幾屆，管理學院的傳奇。」

唐學姊只是笑咪咪，伸手與繁星握手。「繁星，很高興認識妳，我是唐郁恬。」

繁星聽到一個「唐」字，已經知道她是誰。

唐郁恬確實是管理學院的傳奇，繁星入學晚了幾年，沒有見過這位學姊的風采，據說迷倒大半個管理學院，是好多男生心目中的女神。人長得漂亮不說，天資聰穎，備受老師寵愛，更要命的是，她還是某著名上市集團董事長的獨生女。

據說隔壁T大某個科系的學生，三分之一會上研究所，三分之一出國，三分之一畢業後會直接進入她父親的公司工作。

話當然是說得誇張，但T大、P大兩校相愛相殺多年。以理工出名，T大在這一科目上甩P大何止十條大街，然而那幾年裡，P大只需提到管理學院的唐郁恬，竟然就足以讓T大無言以對了。

雖然是阿Q式的勝利，但唐學姊的江湖地位可見一斑。

志遠說：「半年前我們公司有個專案與學姊的公司合作，所以就認識了。」

唐郁恬說：「是啊，聊起來才發現是管理學院的學弟，我們管院真是出人才，有這麼優秀的學弟。」

志遠被她一誇，竟然有幾分不好意思，臉都紅了。「學姊說得哪裡話。」

繁星從來沒見過志遠這模樣，在女神學姊面前，他溫柔得簡直像小綿羊。那首歌是怎麼唱的？在那遙遠的地方，有位好姑娘，她那粉紅的笑臉，好像紅太陽，她那美麗動人的眼睛，好像晚上明媚的月亮……我願做一隻小羊，跟在她身旁。我願她拿著細細的皮鞭，不斷輕輕打在我身上。

現在別說拿鞭子，就算拿機槍掃射，也不能阻止志遠眼中那脈脈的光。繁星的心不斷地冷下去，冷下去。這一刻她終於明白，其實志遠是真的不愛她，如果真正愛一個人，他的眼中會有光，就像現在這樣。

唐郁恬問：「是不是打擾你們約會？」

「沒有沒有，」志遠趕忙解釋，「繁星只是我同學。」

繁星聽到自己乾澀的聲音，重複這句話：「對，我跟他只是同學。」

她不敢低頭，怕一低頭眼淚就會掉下來，餐廳裡的水晶燈原本不怎麼刺眼，但那被反射交織的光線讓她視線模糊。

繁星想，她得找藉口立刻走開，不然當場哭起來算怎麼回事？

忽地，身後有人沉聲喚了聲：「繁星。」

繁星扭頭一看，竟然是舒熠。

沒等繁星多想，舒熠已經大踏步走過來，突然握住繁星的手，繁星錯愕，只感覺他的手指冰涼，或許是因爲剛從戶外走進來。他說：「介紹一下，繁星，我女朋友；唐郁恬，我大學同學。」

唐郁恬說：「我跟他同一屆，不同專業主修，而且沒一年他就跑掉了，眞不按常理出牌，後來美國再遇見，他又去了普林斯頓。」

志遠一開始有點措手不及的錯愕，看著舒熠緊緊握著繁星的手，這錯愕漸漸變成了憤怒，但他並沒有說話，只是抿緊了唇，推了推眼鏡。

唐郁恬說：「我介紹一下，舒熠，我們P大的另一個傳奇；這是志遠，管理學院的學弟。」

舒熠連眼皮都沒抬，只是冷漠地說了聲「你好」。

繁星則還是精神恍惚，不知道爲什麼老闆一開口，就介紹自己是他女朋友。

舒熠轉過臉問繁星：「妳跟朋友來這兒吃牛排？」

不等繁星回答，舒熠又說：「別吃了，回家我給妳做。」

舒熠捏得太緊，繁星的手指微痛，志遠突然笑了笑，彷彿自嘲。

「挺好的，幸會，舒學長。」

舒熠眼睛微瞇。「不用叫我學長，我在P大念了半年就輟學了，當不起『學長』兩個字。」

志遠沒再吭聲，但繁星知道他很憤怒，他憤怒時脖子會有根青筋一直跳動，但繁星很難過，一刻也不想在這裡多待。

舒熠說：「抱歉，我們先走一步。郁恬，我們下次再約。」

走出來一直到停車場，舒熠都緊緊握著她的手，一直走到車邊，繁星的眼淚才落下來。

❀

舒熠開車很快，本來這裡離他家就近，繁星剛重新控制好情緒，舒熠已經將車開到社區地下停車場，這裡有電梯可以直接上樓。

繁星借用了老闆家的洗手間，重新補上粉，好好把哭過的痕跡遮去。這是最後一次為了這段感情困擾了，她下定決心，昨日種種譬如昨日死，新的一年都開始了，她一定要重新開始新的人生。

她沒有忘記正事，走回客廳就打開公事包，把文件拿出來給舒熠簽名。

舒熠專心致志站在流理台前處理牛排，說：「稍等。」

等把牛排醃製好，他才走過來簽名。

資料很長，他一頁頁細看，繁星怕光線不夠特意打開了落地燈，他一個人坐在沙發裡，在落地燈金黃光線的暈照下，剪影顯得格外孤獨。繁星心想，這屋子還是太大了，一個人住五百多坪，大理石地面雖然鋪了厚厚的地毯，仍舊感覺要多冷清就有多冷清。她這麼喜歡清靜的人，都覺得這屋子空曠得可怕，尤其在冬天感覺更明顯。

雖然舒熠做的牛排很好吃，但明顯他和繁星都有點心不在焉，所以這頓晚餐也食不知味。最後，繁星站起來收拾餐具，舒熠才說：「抱歉。」

繁星怔了怔。

舒熠說：「本來下定決心約了她吃飯，從此做普通朋友，結果走進餐廳一看到她，又覺得那頓飯實在吃不下去，只好拿妳當擋箭牌，希望沒有讓妳覺得困擾。」

繁星要想一想，才明白他說的話是什麼意思。她愣了幾秒，脫口道：「糟了，您的大粉鑽還在我包裡呢，我怕丟了特意藏在包包最裡面的夾層裡，結果回北京就換了包，一直都忘了還您。」

舒熠愣了一下，說：「沒關係，哪天上班妳順便帶給我好了。」

繁星忐忑不安。「很貴吧，眞怕弄丟了。」

在三亞的時候每天都有事，她心裡又亂，一忙就把藏起來的戒指給忘了。眞要丟了可怎麼辦？把她賣了也不見得夠賠。

舒熠說：「跟感情比，什麼都便宜。」

這句話，又黯淡又悵然，大概只有經歷過的人才明白。

舒熠打開酒櫃，挑了瓶紅酒。「要不要喝一杯？」

繁星點點頭，失戀這種事呢就是一陣一陣的，妳以為沒事了，可不知道哪天它又突然冒出來，像顆檸檬，堵在心口發酸。

有時候眞扛不住，想要喝點什麼來壓住那酸澀。

舒熠蒐集了一堆藍光DVD，兩個人坐在地毯上看電影，就著薯片喝紅酒。

繁星本來不怎麼能喝紅酒，只覺得一股單寧味，但片子好看，不知不覺喝了幾杯，發現這酒還不錯。

舒熠說：「法國有些酒莊可以住宿，每天什麼事情都不做，就泡在酒莊裡，看他們把橡木桶裡的酒裝瓶。可以從早上開始喝，配著各式各樣的麵包和乳酪，一直喝到下午，每個人都微醺。然後去葡萄園散步，一直走啊走啊，黃昏了，起霧了，霧一直飄到葡萄園裡，葡萄架都看不清楚了，走到另一個酒莊，接著喝。」

繁星問：「住在那些幾百年的城堡酒莊裡，有沒有鬧鬼？」

舒熠問：「妳怕不怕鬼？」

繁星回：「不怕，又沒有做虧心事，如果眞有鬼，我還想跟它好好聊聊呢。再說，我最大的愛好，就是晚上一個人看鬼片。」

「妳敢一個人看鬼片？」

「敢啊，怎麼不敢？我小時候膽子可小了，我爸跟我媽一吵架就不回家，家裡獨我一個人，天一黑我就怕得要死，後來我外婆跟我說，妳越怕什麼，就越要直接面對它，這樣就不會怕了。所以我乾脆就把屋子裡所有燈都關上，屋子裡烏漆抹黑，我站在床上，看會不會有鬼冒出來。」

舒熠佩服地舉杯。「敬大膽！」

繁星大方地與他碰杯。

喝到興起，薯片沒了，繁星說：「我做個沙拉下酒？」

舒熠說：「我想吃麵，要荷包蛋，放一點點青菜。」

繁星覺得這個簡單，結果打開冰箱傻眼了，除了凍得結結實實的牛排，還有冷藏室裡幾根半蔫的蘆筍，一概空蕩蕩的，什麼都沒有。

竟然連雞蛋都沒有。繁星忍不住吐槽：「老闆，您靠什麼活著啊？冰箱這麼空。」

舒熠說：「我訂了有機蔬菜，送什麼吃什麼，因為過年放假，我又出差，他們就沒配送。」

「沒有麵條，沒有雞蛋，沒有蔬菜……」已經晚上十點了，附近超市肯定都關門了。

最後是二十四小時的物業管家解決了問題，送來物業包餃子剩下的一盒韭黃和雞蛋，外加一盒烏龍面，雖然不是掛麵①，但聊勝於無。

繁星索性做了韭黃雞蛋炒烏龍麵，舒熠吃得很香，說：「這個配紅酒真讚！」

繁星又陪他喝了一杯酒，這才告辭。

舒熠說：「天太冷，叫到車再下樓。」

結果加了五十塊錢小費都叫不到車，附近根本就沒有車可以用。兩個人都喝了酒，這就尷尬

---

① 掛麵是以小麥粉添加鹽、鹼、水，經懸掛乾燥後，切製成一定長度的乾麵條。潔白光韌，耐存放、耐煮的手工麵食，有圓而細的，也有寬而扁的。

了，剛過完年，代駕都還沒有上班，也找不到代駕。

舒熠說：「不然妳在我這兒湊合一下？有好幾個房間，隨便妳睡哪，就是都沒有床。」

繁星還在糾結要不要走到街上試試能不能招到車。

舒熠說：「別試了，大冬天的晚上，這麼冷，凍感冒了請病假，我找不到人替妳。」

只是舒熠家何止沒有床，連枕頭和被子都沒有多餘的，但他也有辦法。「妳睡沙發，靠墊當枕頭。客廳暖和，我給妳找一床毯子。」

舒熠拿了梯子去儲藏室找毯子，繁星又累又乏，接過毯子道謝，草草洗漱，往沙發上一歪，不一會兒就睡著了。

❀

第二天，繁星很早就醒了，她看了看時間，匆匆寫了個條子貼在冰箱上，靜悄悄出門搭早班地鐵回家。

她痛快洗了個熱水澡，才換衣服上班去。剛打開門，忽然想起大粉鑽，趕快把那個包包拿過來打開夾層，粉鑽還好生藏在裡面。繁星鬆了口氣，把粉鑽放進上班背的包裡，帶著這麼貴重的東西，不放心擠地鐵，叫了計程車去公司。

一進公司，看到好幾位同事交頭接耳，議論紛紛，一見她都不禁訕訕，繁星覺得不妙，心想自己座位上不會又有一大束玫瑰花吧？

正忐忑的時候，忽然見到宋決銘大步流星走過來。「繁星，妳要堅強！」

繁星莫名其妙：「出什麼事了？」

宋決銘拿起手機，給她看新聞——

中國最年輕的神祕富豪與女友。

看到這標題繁星愣了愣，再往下看，正是昨天在店裡，舒熠拉著她手離開的那一幕，然後就像明星被狗仔隊跟拍一樣，新聞裡還有舒熠開車進社區的照片。狗仔隊以無限遺憾的口吻說，因爲是頂級豪宅，保全嚴格，所以想盡辦法仍無法進入拍攝，直到清晨，才拍到神祕女友離開豪宅。

早上離開舒熠家時，繁星連頭髮都沒梳，對著鏡子只用手扒拉了幾下長髮，就匆匆去搭地鐵，怎麼想到兩個小時後自己的照片會是網站新聞頭條?!

報導最津津樂道的當然還是舒熠，把公司市值拿出來講了又講，還標注在繁星的照片上。繁星看著那一長串的零，心想，這跟她有半毛錢關係？

宋決銘痛心疾首。「這是侵犯個人隱私！」

繁星也覺得是，但中間誤會大了去。「我昨天給舒總送文件，後來太晚了叫不到車，也叫不到代駕，就在他那兒湊合了一下。」

「繁星妳放心，我絕對相信妳！」宋決銘拍著胸口保證，「要不我們倆訂婚吧？我們訂婚了，這謠言就破除了。」

繁星差點口吐鮮血，這說的是哪兒跟哪兒啊？「身正不怕影子斜，我不怕的。」

宋決銘離開後，繁星給顧欣然打電話，顧欣然打著呵欠聽了來龍去脈，頓時瞌睡都沒了。

「行啊，姊姊，妳竟然搞定了舒熠，這麼快就要嫁入豪門了？」

繁星說：「嫁什麼豪門，妳跟那個圈子比較熟，幫我查查，我又不是明星，我們老闆也不是明星，怎麼就被人盯上跟拍了呢？」

顧欣然說：「不然我給妳危機公關一下，不收錢，純友情！」

「純友情也不用，妳幫我打聽一下怎麼回事就行。」

顧欣然說：「妳看妳，一點概念都沒有，妳都快成網紅了，怎麼還無動於衷？」

「我覺得這事很蹊蹺，妳幫我查查，看是怎麼回事。」

「好，等我再睡個回籠覺……」

「我都快急死了，妳還睡回籠覺！」

「我們媒體人哪有這麼早幹活的？我這時打電話回北京，夥伴們也正在睡覺呢，打聽不出什麼。我們都是夜貓子！」

「那為什麼這麼早就放新聞，剛拍到就立刻放出來？」

「妳說得好有道理，真的有點奇怪。妳等著啊，我讓人出去打聽打聽。」

繁星掛斷電話，進入舒熠的辦公室打掃。這裡不用清潔阿姨，都是她負責，因為她最清楚舒熠的習慣，加上辦公室裡有很多東西會涉及商業機密。

等做完清潔，剛給自己倒了杯咖啡，舒熠來上班了。

繁星想，不知道老闆會怎麼看待這個晴天霹靂的緋聞。

結果舒熠的反應比她想的淡定多了，看完那個所謂的新聞報導，還糾正了幾個資料錯誤，然後叫公關部的同事進辦公室開了個會，就若無其事展開日常工作了。

繁星隨即看到一個簡短聲明，是以公司名義發在網路上，強調了公司產品有多項國際專利，而且市場份額不是報導中的百分之六十五，而是更高。另外輕描淡寫地說總裁至今單身，且所謂的「神祕女伴」是同事，請媒體朋友們不要誤解云云。

好在繁星被拍到的照片一張是晚上，在餐廳燈光下顯得模糊；另一張是早上，因爲太冷，她戴著羽絨外套的大帽子，還被圍巾遮住了一半臉，除了朝夕相處的同事和熟人，估計沒人認得出來。繁星想，她爸媽都不見得乍一眼就能認出新聞上這個女的是她呢。

公關部使出了全力，等中午吃飯的時候，網上輿論已經成功歪樓到被普及什麼是陀螺儀，爲什麼這個小玩意在手機及無人汽車導航、甚至導彈中能起到重要作用。這家新興科技公司眞厲害，不明覺厲①啊！

媒體太缺乏資料，於是納斯達克敲鐘集體合照又被翻出來廣爲傳播。

公關經理快要開心死了，公司形象前所未有的光輝高大，公關部閒置多年，這次終於發揮了前所未有的正面力量。他激動地跑來跟繁星說：「老闆中午吃什麼？我掏錢給他加個雞腿！」豪氣地把一百塊拍在了繁星的辦公桌上。

繁星心想，果然公司上下都是科技宅，公關經理跳槽前明明在大媒體長袖善舞地做了很多年，現在也被科技宅同化成呆子了。

① 不明覺厲，「雖然不明白是什麼，但是感覺好厲害」的簡說。

繁星正煩惱老闆的午飯。舒熠並不挑食，區別在於訂餐合他胃口，他就會吃得多點，不合胃口，他就把主食吃完而已。雖然從來不多說什麼，但當祕書的總覺得被剩下的菜是打臉。

又不能天天問老闆今天想吃什麼，繁星恨不得跟紅樓夢裡的老太太學，把天下所有菜譜做成 Excel 表存在電腦裡，每天調用一樣。

她還在翻著訂餐網站煩惱，總裁突然打內線電話給她：「繁星，妳進來一下。」

繁星立刻站起來，敲門，聽到「請進」，才推門走進老闆的辦公室。

舒熠坐在辦公桌後面，不知道爲什麼表情有點尷尬。

繁星問：「您中午想吃什麼？」

「嗯……沒事……」舒熠彷彿在斟酌字句，「我下午一點半約了人……」

繁星說：「我馬上給您準備午餐。」大概是怕時間來不及吧，可是總裁的表情還是略爲尷尬。

舒熠說：「剛剛我沒注意，把衣服掛開線了……回家換也有點來不及……」

舒熠本來有套備用西裝放在公司，但年前他拿回家了，一直沒再拿來。

繁星懵了兩秒，問：「哪裡裂開了？」

舒熠尷尬地說：「褲子。」

怪不得老闆這模樣，這樣哪能下樓、上車再一路回家，不說別的，光公司走廊就多少個監視器啊！

繁星淡定地說：「沒事，我那兒有針線包，先給您縫一縫。」

舒熠說：「妳趕快去商場給我買一條。」

繁星想了想，還是提醒老闆一句：「我先幫您縫好吧。」

萬一待會兒進來了人，老闆是站起來好，還是穩如泰山地坐著呢？這破綻，簡直一秒也不能耽擱啊，必須亡羊補牢。

舒熠很快悟過來。

繁星說：「我回座位拿針線包。」

等她回來，老闆已經不見了，沙發上放著褲子，繁星也不管老闆藏在洗手間是否難受，拿起褲子就縫。

還好她小時候釦子都是自己縫，衣服拉鍊壞了父母不給錢，也是她自己琢磨著換，所以縫得又快又密，幾分鐘就縫好了，對著辦公室雪亮的頂燈看看，似乎線也縫得挺直的，總之穿上去應該看不出來裂縫了。

繁星拿著褲子走到洗手間，敲了敲門。「舒總？」

舒熠大概這輩子還沒這麼窘過，所以隔著門嗡聲問：「縫好了？」

繁星說：「好了……」

此時，門外突然有人嚷道：「舒熠！舒熠！」是宋決銘的聲音。

繁星為了避嫌，進老闆辦公室從來都是虛掩門，今天也只是隨手帶一下，留了一道門縫，所以「砰」的一聲，眼看宋決銘就要推門進來。

眞糟糕！她手裡拿著舒熠的褲子，外面緋聞還沒解決，公司同事眞不知道會怎麼反應，這樣自己不就跳進黃河也洗不清了嗎？她腦中還沒想到辦法解釋應對，說時遲那時快，舒熠突然伸手把她拉進了洗手間。

洗手間沒開燈，黑乎乎其實啥也看不見，但繁星還是本能地想尖叫，舒熠一把捂住她的嘴。

繁星驚魂未定，只聽宋決銘在外面嚷：「舒熠，你幹嘛呢？舒熠！咦？人呢……」

宋決銘應該是在辦公室裡轉悠，舒熠不出聲，繁星只聽見自己心臟怦怦跳。旁邊大理石牆壁貼在她胳膊上，隔著衣服也覺得涼，她努力站直了不要碰到舒熠，可舒熠的手還捂著她的嘴，呼吸就在她頭頂，吹得她頭頂的頭髮微微動。繁星戰戰兢兢，覺得自己像掉進了猛獸籠，背後有隻黑豹，銳利，凶猛，警惕，尖利的爪子攥著獵物，一觸即發。

幸好，宋決銘轉了一圈沒看到人，走了。

聽到他的腳步聲和關門聲，背後那隻黑豹終於放鬆下來，放開他的爪子，繁星努力直視洗手間的大門。「給您……」舒熠從她手上接過了褲子，繁星說：「那我先出去了。」

繁星目不斜視走出了洗手間，頭也沒回反手關好了門，心裡琢磨自己是不是要寫辭職書了，不然以後老闆想到這洗手間最窘的一刻，還不分分鐘想把她掐死？

還沒等她想好，舒熠已經走出洗手間，變回衣冠楚楚的模樣，跟平時一般溫文爾雅。「妳中午要吃什嗎？」

「啊？」繁星支吾著，還沒徹底從剛才的突發事件中回歸清醒。

「妳幫我補衣服，我請妳吃飯。」

還是暫時不要辭職了，老闆看起來已經打算迅速忘記這件事了。公司福利待遇這麼好，期權自己還沒兌現，怎麼能辭職呢？

繁星很知趣地說：「去隔壁商場吃吧，還能順便把衣服買了。」

在隔壁商場吃了煲仔飯，繁星想了想公關經理的話，真的給老闆加了個雞腿。跟舒熠吃完飯，又迅速去一樓買褲子。舒熠腿長，身材標準，穿西裝很好看，繁星平時總在這個專櫃幫他買襯衫、襪子、領帶的，櫃姊都認得她了，看她今天帶了個男人來，笑得眼睛都彎了。

「哎呀，這是妳男朋友吧，真帥啊！怪不得妳每次都替他買那麼多好東西。」

繁星尷尬，還沒開口解釋，櫃姊又對著舒熠誇上了：「先生，您女朋友對您多好啊，特別體貼，每次我們一有了新款就打電話給她，不管多貴，她一準買給你。」

舒熠也沒搭腔，挑了兩件就刷卡，繁星像小媳婦似的拎著購物袋跟在後頭，重新琢磨是否要辭職這個嚴肅的命題。

進電梯，剛好一堆同事剛吃完飯上樓，一見他們倆，趕快讓開，紛紛打招呼：「舒總！」

繁星覺得起碼有十道八道目光集中在自己手上的購物袋，LOGO 這麼明顯，是著名男裝奢侈品牌。空氣中彌漫著問號，每個科技宅都在努力不讓那些問號像雪花般飄落。

繁星只好努力讓自己看上去光明正大，盡忠職守。豁出去了！連老闆沒穿（劃掉）褲子她都看過了，還怕什麼呢？

❀

下午一點半，客人準時到來，繁星在會議室，像平常一樣，井井有條照顧所有人。

出來準備下午茶的工夫，就接到顧欣然的電話。「繁星，那個新聞的事，眞的有詐。」

顧欣然打聽回來的消息含含糊糊，畢竟幹哪行有哪行的規矩，消息來源也不能出賣金主，但確實是有人花錢曝光並炒作這事，至於幕後指使是誰，經過層層疊疊的公關公司和媒體顧問，早已經無法追尋。

繁星問：「這種炒作能有什麼用？」

顧欣然說：「誰知道呢？但這種級別的炒作，這背後的人要嘛跟媒體關係匪淺，要嘛就花了大錢，肯花這種錢的人，不定是想搞什麼大事呢。」

繁星一直猶豫要不要跟總裁說這件事。畢竟顧欣然是她朋友，自己私下請朋友調查跟公司相關的事務，有點逾規，正糾結著，電話嗡嗡響起，一看是志遠，她就不太想接。

要去會議室佈置茶水點心時，手機還在振動，她便隨手把手機放在自己位子上。她從會議室出來，看了一眼，手機終於沒有振動了，志遠卻發了微信來，語氣十分不客氣：「妳這是報復嗎？」

繁星一時被氣到，賭氣回了句：「我們不是只是同學嗎？」

沒過多久，志遠又發了條長長的微信過來——

「呵呵，就知道妳會倒打一耙。我們關係還沒有最後說清楚前，我說是同學難道有問題？昨晚妳約我出來，難道不是爲了分手嗎？眞沒想到妳是這樣的人，昨天晚上我還反覆說服自己要相信妳，沒想到妳這麼快就變臉。祝繁星，攀上有錢人很得意吧，祝妳嫁入豪門愉快！妳竟然用這樣幼稚的方式報復我，放心，我不會後悔的，倒是妳要注意點，別被有錢人玩完就甩了。」

繁星氣得手指直哆嗦，志遠從來能說會道，沒想到如今說出來的話句句刺心。她氣得急了，拿著包胡亂翻找著，心想自己得把他所有東西都還回去，這個男人……自己絕不能繼續跟這個男人有任何交集。繁星把包裡的東西嘩啦全倒在桌上，將志遠送的什麼鑰匙圈、粉底全都揀出來，忽地，包裡倒出個絲絨盒子，正是老闆的粉鑽，繁星氣昏了頭，拿起粉鑽戴在手指上，拍了張照片。

「這才是報復！」打完字，她狠狠按下圖片發送，然後將志遠封鎖。

做完這麼幼稚的事，她癱倒在椅子上，立刻就後悔了，可是照片已經發送了，志遠也被封鎖，要撤回消息也不可能了。

繁星胸口堵的那口氣一直沒消，整個下午她都鬱鬱不樂。宋決銘來找她，她正在茶水間收拾會議結束後的那些茶點。

宋決銘還以為她是被緋聞影響。「繁星，晚上請妳吃火鍋，怎麼樣？彌補一下妳今天受的委屈。」

繁星說：「不了，舒總晚上要加班。」

宋決銘說：「他加他的班，妳管他幹什麼？況且，他哪天不加班？妳要是都陪著，這輩子都甭想按時下班了。」

繁星說：「說不定晚上還有別的工作呢。」繁星將檯面收拾清爽了，面對宋決銘，誠懇地說：「宋總，謝謝您。」

宋決銘倒有點不好意思起來，撓了撓後腦勺。「沒事沒事，這……我這不是想追妳嘛，妳現在考慮談戀愛了嗎？」

繁星搖了搖頭，宋決銘也不氣餒。「沒關係，妳考慮的時候就跟我說啊。」

結果等到了晚上，宋決銘也沒能按時下班，而是被舒熠抓著一起開會。一群科技宅男爭論起來，簡直要掀了屋頂。繁星還記得宋決銘想吃火鍋，叫外賣的時候特意幫他點了麻辣燙，宋決銘開心得要命，一邊吃麻辣燙，一邊偷偷對她笑。

繁星心裡卻有點忐忑不安，她一時賭氣發了粉鑽照片給志遠，這事說到底是不對的，而且鑽戒是總裁的，今天忙忙碌碌，她還沒找到機會還給他。

等會議室裡的人都吃完飯，繁星又給他們添加了各種咖啡、茶水，看看短時間內應該不會有用到自己的地方，才回到自己的座位。

她的便當已經冷透了，用微波爐熱好，拿保溫杯倒了杯咖啡，這才一個人爬到樓頂。

❀

公司在三十九樓，已經是頂層了，不過樓上還有小小一間日光房，本來是電梯機房旁的雜物間，因爲他們公司擴張，多租了幾層樓辦公室，這間小屋就被物業免租送給公司使用，行政部改造了一下，就變成日光房，種著花花草草。穿過日光房直接可以上天台，平時只有男同事會偷偷從這裡溜到天台抽菸，現在大家都下班了，加班的人又在開會，這裡就變成了繁星的祕密花園。

她在這裡種了一棵多肉，品種並不名貴，原本是連盆買回來放在辦公桌上的，後來長得不太好，繁星怕養死掉了，趕快搬到日光房來，這棵多肉很快就緩過勁來。繁星覺得這樣也好，幹嘛非要執意放在自己桌子上，常常到日光房來看看它就好了。

繁星對著多肉吃東坡肉，反正失戀也不用減肥了，繁星狠狠心就給自己訂了東坡肉。其實她胃口並不好，東坡肉只吃了兩塊，就著筍乾扒拉了兩口飯，就飽了。

過年前，不知哪個客戶送來好大兩盆枝繁葉茂的金桔，樹上還掛滿了大吉大利、金光閃閃的紅包，整個喜氣洋洋。原本放在櫃台，春節期間沒人照料，桔子掉了不少，葉子也有些枯萎了，行政部趕快把金桔樹澆水又搬上來，希冀陽光雨露可以拯救它們。繁星在金桔樹前站了站，看了看那枝頭被紅線繫著、飄飄拂拂的紅包。

繁星想到小時候，過年也要有一盆金桔，紅包裡要裝零錢，還要裝上寫著吉利話的紅紙，外婆說吉吉利利，許願最靈了。還有更講究的人家，等到初五迎財神那天，一定要小孩子自己去解開紅包，拿到錢說吉利話，都是好兆頭。

初五早就過了，她拿著便當上來，什麼都沒帶，摸遍全身也沒找到一毛錢，想了想，把自己綁頭髮的髮束解下來，打成了個如意結塞進紅包裡，雙掌合十。

其實什麼願望都沒有，就是希望與舊年告辭，與舊人告辭，與所有不開心的時光告別。

許完願，繁星乾脆走到天台上，風正大，她趴在天台欄杆上，城市的燈光到了正輝煌的時候，處處霓虹閃亮，街道上更是車流不息，遠處是萬家燈火，瓊樓玉宇。

繁星覺得胸口那股濁氣終於消散了。

她收拾飯盒下樓，會議還在如火如荼，宋決銘正拍著桌子跟另一個技術主管較勁，白板上畫滿了繁星看不懂的圖，兩人氣咻咻地針鋒相對，還有人搬了一台儀器到會議室，旁邊散落的全是採用公司陀螺儀的手機。

繁星準備了一些水果送進去，舒熠趁機宣佈休息二十分鐘，科技宅們一哄而散，有人出去抽菸，有人活動筋骨，有人去洗手間，還有人捧著盤子一邊吃水果一邊數落宋決銘。

繁星趁機說：「舒總，能不能麻煩您出來一下？」舒熠跟著她走出會議室，繁星硬著頭皮說：「能不能去您辦公室？」

舒熠雖然意外，但還是帶著她進了辦公室。

繁星關好門，老老實實站在辦公桌前，垂頭喪氣，開始檢討錯誤。她先分析自己想法，再痛述自己衝動，講了半天，舒熠終於忍不住打斷她：「妳到底犯了什麼錯？」

繁星趕快把大粉鑽拿出來，恭恭敬敬放到辦公桌上，囁嚅著講述如何與前男友賭氣，最後一時衝動拍了張照片發給前男友，現在她已經深刻意識到自己這種行爲是不對的，任憑舒熠處置。

舒熠瞇起眼，問：「就這個？」

繁星抬眼看他。「本來網路上就在鬧緋聞，我這麼做很有可能對公司不利，萬一這張照片流傳出去，對公司不好。」

舒熠拿起那枚戒指，看了看，重新放回盒子裡。

繁星見他面無表情，只好說：「您要是覺得我犯的這個錯誤無法彌補，我願意辭職。」

舒熠很放鬆地說：「沒關係，傳出去的話，我承認就好了。」

繁星震驚地看著他。

「反正那天晚上我當著他們的面承認過妳是我女朋友，真要是輿論鬧到不可收拾，我承認就好了。送女朋友一枚鑽戒，我有這個能力。」

繁星張口結舌，舒熠接著說：「別被敵人牽著思路走，一旦被人牽著思路走就會落後挨打，做產品是這樣，處理問題也是這樣。」他將鑽戒往繁星手裡一塞。「鑽戒妳先拿著，萬一妳那個前男友再糾纏，也別發什麼照片了，直接約他喝茶，戴著戒指給他看，閃瞎他的眼。打蛇打七寸，打人要打臉，下手就別留情，知道嗎？」

繁星覺得老闆英明神武，光芒萬丈。

她感激涕零。「真不用了，這戒指太貴，回頭我弄丟了，賠不起。」

舒熠說：「反正我也不想看到它，妳先拿著，過幾個月幫我找拍賣行賣掉，捐給留守兒童[①]。」繁星正不知說什麼好，舒熠又叮囑：「捐完記得開收據，可以抵稅。」

繁星終於「噗」地笑出聲。

舒熠回會議室開會去了，繁星看著手心裡閃閃發光的大粉鑽，心情終於好起來。

✿

①留守兒童指的是由於父母一方或雙方外出去城鎮工作，而被留在家鄉或寄宿在親戚家中，長期與父母分開居住的兒童。

因爲顧欣然幫了自己不少忙，所以等她回國的時候，繁星特意去機場接她，還訂了餐廳準備幫她洗塵。

顧欣然從機場大廳出來，推著行李車，車上堆著大小箱子，繁星不由得調侃：「唷，沒少買啊。」

顧欣然說：「峇里島哪有什麼好買的？就島上買了點工藝品，轉機的時候買了點免稅保養品。」

「那妳這大包小包的……」

「全是帶去穿的衣服，有陽光沙灘的度假勝地，當然不能辜負良辰美景，我每天都要換好幾套裙子，還有帽子、鞋子、包包什麼的。哎，眞是太舒服了，明年春節，我還得找個地方像這樣度假，這樣才有精力應付一年的工作啊！」

正說著話，恰巧有個男人推著行李車從旁邊經過，那男人明顯也是剛從熱帶地區回來，穿著短袖長褲沙灘鞋，戴著太陽眼鏡，身材高大健碩，一件長長的黑貂大衣搭在行李車上，皮毛油光水亮。

顧欣然朝繁星努嘴。「妳看那傻叉！」

那男人似乎聽見了，回頭望了一下，只是太陽眼鏡遮去他的眼神，也不知是不是在看她們。

繁星趕快拉了拉顧欣然，小聲說：「別瞎說，人家聽見了。」

顧欣然說：「他不懂中文，放心吧。我跟他同一個航班，飛機上他一直跟空姐講英語，別看長了一張中國人的臉，說不定是個ＡＢＣ。」

繁星看著那人已經逕自推著車走遠，才說：「無緣無故的，幹嘛罵人家，多不好。」

「什麼無緣無故?我跟他的仇可結大了!」顧欣然提到他就生氣。「不說別的，妳看見那件黑貂大衣了嗎？一個大老爺穿什麼貂皮，一點也不環保!在峇里島的時候，他竟然跟一群人炫耀他在哥斯大黎加吃過鹽焗海龜蛋，特別好吃，海龜蛋那是能吃的嗎?!小海龜那麼可愛他竟然吃得下去!最要命是我英文不好，辯論贏不了他，他還聲稱在哥斯大黎加吃海龜蛋是合法的!對了，還跟人宣揚加拉巴哥群島，妳知道那是什麼地方嗎?加拉巴哥群島是進化論的誕生地，有最完整、最多樣性的生物，他還煽動一堆人去!他就是個喪心病狂的毀滅者，地球總有一天會毀在這種人手裡!」顧欣然越講越生氣。

繁星勸她：「算了，氣壞自己不划算，既然觀點不合，又是陌生人，何必念念不忘?」

「反正別讓我再看見他，不然見一次打一次。」

結果兩個人到地下停車場的時候，又遇見了那個男人，停車場冷，他已經把那件黑貂大衣穿在身上，繁星還真怕顧欣然衝上去。幸好那男人已經裝好行李，拉開車門，就上車啓動走人。引擎的咆哮聲頓時響徹整個停車場，顧欣然看著那輛跑車揚長而去，更加憤恨。「妳看這大馬力跑車，多不環保!」

幸好，顧欣然雖然是個環保主義者，涮羊肉還是吃的，跟繁星吃了一頓美好的涮羊肉，掏出一包東西遞給繁星。

「什麼?」

「給妳的禮物，峇里島的木雕，據說特別招桃花，祝妳早日找到意中人。」

繁星說：「謝謝。」

「本來是買給我自己的，看看今年能不能終結單身，哪想到妳這麼快就需要用到桃花，所以先讓給妳。」

繁星聽她這麼說，不由得有點黯然。

顧欣然托起她的下巴，「是我口沒遮攔不會說話，別傷感啦。舊的不去，新的不來，妳那個男朋友，我看他不順眼很久了，甩了正好！要知道，妳可是上過兩次頭條的女人了，要對自己有信心。明星桃花不旺都上不了頭條的，真的，這說明妳桃花很旺啊。」

繁星被她逗得一笑。「哪有兩次，就昨天一次。」

「看看，真是健忘的女人。妳和總裁去納斯達克敲鐘那次呢？不也是頭條。」

繁星愣了下，她真忘記了。幸好兩次的照片沒有人對比，更沒有人認出兩次照片裡是同一個人。

❀

懷著這份忐忑，第二天上班，趁著午休，繁星就捏著零錢包上日光房了。她要再許個願，千萬不要被人認出來，不然兩下裡一聯想，就真說不清楚了。

同事們都吃飯去了，日光房裡沒有人，正月的太陽照進來，屋子裡暖烘烘的，早上清潔阿姨幫花草澆過水，此時也精神得很，連那兩棵金桔樹似乎都恢復了元氣。

繁星找到前幾天許願的那個紅包，打算掏出自己的髮束，重新裝幾塊錢進去，不料紅包一打開，髮束竟然捆著兩張簇新的人民幣，粉色的百元鈔票被疊得整整齊齊。

繁星困惑得很，髮束是自己的髮束，只是重新打過結了，這錢是從哪裡來的？繁星翻看紅包，終於看到一行字——

紅包之神說，許願是要放錢才靈的。

字跡飛揚凌厲，她一眼就認出是誰的，她嘴角一彎，不由得就笑了。她把兩百元裝進錢包裡，下樓找到總裁寫給她的那張欠條，拿了支筆，重新上樓，將那張欠條連同髮束一起，重新放進紅包。

她在紅包上寫：我的願望沒那麼大，不需要兩百元。

五元就夠了，她愉快地把零錢塞進去，雙手合十許願。

又過了一天，她上樓吃午飯，陽光下，金桔樹上的紅包一個個閃耀著金光，她若有所思，吃著吃著，終於放下筷子走過去翻看。

果然，欠條、零錢及髮束都不見了，紅包裡空空如也，只是在那兩句話的後面，又多了一句話，還是熟悉的字跡。

妳的願望紅包之神已經收到，等待它實現吧。

繁星一時促狹，心想五塊錢你竟然也要拿走，還是不是上市公司總裁？於是拿筆就在下面寫——

紅包之神啊紅包之神，你如果真靈驗的話，今天下午讓老闆唱首歌給我們聽吧，否則，要把五塊錢和髮束都還我！

惡作劇完，她有點心虛，左顧右盼並沒有人發現，糾結要不要劃掉這句重新寫，但劃掉還是能看見，把紅包摘下拿走好像也不妥。反正也不是什麼非法要求，繁星坦然了，總裁明知這是開玩笑，總不能跟自己一般見識。

再說，誰教他拿走那五塊錢的，還有她的髮束，她最好用的髮束，當年買了一整包，後來也丟得差不多了，所以剩下的寥寥幾個她格外珍惜。

下午茶時分，她剛安排完茶點，公關經理就像旋風般刮到她辦公桌前，繁星驚訝地看著他。公關經理情緒明顯激動，「妳知道我們這裡屬於ＸＸ社區吧？」

繁星本能地點點頭，又立刻搖頭，她真不知道。

公關經理說：「沒關係，我們公司也不常跟社區打交道，可是每次有通知來，行政部還是抄送給我一份的。」他重重喘了口氣。「妳知道嗎？今天我們要唱歌了！」

繁星呆了。「唱歌？」

「是啊！共建模範單位新春聯歡，總裁終於開竅了、想通了，要搞好跟社區的關係了。趕緊的，會議室，舒總選了〈朋友〉，大合唱，所以妳也有份！」

繁星怯怯地走進會議室，公司幾個麥霸①早就接到通知聚集在這裡，於是一眾人在總裁的帶領下，練習了〈朋友〉。

繁星站在隊伍裡，都不敢正眼看總裁。

❀

經過下午的練習，晚上就立刻參加了社區聯歡，社區看到這麼多年輕的男女青年精神飽滿，歌也唱得不錯，社區工作人員可熱心了，特別向他們推薦三月八日的活動。

「單身聯誼！都是社區所在辦公樓的年輕人，個個和你們一樣，都是白領，素質高，一定會有緣分！」

唱完歌，總裁請吃宵夜，一路上大家都滿開心，只是宋決銘最不開心，因爲社區大媽拉著繁星的手講了半天，一口一個閨女，讓她一定要參加三月八日的聯誼活動，說自己有個熟人的兒子可優秀了，那天一定要介紹給她認識。

宋決銘抱怨：「舒熠你怎麼回事？你從來對文娛活動不感興趣，你這是心血來潮？」

繁星嚇得大氣都不敢出，唯恐被人發現總裁心血來潮是被自己激的。

舒熠說：「合唱挺好的呀，是一種培養團隊精神、有益團隊建設的活動。」

說得這麼面不改色、這麼理直氣壯，真不愧是總裁。

春節假期剛結束，很多餐廳還沒營業，又是晚上，走了半天才找到一家小店，大家也不挑剔，蜂擁而入。

羊蠍子熱氣騰騰，大家圍坐啃羊蠍子，吃著吃著就熱鬧起來。

宋決銘感慨萬千。「此情此景，讓我想起大學還沒畢業那會兒，你們舒總請我吃過一頓畢生難忘的羊蠍子。」

---

① 麥霸，指卡拉OK唱得很好的人或霸佔麥克風不放的人。

「這還有故事？」科技宅男們都來了精神，春寒料峭，還有什麼比聽老闆的八卦更有趣？七嘴八舌叫了幾瓶「小二」①，一邊趕快給宋決銘倒上，一邊說：「快快，宋總，現在有酒了，趕快說故事。」

宋決銘瞟了一眼舒熠。「那我可真說啦？」

舒熠夾起一個餃子，很淡定地蘸醋吃掉。「說唄。」

「我當時啊，跟舒熠打了一個賭，說誰輸了就請吃飯，結果我輸了，請舒熠吃羊蠍子。就在五道口，一個特別小的店，裝修什麼的比這兒差遠了，窮學生嘛，沒有錢，就選最實惠的地方。那個店小，桌子挨桌子，我把錢包放在牛仔褲口袋裡，沒留意，不知道啥時候被偷了。

「我後面那桌，坐的幾個人特別鬧騰，一直在划拳，不時撞到我的後背，後來我跟舒熠分析，那可能就是一夥小偷。總之，最後結帳的時候，我錢包沒了，舒熠也只帶了幾十塊錢，不夠付帳，我說要不我留在這兒，舒熠你回去拿錢，舒熠說回去也沒錢啊，得去銀行領。那可是十幾年前，自動櫃員機都設得老遠，大晚上的，不見得能找到。

「正煩惱，舒熠看到旁邊一桌也是學生模樣，我不認識，他其實也不認識人家，就看人家穿著他們P大信院的系服，你們知道的，就是那種運動衫、長袖外套，大學都發那個當系服、校服。舒熠多機靈啊，跑去跟人套近乎，說自己也是信院的，丟了錢包，能不能借幾十塊錢結帳，回頭再還錢。」

科技宅男迫不及待地問：「那借到了嗎？」

「別急啊，聽我說，這還有轉折呢。當時對方有男有女，有個女生怪精明的，說既然你是我們信院的，那這裡有道題，做出來了，我就相信你是我們P大信院的。

「我當時想，套近乎說是P大的不就好了，還說是信院，這下好了吧！他一個物院的學生，能做出信院的題嗎？我都想，萬一不行我就上，結果舒熠接過題目一看，唰唰往草稿紙上寫代碼，眞給做出來了。哎呀，最後那女生佩服得不得了，說是他們教授留的挑戰題，全班還沒有人做出來呢，當時那女生立刻就掏出錢，還一定不讓舒熠還，說要交這個朋友。然後，最精彩的來了，那女生問舒熠叫什麼名字——你們猜舒熠怎麼說？」

繁星早已經聽得入神，科技宅男甲斬釘截鐵地說：「舒總當時一定是說：不要問我叫什麼名字，我的名字叫雷鋒。」②

宋決銘嘴裡剛抿進去一口酒，差點噴了，趕緊咽下去，一邊咳嗽一邊說：「是人家借給我們錢，又不是我們借人家錢，怎麼能是雷鋒呢？」

科技宅男乙忍不住了。「宋總，那女生漂亮嗎？」

宋決銘一拍大腿。「你可問到點子上了，那女生可漂亮了，後來才知道，原來她是信院的系花，跟管院女神唐郁恬齊名，人稱『管唐信盧』的盧安雅。」

---

①小二，即二鍋頭，是一種高粱酒。原料為高粱，以蒸餾法製成，因為只取第二次蒸餾得到的液體，因此得名。由於品牌和包裝不同，因此有若干暱稱，如「小二」、「牛二」、「紅星」等。

②雷鋒，真有其人，是「好人好事」的代名詞。所以這句話意思是：自己跟雷鋒一樣做好事，不留名。

驟然聽到唐郁恬的名字，繁星忍不住看了舒熠一眼，舒熠泰然自若地吃著餃子，表情上看不出任何波動。

宋決銘眉飛色舞地繼續講：「這麼漂亮一女生追著問名字，擱誰肯定都會說，不僅要說名字，還會留郵箱啦、QQ號啦，結果你們猜怎麼著？舒熠特別誠摯地跟人說，他叫宋決銘。」

「噗！」科技宅男丙終於忍不住笑噴了，「宋總，舒總對你眞好。」

「我當時也這麼想啊，心裡暖烘烘的，心想哥們兒夠義氣。後來一想，不對啊，他留我的名字我的郵箱我的QQ，回頭這錢可不得我還嗎？」

舒熠這才慢悠悠地說：「你請我吃飯，當然你還錢買單。」

宋決銘說：「看看，我當年問他的時候，他也這麼說。所以後來去銀行領了錢，我專門跑到他們P大的信院還人家錢，等了大半天，盧安雅沒來，來了個眼高於頂的小子，對我翻了一個白眼，問：『你就是宋決銘？』我說是啊，那小子冷笑三聲，就走了。我當時壓根就摸不著頭腦，後來才知道，原來盧安雅有個仰慕者，聽說盧安雅喜歡宋決銘，約了我要華山論劍呢。」

「華山論劍？」科技宅男丁兩眼放光，「那最後誰贏了？」

「反正我沒輸。」宋決銘施施然道，「就是那小子賊心不死，每隔幾年都要來找我們麻煩。」

科技宅男丁回過神來。「哎，那應該也不是無名小卒啊！」

「當然不是無名小卒。」宋決銘問：「舒熠，要不要說？」

舒熠直截了當地說：「長河電子的高鵬。」

科技宅男們都倒抽了一口涼氣。公司曾經最大的競爭對手，這麼多年來被追著打，公司還一度處於下風，但後來公司逐漸佔據有利形勢，已經攻守易勢。但長河電子是全產品線的公司，龐大且可怕，目前仍舊可以卡著公司的上下游，不停地找麻煩。

宋決銘感慨：「這件事情告訴我們什麼呢？就是——不要隨便做女生遞過來的習題。」

科技宅男們哄堂大笑，宋決銘還在那裡一本正經地強調：「真的，嚇得我這麼多年都不怎麼敢跟女生說話。」

科技宅男甲問：「那社區三月八日的聯誼活動，宋總您參加嗎？」

宋決銘想到此事就氣惱，不由得看了繁星一眼。「我不參加，我心有所屬。」

科技宅男們起哄：「哦！這麼多年，宋總您還惦記著盧安雅？」

「當然不是！當然不是！」宋決銘連忙解釋：「盧安雅都在美國嫁人了，我現在喜歡別人。」

舒熠不動聲色，問：「嗯，現在？」

科技宅男們又一陣起哄：「哦！當年還喜歡人家的！」

這麼一鬧騰，大家哄堂大笑，也就帶過去了。

舒熠說：「我酒喝多了，都說不該說的話了。大家散了吧。」

拿起手機，叫不到代駕，也難以叫車。舒熠說：「沒事，我坐公車回去，這裡正好有一路線公車路過我家社區門口。」

宋決銘問繁星：「妳住哪裡？要不我送妳吧？」

繁星說：「眞不用了，宋總，我家跟您家不順路。」

「她和我順路。」舒熠一邊穿外套一邊說，「我們正好同一班公車。」

宋決銘看看繁星，又看看舒熠。「那好吧。」

大家在餐廳門口道別，舒熠和繁星一起走到公車站牌。正月裡，節氣還是寒冬，呵氣成霜，兩人一邊走路，口中呼出大團白霧。

晚上公車班數稀少，公車亭空闊無人，只有暈黃的燈光，照著明亮的燈箱滾動廣告。

兩個人在公車上等車，因爲冷，繁星將手都插在大衣口袋裡，因爲太冷了，她想要輕輕地跺腳，但忍住了。

舒熠忽然說：「冷不冷？要不我們運動一下？」

繁星左顧右盼。「在這兒？」

「跳房子吧，妳看地上這一塊塊石材，正好一格格的。」

這麼古老的遊戲，難爲舒熠也會。

繁星老老實實承認：「猜拳我贏不了您。」

全公司都知道，別跟總裁玩猜拳，十次有九次他能贏。也不知是爲什麼，或許連猜拳這樣的小遊戲都是有技巧的，而舒熠知曉技巧的祕密。

再說太冷了，她也不願把手從大衣口袋裡拿出來。

「不猜拳。」舒熠指了指燈箱滾動廣告看板。「背對著看板，然後說有還是無，回頭看一下，如果廣告上的產品是用我們公司的陀螺儀，說有就是贏，說無就是輸，贏了可以往前跳一步，看公車來的時候，誰跳得最遠。」

繁星問：「彩頭呢？」

舒熠眉頭微挑。「彩頭？」

繁星說：「這樣吧，我贏了您把髮束還給我，如果我輸了，明天請您吃午飯。」髮束實在是太難買到了，而且這麼私人的物品，落在異性手裡總是不妥的。午飯多簡單，隨便給舒熠點份外賣就打發了，再說公關經理給的一百塊她都還沒用完呢，都用不著她自己掏錢。

舒熠說：「行，妳贏了我把髮束還妳，而且請妳吃午飯，妳輸了請我吃午飯。」

繁星欣然答應。

兩個人背對著看板，像小朋友，一本正經目視遠方。舒熠說：「妳先選。」

繁星聽見身後燈箱唰唰地輕響，正在換廣告。她說：「有！」

兩人一起回頭，正是新款剛上市的手機，國產手機十有八九用的是公司陀螺儀，這一型號正是，繁星開心地往前跳一格。

舒熠背對著燈箱，唰唰換廣告的時候，他說有，兩人一起回頭，是護膚品。繁星非常開心，忍不住舉起雙手比了兩個V字。

舒熠不服氣。「再來！」

公車十幾分鐘後才來，繁星一路遙遙領先，因爲她總是說「有」，於是猜對了兩個手機、一個電動平衡車廣告；舒熠有時說「有」有時說「無」，反倒一個也沒猜中。繁星沒想到自己能大獲全勝，非常開心，遠遠看到公車駛近，掏出公車卡。「老闆，我贏了，請您坐公車。」

舒熠說：「果然是人生贏家，這麼闊綽！」

兩人哈哈大笑，一起坐上公車，車子裡空蕩蕩的，也沒有其他乘客。

舒熠說：「要不要接著賭？」

繁星問：「怎麼玩？」

舒熠說：「到站停下的那一刻，看看廣告是什麼，老規矩！下一站妳押什麼，有還是無？」

繁星說：「有！」

舒熠說：「那我猜，無。」

公車一路晃蕩向前，眼看快到下一站，繁星遠遠就看到燈箱裡是手機廣告，開心得要跳起來，結果車子一駛近，廣告就唰唰地向上翻頁。繁星趴在窗上直說：「有！有！有！」結果等車進站停穩，廣告正好換到了旅遊廣告，跟陀螺儀半毛錢關係都沒有，繁星沮喪地垂下頭。

舒熠笑咪咪地說：「不要緊，只輸一局，妳還領先三步呢。」

結果一路猜過去，舒熠竟然每一站都贏，每猜必中，還沒到繁星住的社區那站，她已經輸得慘不忍睹，眼看只剩下兩站，無論如何無法翻盤了。

繁星嘆氣。「不賭了，賭運太差。」

舒熠說：「其實……嗯，還是告訴妳吧，這是有技巧的。剛才在公車亭的時候，我記住了所有廣告的順序，還有更換的間隔時間。晚上這個時間點不會堵車，公車基本上可以按時進站，而公車的進站時間，會顯示在電子屏上。」他說，「所以只要簡單地心算一下，就能知道公車下次進站時的廣告會是哪一個，於是穩贏。」

繁星一愣，旋即哈哈大笑，舒熠也笑起來。「抱歉，我從不打沒把握的賭。創業風險太大，習慣了不打沒有勝算的仗。」

繁星敬佩地看著他。「願賭服輸，明天我請您吃午餐。」

舒熠一笑，從大衣口袋裡取出一樣東西。「好，午飯妳請了，這個我還給妳。」

繁星一看，正是那髮束。

繁星不由得一笑，伸手接過來。正巧公車到站了，繁星匆匆忙忙用髮束紮起頭髮，一邊紮頭髮一邊說：「我下車了，再見！」

「再見！」

她紮了一個高高的馬尾，平時在公司很少這樣，因爲頭髮紮得高，頸間還有無數毛茸茸的碎髮，就像剛剛做完課間操的少女般，臉頰上還有紅暈，也許是因爲暖氣，也許是因爲剛剛大笑過。她回頭揮揮手，說：「晚安。」

公車亭的三級台階，她連蹦帶跳就下去了，舒熠只來得及揮一揮手，車子已經關門啓動。車窗上有薄薄的水汽，像隔著一層毛玻璃，只看到她手插在口袋裡，高高的馬尾還在微微晃動，她並沒有立刻回家，反倒認眞地站在公車亭上看著滾動廣告看板。公車正在加速，舒熠不由自主站起來往車後走，一直走到最後一排，隔著車後窗，遠遠看到她站在廣告看板前，大約是在仔細研究到底有多少廣告、間隔時間多少。

這傻丫頭。舒熠臉上浮起一抹淡淡的笑。

他想起當初人資據說從雪片似的履歷中選了幾份，由負責人力資源及行政的副總拿來給自己過目，畢竟是要給他當祕書。當時公司創業沒多久，兵荒馬亂，那副總也是科技宅男出身，特別誠懇地說：「舒總，我都挑過了，這幾個是胸最大的。」

舒熠正好為了某個技術難點熬了個通宵，睡眠不足正是脾氣最壞的時候，聞言差點沒把履歷扔出去。胸大無腦?!祕書多麼重要，能挑個無腦的來嗎？

舒熠都想選個男人來，畢竟祕書要經常一起出差，如果是女祕書，多不方便。現在哪有女孩子願意成天跟一群大老爺出差的？

結果低頭一看，第一份履歷就是她，清清爽爽「祝繁星」三個字，還有同樣清清爽爽的照片，根本看不出來胸大不大，履歷倒是寫得很漂亮，學校更體面，竟然是他的母校。

能考上P大的女孩當然不會是胸大無腦，而且是最熱門的科系，天曉得為什麼竟然投了他們這麼不起眼的公司、這麼不起眼的職位，或許是應屆生沒有經驗？等面試時一看，人比照片還要清爽，而且機靈，很認真也特別細心，借完筆之後，端端正正放回桌上原位，連筆尖的朝向都沒有弄錯。

舒熠當時覺得就她了，這麼認真細心的人，適合做祕書。

很長一段時間，舒熠都擔心她突然回過神來，要跳槽去投顧或者基金之類的地方，所以她起薪就高。舒熠覺得祕書也是技術型人才，凡是不可替代的技術型人才，都值得比其他公司開的更高的價格。

結果她沒有辭職沒有跳槽，沒有鬧過任何么蛾子，哪怕全公司最靠譜的副總還每年總要跟自己嚷嚷，說受不了了、壓力太大了、舒熠我不幹了、我要度假，她也一次都沒說過類似的話。再苦再累，她好像都能應付。

所以公司上市前，員工期權計畫最後遞到他辦公桌上，他認真地將她的份額改到跟技術人員一樣。

在他心裡，她就是個技術人員，而且在這崗位上兢兢業業，無可替代。

❀

繁星早上起來，一邊打開電視聽新聞一邊做瑜伽。剛過完年，交通順暢，地鐵也沒多少人，所以她就走得晚。又想起今天要請總裁吃午飯，昨天自己打賭真是輸得心服口服，好像請他隨便吃一頓不太顯誠意，而且公司附近好些餐廳都還沒開門，也沒什麼可吃的。

每天買菜的人最煩惱今天買什麼菜，每天訂餐的人最煩惱今天給老闆吃什麼。繁星心想，索性有誠意到底，自己做一份午餐帶去給總裁好了。

她拿定主意後就立刻行動，看看冰箱裡的存貨，都是年後回來去超市隨便買的東西，想了想不如做蛋餃。拿超市絞好的肉餡，現剝了幾個蝦仁，又加進薺菜提香，跟肉和一起攪成餡泥，切了塊肥肉做豬油，也不用熬，瓦斯爐上烤著大金屬圓勺，筷子夾著肥肉在大圓勺上轉一轉，等油烤得吱吱響，將蛋液倒進去旋轉攤開，就成了薄薄的蛋皮，再把餡放進去，趁著蛋液沒完全乾，把蛋皮揭一半起來將餡封住，一個蛋餃就做好了。

她手腳快，一會兒工夫就包了二十多個蛋餃，數一數夠了，鍋上蒸著米飯，上面一格蒸蛋餃，便去換衣服化妝。等收拾好，蛋餃也蒸好了，拿便當盒裝了米飯和蛋餃，另外還有一盒雞湯，是前兩天燉好凍在冰箱裡的，想了想，她又切了點筍乾，一起裝好了上班去。

上午舒熠很忙，他們很多客戶都是外國企業，不過春節的，他們休息了這幾天，大客戶們已經盼得眼睛都紅了，所以舒熠開了整整半天的全球視訊會議。宋決銘更慘，有個重點客戶的新產品要九月發佈，而雙方已經就陀螺儀感測器能估據的尺寸和重量激烈爭論了三個月，到最後，宋決銘又要撂桃子不幹了。

「反正我們做不到！我告訴你，我們做不到就是全球沒有任何一家公司能做到，有本事你們找別人去！」

氣得那個印度裔高階主管都要親自飛到北京來解決問題了。

最後還是舒熠出面安撫：「我們會盡最大的努力，但我們不能保證最後的尺寸和重量合乎你們苛刻的要求。」

印度裔老頭狡黠地笑。「舒，你有辦法的，我們的要求並不苛刻，我永遠不會去找別人，我只相信你，全世界我只相信你，如果我有女兒，我一定會把女兒嫁給你的！」

舒熠很想苦中作樂地說：「你相信我有什麼用？別說女兒了，你哪怕自己要嫁給我也沒用啊，研發團隊能做出來就是能出來，做不出來我也沒招。」但他只是笑了笑。是，客戶是要求苛刻，何止苛刻，簡直變態，然而正是這些變態的要求，導致研發團隊以及整個公司拚了命往前衝，一直衝，永不停止，於是他們就可以暫時地站在全世界最領先的高峰上，把其他人遙遙甩在身後。

宋決銘怪委屈的。「你！你就慣著他們那群變態，你這次滿足了他們的變態要求，下次他們就會提更變態的要求！」

舒熠還沒說話，忽地，宋決銘聳了聳鼻子。「好香……什麼東西？這麼香！」

繁星帶著蛋餃到了公司，上班忙忙碌碌，看看已經十二點半，舒熠終於離開會議室返回他自己的辦公室，可終於能吃午飯了。她不好意思讓別人知道自己給老闆開小灶，而且她和舒熠又鬧過緋聞，更怕別人說閒話，所以等大家都去吃飯了，才偷偷進茶水間用微波爐，先把雞湯熱了，然後下蛋餃和筍乾。

繁星覺得挺遺憾，因為北京新鮮冬筍太難買了，所以只能筍乾湊合。等飯熱好，她拿了飯盒裝好，送到老闆辦公室去。

繁星沒想到她去熱湯熱飯的工夫，宋決銘又進了舒熠的辦公室，所以她敲門，一聽見舒熠說「請進」，她高高興興端著飯盒進去了，冷不防一抬頭看見宋決銘，不由得一愣。

宋決銘一看她端著飯盒進來，那股食物的香氣更誘人了，馬上就伸手接過去。「哎呀繁星，妳怎麼知道我在這兒？」

他既然伸手，繁星也不能不給他。

他揭開飯盒蓋，用力吸了口氣。「真香啊！是什麼？」

繁星不好意思說，這是給老闆的不是給你的，只好悶悶不樂地回答：「蛋餃。」

宋決銘又驚又喜，抽出盒蓋上的筷子，夾了一口嘗。「真好吃，妳自己做的啊？」

繁星「嗯」了一聲，宋決銘喜孜孜地捧著飯盒吃起來，邊吃邊問舒熠：「你要不要嘗一個？算了，不給你嘗了，反正你是南方人，天天吃這個。」

宋決銘稀里嘩啦風捲殘雲，連湯都喝光光，一轉身，從舒熠桌上抽了張面紙擦擦嘴。「眞好吃，就是淡了點，繁星，下次做鹹點。」

繁星「嗯」了一聲。宋決銘看看被自己吃得精光的飯盒，突然福至心靈，想起大學學長說過追女生得有眼色，要主動找活幹，於是高高興興地說：「我給妳洗飯盒去！」拿著飯盒就跑出去了。

等宋決銘走了，舒熠才對繁星說：「謝謝。雖然沒吃上，但應該眞的很好吃。」

繁星說：「您怎麼知道那不是給他的……」

舒熠說：「妳都快哭出來了，我當然知道那不是給他的。」

繁星本來不知爲什麼扁著嘴，覺得怪委屈的，聽了這句話，噗哧一笑。她扭頭跑了出去，過了一會兒，又進來，手裡拿著一個更精緻、比巴掌大不了多少的飯盒——早上準備的食物她分出來一份，本來是打算留給自己當午飯的，但現在她重新熱好，放在舒熠桌上。

繁星高高興興地說：「您吃這個吧。」

舒熠愣了一下，明白過來她是把她的飯又讓給自己了。

「妳吃吧。」

繁星急了。「都說了請您吃午飯，您就快吃吧，不然回頭宋總又回來了！」

舒熠從來沒吃午飯吃得像做賊，繁星帶著他偷偷溜上天台，在玻璃房子裡，繁星大方地把自己常坐的那個位置讓給他，自己坐在一旁的花架上啃三明治。舒熠要把蛋餃讓給她一半，她死活不肯，語氣裡還十分懊悔：「我做了二十六個！給您的那份，我放了十六個蛋餃進去，只留了十個，要是早知道您會吃這份，我就多留幾個了。」

舒熠吃著蛋餃，一口一個，因爲眞的很香，噴鼻香，塞得嘴裡滿滿的，全是食物芬芳的香氣。太陽照得人身上暖烘烘，也許是因爲太暖和了，雞湯滾燙，吃得他一頭汗，所以人也覺得有點暈，明明沒喝酒，卻覺得好像有點醉陶陶的。

繁星介紹起桌上的植物。「這盆多肉是我養的，放在桌上長得不太好，就挪上來了。」

舒熠很嚴肅地跟那盆植物打了個招呼：「嗨！初次見面，請多多關照。」

繁星噗哧一笑，接著給他介紹：「這盆蘆薈，是財務部韓姊的，據說可以吃，還可以做面膜。這裡這盆富貴樹，是人家送您的，您放在辦公室差點養死了，後來我跟行政說了，才抬上來……」

舒熠完全沒印象，這棵樹看著是有點眼熟，但是誰送的、這樹什麼時候從他辦公室消失的，已經完全不記得了。

她對每一株植物都如數家珍，哪盆是誰的，是什麼品種，幾乎都知道。而且提到這些植物的時候，她眼睛炯炯有神，彷彿有光。每一樣，每一株，她都逐個介紹，最後，她蹲在牆角對他招手。「這個也是多肉，要開花了，你看！」

他走過去蹲下，她輕輕翻開葉片給他看。眞是小啊，比米粒還小的幾朵花，竟然是完美的五角星型，還有嬌嫩的花蕊，超級小，但眞是漂亮的花。

她說話的聲音輕輕的，彷彿怕呵口氣就將那嬌弱的花瓣融化了。「這是我在垃圾箱旁邊撿的，還以爲它活不了，但拿上來澆了水，一直慢慢地養，養了好幾年，終於恢復了元氣，你看它都開花了。」

離得太近，舒熠能看到她髮頂一個雪白的旋渦，像烏黑的瀑布在這裡打了個轉，髮絲如水般洩下去，她的頭髮也很香，不知道她用什麼洗髮精，淡淡的，清雅的，像梔子花，好聞——那是南方常見的花兒，小時候媽媽買菜的時候帶一把回來，養在清水裡，可以讓屋子裡香一天。她正專注地在看那幾朵小小的花，睫毛垂下，微微顫動，像茸茸的翅，輕輕扇動著，舒熠不自覺靠得更近，她一抬頭，正好撞在他下巴上。

這下兩人都有點尷尬，舒熠揉著下巴站起來，繁星將那盆開花的多肉放回牆角，默不作聲揉了揉自己的髮頂。不知爲什麼舒熠有點不想開口，連「對不起」三個字都不捨得說，這一刻太美妙了，讓他覺得自己開口一定會弄砸。

最後是繁星紅著臉，遲疑著說：「嗯，那個……我要問您一個問題……」

「什嗎？」

「您怎麼知道，我在紅包裡放了東西？」

舒熠瞠目結舌，突然轉身往樓下跑，繁星欲言又止，又不好意思大聲叫住他，只好快快地收拾了飯盒等物品下樓。

舒熠一口氣衝下樓，進了自己辦公室，調出監控錄影，用最高許可權把剛剛玻璃屋裡的監視鏡頭紀錄內容全部備份到自己用的電腦，然後立刻清除保全硬碟裡這個鏡頭的內容，刪完之後還不放心，覆蓋了三遍硬碟才罷手。

他好久沒幹這麼心虛的事，簡直比學生時代第一次看某種動作片還緊張，他動作一氣呵成，密碼都輸得比平時快，檢查再三以防疏漏，比駭進了美國中央情報局更小心。等做完這一切善後工作，心還在怦怦跳，他想同事們都吃飯去了，應該沒誰這麼閒能發現錄影突然少了一段。

他還癱在椅子裡自我安慰，門忽地「砰」地被推開了，宋決銘拿著飯盒走進來，幽怨地問：「你回來了？繁星呢？我洗完飯盒你們倆都不見了。」

舒熠覺得自己又恢復了常態，好整以暇地說：「啊？她吃飯去了吧。」

誰知宋決銘一屁股就坐在他的辦公桌上。「哎，舒熠，正好，你幫我分析分析，你覺得繁星是不是不喜歡我？」

舒熠愣了一下，說：「這我哪知道，你得問她。」

宋決銘咂了一下嘴，說：「我這不是不好意思問她嘛……」

舒熠說：「讓我說眞心話？」

「那當然了，咱們倆誰跟誰！」宋決銘有種不妙的預感，瞅了一眼舒熠。「你有啥看法，難道還不願意跟我說眞話？」

「我覺得，你跟她沒戲。你發現沒有？她這人辦事很精細的，你呢，成天大咧咧，除了在資料上不犯錯，在生活中，簡直是錯誤百科全書，完全沒有常識……」

「那正好啊！我可以跟她互補。」宋決銘不服氣，「你不也說過，我這種人就得有個管家婆來管一管。」

舒熠不動聲色。「你是得有個管家婆來管一管，可也得人家願意來當你的管家婆。」

「不是……」宋決銘急了，「那……什麼，難道我條件還不夠好嗎？我這麼老實肯做事，有房有車的，我爸媽也不跟我住一塊兒，也不怎麼管我，現在女孩們不都喜歡我這種的嗎？」

舒熠問：「你覺得繁星是一般的女孩嗎？」

「當然不是！」

「那不就得了。我勸你，少剃頭挑子一頭熱，別人家想什麼、要什麼、喜歡什麼都沒弄明白，就自以爲是對人家好。」舒熠漫不經心地打量了宋決銘一眼，不動聲色使出了最致命的一招。「而且繁星那前男友，長得比你帥，也有車有房的，繁星還不是跟他分手了。」

宋決銘如遭雷擊，離開總裁辦公室的時候簡直面色如土。幾個小時後，全公司都傳說宋總被重點客戶的變態要求給氣著了，一下午把自己關在會議室裡瘋狂地跟研發團隊開會，開得整個研發小組人人面色如土，只好悄悄派了個人溜出來向舒熠求助。

雖然被派出來的仍舊是個科技宅，但科技宅也有機靈的，這一個被寄予厚望，突圍火線前來報信，所以是挺會辦事的。他藉口上洗手間，躡手躡腳溜到舒熠辦公室前，先低聲問繁星：「舒總在嗎？」科技宅男一邊問，一邊還緊張地左顧右盼，唯恐被宋總發現，一聲獅吼逮回會議室繼續。

繁星說：「舒總在開電話會議，說沒有要緊事別去打擾他。」

科技宅十分失望。「那等舒總忙完了，拜託妳跟他說一聲，求他去會議室一趟。」

繁星覺得挺奇怪的，問：「不是宋總在跟你們開會嗎？怎麼還要舒總過去？」

科技宅快哭了。「別提了，今天宋總估計是被客戶氣著了，光公式都寫了三黑板，我們整個組都跟不上他的思路了，舒總再不去救場，我們今天甭想睡覺了。」

繁星說：「好，等舒總忙完，我提醒他。」

科技宅男滿懷希望地走了，繁星想著，宋總這是怎麼啦，難道是蛋餃吃多了？

她想了想，端著咖啡，拿了盒花茶去給宋決銘的祕書小勤。小勤是個成天嚷嚷減肥的女孩，所以繁星跟她說：「花茶，德國的，在三亞免稅店給妳買的，減肥好用。」

「謝謝繁星姊！」小勤笑得眼睛都瞇起來，「要不要坐一會兒？我這兒有低脂肪蛋糕，妳嘗嘗？」

「不嘗了，妳留著當下午茶吧。對了，妳老闆今天怎麼了？」

「我哪知道啊？」小勤說，「中午還好好的，一個人美滋滋地洗飯盒，都不讓我幫忙。後來從舒總辦公室回來，就跟霜打的茄子似的，是不是舒總說什麼了？」小勤朝繁星擠擠眼。「妳在舒總那邊聽到什麼了？難道宋總又跟舒總吵架啦？」

「今天好像沒有。」

小勤說：「所以才不對啊，宋總這都一個多月沒跟舒總吵架了，他們跟兩口子似的，越吵感情越好，這不吵架，就說明感情出了問題。」

繁星一口咖啡差點嗆出喉嚨，咳好幾聲，才說：「下回我介紹我閨蜜給妳認識，妳們兩個一定聊得來。」

「是嗎？」小勤好奇地問，「她也愛減肥嗎？」

「不，」繁星說，「她也覺得宋總跟舒總是兩口子。」

＊

等舒總開完電話會議，已經是下班時間了，繁星糾結了一下，還是跟他說：「宋總跟研發團隊在加班開會，您要不要過去看看？」

舒熠頭也沒抬，十指如飛地敲打著鍵盤發郵件，說：「晚上我約了人吃飯。」

繁星有點錯愕，舒熠的行程都是她定的，她的備忘錄上，舒熠今天是沒有商務晚餐約會的。

繁星問：「您是私人約會？要不要安排司機送您？」

舒熠像突然想起似的，抬頭看了她一眼。「忘了訂餐廳。」

繁星馬上說：「我幫您訂，要什麼樣的餐廳？」

舒熠說：「女孩子喜歡的就行。」

繁星心裡不知為何有點異樣，但一點也不動聲色，提了兩三個餐廳的名字，都是適合情侶約會的。

舒熠說：「這幾個都去過，我不喜歡，換個新的。」

繁星說：「那我出去查一查，看看哪些合適，再來問您。」

舒熠漫不經心地點了點頭，繁星就出去了，打開電腦翻看了一下美食評價，完全不得要領，乾脆打電話給顧欣然。「有沒有適合約會的餐廳？推薦幾個。」

顧欣然說：「妳不能把我當美食記者用啊！妳起碼得告訴我，妳跟什麼類型的帥哥約會，我才能對症下藥，哦不，薦菜。」

「快點，江湖救急，我們老闆要約會，我挑了幾個，他都不喜歡。都是跟前女友去過的，唉，估計怕睹物思人吧。」

「你們老闆要約會，這太容易了！給他挑貴的，巨貴，一人平均三萬那種，什麼女孩都能拿下。」

「吃什麼東西能吃三萬？」

「松露啊，哦，現在有點不是季節。懷石，跟貓兒飯似的，一會兒上來一點，一會兒上來一點，吃都吃三個鐘頭，不餓也餓了。」

繁星不知爲什麼不太起勁，也不想討論這些細節，只說：「妳隨便給我推薦幾家合適的就行。」

顧欣然不愧是混八卦圈的，不一會兒就甩過來好幾家格調特別高的餐廳，有的在某胡同，備註無法停車，必須步行數百公尺；有的是法式餐廳，備註侍者是法國籍，所以英文不好；有的是食材有特殊要求，需提前兩週預訂，不接受臨時的客人……

繁星翻來覆去地比較，最後選了在胡同裡的懷石料理。雖然大晚上吃日式料理冷冰冰的，再出來吹一肚子風，走好遠才能上車，但情侶約會嘛，當然多走一段才更適合發展感情，她這麼寬心地想。

她選好了餐廳，進去告訴舒熠，舒熠果然沒什麼異議。倒是出來之後，剛才那個溜出會議室的科技宅，已經在微信上給她連發了三個紅包，可憐兮兮地問：「舒總能來救我們嗎？」

繁星用一個大紅包回答他：「不能。」

科技宅嗷一聲快哭了，連發了好幾個大哭的表情，最後一個表情是淚奔跑走。

繁星雖然有惻隱之心，但眞的覺得自己愛莫能助。

繁星收拾著東西，難得老闆今天決定不加班，她也可以早早下班。忽然，手機「嘀」一響，竟然是宋決銘發來的訊息，問她晚上能不能一起吃飯。

繁星糾結了半晌，回了一句：「您不是在開會嗎？」

宋決銘回覆：「晚飯總要吃的，要是妳有空，晚上我就不加班了。」

繁星想了想會議室裡水深火熱的研發團隊，又糾結了一下，最終還是堅定地回答：「抱歉宋總，我晚上約了閨蜜看電影。」

她還是覺得不應該給宋決銘錯誤的暗示，所以斷然拒絕。至於研發組的同事們，只好暫時對不起他們了，繁星愧疚地想，下次她一定自掏腰包，買好吃的點心彌補他們。

繁星收拾好了，等著舒熠出來，看他胳膊上搭著大衣，應該是準備下班離開辦公室。「舒總，沒什麼事的話，我就先下班了。」

舒熠挺自然地說：「一起吃晚飯吧。」

繁星一時沒反應過來。「啊？」

舒熠說：「中午妳請我吃蛋餃，所以晚上我請妳吃飯。妳自己挑的餐廳，應該喜歡。」

繁星腦中「嗡」的一響，突然想到一個成語：請君入甕。

❀

胡同裡竟然是石板路，車只能停在胡同口外。繁星穿著高跟鞋走了足足幾百公尺，深一腳淺一腳，差點摔跤，舒熠伸手牽住她，她有點不好意思，胡同裡沒有路燈，舒熠一手牽著她的，一手拿手機照著她前面的路，雪白的一點光暈映在石板地上，散開來像銀霜，一團團，又像是冰糖，脆而甜。其實並沒有下雪，北京的冬天乾燥得很，空氣清冽，又安靜，只聽見她高跟鞋踩在石板上嗒嗒地響。

整個餐廳只有他們兩位客人，久久才上一道菜，果然跟顧欣然說的一樣，跟貓兒食似的，一點點，非常精緻，但是好吃；器皿也講究，像山水畫，有禪意。東方文化，總是一脈相承的。

舒熠電話設了振動，一直閃，他都沒接。

繁星忍不住問：「是不是有事情？」

舒熠說：「沒事，宋決銘開會呢，他開著會就喜歡給我打電話，尤其研發團隊跟不上他思路的時候，他就把我當傾訴對象。」

繁星想起受苦受難的研發團隊，有點不忍心。「要不您就接一下，也許他是有要緊事。」

舒熠說：「沒什麼要緊事。」頓了頓，他又說：「吃飯最要緊。」

這頓飯眞的吃了三個鐘頭，那位白髮蒼蒼的日本主廚領著徒弟們一直將他們送到大門外，最後還深深地九十度鞠躬，感謝他們的惠顧，搞得繁星和舒熠也一起鞠躬還禮。

門口掛著和紙燈籠，光線柔和，繁星看著地上她和舒熠兩人的影子，並排雙雙彎下腰去，不知爲什麼有點不好意思。等說完告別的話轉身，她就拿了手機打開電筒照著路。

舒熠的手機已經沒什麼電了，很自然地一手接過她的手機，一手仍舊扶住她，兩個人一起往胡同外走。

夜已深，胡同裡更安靜，只聽見她高跟鞋嗒嗒的聲響。繁星心裡很矛盾，不知道是希望快點走到胡同口，還是希望能慢點走到胡同口。忽然，她聽到舒熠說：「月亮。」

她一抬頭，可不是月亮，彎彎地掛在人家屋簷上空，閃爍著清冷的光輝。雖然有月色，胡同裡曲曲折折，仍是光線昏暗，兩邊四合院的高牆簷角都被這淡淡的月色映在地上，像一幅水墨畫。

舒熠說：「妳手這麼涼，是不是沒吃飽啊？」

繁星倒有點懷疑舒熠沒吃飽，畢竟懷石料理份量真的不多，而且日本菜又清淡，幾乎沒什麼脂肪。他一個大男人，吃了那麼點貓兒飯，能吃飽嗎？

繁星遲疑地問：「要不，去簋街①吃宵夜？」

說完她有點後悔，剛吃完懷石料理呢，就去簋街，要是讓顧欣然知道，絕對大罵她丟盡了格調界的臉。

果然，舒熠說：「別去簋街了。」結果下一句他說：「我們去五道口②吃烤年糕吧！」

於是剛吃完懷石料理的兩個人，又跑到五道口吃了一大盆烤年糕，特別小特別破的店，也沒有幾個食客，竟然深夜還開著門。

舒熠熟門熟路地跟老闆打招呼，又問繁星：「吃不吃辣？」等繁星點頭，舒熠就要了重辣。果然很辣，烤得酥香脆軟的年糕，澆一勺子醬汁上去，又辣又香，吃得繁星直吸氣。舒熠說：「老闆，再來兩瓶北冰洋汽水！」

一盆年糕見底，繁星這次是真的吃撐了。舒熠還打包了一盒沒烤過的年糕，遞給她。「在家切成片，用雪菜煮一煮，也好吃。」

繁星本來想說不要，但聽他這麼一說，都覺得打包盒散發著一股誘人的香，不知不覺就捧在了手裡。

舒熠覺得捧著打包盒的繁星像一隻招財貓，笑眉笑眼，眼裡全是對食物滿滿的愛。

舒熠覺得這個晚上特別美好，有好幾年他都沒有如此放鬆舒心過。吃懷石時她很嚴肅，坐得端端正正，像小狐狸坐著自己的尾巴，唯恐露餡似的，跟他說話的時候，她的眼睛才會變圓，充滿了好奇；吃烤年糕時，她的眼睛又彎了，像是剛才人家簷頭的月亮，但是暖暖的。

他覺得很遺憾今天自己開車，不然就能跟她再一起坐公車回家，他一定能想出比上次更有趣的遊戲，再贏她一頓午飯，該多麼好玩啊！

上次他覺得好玩是什麼時候？大約是七、八歲吧，一群男孩子第一次學大人的模樣打橋牌，他算牌比所有人都快、都准，那個下午他覺得很好玩、很有意思。從那之後，他再也沒覺得有什麼事好玩了，包括創業，包括上市，那不過是計畫周詳、按部就班的成就感。

可是跟她在一起，真心覺得好玩。

---

① 簋（同音鬼）街，位於東直門內大街，在這一公里多的街上，餐飲就佔了百分之九十，餐廳密度之高，被稱為「北京的餐飲一條街」、「東內餐飲一條街」。

② 五道口，地名，位於北京市海淀區成府路，地處東升地區、學院路街道和中關村街道的交界處。

繁星倒沒想那麼多，她家更近一些，到社區門口，就高高興興抱著年糕盒子下車。她跟舒熠道別：「謝謝！今天晚上的晚餐眞好吃。」

舒熠促狹地問：「是懷石好吃，還是年糕好吃？」

繁星說：「都好吃。」

舒熠不由得一笑，這裡只能臨時停車，後方已經有車燈射過來，於是他揮一揮手，駕車離開。

✿

第二天，舒熠上班時幾乎是哼著小曲進的電梯，連櫃台都看得出他心情好，笑咪咪地起立。「舒總早！」

「早！」

他點一點頭，冷不防旁邊冒出個宋決銘，掛著兩個黑眼圈像熊貓一樣，幽幽地說：「你終於來了。」

舒熠說：「就叫你別熬通宵了，你看，眼袋都出來了。」

宋決銘說：「那你幫我招呼一下客戶，我先回家睡覺去。」

舒熠問：「什麼客戶？」

宋決銘說：「給你打一晚上電話你都不接，高鵬突然約了今天上午要來公司。」

舒熠聽到「高鵬」兩個字就頭疼。「還是你見吧，你們倆熟。」

「熟個頭啊熟！」宋決銘說，「他見了我都恨不得跟我打架，你見吧。我不行了，我得回去趴一會兒。」

不等舒熠再說什麼，宋決銘已經背著電腦包逃之夭夭了。

舒熠只好搖了搖頭，走進自己的辦公室。

繁星心情也挺好的，早上她已經將年糕處理好，今天午飯又有了著落，不用點外賣。而且今天舒熠也沒什麼重要的行程安排，除了臨時有個大客戶要來拜訪。小勤說，本來是約了宋總談事，但宋總回家補覺去了，所以改由舒熠接待。

十點，長河電子一行人準時到達，繁星出來櫃台迎接，心裡充滿好奇。因為聽宋決銘講過當年的往事，不知這位眼高於頂的高總，到底是何等人物。

結果一看，嘿，盤正條順[①]一枚帥哥，好長的腿，穿一件黑色羊絨大衣，大冬天還戴著太陽眼鏡，因為高，簡直像明星般搶眼，就是看著有幾分眼熟。繁星以為自己在哪裡看過這位時髦高總的照片，結果越回憶越覺得不對，尤其高總臉上那副亮晶晶的太陽眼鏡，實在是……太眼熟了。

她出於禮貌不好多打量，引著客人進入舒熠的辦公室。她先敲一敲門，說：「舒總，客人到了。」然後扶著門，讓客人先進。

經過她身邊的時候，那位高總說了聲「謝謝」，繁星忍不住略抬眼皮，正好與他四目相對，

①盤正條順，形容一個人長得漂亮，看著特別順眼。

雖然隔著太陽眼鏡，但連鏡片都擋不住高總那邪肆的眼神。他微微一笑，露出一口細而尖的牙齒，簡直像鯊魚，用只有她才聽得到的聲音低低地說：「沒錯，我就是機場那個傻叉。」

繁星差點失態。原來是他！她終於想起來，是那天在機場和顧欣然遇見的黑貂男。

高鵬已經大踏步從她身邊走過，呵呵笑著對舒熠伸出手。「舒熠，你這兒真不錯！這都多少年了，不捨得請我們來坐一坐，每次總約我們在蘇州園區那邊，就這樣打發我？」

舒熠說：「你不是喜歡實驗室嗎？所以才總是帶你去園區。」

稍稍寒暄後，繁星趁機插話：「幾位客人喝什麼？有茶、咖啡和礦泉水。」

舒熠說：「甭客氣，跟在自己公司一樣隨意。」

高鵬果然跟在自己公司一樣隨意，往沙發上一靠，說：「我要咖啡，美式，謝謝。」

繁星出去置辦茶水，又送進來，進進出出幾趟。只聽舒熠跟高鵬聊得火熱，好像多年老友似的。

長河電子的人都帶著筆電和各種電子產品，談了足足有兩個鐘頭，他們講的全是專業術語，繁星也沒太關注，等終於談完，舒熠親自送到電梯，繁星自然跟在後面。

那位高總也挺有意思的，電梯來了，繁星連忙按住開門鍵，他和舒熠握手道別，又對繁星伸手。「幸會。」

繁星只好騰出右手與他一握。「謝謝高總。」

高鵬眯起眼，似笑非笑。「謝我什麼？」

繁星中規中矩地答：「謝謝您撥冗來我公司。」

高鵬又笑得露出一口白牙，才走進電梯，對著舒熠挑釁似的一笑。「代我向宋決銘問好。」

繁星覺得這位高總簡直像是來砸場子的，幸好舒熠跟平常一樣，渾若無事。他一路走回辦公室，看看時間，很高興的樣子。「吃午飯了！今天中午吃什麼？」

繁星問：「您想吃什麼？」

舒熠說：「有什麼吃什麼。」他看起來挺放鬆的。「簡單點，我餓了。」

繁星不由得抿嘴一笑，說：「我做了年糕。」

舒熠由衷地高興。「這個好！」

繁星出去拿了飯盒，用微波爐熱好，趁人不注意拿著飯盒送進總裁辦公室，舒熠多機靈啊，一看她拿著飯盒進來，什麼都沒說，站起來對她使了個眼色，就往外走。

兩人做賊心虛，沒有搭電梯，溜進安全通道，爬了一層樓去日光房，坐在那盆多肉前吃年糕。

繁星早上在家就將年糕分成了兩半，一半裹蛋液煎了放糖，做成了糖年糕，另一半加了雪菜，煮了年糕湯。

她喜歡吃甜的，舒熠喜歡鹹的，皆大歡喜，兩個人都吃得津津有味。

舒熠說：「昨天晚上吃年糕，今天中午又吃，不知爲什麼，竟然一點也不覺得膩。」

繁星用筷子夾起最後一塊糖年糕，問舒熠：「您眞不試試甜的？」

舒熠怕她吃不飽，於是搖搖頭。

繁星就把最後一塊糖年糕吃了，吃得嘴角沾了糖粒，晶瑩透亮的一顆，被太陽一照，像顆特別小的小鑽石，熠熠發著光。她一直不知道，也不擦，就在那兒喝桂圓紅棗茶，她有點貧血，冬天總是喝這個。舒熠見慣了她那只玫紅色保溫杯，看她捧著杯子喝了口茶，那顆晶瑩的白糖粒仍然掛在她嘴角，搖搖欲墜。

他不由得心猿意馬，問她：「甜不甜？」

繁星愣了一下，拿著杯子有點遲疑。「這個我喝過了，要不，我下樓拿一包泡給你嘗嘗？」

舒熠站起來，忽然一揚手將西裝外套脫了下來，就勢往後一甩，外套被他這麼一甩，半空中鋪張開來，像一隻張開翅膀的鷹，緩緩落下，鋪開在一片枝葉上，壓得那一片植物都被彈起晃了晃，衣服垂下，正好嚴嚴實實蓋住角落裡那監視器鏡頭。

繁星猶自錯愕，舒熠已經傾身，一個又輕又暖的吻，就落在了她嘴角。

3 驚浪

宋決銘睡到下午三點，還是爬起來洗了個澡，覺得自己徹底清醒了，又開車來了公司。他認爲高鵬一肚子壞水，每次都是黃鼠狼給雞拜年，沒安好心。所以雖然有舒熠在，但他怎麼也不放心，還是跑來公司看看。

一進公司，他就覺得氛圍不對，小勤先給他倒了杯咖啡，然後一臉沉痛地對他說：「宋總，您要撐住。」

宋決銘覺得莫名其妙。「怎麼了？」

小勤說：「您先喝口咖啡緩緩，我再跟您說。」

她這麼一說，宋決銘哪還喝得下咖啡，十分乾脆地問：「到底出什麼事了？趕緊的，快告訴我，別磨嘰了！」

小勤立正站好，昂首挺胸。「報告宋總，舒總不知道爲什麼今天心情特別好，剛才我們把預算報告遞上去，原計畫他會砍掉百分之三十，沒想到他竟然唰唰就在報告上簽字了！您交給我們的任務我們超額完成了，哈哈哈，老闆，驚不驚喜？開不開心？」

宋決銘不由得嚇得打了個哆嗦。每年的部門預算是一場硬仗，董事會控制得很嚴格，所以到最後舒熠會協調平衡。

宋決銘自從跟著舒熠創業就沒吃過錢的苦，技術部門是特別燒錢的部門，尤其做研發，他沒錢了就告訴舒熠，舒熠自然會想辦法找錢給他燒，最苦最難的時候舒熠都沒委屈過他手下任何一名技術人員，導致宋決銘大手大腳散漫慣了。後來公司走入正軌，管理就規範嚴格起來，尤其上市前那兩年嚴控成本，每年的預算都要跟舒熠打饑荒，宋決銘雖然心眼兒實，也學到點小技巧，比如報上去的預算比眞正需要的多出百分之三十，這樣舒熠即使砍一點，也不至於眞不夠用。這就叫漫天要價，落地還錢。

宋決銘一直覺得自己把這個度把握得很好，既不至於讓其他部門有意見，又不至於讓舒熠下不了台，自己那攤子事也不會眞的捉襟見肘。

誰知道今天舒熠竟然都沒砍價，就在預算報表上簽字了。他覺得出事了，出大事了！

宋決銘很困惑地看著小勤，小勤也很困惑地看著老闆。小勤心想老闆這是高興傻了嗎？每年爲了預算跟舒總鬥智鬥勇，好不容易今年舒總特別痛快，明明占了個大便宜，爲什麼宋總的表情這麼沉重？

宋決銘問：「今天有什麼特別的事嗎？」

小勤眨了眨眼睛，說：「沒什麼特別的事啊……」

宋決銘不相信，一徑追問：「妳想想，好好想想，到底公司有沒出什麼特別的事，好的壞的都算！」

小勤努力想了半天，問：「繁星姊請病假了算不算？她都幾年沒請過病假了。」

宋決銘一愣，問：「繁星怎麼啦？她怎麼請病假了？」

小勤說：「我聽同事說，繁星姊的手腕扭了。我打電話問過了，繁星姊說已經在醫院照了X光，醫生說骨頭沒事，就是韌帶拉傷，要休息兩天，所以她請了兩天病假。」

「那現在繁星在哪裡？醫院？」

小勤眨了眨眼睛。「不啊，好像已經回家休息了。剛才我打電話的時候，她說已經從醫院出來了，休息一晚上觀察觀察，說不定明天就能來上班。」

宋決銘想了想，又沉住氣重新坐下來，對小勤說：「這應該跟舒總沒啥關係。妳再回憶回憶，今天舒總幹嘛了？有沒有什麼特別的事，他見過什麼人，還是說過什麼話？」

小勤努力想啊想，想了半天，突然恍然大悟。「今天有個特別帥的帥哥來找過舒總，好像姓高，對，長河電子的高總。本來是約了您，後來您說讓舒總跟他談，就是舒總見的他，聊了半天，舒總挺開心的。」

宋決銘猛然拍了一下大腿。「這就對了！高鵬那小子，一定是他搞了么蛾子！」

宋決銘站起來就往外走，小勤急忙問：「宋總您去哪裡？」

宋決銘說：「我去找舒熠……」

話沒說完，他人已經沒影。小勤想，自己果然猜對了，宋總這是受刺激了！宋總這是受了大刺激了！那個高鵬一定是當年橫亙在宋總和舒總之間的第三者，看他長得那麼帥，穿衣服那麼風騷，一定是個綠茶鴨！不然宋總怎麼就不願見那個高鵬呢？而且為什麼舒總見了高鵬之後，就痛快地批了宋總的預算呢？一定是因爲舒總內疚！

雖然不忍承認，但小勤覺得舒總眞是渣男。看宋總多麼一心一意對他啊，這麼多年幫他忙裡忙外，一起創業，舒總竟然還在外頭劈腿！舒總太對不起宋總了。小勤痛心地拿起預算表，心想，怪不得宋總一副失魂落魄簡直像失戀的模樣，因爲這眞的是失戀啊，哪怕再多批核百分之三十的預算，宋總也委屈。

宋決銘撲了個空，繁星的座位上空空如也，這是很罕異的情況。他想起小勤說繁星拐了手腕，心想下班後一定要去看看她。可是她住在哪裡，自己眞不知道，而且繁星是女同事，這女同事住哪裡，自己還眞不好意思在公司裡亂打聽。

宋決銘撓了撓頭，推開舒熠辦公室的門，舒熠也不在，這也挺罕見的。宋決銘看了看手錶，倒是已經到下班時間了。舒熠也很少準時下班，因爲他和自己一樣，是個光棍，既沒有什麼愛好，又沒有老婆孩子熱菜熱飯等著，回家能幹嘛啊？所以加班的時候多。

宋決銘站在偌大的總裁辦公室，空蕩蕩，寂寥無人，總覺得哪都不對。

一定是因爲高鵬這小子來過，凡是他出現，總會有么蛾子出現。宋決銘篤定地想。

宋決銘從舒熠辦公室出來，蔫蔫地一邊走，一邊給繁星打電話。

聽聲音，繁星倒是和平時一樣。「宋總，您好。」

宋決銘趕快清了清嗓子，說：「呃……那個……繁星啊，我聽說妳手扭了，要不我過來看看妳，給妳送點吃的？」

繁星連忙說：「不用不用，有朋友照顧我，謝謝！」

宋決銘說：「我還是過去看看妳吧。」

繁星說：「眞沒事，就是手扭了一下，冰敷一下噴點藥就好了。您放心，明天說不定我就能上班了。」

宋決銘聽她態度堅決，只好說：「那好吧，妳要有事就打電話給我，不要客氣。」

繁星連聲道謝，掛斷電話之後，不由得用沒受傷的左手捂著臉，想著這一切到底是怎麼發生的？

她本來吃了糖年糕喝著桂圓茶，天氣晴朗，陽光清亮，太陽曬得人暖暖的，連桌上那棵多肉都肉鼓鼓的好可愛，然後，舒熠突然把西裝外套一甩，就俯身親了她。

她坐在花架上，被這一吻嚇得身子往後一仰，頓時失去平衡，連人帶花架「碰」一聲整個兒翻過去栽在地上，當時舒熠嚇得連忙將她抱起來，問她頭疼不疼、手疼不疼、腿疼不疼，還想抱她下樓。

她倒沒覺得有哪裡疼，只覺得他八成也嚇懵了，趕快提醒他：「我沒事，您快走，有同事！」

繁星也不知道爲什麼就像做賊般心虛，爲了說服舒熠自己眞沒事，她差點當著他面做了一套體操，總之，連哄帶騙把舒熠先哄下樓去。她看他外套還蒙著監視器，不由得好笑，走過去把衣服給取下來，結果扯衣服的時候不得勁，就把手給扭了。

繁星也不知道是剛才那一摔把手腕給扭了，還是這一扯扭的，還是她本來就有腱鞘炎的問題，總之下午她發現右手手腕越來越疼，無法準確敲打鍵盤，而且手腕開始紅腫，這才請假去醫院。

等她從醫院出來，也到公司下班時間了，她走到社區門口，發現舒熠正在那裡等她。他的車沒有她社區的停車卡，開不進去，繁星只好做了訪客登記，舒熠拎著兩大包從超市買的新鮮食材，就跟她上樓了。

繁星也想不通，事態怎麼就迅速發展到，總裁繫著她那條小熊圍裙，公然在她廚房裡做紅燒蹄膀和可樂雞翅給她吃了。

說來慚愧，家裡連雙男人的拖鞋都沒有，舒熠挺自然地套了個鞋套就進門了。

她本來想要幫忙，但舒熠拿了個冰袋，將她按在沙發裡，她也就老老實實敷著冰袋，看舒熠忙進忙出。

繁星覺得自己腦子有點亂，要好好清理一下思路，但可樂雞翅很快就做好了，舒熠拿盤子盛了放在她面前的茶几上。「先吃著，以形補形。」

他出來時打開了廚房門，屋子裡頓時彌漫著一股紅燒蹄膀的醇厚香氣，饒是繁星不餓，也忍不住吞了口口水。

舒熠說：「香吧？我跟我媽學的這道紅燒蹄膀可香了，就是要燉很久才能肉爛皮酥。」

繁星不知說啥好，只好努力用單手啃雞翅。

舒熠穿著圍裙跟她一起吃了翅，又問她：「主食吃什麼？八寶粥？米飯？豬油菜飯？」

她單手拿雞翅，吃得嘴角都是醬汁，他飛快地俯身一親，再拿紙巾細心地幫她擦掉，繁星頓時又呆住了，舉著雞骨頭一動不動，活脫脫像招財貓。

舒熠覺得挺好的，平時多機靈啊，一親就斷線，跟機器短路似的，很好，特別好！

舒熠滿意地決定：「晚上就吃豬油菜飯和八寶粥。」

舒熠又進廚房忙乎去了，繁星過了好久才反應過來，慢慢放下雞骨頭，認眞思索幾個哲學問題，譬如：我是誰？這是哪裡？爲什麼總裁正在廚房做菜？

就在這時，宋決銘又打電話來說要來看她，她嚇得連忙勸阻。

開玩笑，僅僅一個舒熠在她家裡，她都沒法正常思考，再加一個宋總，她的 CPU 處理不過來，會超載導致系統崩潰的。

不能不說，舒熠的獨家祕製紅燒蹄膀很好吃，尤其出鍋之後，他用餐刀切成小方塊，肉爛皮酥，入口即化。繁星左手拿不了筷子，舒熠拿了把叉子給她，她就拿著叉子吃了一塊蹄膀肉。本來打算只吃碗八寶粥，但舒熠將蹄膀盛起來後，又往紅燒蹄膀的湯汁裡下了一點麵條，這麵吸飽了醇香的湯汁，比肉更好吃。

繁星一邊用叉子卷著麵條，一邊說：「眞沒想到，你做中餐也這麼好吃。」

舒熠說：「那妳就多吃點。」

舒熠自己吃的豬油菜飯也很香，這種家常吃食最是誘人，所以他舉著碗問：「妳要不要也來一碗？」

這時，門鈴響了，舒熠本能站起來想要開門，繁星想起這是自己家，連忙站起來，舒熠就坐下繼續吃飯。繁星還以爲是快遞，心裡納悶，站起來走到大門貓眼一看，只見一束巨大的鮮花堵在貓眼前，繁星正在詫異，手機突然響起來，繁星一看是小勤打來的，就接了。

小勤快活的聲音在電話裡嗡嗡響：「繁星姊，快開門，我們來看妳了！」

繁星只覺得頭頂上炸響一個焦雷，不由得問：「你們？還有誰？」

小勤說：「還有宋總啊，還有行政的汪姊，還有幾個同事。驚不驚喜？」

繁星只懵了一秒，急中生智：「我正在洗手間，不好意思啊，馬上就出來給你們開門，稍等啊！馬上就來。」她掛斷電話，衝回桌邊，將舒熠拖起來，「快！同事們來了！快藏起來！」

舒熠也懵了一秒，立刻問：「我藏哪裡？」繁星先指了指洗手間，想想不對，將他推進平時自己做瑜伽的那間空房，正要將房門反鎖，舒熠突然看到桌子上的菜。「等等！」

舒熠衝過去拿起自己的碗和筷子，隨手放在房間茶几上，然後迅速摘下圍裙，套在繁星身上，飛快地替她繫好。

繁星手忙腳亂地反鎖房門，用單手整理整理頭髮，終於打開了大門。

小勤捧著花，笑咪咪地叫了聲：「繁星姊。」

就在此時，繁星眼角餘光突然瞥見門後衣帽架上掛著舒熠的大衣……她緊急應變，整個人貼到了門後，擋住那件大衣，扶著門說：「歡迎歡迎，請進！大家快請進。」

趁大家一擁而入，紛紛低頭套鞋套，繁星飛快地扯下大衣，單手胡亂卷成一團塞進玄關櫃子裡，動作乾淨利索一氣呵成，就是右手使不上力，將櫃門撞得「啪」一響，繁星心都提到了嗓子眼兒，幸好無人發現。

她說：「家裡太亂了，大家隨意。」

宋決銘問：「繁星，妳的手好一點沒有？」

繁星還沒來得及回答，同事們已經在七嘴八舌地說話：

「繁星，花放哪裡？」

「我們給妳帶了一點吃的，妳就擱冰箱裡，要吃的時候微波爐熱一下就行了。」

「繁星姊妳這屋子真漂亮，真不錯！」

小勤和行政汪姊找了花瓶將花插起來，小勤嘰嘰喳喳：「哎呀，繁星姊，妳這小熊圍裙真可愛，很少看妳穿成這樣，太萌了！」

繁星定了定神，笑著說：「我在網路買的，回頭我發連結網址給你。」

汪姊看到桌上的菜，說：「繁星妳真賢慧，一個人吃飯也做這麼豐富。」

繁星覺得無論如何，自己單手是做不出這幾道複雜的飯菜，只好說：「其實……是前兩天做的，一直凍在冰箱裡，今天重新加熱了一下。」

「這個紅燒蹄膀好香啊！」小勤不由得誇讚，「繁星姊，我要嘗一塊！」

繁星只好進廚房拿了筷子。「來，來，大家都嘗嘗。」

於是舒熠辛辛苦苦燒了幾個鐘頭的蹄膀，就被大家你一筷子我一筷子地瓜分了。

小勤說：「繁星姊，妳廚藝好好，不知道將來誰有福氣娶妳，跟妳在一起太幸福了！」

宋決銘說：「我們本來是來看妳，妳手又不方便，怎麼還吃妳做的菜？」

繁星連忙說：「沒事沒事，大家難得來一次，我有多做，大家儘管吃。」

小勤說：「繁星姊，我們給妳帶了披薩，還有滷牛肉、肉鬆麵包什麼的，妳要吃的時候，用微波爐熱一下就行。」

繁星連聲道謝，汪姊打量她的屋子，說：「這房子妳一個人住？這地方真不錯。」

繁星說：「是跟閨蜜合租，她過完年還沒來，所以她那間房就鎖著。」

這說辭是繁星剛才想好的，趁機說出來，簡直天衣無縫。

連靠在房門背後聽動靜的舒熠都忍不住暗暗點讚，覺得她眞是善於查漏補缺。

眾人隨意參觀了一下房子，都誇繁星會收拾，屋子裡十分整潔。

繁星亦十分感激。「謝謝大家，下班了還專程過來看我，還有這花，眞漂亮。」

小勤說：「繁星姊妳難得請病假，哎，自從我進入公司，好像都沒看妳病過……呸呸，大吉利是[1]，我是說，妳一直勤勤懇懇的，所以這次宋總一提議，大夥兒都響應，說想來看看妳，所以我們就一起過來了。」

繁星十分感激。「謝謝宋總，謝謝大家。」

宋決銘卻不滿意。「舒熠這傢伙今天不知道怎麼回事，早早就下班了。其實他最應該來看妳。」

繁星本來就心虛，聽到這句話，頓時連耳朵根都紅了，只覺得臉上火辣辣的。「沒有沒有，舒總平時對我挺好的。」

宋決銘說：「平時妳忠心耿耿，連倒杯咖啡都怕燙著他，放到合適的溫度才拿進去給他，妳手扭了，他卻不來看妳，這說不過去，太沒有同事情誼了。我來打電話給他！」

繁星連忙攔阻：「別，別，宋總，我手眞沒事，明天就能上班了。」

「妳明天還想上班？我幫妳向舒熠多請一天假！」宋決銘二話不說，拿起手機就打給舒熠。

繁星眼睜睜看著卻無法阻止，只好默默祈求舒熠有把手機調成振動。

門後的舒熠聽到這動靜，也立刻掏起手機……摸左口袋沒有，右口袋也沒有……舒總裁頓時覺得五雷轟頂，生平第一次額角冒出冷汗。

而門外的繁星更加五雷轟頂，因為熟悉的手機鈴聲正從她圍裙口袋裡傳出來。

繁星萬萬沒有想到，舒熠剛才竟然隨手把他的手機放在圍裙口袋裡。

饒是繁星平時總能化險為夷，這時候也自覺黔驢技窮。

有好幾秒，繁星大腦一片空白，眼角餘光只看著廚房裡那顆大白菜，認真思索要不要一頭撞在白菜上昏過去，免於應付這難堪的難題。

大約兩三秒後，她泰然自若地從圍裙裡把手機掏出來，說：「不好意思，我接個電話。」

宋決銘看看她手裡的手機，又看看自己手裡的手機。

繁星無比慶幸自己和總裁用同款手機，客戶年前贈送的最新型號，一模一樣。

大概是她語氣太真誠，所有人都沒覺得有什麼異樣。繁星一走到廚房，立刻就將手機關機，然後開始裝模作樣接電話。

「媽，好的，行，可以……先不跟您說了，我同事來了。嗯，好的，再見……」

走出廚房時，繁星覺得自己簡直可以拿奧斯卡，還是最佳女演員那種重量級獎項。

小勤看宋決銘茫然地拿著電話，於是好奇地問：「宋總，您找到舒總了？」

宋決銘使勁搖了一下頭。「真奇怪，關機了。」

「手機沒電了吧。」小勤說，「或者在開車什麼的，訊號不好。」

---

① 粵語用法，在衰運或不吉利之事出現時說這句話，以避過晦氣、逢凶化吉。

宋決銘搖搖頭，忽然又點點頭。「我回頭再打給他。」

繁星張羅著切水果給大家吃。

汪姊說：「別忙了，妳手不方便，這麼晚了，我們來了又吵妳半天，我們先回去了，妳早點休息。」

同事們來得快走得也快，七嘴八舌就告辭，也不讓繁星送，一窩蜂就出了門。繁星關上門，這才鬆了口氣，定一定神，飛奔過去打開反鎖的房門。

舒熠倒還挺鎮定地靠在門框上。

只不過兩人視線一相接，他終於忍不住噗哧笑出聲。繁星說：「你笑什麼？」話沒說完，她自己也忍不住笑起來。

她一邊笑，一邊將手機遞給舒熠。「還你。」

舒熠將手機打開，先給宋決銘打了個電話。「喂，宋決銘，是我。剛才打電話給我嗎？」他泰然自若，一邊踱步一邊撒謊：「嗯，手機沒電了，剛充上電看到有未接來電……」

繁星覺得舒熠也能拿獎，最佳男演員那種。

舒熠跟宋決銘的電話，講了三句半就又談到了工作，全是專業術語和討論，繁星收拾好了餐桌，將飯菜重新熱過，舒熠也吃得心不在焉，一邊扒拉飯，一邊給宋決銘發信。

等吃過飯，收拾好碗筷，舒熠就說：「我先走了，妳早點休息。」繁星還沒回答，他又問：「妳明天晚上吃什麼？」

繁星愣了一愣。「什麼？」

「明天晚上想吃什麼，我來給妳做。妳不是手不方便嗎？」舒熠說得挺自然的，「要不，明天下班的時候妳跟我一起去買菜？」

繁星呆呆地問：「明天還來？你這是……」

舒熠大大方方地說：「我在追求妳，所以獻殷勤啊！」

他說得這麼坦率，繁星一時愣住了。

舒熠覺得挺好玩的，現在不親她她都開始斷線了，明明挺機靈一個人，剛才那樣急智，他忍不住伸手捏了捏她的臉。「早點睡，明天見！」

一直到他走了好幾分鐘，繁星才使勁搖了一下頭，伸手摸了摸臉。總裁理直氣壯地說出「獻殷勤」三個字，總覺得這事情的發展，搞得自己都有點懵了。

繁星糾結地打電話給顧欣然，她正在加班，大正月裡有個女明星婚變，這兩天網上鬧得沸沸揚揚。顧欣然一邊吃泡麵一邊看輿論，口齒不清地跟她講著話：「怎麼啦？」

繁星說：「有個事……嗯……妳說話方便嗎？」

顧欣然抱著泡麵碗吃得稀里呼嚕。「方便，妳說！我戴著耳機呢。」

繁星說：「有個人在追我……」

「挺好的呀！太好了！我就說妳新年桃花旺。來，跟姊姊八卦一下，這人幹什麼的，長得帥嗎？」

繁星訕訕地說：「我這不是在糾結嗎？」

「糾結？難道還是那個宋決銘？」

「不是不是。」繁星趕緊說，「其實……」她隨口扯了個謊：「是我大學的一個學長。」這倒也算是實情。

「哦，學長啊，那就是早就認識囉？帥不帥？想不想睡？」

繁星：「……」

顧欣然說：「妳現在是單身，單身啊，妹子！就應該好好享受單身的快樂和自由，有人追求，想睡呢，就睡一下，不想睡呢，就不要理睬他。這有什麼好糾結的？」

繁星脫口道：「我怕睡了他，後患無窮……」

「那就還是想睡囉！」顧欣然十分能抓住重點，完全不以爲然。「怕什麼後患？兵來將擋，水來土掩，他還能追在妳後頭，讓妳負責嗎？」

繁星挫敗地說：「妳不瞭解情況。」

「我當然不瞭解情況。他是在追妳，又不是在追我。」顧欣然說，「難道對方不是單身？」

「那倒不是。」

「那不就得了，不違反法律和道德，單身男女，妳想交往就交往，不想交往呢，就再觀察觀察。」

繁星完全不得要領。「可是他說他正在對我獻殷勤……」

「說沒用，做才有用。行動，行動，行動！永遠不要相信男人說什麼，只需要看他們做什麼……」

「他說明天還要來給我做飯……」

顧欣然終於放下了面碗。「唷唷！都已經給妳做飯了？還？還?!也就是今天他來了，明天還要來？這殷勤獻得不錯，飯好吃嗎？」

繁星老老實實地答：「挺好吃的。」

顧欣然說：「那還有什麼好糾結的，他要獻殷勤，就讓他繼續獻啊！」

「我怕 hold 不住……」

顧欣然將茶杯重重地往桌上一放。「祝繁星，妳完了，妳這是動了凡心了，只有眞愛，才讓人患得患失。妳看看那個宋決銘，不管他怎麼獻殷勤，妳都不怕 hold 不住對吧？爲什麼這個人就獻了一下殷勤，妳就怕了呢？」

「不是怕，就是覺得這事太突然了……」

「哪份愛情不突然？祝繁星，我告訴妳，妳可千萬別犯慫，愛情來了，妳就坦然接受它，不要怕，更不要覺得自己 hold 不住。人家都鼓起勇氣追妳了，想要妳給機會，妳還怕什麼！」

繁星一想也對，是總裁要追求自己，哪怕他英明神武光芒萬丈，這不還得獻殷勤。

繁星覺得挺好的，被顧欣然渾不吝的精神鼓舞了，講完電話，高高興興、毫無負擔地睡覺了。

❀

反倒是舒熠睡不著，因爲開車還沒進社區，就發現宋決銘拎了瓶酒，正在他家社區門口等著他。

一見他的車就迎上來。「等你好半天了，你上哪兒去了？」

舒熠只好撒謊：「有個同學回國，去他那兒坐了坐。」

宋決銘拉開車門，上車。「走，我們今天晚上討論討論上次沒說完的問題。」

舒熠說：「別加班了，明天上班再說吧。」

宋決銘看著舒熠。「你這是怎麼了？認識你這麼多年，你頭一回拒絕加班。」

舒熠說：「又不是火燒眉毛的事，你也別熬夜了，對身體不好。」

宋決銘說：「是不是高鵬給你下降頭了？你這兩天哪都不對勁！」

舒熠將車駛入地下停車場，在車位上停好，說：「上去喝一杯？」

宋決銘嘆了口氣。「不討論工作，哪喝得下酒？」

舒熠說：「你也別成天心裡全裝著工作，所謂有張有弛，做事業也得有節奏，別繃太緊了。」

宋決銘說：「不行，你今天得陪我喝頓酒，我覺得自己失戀了。」

舒熠問：「失戀？你跟誰談戀愛？怎麼，要分手？」

宋決銘悶悶的說：「單相思。」

舒熠拍了拍他的肩。「單相思就別鬱悶了，這個不算失戀，算追求未遂。」

結果宋決銘拉著他，兩個人喝完一瓶紅酒不說，還在書房地板上拿粉筆寫了一地板的公式，各執一詞，爭執不下，大半夜差點沒吵起來。最後宋決銘倒在沙發上呼呼大睡了，美國的客戶到了上班時間，紛紛開始給舒熠發郵件，其中有好幾個要緊的事情，舒熠只好立刻處理回覆。

到天亮時，舒熠想不行，無論如何得瞇一會兒，不然今天晚上可撐不住了，他還要獻殷勤呢。

✽

繁星一覺睡得香甜，被鬧鐘叫醒，倒比平時還早二十分鐘起來，因為手扭了不好化妝，她在家裡收拾清爽了才出門。

本來是請了兩天假，但昨晚臨睡前覺得手已經無大礙，早起噴了點藥，還是準時上班。計程車上翻看手機，發現舒熠凌晨時給她發過一封郵件，說自己今天會稍晚到公司。另外還有一封郵件，比上封郵件稍晚幾分鐘，內容是抱歉忘記她手受傷，讓她安心在家休養。

繁星一看兩封郵件的發信時間，就知道他睡得晚。

反正今天行程上也沒什麼特別重要的事。

繁星打卡的時候正好遇見小勤，她意外得很。「繁星姊，妳怎麼來上班了？」

繁星說：「我手好多了，就來公司看看。」

小勤環顧左右，將她拖到一邊，一臉詭異地問她：「妳覺不覺得，宋總這兩天非常不對？舒總也是，好像有什麼事情正在發生！」

繁星說：「因為高鵬嘛，妳已經跟我分析過了。」

「不是不是，有最新的情況。」小勤說，「昨天我們不是去看妳了嗎？下樓的時候，突然宋總腦子就懵了。」

繁星心裡一跳，不由得問：「他怎麼了？」

「妳不知道昨天晚上，宋總沒開車，我們一塊兒叫車過去妳家的。但後來從妳家出來到樓下的時候，有一輛特別好看的車就停在你們社區大門邊的車位上，汪姊還說，這個車真好看，不知道什麼牌子，誰知道宋總看到那車，就走過去拉車門。妳知道最詭異的是什麼嗎？那個車門竟然一拉就開了，宋總往車裡看了看，空的，沒人，但宋總那一臉傷心，簡直比捉姦在床還要慘。」

繁星心裡一咯噔，問：「等等，我有點亂。他看到車，拉車門，車門就開了，什麼車？」

「我們都不認得啊。」小勤說，「我當時也有點亂，心想宋總怎麼就把別人的車門給打開了呢？是車主忘了鎖嗎？結果宋總說，這車是指紋感應鎖。哎呀妳沒看到他那個表情，跟六月飛雪似的。妳說說，這得是什麼人，除了自己，還把宋總的指紋給錄到車鎖上？這兩個人，一定是非常非常親密的關係！」

繁星想到昨天舒熠似乎是開了輛新車，他車特別多，時不時就換。因為好多汽車如今都有自動輔助駕駛系統，其中核心關鍵技術都涉及陀螺儀，所以舒熠時常換最新的車，以體驗最新產品的使用感受。

小勤下決心說出自己的推斷：「宋總都跟這人親密到能開同一輛車了，他跟這個人一定是同居關係，不然怎麼可能把指紋也錄到車上！」

繁星睜大了眼，一句話也說不出來。

小勤說：「根據我的分析，這個人一定是男性，因為車子顏色、配飾的風格陽剛。最重要的是，我昨天在旁邊瞥了一眼，駕駛座椅調整得特別靠後，這說明駕駛者腿長，身高起碼有一百八十。後來我上網查過了，這車是新款，全球首發沒多久，特別緊俏搶手，據說訂單排到了明年，現在就能開著的，一定跟汽車廠商或者銷售代理有特別的關係，才能第一批提車。」

小勤「嘩」一下就激動起來。「宋總一定有祕密同居的愛人！這個人開著全球最新款的車，這車的指紋鎖有宋總的指紋，這人還腿長百八十！強攻強受！宋總昨天一定發現這個人背著他偷偷劈腿了，好虐！被大長腿劈腿……這個人還跟妳住同一個社區。繁星姊，妳有沒有注意到你們社區有無長腿帥哥，Gay Gay 的那種……」

繁星說：「說不定是宋總朋友的車呢……不跟妳說了，我得做事去了。」

小勤依依不捨：「繁星姊，妳要見到那車主記得偷拍一張啊！我看看長得帥不帥，配不配得上宋總……」

繁星覺得十分好笑，只好說：「一定配，配一臉！」

小勤還要說什麼，繁星已經轉身要走了，小勤一轉頭，突然拉住繁星。「來了來了！眞正的配一臉來了！」

繁星扭頭一看，只見舒熠和宋決銘並肩走進來，兩個大長腿男人走在一起，眞的挺好看。尤其舒熠穿著大衣，簡直是玉樹臨風。

繁星覺得自己有點情人眼裡出西施，因爲宋決銘明明也穿著大衣，但她就覺得沒有舒熠好看。

小勤挽著繁星的胳膊，語氣陶醉：「是不是配一臉，是不是？」

櫃台已經站起來打招呼：「舒總，早。宋總，早。」

舒熠應了聲「早」，卻一邊脫大衣，一邊跟繁星說話：「妳怎麼來上班了？算了，會議室有沒有安排？通知技術部，二十分鐘後在大會議室開個緊急會議。要咖啡，濃的。還有，來點吃的，三明治什麼的都行。」

繁星伸手接過舒熠的大衣，宋決銘也把大衣交給了小勤，卻跟在舒熠後頭。「舒熠我跟你說，這不可能是我們的問題，不可能……」一路說，一路跟舒熠走到辦公室裡去了。

小勤嚇得吐了吐舌頭，繁星將舒熠的大衣掛起來，立刻忙碌起來，跟小勤還有行政一起準備了咖啡、茶水，還有早餐，熱騰騰現買的漢堡，還有三明治、熱狗什麼的，一起送到辦公室裡。

繁星把咖啡放在桌上，她的手已經不怎麼疼了，但還是使不上勁，所以用左手拿著托盤。宋決銘坐在舒熠的辦公桌邊上風捲殘雲般吃著漢堡，一口就咬去半個。

「這鍋我可不背，我當時就跟他們講，這種情況下我們沒辦法保證手機的散熱，他們偏不聽，這可是他們在圖紙上簽過字的……」

繁星不知道出了什麼事，小勤和她忙碌了一早上，等科技宅們開始激烈討論，兩個人才一起退出來。繁星去給手腕噴藥，小勤則去打聽了一圈八卦，跑回來告訴她：「出事了！公司重點客戶，做手機的那家韓國公司，據說新款手機剛上市，動不動就陀螺儀失靈，然後會自動關機，或者黑屏。」

繁星不擔心，舒熠有自信公司產品是全世界最好的，而她相信他。

小勤反倒關心另外一個問題。「哎，上次韓國那個社長來，長得好帥啊，長腿歐巴，出了這麼大的事，他會不會被辭退啊？據說他是會長最小的兒子，因爲跟哥哥爭寵失敗，被迫退出主要業務，被發配去做手機。唉，好可憐的人設……」

舒熠開了一上午的會，午餐時分會議終於暫告一段落。科技宅們連線了蘇州的實驗室，仍舊覺得不行，由宋決銘帶隊，帶了人馬去蘇州出差，檢測到底問題出在哪裡；還有一批人由另外一個副總帶隊，去深圳基地，看看生產線有沒有問題。

繁星知道舒熠必定辛苦，中午訂了清熱爽口的苦瓜排骨湯，果然舒熠就在辦公室，一邊發郵件一邊匆匆吃著。

❀

吃完，舒熠就跟韓國客戶開視訊會議，繁星趁這個空檔，捧了飯盒去屋頂的日光房吃自己那份午餐。她給自己訂了咖哩飯，怕有味道所以拿上來吃。日光房裡靜悄悄沒有旁人，她坐在茶花樹下靜靜地吃飯，咖哩軟爛，所以左手拿勺子也吃得很輕鬆。

茶花本來冬天開了滿樹的花，這時候也謝得七零八落了，但還有幾朵嫣紅的花兒夾在綠油油的葉子裡，格外動人。今天陽光好，照得屋子裡光線清澈，襯著高處湛藍的天空，灰茸茸的天際線，甚至能看到西面遠處的山巒。

繁星吃著吃著，目光就落在斜對面那棵金桔樹上，紅色的絲線吊著紅包，紅包上金色的花紋在陽光下閃閃爍爍照人眼，她忽然有點迷信起來。

繁星下樓去拿了錢包，又上樓來，先用圍巾遮住監視器，然後從錢包裡掏了五塊錢出來，想想不對，換了一張一百塊，心中默默祈禱，希望眼前的風波平安度過，希望舒熠從容應對。

她有點羞澀，覺得自己封建迷信，所以睜開眼後，左右偷偷瞄了一眼，確定無人，這才將錢塞進紅包裡。把錢塞進去之後，她忽然還是不放心，於是將髮束解下來，鄭重地打了一個如意結，套在錢上，重新裝進紅包裡。

要加油哦！

她認眞地，一筆一畫在紅包上寫。因爲右手使不上力，所以左手執筆，寫得歪歪扭扭。應該是靈驗的吧。畢竟之前她的每一個願望，他都爲她實現了。

繁星覺得自己這種行爲挺傻的，但是管他的呢。顧欣然說，妳愛上一個人的時候，會心甘情願做傻事。

因爲，妳心疼他呀。

舒熠忙得不可開交，因爲下午時分，網路上爆出消息，更嚴峻的是，陀螺儀不僅會引起死機和黑屏，有一位用戶在使用過程中手機突然發生爆炸，差點炸傷眼睛。用戶憤然在網上公開投訴，輿論如同星火燎原，迅速擴散蔓延。韓國公司被迫發表簡短公告，承認新產品出現缺陷，具體原因正在調查。

雖然韓國公司還沒有確認是陀螺儀的問題，但是手機爆炸是非常可怕的後果，而且陀螺儀做爲手機的重要功能，又不能建議用戶暫停使用。舒熠壓力驟增，立刻決定親自飛往蘇州，韓國公司也由技術總監帶領團隊緊急從首爾飛往蘇州與他會合，共同研討問題到底出在哪裡。

舒熠辦公室裡放著一只登機箱，就是爲了方便出差。繁星迅速檢查了一下箱子裡常備的必需品，就替他鎖上，幫他訂了最快的一班航班，怕路上堵車趕不上，所以掐著分秒讓他可以盡快出門。

舒熠上了車，司機開得飛快往機場趕，他才有時間拿出手機來發消息給繁星，說：「晚上沒法給妳做飯了，照顧好自己。別忘了給手擦藥。」

✽

舒熠爭分奪秒在飛機上瞇了一會兒，落地後，打開手機才看到繁星回了個笑臉，並沒有說別的話。他直接從機場到園區實驗室，韓方還沒到，倒是宋決銘怒氣沖沖，正捋著袖子跟高鵬吵架。

高鵬也是第一時間趕到了蘇州，因爲韓國這款手機是由長河電子生產主機板以及大部分零件，現在出了問題，他當然得飛過來。

宋決銘跟高鵬多年恩怨，一見面不出三分鐘必然吵架，這時候宋決銘正在著急上火，驟然見到高鵬，連半分鐘都沒法忍，兩個人從驗證演算法一直吵到針腳虛接。舒熠一走進實驗室，宋決銘大喜過望，將他拉到實驗台前。

「舒熠，你說，我們的演算法是不是沒有任何問題？」

高鵬冷笑。「沒有問題爲什麼是陀螺儀引發死機甚至爆炸？」

舒熠說：「如果處理器的演算法有問題，陀螺儀也有可能引發死機。」

高鵬冷冷地說：「你這是甩鍋了？」

舒熠說：「我只是指出技術缺陷的種種可能性。」

高鵬冷笑著還想說什麼，舒熠已經戴上手套去顯微鏡下看主機板了，高鵬忍不住冷嘲熱諷：「需要技術支援嗎？要不要叫我們的工程師過來？」

舒熠壓根不搭理他，自顧自與宋決銘討論。兩個人十來年搭檔，特別有默契，一個看，一個畫，分頭寫公式驗算。實驗室裡頓時安靜下來，好幾個科技宅都在一旁站著，輕手輕腳不敢動彈，怕吵到他們倆的思路。只有高鵬，虎視眈眈等著挑錯，所以一直在一旁冷哼，盯著他們倆。

到最後，宋決銘忍不住了，說：「有些人如果數學不好，能不能安靜旁觀，有必要哼哼唧唧嗎？」

高鵬氣得差點一口鮮血吐出來。他當年高考數學考出一百五十分滿分跟玩兒似的，因爲他是全國奧賽冠軍，本來可以特招提前錄取，但純粹爲了炫技，他還是毅然參加了高考。縱然P大能人輩出，他也是老師的愛寵、每次拿獎學金的人物，無論如何也不算泯然於眾，生平第一次被罵數學不好，便是此時此刻。他竟然一時想不出話來反駁，因爲舒熠公司是自主算法，而長河電子是外包給專業的演算法獨立公司，當然，是世界第一流的演算法公司，然而比不得人家是自主研發啊。

高鵬傲嬌慣了，沒想到被宋決銘這種人以拙勝巧，一句就戳到心窩，忍到臉色發青，幾乎氣昏過去。韓國客戶一行人終於到了，眾人寒暄，才算把這場給揭過去。

韓國人跟科技宅們湊在一起討論研究，宋決銘一個人獨戰群雄，討論得不亦樂乎，連翻譯都跟不上他的語速。後來又換了舒熠主持討論，宋決銘端了杯咖啡，坐在實驗台前閉眼養神，好似在聽舒熠說話，又好像若有所思。

此時此刻，高鵬終於決定報一箭之仇，他瞥了宋決銘一眼，不緊不慢地說：「你一個T大的，竟然敢嫌我數學不好。」

T大跟P大相愛相殺多年，雙方都知道怎麼樣給對方雷霆一擊。

高鵬很愉快，覺得自己這一擊必中。

誰知宋決銘睜開眼睛看了他一眼，說：「你們P大數學是好，那也分什麼人，你看舒熠才念了半年P大，都比你數學好。」

高鵬差點將手裡的主機板砸到宋決銘那貌似忠良的臉上。

太欺負人了！

高鵬迅速冷靜下來。「行啊，宋決銘，幾天不見，你可長進多了，說話一套一套的。你這是怎麼啦，舒熠餵你吃炸藥了？你成天跟個小媳婦似的維護舒熠，他到底給你下什麼蠱了？我當年開價比他高幾倍，你都不肯來我們公司。你對舒熠是眞愛吧，你們倆到底啥時候結婚？我也好包個大紅包！」

宋決銘冷笑。「我跟舒熠已經分手了，他是他，我是我，你別惹我。」

高鵬上上下下將他打量一番。「打是情罵是愛，不鬧分手不是眞愛。我不信，你們倆床頭吵架床尾和，說不定今天晚上一起睡個大床，明天早上就又恩恩愛愛了。你們倆眞分手，打死我也不信！」

宋決銘生悶氣，坐到一邊去不理他了。

韓國人到得晚，會議開到晚上八點多，每個人其實都飢腸轆轆。舒熠算東道主，實驗室裡又全是科技宅，沒人顧得上張羅晚餐的事，舒熠正想問一句，突然聞到一陣食物香氣，旋即實驗室的門被打開，舒熠抬頭一看，繁星正帶著人送便當進來。

每個人口味都不一樣，有人是拌飯，有人是大醬湯，還有人是炸醬麵，遞到手上都還是滾燙的。韓國人難得一到異邦就吃到如此道地的韓餐，說著英文表示感謝，繁星微微一笑，說一句韓語回應。因爲公司重點客戶有韓國人，所以她特意報補習班學過，日常商務會話是沒有問題的。

舒熠那份是紅燒肉，還有百葉結，鋪在雪白的米飯上，他只要動腦筋就愛吃肉，繁星記得他的習慣。宋決銘則是漢堡，巨大一個，配上可樂他能一氣兒吃完。連高鵬都被照應得很好，他也不知道繁星怎麼就知道他愛吃蘇式麵，什錦兩面黃①，特別香。

趁著大家都在吃飯，舒熠向繁星使了個眼色，沒一會兒，他就找機會出來到走廊上，看她正低頭倒茶，於是問她：「妳怎麼來了？」

繁星說：「怕你這邊太忙，所以我訂了機票就過來了。正好回家收拾了一下行李，還順路去乾洗店，給你取了兩件衣服，估計這邊一天半天也不能結束。」

舒熠說：「妳不是手傷了嗎？」

繁星活動手腕給他看。「已經好了。」

舒熠還有很多話想說，然而時間場合都不對，只好咽下去。大家草草吃完飯，又繼續開會討論，繁星像往常一樣，做好自己的分內工作。舒熠知道今天晚上一定會討論到很晚，然而也顧不上繁星了，他得心無旁騖。

凌晨三點多，討論終於告一段落。大家同意從演算法上找問題，於是連線美國的演算法公司，又開了一個視訊會議，眼看著天都快亮了，這才回酒店休息。

舒熠很疲倦，前一晚宋決銘拉他喝酒，兩個人都沒怎麼睡，又因爲韓國客戶的突發事件早起，今天舟車勞頓，再開了差不多一整晚的會，這種會議全在燒腦，所以精疲力盡。到酒店房間，繁星跟他說行李裡的衣服掛在衣櫃了，而他含糊答應著，整個人幾乎是往床上一歪就睡著了。

❀

睡了大約兩三個鐘頭，他醒過來。酒店是中央空調暖氣，所以很乾燥，他爬起來喝水，突然發現沙發上睡著一個人。

竟然是繁星。舒熠有點懵，想了想園區裡最靠近實驗室的就這麼一家酒店，繁星在車上給他房卡的時候說已經滿房了，而且沒有行政套房，讓他將就一下普通房。他心不在焉也沒多問，想必繁星是沒訂到房間。

她睡著了挺好看的，夜燈朦朧的光線下，嘴唇嫣紅，大概是因爲太暖，鼻尖上還有一點晶瑩的汗珠，容貌嬌豔，真像童話裡的睡美人。

舒熠輕輕將她抱起來，放在床上，替她搭上毯子，又將空調溫度調低些。

他本來想要不要出去睡沙發，然而找了找衣櫃，並沒有多餘的毯子，他也懶得折騰了，躺

①兩面黃，蘇州傳統麵食，被稱為「麵條中的皇帝」。

下，低頭吻了吻繁星的後頸，那裡有幾根茸茸的碎髮，襯得她肌膚雪一樣白。

繁星睡得很沉，沒有動彈。他攬住她的腰，心滿意足地睡著了。

繁星做了一個夢，恍惚是剛畢業沒多久，員工培訓的時候，大家一起出去活動，不知道怎麼忽然就剩下她一個人，四周全是茫茫的沙漠，太陽照得人眼睛都睜不開，熱晃晃的，又燥又熱。她被鎖在車子裡，車裡竟然有一頭豹子，全身油光發亮的黑色毛皮，眼睛更亮，近在咫尺瞪著她，朝她咆哮著露出尖銳雪亮的牙齒。

繁星拚命回憶自己看過的動物世界，或國家地理頻道之類的節目，遇見猛獸應該怎麼辦？跑是跑不掉，巨大的貓科動物渾身散發著危險氣息，讓她覺得分分鐘會被牠一口咬死，然後生吞活剝。

她戰戰兢兢，突然想起身上總帶著一小盒巧克力，便趕快剝出來餵黑豹。黑豹舌頭一捲就吃掉了，舌頭上的倒刺刮得她手指生疼，黑豹發出更大聲的咆哮，明顯不滿只有這麼小小一塊。

她只好舉起雙手。「沒有了、沒有了！眞的沒有了！」

黑豹不滿地從喉嚨裡發出低低呼嚕聲，突然一躍而起，朝她直直撲過來，張著血盆大口，繁星掉頭就跑，黑豹已經撲在她背上，熱熱的氣息噴在她脖子，繁星一回頭，黑豹張嘴就朝她脖子咬來。繁星大聲尖叫，其實也沒叫出聲，猛然就醒過來了。

繁星驚魂未定，終於發現問題出在哪裡，因爲有人貼在她身上，熱熱的呼吸全吹在她脖子上，而這個人，竟然是舒熠。她這麼一動，舒熠也動了動，意識模糊地將她往自己懷裡拉了拉，將她摟得更緊，咕噥了一句什麼，又把臉埋在她脖子裡了。

繁星覺得舒熠此時此刻不像豹子，像大貓，抱著貓薄荷的那種，聞一聞，還捨不得吃，再聞聞，繼續抱好了蜷住睡。

「貓薄荷」定了定神，戰戰兢兢回憶自己是怎麼跟大貓一起睡在床上的，還有，自己的手機呢？現在幾點了？

舒熠迷糊了沒多久，也漸漸醒了。其實一醒過來倒挺難受的，因爲一隻年輕力壯、身心健康抱著貓薄荷的貓，大清早的，多讓人難受啊。

所以大貓磨磨蹭蹭，蠢蠢欲動，低頭無限迷戀地聞了聞貓薄荷，開始考慮是做禽獸還是禽獸不如這個終極哲學問題。

貓薄荷試圖從貓爪下爬走，大貓就更難受了，覺得意志力受到前所未有的挑戰。「別動。」

貓薄荷小聲說：「我要去洗手間。」

大貓深深地嘆了口氣，還在腦海中進行激烈的天貓交戰，門外突然有人一邊按門鈴一邊敲門，還在叫舒熠的名字。

大貓一鬆手，貓薄荷就趁機跑掉了，跑得比貓還快，閃進洗手間鎖好了門。

舒熠快快地爬起來開門。

「舒熠，我有話跟你說。」

高鵬仍舊打扮得油頭粉面，頭髮做得跟當紅小生一般，衣冠楚楚，試圖推門而入，舒熠手上用力，將門攔住了。

高鵬故意探頭探腦。「宋決銘不在啊？我助理說酒店滿房，還以爲昨天晚上你們倆又擠一床呢。」

舒熠壓根不搭茬。「我臉都沒洗，有事能不能直接說？」

「舒熠，你今天火氣怎麼也這麼大？」高鵬挺奇怪的，「你跟宋決銘這兩天怎麼都像吃了炸藥似的？」

舒熠作勢要關門。「沒事我再睡會兒。」

高鵬眼明手快攔住了。「哎哎，美國那邊又炸了一台，你還睡得著嗎？」

舒熠的心不由得沉了沉，炸一台是個案，再炸一台那是最壞的消息，說明是整個批次，不，是整個機型有問題，這就嚴重了。

他說：「我馬上下樓，我們在餐廳碰頭。」

他關上門，繁星已經飛快洗漱好了，他也草草洗了個澡，一邊刷牙一邊聽各處的資訊彙報。美國演算法公司還在加班加點地排查，生產基地那邊也沒有任何發現。宋決銘也被叫醒，聽說這個壞消息，他在電話裡沉默良久，反倒是舒熠安慰他：「我們先查，看看問題到底出在哪裡。」

舒熠出門忙了，繁星趁所有人出動，自己去櫃台，問了有新房間出來，趕快開了個房。房間還沒收拾清潔，她就把行李寄在櫃台，等大家吃過早餐，她已經調度好車子，一起去了實驗室。

✽

高鵬覺得不僅宋決銘吃了炸藥，舒熠今天也是。

整個上午他都火力全開，簡直不像只睡了四個鐘頭的人。

尤其重新核對公式的時候，各演算法模組一個個報，舒熠連眼皮都不抬，聽完幾乎連一秒都不用，不假思索直接說對錯。不僅他公司的人都戰戰兢兢，連長河電子的人都被這場面震住了。高鵬認爲什麼叫騷包炫技，這就是騷包炫技。這世上怎麼能有人比他高鵬更騷包更能炫技，不可忍！

高鵬立刻親自上陣，他報得快舒熠答得也快，兩個人跟搶答似的，越說越快，旁邊的人都聽不過來了，只好看他們倆高手過招，倚天劍斫屠龍刀，火花四迸，除了宋決銘，其他人簡直都快聽不清楚他們到底在說什麼了。

高鵬說得口乾舌燥，舒熠還勝似閒庭信步，高鵬恨得牙癢癢，越說越快，越說越長，順口溜似的報出一長串公式，舒熠終於抬起眼皮瞧了他一眼。

「滾！這是算飛彈導引才用得上的。」

高鵬冷笑。「你不是能耐嗎？有能耐你連這個也算了，回頭我就推薦你去大山裡，專管保衛祖國。」

舒熠還沒答話，宋決銘已經鄙夷地冷笑一聲。「幼稚。」

高鵬哪裡能忍受宋決銘的鄙視，立刻跟熱油鍋裡進了水似的，劈里啪啦炸了。等韓國人開完會回來，看到他們倆在實驗室竟然捋袖子吵上了，一頭霧水地做和事佬。

鬧得不可開交，鬧著鬧著終於到了午餐時間。繁星帶著人送飯進來，連高鵬都忍下了一口氣，因爲繁星竟然遞給他一盅煮得乳白的河蚌湯，特別家常的口味，簡直像外婆在初春時分親自去菜市場挑了最鮮嫩的河蚌，回來養了兩三天吐盡沙子，再用爐子細細煮的。香，鮮，嫩，初春江南最鮮的美味，讓人想起外婆的懷抱。

高鵬感動得眼淚都快掉下來。滿屋子壞人，宋決銘跟舒熠更是一如既往合夥對付自己，就這麼一個小祕書特別貼心，特別仗義。

因爲這一盅湯，高鵬決定好好報答這位小祕書。

高鵬行動力驚人，立刻就叫人過來，耳語兩句，一是去訂水果鮮花，二是立刻打聽這小祕書住哪間房。

繁星下午反倒清閒一些，因爲男人們吃飽了，又開始開會，她只要照顧好茶水就行了。三、四點時，顧欣然突然給她發微信語音，問她是不是在蘇州出差，繁星說是啊。

顧欣然說：「太好了，晚上有沒有時間過來吃飯？我正在上海出差，離妳近，半小時。」

繁星說：「我這邊挺忙的，下次吧。」

顧欣然說：「那行，我找機會來看妳。」

這天晚上散會比較早，因爲下午傳來消息，又炸了一部手機。接二連三的爆炸讓所有人心情都壞到極點，但這種排查急也急不來，韓國公司開始考慮要不要全面召回這款產品，所以韓國團隊連夜飛回首爾去開會了。

繁星安排好車子，自己跟最後一輛車回到酒店正好十點半，沒想到顧欣然竟然在大廳等她。

「驚喜嗎？」

繁星確實驚喜。「妳怎麼來了？」

「來探望妳啊。」顧欣然說，「反正我沒啥事，又這麼近。」

兩個人有說有笑一起上樓。繁星問：「妳怎麼突然就出差了？」顧欣然說：「我們接到線報，盯人呢。」

繁星向來不過問她的工作，所以只是一笑置之。

高鵬回房間洗了個澡，助理送來鮮花和水果，還有寫著繁星房間號碼的卡片，甚至，助理還鬼鬼祟祟在卡片裡夾了一枚超薄保險套。

高鵬氣壞了，幸好他提前打開卡片看了一眼。他是這種輕狂的人嗎？人家的祕書怎那麼懂事知分寸，自己的助理怎就這麼豬頭！

高鵬把保險套扔了，拿著鮮花和水果就去敲繁星的門。

繁星正在吃蘋果，舒熠不舒服一整天，回到酒店忍無可忍，決定把貓薄荷本人叫來聞一聞。

貓薄荷倒是很快來了，但告訴大貓，自己閨蜜從上海過來看她，只能待十分鐘，不然閨蜜很容易起疑心。

大貓很失望，很想立刻把酒店買下來，或者把其他房間統統訂了，讓貓薄荷再跟自己住一間。可是這種天涼王破[1]的事情他眞幹不出來，只好蔫蔫地說：「那我削蘋果給妳吃吧。」

貓薄荷捧著大貓削好的蘋果吃得眉開眼笑，他問：「甜不甜？」

貓薄荷把蘋果轉了半圈給他咬，大貓很不滿，瞪著貓薄荷，貓薄荷只好主動湊上去讓他好好

---

① 天涼亡破，網路用語，是「天涼了，讓王氏集團破產吧」的簡說。原句出自小說《我的烈火保鏢》。

嘗嘗，到底甜不甜。

這個吻比之前所有的吻都要深，都更令人沉溺，大貓發出滿意的低吟。很甜，很甜，再甜一點就更好了；不夠，總是不夠，能吃下肚最好了。

突然，走廊傳來一聲尖叫。

貓薄荷嚇得蘋果差點掉在地上。「是我閨蜜！出什麼事了？」

高鵬也嚇壞了。

他拎著水果鮮花就來到繁星房門前按門鈴，誰知道顧欣然剛洗完澡，以爲是繁星回來了，看都沒看，圍著浴巾就打開門。

結果一開門，外頭竟然站著個長腿傲嬌男，兩眼嗖嗖地盯著她，她一急，本能地想關上門，沒想到把手勾住浴巾邊緣被掖住的那個結，她用力一關，正好浴巾被扯散了。

春光乍泄，高鵬目瞪口呆，顧欣然一邊尖叫一邊扯著浴巾就出腿了。

「你竟然還敢看！」

顧欣然可是跆拳道黑帶四段，一腳就踹向要害。

「色狼！我讓你斷子絕孫！」

繁星趕到的時候，高鵬正捂著大腿滿頭冷汗，要不是背靠著牆，估計早就癱在了地上。最後一刻，顧欣然腳下留情，往下錯了幾寸距離，饒過命根子。饒是如此，高鵬的腿根也紫了一大塊，當然此時他並不知道，他正捂著腿憤怒地咆哮：「妳！怎麼又是妳！」

顧欣然早已飛快地甩上門，套上了浴袍，捂得嚴嚴實實才重新打開門，雙手抱臂，一派囂張氣焰。「是我怎麼了？有本事你咬我啊？」

高鵬恨得牙癢癢，繁星恰好及時趕到。「怎麼了？發生什麼事了？」

高鵬淚眼汪汪，像被主人強行按住洗澡的哈士奇，覺得被天下人負盡。他指了指走廊裡滾落的水果和鮮花，委屈得說不出話來。

繁星只好問顧欣然：「到底怎麼回事？」

「我一開門就一個色狼！」

「誰色狼了！我是來找繁星的。」

「你找繁星有什麼事？」

熟悉的聲音響起，繁星回頭一看，竟然是舒熠。

繁星心想這裡還不夠亂嗎？你又來摻和什麼？看著舒熠眼睛瞇起，她知道他這個表情是明顯不滿，所以趕快叫了一聲「舒總」，提醒他身分。

高鵬一見舒熠，本能就挺直了腰，雖然大腿那根筋活像被抽了一鞭子似的疼，他也忍住了。他順勢斜靠在牆上，手一掠頭髮，頓時恢復了幾分濁世翩翩佳公子的風采，甚至都有點騎馬倚斜橋的架勢了。

「我感謝她啊，謝謝她每天精心照顧我……」高鵬將那個字說得咬牙切齒，「……們。」

「她是我祕書，公司發薪資給她，你是公司的合作夥伴，這是她的工作範疇，不用額外感謝。」

舒熠三言兩語就打發了高鵬，看了繁星一眼。「明天還要開會，都早點休息。」

繁星說：「是。」向高鵬點一點頭，「高總，晚安。」

高鵬縱然有千言萬語，也只好默默流淚注視著繁星與顧欣然攜手走進房間，關好房門。

舒熠說：「睡不著啊？要不去我房裡聊一下演算法？」

高鵬冷冷地說：「今天情人節，你這是約我了？」

舒熠說：「知道今天是情人節，還拿著水果鮮花騷擾我的員工，也不怕人家回頭告你。」

高鵬邪肆猖狂一笑。「我長得這麼帥，誰捨得告我！」然後他就撇下舒熠，一瘸一拐地回房間了。

等脫了褲子洗澡，這才發現大腿靠內側紫了碗口大一塊。眞的差點斷子絕孫，高鵬不禁脊背發涼，脫口說：「這麼狠的女人，誰將來要是娶了她，一輩子倒楣！」

顧欣然趴在貓眼上，看舒熠和高鵬分頭走了，打開門，將那一籃水果統統撿了起來，花也拿進屋子。她一邊剝柳丁皮，一邊對繁星說：「不吃白不吃啊，這小子拿來的全是進口水果，品相眞不錯。哎，妳說那個睡了會後患無窮的，是不是他？」

「當然不是。」繁星已經開始對著鏡子卸妝。「我不喜歡這一款。」

顧欣然說：「你們舒總比照片還帥，眞夠威嚴的，兩三句話，姓高那小子都被噎得說不出話來。」

「他們倆是校友，我們學校的傳統，學長一般都很照顧學弟，學弟也格外敬重學長。好像高總比舒總年紀小吧，算是舒總的學弟。據說高總的爸爸是國內數一數二的大礦山老闆，家裡在中東買了好多油井什麼的，從小被寵壞了，其實人倒是沒什麼壞心眼，剛才的事，一定是誤會。」

「還不夠壞啊！」顧欣然說，「怪不得騷包成這樣。我跟妳說，這種人一點愛心都沒有，妳看看他那三觀，還開油田，到處破壞環境……三觀這麼壞，將來哪個女人嫁了他，眞是一輩子倒楣。」

繁星有點好笑。「妳又不嫁給他，管他呢。」

「我啊，是爲將來嫁給他的那個女人可惜。唉，不知哪朵鮮花，不幸要插在這坨牛糞上。」

繁星正要說話，忽然手機響了，一看是舒熠打來的，她裝作不經意看了眼顧欣然，顧欣然正打開電視機，拿著遙控器轉台，根本沒有注意到她。繁星於是走到窗前接電話。

「你好。」她故意說得禮貌而客氣，隱晦地提醒他，自己身邊還有人。

幸好舒熠沒在電話裡跟她起膩纏磨，只是跟她說：「妳看窗外。」

繁星有點懵。「什麼？」

舒熠說：「拉開窗簾，往東看。」

繁星裝作不經意的樣子，拉開窗簾，往東望去。遠處有一塊巨大的電子廣告屏幕，入夜就會熠熠發光，播放各種廣告，繁星從實驗室回來的路上還曾隔著車窗在路上見過。

此時電子屏幕已經黑掉，黑沉沉一片，彷彿和夜色融爲一體，又彷彿是突然之間，屏幕就亮了，像萬千星辰在螢幕上亮起。這些星星漸漸旋轉，匯成銀河，星光在黑色夜空中彷彿最燦爛的太空煙花，緩緩旋轉，有一顆最亮的星從銀河中升起，星光擴散開去，慢慢暈開，變成巨大的一顆心。

星光在螢幕上流淌，最後所有星光匯聚在一起，組成群星燦爛的「LOVE」，夜空中最雋永，吸引目光的表白。

他輕輕在電話裡說：「節日快樂。」

繁星不由得嘴角揚起笑，問：「這麼晚了，廣告公司還工作嗎？」

「自己做的。」科技宅挺遺憾的，「糙了點，但太晚怕妳睡了，就沒再精修。」

「那怎麼連上大螢幕？」

科技宅挺自然地說：「駭進它的系統。」

繁星又氣又好笑，科技宅說：「放心，我有轉帳，明天早上他們公司就能收到錢。」

哦，忘了科技宅還是位霸道總裁。

霸道總裁循循善誘：「禮物這樣才好玩是不是？別搭理那些只知道送花送水果的傻瓜。」

繁星說：「明天吃餃子吧。」

科技宅有點跟不上思路。「嗯？」

繁星說：「醋都有了，就差餃子了。」

科技宅在電話裡笑出聲，繁星也忍俊不禁。

就在此時，顧欣然突然走到窗前。「妳笑什麼呢？」

「沒……沒什麼……」繁星有點慌亂地掩飾，不僅掛斷了電話，還迅速放下了窗簾。

顧欣然撥開窗簾往外看，只看到遠處滿螢幕星光正在散去，彷彿流星，漸漸隱入夜色。

顧欣然沒抓到任何把柄，然而雙手抱臂，嚴肅地盯著繁星。「政策妳是知道的，坦白從寬，抗拒從嚴。」

繁星說：「談戀愛啊。」

顧欣然「哦」了一聲，步步緊逼：「談戀愛爲什麼搞得跟諜戰似的？說，從實招來！」

繁星昂首挺胸。「打死我也不招。」

顧欣然呵呵指尖，就要撓她癢癢。「說不說？說不說……」

繁星從她胳膊下一鑽，溜進洗手間。「我要洗澡了！」

顧欣然：「哼，以爲澡遁我就不審妳了嗎？告訴妳，妳今天逃不出我的手掌心，小美人……是不是你們那個宋總？」

繁星隔著門大聲說：「不是！」

❀

此刻，宋總正煩惱，眞煩惱，特別煩惱。

宋決銘也不知道爲什麼突然之間，所有的一切就發生了。措手不及。

人生眞是處處有驚嚇。

他本來回到房間，洗了個澡就呼呼大睡，因爲這幾天他也沒睡好，沒睡夠。睡得正香的時候，就做起夢來。

夢裡他挑著擔子，跟著師父去取經，而且這師父竟然是舒熠。他琢磨這不對啊，如果舒熠是唐僧，自己怎麼也得是孫悟空吧，那個挺英俊的龍王太子變的小白龍馬也不錯，可怎麼就變成了挑擔子的沙和尚？哦，不，宋和尚。

宋和尚挑著擔子，跟舒師父一路來到了一座繁華城池，竟然是傳說中的女兒國。女兒國國王率文臣武將，好幾百美女出城相迎，這女兒國國王一直蒙著面紗，隱約感覺美得傾國傾城。

誰知這國王竟然沒有看中舒師父，就看中他了。圍繞著他，唱起了那首著名的歌謠：「鴛鴦雙棲蝶雙飛，滿園春色惹人醉。悄悄問聖僧，女兒美不美，女兒美不美……」

唱著唱著，那女兒國國王就摘下了面紗，果然是個傾國傾城的大美人，比繁星還要美，比《西遊記》裡那個女兒國國王還要美，宋決銘驚得目瞪口呆。

那女兒國國王輕輕地吻著他的臉。「親愛的，有沒有想我？」

這聲音彷彿遠在天邊，又彷彿近在耳畔。

雖然在夢裡，他也挺實誠的：「妳好美……」

女兒國國王輕輕笑起來，這笑聲就像在他耳邊。他心想這個春夢做得好，太好了。

女兒國國王說：「那你娶我好不好？」

他脫口說：「那不行！我還得跟舒熠去取……取……不對！」他費力糾正自己，「我們不是去取經，我們還沒解決演算法的問題，找出手機到底爲什麼會爆炸。」

一想到手機，突然手裡就拿著韓國客戶那款手機，「轟」一聲炸了，他大叫一聲猛然坐起，整個人被嚇醒了。

只聽「轟」一聲巨響，有人被他這一坐起，猛然掀到床下去了，發出一聲既嬌且利的驚叫。

「誰？誰？」宋決銘慌慌張張打開燈。

地上一位嬌滴滴的大美人，穿著特別輕薄的睡衣，身材極好，膚若凝脂，躺在地上也豔若桃李，只是目瞪口呆地看著他。「你！你……你是誰？」

宋決銘更加抓狂。「妳！我還沒問妳是誰呢？爲什麼妳會半夜在我房裡？」

大美人說：「這裡是不是一〇八七？」

宋決銘說：「我的房號是一〇八七，但妳怎麼在這裡？」

大美人說：「我未婚夫住一〇八七，你是誰？」

宋決銘覺得大美人長得挺好看的，可惜腦子不清楚，他又氣又好笑。「這兩天我一直住一〇八七，妳是不是弄錯了？」他走到桌前翻出房卡給大美人看。「妳看，這紙上寫著，一〇八七，妳不信打開門看看，我這裡就是一〇八七！」

大美人睜著美麗的大眼睛，愣了兩秒，突然「哇」一聲哭了。

美人哭起來可好看了，眞正的梨花帶雨，楚楚可憐。

宋決銘只想仰天長嘆：三更半夜，這不是鬧鬼，是鬧狐仙啊！

❀

繁星睡得很沉，一夜無夢，惺忪醒來時，顧欣然正在洗手間裡接電話，隔著門能隱隱約約聽見她聲音壓得很低：「不會吧？這麼巧？我就在蘇州……」

繁星看看時間，還早，九點才開會，現在才七點半。她懶洋洋地靠在鬆軟的枕上，覺得像回到了校園，隔壁床女生已經早起背單詞了，她還在賴床，這樣虛擲光陰的奢侈感最讓人留戀。

顧欣然從洗手間出來，看到她醒了，覺得很歉疚。「吵醒妳了？」

「沒事，也該起來了。」繁星打開手機，開始翻看郵件，公司有很多客戶都是外國公司，很多都有時差，她怕半夜有重要信件，需要第一時間回覆。

她一邊看郵件一邊問顧欣然：「妳是幾點的高鐵？來得及吃了早餐再走嗎？」

「我今天不過去上海了。」顧欣然已經紮著頭髮，開始準備洗臉化妝了。「哎，我跟妳說個八卦，其實這次來，是因爲我們接到線報，要盯一位當紅的小花。本來以爲她情人節要在上海密會男友，結果她竟然跑到蘇州來了。我同事正著急呢，我得趕快想辦法幫忙去。」

繁星問：「那妳今天留在蘇州？」

「是啊。」顧欣然說，「繁星，妳是我的福星啊，要不然我就得急急忙忙從上海跑過來了。妳別管我了，我的同事馬上就到了，我們要在蘇州地毯式搜索。」

繁星也確實沒精力多管她，她回完信件就起床洗漱，化妝完下樓去餐廳吃早餐，正好在電梯間遇見宋決銘。

「宋總，早。」

「早。」

不知爲什麼，宋決銘眼圈上青了一塊，像熊貓，不，像鬥牛犬。

饒是繁星做爲祕書的專業素質很好，眼觀鼻，鼻觀心，嘴角還是抑不住地微微上揚。

宋決銘很尷尬地解釋：「起床沒開燈，撞傷了。」

繁星點點頭，問：「需要消炎藥膏嗎？我回頭買給您？」

「不，不，不用了。」

繁星覺得，宋決銘今天有點不對勁，好像有什麼事瞞著所有人。比如每次在餐廳裡吃早餐，他總要跟舒熠聊一會兒，有時候甚至還會跟高鵬針鋒相對吵起來，然而今天他格外沉默，吃完早餐就急匆匆回房間去了。

繁星也沒多想，以爲是宋決銘發現了自己跟舒熠的關係，雖然她已經很小心了，可是舒熠有兩次無意間跟她目光對上，就忍不住對她微笑。她無奈地想，再這麼下去，只怕全世界都要看出來了。

幸好一工作起來，舒熠就全身心投入，完全跟從前一樣。

高鵬昨天被踹了，還被人罵色狼，所以今天有很大的起床氣，尤其對舒熠。新仇舊恨湧上心間，恨不得從頭跟他清算在P大期間的種種舊帳，所以兩個人拿到最新的資料，又開始新一輪的倚天屠龍記。

繁星不懂技術，就覺得會議室裡跟嗆了火藥似的，普通科技宅都閉緊了嘴、睜大了眼，看著兩名頂級科技宅華山論劍。如果眞是武俠小說，那此刻會議室裡一定嗖嗖劍氣縱橫，光寒十四州。

繁星很及時地送上咖啡和洋甘菊茶，讓大家降降火。她琢磨，下午的甜品是不是就安排蓮子銀耳枸杞湯，因爲酒店和實驗室都是中央空調暖氣，暖風吹得人燥得很，吃點蓮子銀耳枸杞湯，潤肺又明目。

舒熠正在白板前寫公式，他的手機放在桌上，突然振動起來。繁星看到手機振動，正猶豫要不要替他接電話，幾乎是同時，她自己的手機也振動起來。

繁星忽然有種不妙的預感，當機立斷，一手拿了舒熠的手機，一手拿了自己的，匆匆走出會議室，反手帶上門。她先掛斷自己的手機，才接聽舒熠的手機。

「你好。」她說，「我是舒總的祕書祝繁星，舒總在開會。」

電話那端是公司另一位副總，他聲音裡透著焦慮：「繁星，能不能讓舒總接電話？」

繁星沒有猶豫，她知道一定是十萬火急的事，所以她馬上說：「好的，請稍等。」她沒有掛斷電話，拿著手機重新進入會議室，在眾人詫異的目光中，走到舒熠身側，對他低聲耳語兩句。

舒熠眉一挑，接過她手裡的手機，對大家說：「抱歉，我接個電話。」便轉身走出門外。

高鵬覺得自己正使了全力一劍刺出，突然，敵人就沒了。

他很不滿，拍著桌子嚷嚷：「接什麼電話！舒熠，怕輸就別跑……」

一句話沒說完，他的電話也響了，高鵬看了一眼來電顯示的名字，不能不接，只好拿著手機往外走。他一走出去，門一關上，會議室裡那些科技宅們「哄」一聲，忍不住就笑了。

科技宅到底都心思單純，就算高鵬跟舒熠華山論劍，也像兩個奧數老師在巔峰對決，學生們一半是在跟著學，一半是在看熱鬧。兩個人同時離開，兩家公司的技術人員開始七嘴八舌討論起來，因爲剛才高鵬和舒熠都講得太快，還有幾個點有人不明白，拿來向宋決銘討教。

宋決銘人特別實誠，縱然跟長河電子亦敵亦友，還是很認眞地跟他們解釋這幾個點的技術問題，聽得一群科技宅頻頻點頭。

高鵬拿著電話走到走廊，有點生氣，因爲這個電話來得太不是時候了，尤其他剛說完那句話，簡直是打臉。然而打電話的這位是他的親信，沒有十萬火急的事，也不會明知道他在開會，還打電話來。

所以他接電話的時候，情緒已經穩定了。「怎麼了？」

「高總，出事了。U&C最新款的那台電動平衡車，出事了。」

高鵬只覺得心裡一咯噔。他老頭子有錢，所以在他這個敗家子的力主之下，滿世界買買買，這家U&C公司他們有收購股份，但只是很小的一部分，因為U&C研發的都是前端科技、人工智慧，有些研究方向甚至跟軍備有關，所以美國人很警惕。

高鵬熱愛科學，熱愛技術，所以早就覬覦U&C，十分想染指，然而談何容易？U&C市值很高，老頭子縱然有大片油田，財源滾滾，也買不下這麼貴的公司，高鵬於是退而求其次。但當年收購這極小部分股份的時候也費了九牛二虎之力，先是買了一家銀行，然後銀行控股某科技公司，某科技公司又控股某基金，基金才是U&C的小股東，饒是兜了這麼大一個圈子，美國人對小股東是中國人這事還是挺忌憚，幸好份額少，不然肯定還有得折騰。

高鵬問：「平衡車出什麼事了？」

「他們的新車還在試驗期，U&C的資訊總監，也是創始人之一的凱文・安德森，在美國他家社區附近駕駛最新款電動平衡車，經過路口時突然失去控制，被一輛車撞到，送醫後不治。」

高鵬沒有作聲，短短幾句話，訊息量太大。他問：「老頭子知道了嗎？」

「高先生已經知道了，才讓我打電話告訴您。」

高鵬說：「我知道了。」

高鵬掛斷電話，正好舒熠從走廊另一端走過來，他也正在掛斷電話。高鵬突然想起來，舒熠是U&C的陀螺儀供應商，而對平衡車這種產品來說，陀螺儀是靈魂配件，因爲平衡車是根據陀螺儀和加速度感測器，來感應駕駛者姿勢的變化，從而控制行駛。

舒熠心情十分沉重。這和手機爆炸事故不同，平衡車的核心部件是陀螺儀，而且出事故的是重點客戶公司的高階主管，他打過很多次交道，亦師亦友，很開朗有趣的人。

他失去了一個很好的朋友。

然後，他的事業岌岌可危。

因爲所有人必然都會把手機事故和這件事聯繫到一起。手機事故原因是否是陀螺儀還在核查，但起碼是陀螺儀使用過程中引發的，現在，又出了平衡車這樣的重大事故。

今晚美國那邊一開市，公司股價一定狂跌。

對內對外，他都得有個交待。

高鵬很同情他，雖然兩個人總是針尖對麥芒，但那句話怎麼說的來著？英雄與英雄之間，總是惺惺相惜。

高鵬當然認爲自己是個英雄，他也願意承認舒熠是個英雄，不然哪配做自己的對手？他拍了拍舒熠的肩，問：「你要不要立刻趕到美國去？放心吧，韓國這邊我替你盯著，你要不放心，不是還有宋決銘嗎？」

舒熠搖搖頭，又點點頭。

最後，舒熠說：「我心裡有點亂，出去吹個風冷靜一下。」

高鵬說：「那行，我回會議室主持會議，你放心。」

他話只說了一半，舒熠也明白他的意思。高鵬他絕不會乘人之危落井下石，雖然有多年恩怨，但高鵬也有自己的驕傲，贏也要贏得堂堂正正，他們之間有的只是技術分歧。

✿

舒熠走出實驗室，搭電梯上了天台。雖然江南地暖，但正月裡的風還是頗有幾分寒意，他連外套都沒穿，被這麼一吹，倒是精神了許多。

只是心裡千頭萬緒，不知道從何理起。

好多年不曾有這樣的情緒了。上一次如此茫然無措，好像是拿到母親的病情確診書時。他們母子倆相依爲命，他從不曾想過，有一日會失去母親。

現有的一切，他會失去嗎？

一件事連著一件，他對自己的技術從來不曾有過懷疑，但這一刻，獨處的這一剎那，他突然動搖了。

他懷疑自己是不是在某個技術點上犯了錯。

這種情緒很可怕，像前所未有的孤獨，鋪天蓋地襲來；像生平第一次數學沒有拿到滿分，做錯了最簡單的選擇題，連老師都不信他會犯這樣低級的錯誤。

風吹得他整個人都冷透了。

他有些麻木地看著鉛灰色的天空，沉甸甸的，排滿烏雲，不知道會不會下雪，還是醞釀著一場冷雨。

身後有人輕輕替他披上大衣，他轉過身，看到繁星的臉，雖然眼中寫滿焦慮，但她的唇彎彎的，彷彿在笑。

她伸手握住他的手，他的心一瞬間安定下來。

很長時間裡，舒熠都沒有說話。他知道，並不需要交待什麼，她什麼都懂，什麼都理解。她當然是有幾分擔心，但並不十分外露她的擔心，因爲相信他能解決，就如同此時她握著他的手，是鼓勵，也是保證。

她會在他身邊，不管什麼時候，不管什麼樣的狀況。

繁星也沒有說話，兩個人站在天台上，靜靜地看著遙遠而模糊的天際線。

過了一會兒，舒熠說了句特別無關緊要的話：「來過很多次蘇州，一直都沒空到處逛逛。」

繁星說：「晚上十點出發去上海機場都來得及。要不我們去逛逛，順便吃個晚飯？」

舒熠目光炯炯地看著她。「就我和妳？」

繁星點頭。

舒熠反倒很放鬆，大考前他的狀態都是很放鬆的。大敵當前，困難重重，他的狀態也差不多放鬆。

他很輕鬆地說：「好呀。」

高鵬整個下午都有點心不在焉，其實宋決銘也是。兩人雖然開著會，但都有點意興闌珊，雖然爭論還在繼續，探討也在繼續，甚至高鵬和宋決銘還親自動手做了一場對比實驗，但舒熠一走，他們兩個連吵架都有點缺乏火花。

下午時，韓國人又臨時召開了一個視訊會議，規格很高，韓方由技術總監帶頭，其集團電子移動事業部有多名高階主管參加。供應商這邊，就只有高鵬和宋決銘做代表。

韓方態度變得特別強硬，甚至咄咄逼人，因爲U&C的事情一出，韓方覺得應該就是陀螺儀的問題，所以立刻調整調查方向。本來連續的手機爆炸已經讓整個電子移動事業部焦慮，此刻更是火上澆油。

宋決銘除了技術，人情世故都遲鈍些，打嘴仗，尤其用英文打嘴仗更不擅長，一不留神就被韓國人給套路了。高鵬卻有著一顆玻璃心，再加上他是個公子哥兒，從小又是所謂神童，何曾被人這樣當面擠對？然而他終究隔了一層，聽著宋決銘吭哧吭哧在那裡斷斷續續地反駁韓國人，高鵬不由得生出一種悲涼之感。

前所未有地，高鵬覺得，要是舒熠在這裡就好了。舒熠雖然人討厭，然而反應多快啊，尤其在技術方面真是沒話說，在業界，起碼在他舒熠擅長的細分領域裡，還眞沒人敢說三道四。

高鵬鬱悶地呼出一口氣，宋決銘也覺得哪兒都不爽。

他和舒熠分工明確，他負責技術，舒熠負責整個公司。沒錢的時候給他找錢，沒人的時候給他找人，像保母一樣解決任何問題，他可以什麼都不管，只管任性地帶著研發團隊奮勇向前，萬一在技術上遇見邁不過去的檻，舒熠也會捲起袖子幫他解決問題。兩個人同甘共苦，一路走來，可以說是互補的最佳搭檔。

客戶們，尤其重點客戶們，幾乎沒有舒熠搞不定的。美國那家著名刁鑽難纏的客戶，印裔高階主管還不是掏心掏肺，恨不得能有女兒嫁給舒熠。所以宋決銘一遇上麻煩，想的也是，要是舒熠在這兒就好了。

趁著翻譯正在翻譯大段發言，宋決銘忍不住嘟囔了一句：「要是舒熠在這兒就好了，韓國人哪敢這樣對我們說話。」

高鵬竟然不知不覺點了點頭。

✿

舒熠不知兩位好友正在唸叨他。他和繁星叫車去了老城區，正在蘇州博物館裡，準備看明代畫家文徵明手植的古藤。

繁星成年後很少有這樣的清閒時刻，說是清閒其實也並不是，只是很放鬆。不知道爲什麼，明明得知平衡車事故的那一瞬間她是很焦慮的，然而跟著舒熠，不知不覺就鎮定下來。他牽著她的手，兩個人像最普通的遊客那樣，慢悠悠地逛著博物館。

蘇州博物館出自著名建築師貝聿銘之手，設計很精妙，雖然館不大，但處處移步見景，既有中國傳統園林的意趣，又有現代建築的美感。這時節是旅遊淡季，遊客稀少，兩個人從容自在地看完了所有展品。

舒熠對繁星說：「走吧，咱們去看看文徵明手植的那棵古藤。」

春天尚淺，古藤還沒有長出葉芽，落地的鐵柱撐著滿架枯藤，如果是暮春時節，想必會開出瀑布似的紫花，覆滿整個院子。

舒熠說：「可惜來得不是時候。」

繁星說：「不要緊，等花開的時候我們再來看一次。」

舒熠說：「花開的時候一定很美。」他停了停，又說：「等花開的時候，我們一定要再來看一次。小時候我媽媽教我背古詩，這一首我還記得：蒙茸一架自成林，窈窕繁葩灼暮陰。」

他提到母親時總是很惆悵，繁星只是握著他的手，輕輕靠在他身邊。

❀

往機場的車上，舒熠睡著了。繁星訂的是商務車，後排寬敞舒適，座椅經過調整，舒熠的長腿也能半躺著伸直了。

這幾天他非常辛苦。繁星十分清楚，他睡眠不夠，每天還要勞心勞力，事情一樁接著一樁。

繁星將他的大衣取過來，輕輕搭在他身上，其實車子裡開著暖氣，十分暖和，然而人睡著後毛孔是張開的，所以要蓋得更暖一點，這是從前外婆教她的。車子平穩地行駛在高速公路上，車身只有輕微晃動，讓繁星也有了一絲倦意，但她強自打起精神，如果這時睡著，飛機上就睡不好了。十幾個小時的航程，她還是希望自己能在飛機上多睡一會兒，這樣下飛機後才有精力幫舒熠應對繁忙的工作。

她打開筆電，重新確認了一遍航班資訊。她和舒熠需要轉機兩次才能到達美東，但這已是目前能最快到達目的地的方式。接機的車子已經訂好，目的地酒店資訊她也確認了一遍，這才合上筆電，閉目養神，默默在心裡又把行程梳理了一遍。

就在這時，她的手機突然響起來，連忙接聽，怕吵醒舒熠，所以聲音壓得很低。

「媽媽？」

繁星媽很少給繁星打電話，所以繁星覺得挺突兀的。繁星媽在電話裡支支吾吾了幾秒，繁星聽不清楚她在說什麼，於是又追問了一句：「媽，怎麼啦？」

繁星媽突然「哇」一聲就在電話裡哭起來，繁星知道自己媽媽的性格十分要強，打電話來，從來一句不對都能把自己罵個狗血淋頭，萬萬沒想到她會打來就哭，不由得也亂了幾分陣腳。她連聲問：「怎麼了？媽，到底怎麼了？妳慢慢說，到底出了什麼事情？妳告訴我。」

繁星媽這才止住了抽泣，哽咽著告訴繁星：「妳……妳爸他……」

繁星反倒鎮定了一點，問：「爸爸怎麼了？」

從小父母無數次爭吵、冷戰，繁星習慣了從父母的任何一方都聽不到對方好話，所以她覺得肯定是自己親爸又因爲龔姨做了什麼事，氣壞了自己的親媽，所以親媽氣急敗壞打電話來哭訴告狀。

沒想到繁星媽說：「妳爸他檢查出得了癌症……」

4 注定

繁星猛然一驚，只覺得對向車道上明晃晃一串車燈，刺得人眼睛都睜不開，瞬間眼前白花花一片，耳裡也嗡嗡作響，像是突然產生了耳鳴。

她定了定神，才聽到自己的聲音，像隔著牆一樣，又輕，又遠，不像她在說話。「什麼時候的事？到底怎麼回事？媽，是怎麼發現的？」

繁星媽本來說起什麼來都頭頭是道，這時候卻突然顛三倒四，翻來覆去，講了好久才講明白。

原來龔姨認識個熟人是賣保險的，出盡水磨工夫說服了龔姨，讓她給繁星爸再買一個保險。本來繁星媽還頗有微詞，嘀咕說買什麼保險，醫保社保退休金，樣樣都有，還鬧騰買什麼商業保險，可不是在刮閨女的錢——她一口篤定龔姨是不肯拿這錢出來給繁星爸買保險的，繁星爸又是那種妻管嚴，所有退休金都交給龔姨，一分私房錢都沒有，要買保險，可不就只有再問繁星要錢。

龔姨被繁星媽這一激，賭上一口氣，立刻說：「老祝這保險我就給他買了！」先交了第一筆保險金，然後簽合約之前，保險公司就按慣例，安排繁星爸去做體檢。

其實繁星爸的公司每年都安排體檢，然而那些都是一般檢查，不痛不癢。保險公司要求不一樣，查得特別仔細，一查可不就查出一個天大的毛病來。繁星爸並不知道具體情況——醫生當著繁星爸的面說得含糊，只說從超音波看肝區有陰影，還要進一步檢查，建議立刻做電腦斷層掃描。

龔姨憋了整整一天，到晚上忍不住，藉口去超市給小孫子買牛奶，走出家門，站在樓下一邊抹淚一邊打電話告訴了繁星媽，說偷偷問過醫生了，這可是癌症！

繁星媽聽到這消息，如青天霹靂。雖然吵鬧了半輩子、離了婚，夫妻情分也消磨殆盡，但活到這年紀的人，漸漸面臨生死，最怕聽到同齡人的噩耗，何況這還不是什麼普通親友熟人，而是前夫，跟她有一個女兒的前夫。

繁星媽瞬間就繃不住了，哭著給女兒打了電話。

繁星耳中還在嗡嗡響。這個消息太突然了，好似所有血液都湧進了大腦，汨汨地引起耳鳴。她也不知說什麼能安慰母親，只好乏力地，蒼白地，又追問了幾句。

繁星媽說：「看妳爸那樣子，我以為他要禍害一千年的呀，都說好人不長命，他那麼沒良心，都壞得冒水了，怎麼會這樣……」一邊說，一邊又哭起來。

繁星只好對自己說，媽媽這是驟然受了刺激，糊塗了口不擇言。她也問不出什麼來，只好匆匆安慰了自己媽媽幾句，又打電話給龔姨。

龔姨比繁星媽更崩潰，她雖然跟繁星爸是半路夫妻，但兩個人這些年來著實恩愛。何況繁星爸對她是真的好，好到廣場舞的那些老姊妹們哪個不羨慕眼熱，說老祝出得廳堂下得廚房，退休金不少，偶爾還能掙點外快，一個大男人，還特別細心地幫她帶孫子。

那孫子跟他一點血緣都沒有啊，可所有人都說這外公真是好外公，疼寶寶疼得……比親生的還要親！

寶寶也喜歡外公呀，晚上睡覺一定要外公抱的，現在外公病了，寶寶可怎麼辦啊？寶寶哭都要哭壞了……

龔姨一路哭一路說，肝腸寸斷，淚如雨下，泣不成聲。繁星沒有辦法，只好拚命安慰她，又建議立刻將爸爸送到北京來，她陪著去最好的醫院，看最好的醫生。萬一是誤診呢？退一萬步講，哪怕是最壞的情況，還有很多辦法可以治呢。現在醫學這麼發達，好多新藥特藥，說不定再治幾年，又有新藥出來，那又可以再治好幾年……

龔姨被她說得生出了希望，立刻滿口答應，連小孫子都狠狠心讓兒媳婦先帶著，她要陪老祝到北京看病。最好的專家都沒有看過，說不定真是誤診呢！

繁星掛了電話，手卻在抖。雖然勸別人好勸，自己卻在心裡琢磨，老家的醫院也是正規的三級甲等醫院，說是誤診，可能性微乎其微。

她只是……無法相信這個噩耗。

爸爸對她雖然不好，在她小時候，才幾歲，正換牙，有一顆牙齒總也掉不了，媽媽工作忙請不了假，是爸爸請了半天假帶她去醫院，把那顆牙拔掉。雖然不痛，但蘸了麻藥的棉花塞在那個洞裡，總是酸酸的。

走出醫院等公車，爸爸想起醫生說，拔完牙可以吃冰棒，冰涼止血，特意牽著她去買了個冰淇淋。

小時候冰淇淋還是很奢侈的零食，好幾塊錢一個，父母薪資各管各的，每次爲了分攤電費、水費的幾毛幾塊都要吵，自然誰都不捨得給她買這種零食，這次卻挑了個又貴又大的冰淇淋，讓她一路慢慢吃著。

她小心地咬掉冰淇淋軟軟的火炬尖，特別好吃，於是她舉著冰淇淋問：「爸爸，你吃不吃？」

「不吃，爸爸不吃，妳吃吧。」

那個下午，她坐在夏日陽光下的公車上，吃著冰淇淋。化得很快，她必須得大口吃，才不會弄到衣服上，弄髒了衣服媽媽當然會罵，然而她覺得很快樂，很奢侈，也很滿足。

爸爸當然是愛她的，不然怎麼會買這麼貴的冰淇淋給她吃？爸爸明明很熱，也很渴，但五毛錢的豆奶也沒捨得買一瓶來喝，帶她回家後，才在廚房裡喝了兩大杯涼白開水。

青春期最彆扭的時候，她也惱過恨過自己的父母，不懂他們爲什麼要把自己生下來。他們離婚後各自成家，自己成了累贅，小心翼翼地在夾縫中生活，很長一段時間她都在想，能不能快點長大？長大掙錢了，她就獨自生活，再也不要看父母的任何臉色。

可是，只要想到拔牙的那個下午，她的心就像果凍一樣，重新柔軟，重新顫抖。女孩子的心總是纖細敏感的，正因爲父母給得少，所以曾經給過的那一點點愛，都讓她銘記在心，永遠感恩。

在小小的時候，在她還是一個孩童的時候，她曾經眞的像掌上明珠一般被愛過、呵護過，起碼在那一個下午。

繁星不知道舒熠什麼時候醒過來的，也許是她正講電話的時候，也許是更早，她接媽媽電話的時候。他伸手握住了她的手，他的手掌寬大、溫暖、乾燥，將她纖細的手指都握在了掌心。

他問：「怎麼了？」

繁星只好草草告訴他事情的來龍去脈。

怪不得她的臉色蒼白得像紙一樣，手也冷得指尖發涼，他有點愛憐地想將她摟進懷裡。但是司機在前排，這是他們經常租車的公司，司機也算是半個熟人，他有所顧慮，也沒有當著外人的面與她親熱的習慣，所以輕輕再握一握她的手，希望給她安慰。

幸好，很快機場就到了，在航站外卸下行李，打發走了司機，舒熠說：「妳別跟我去美國了，趕快回家，帶爸爸在北京好好做檢查。」

繁星張了張嘴，沒能說出拒絕的話。

舒熠說：「什麼都比不上家人重要，而且，我一個人應付得來。」

她去美國其實也幫不了什麼忙，就是處理一些雜事，讓他可以更加心無旁騖。

繁星還想說什麼，舒熠已經伸手摟住她，在她額頭上吻一下。「別擔心，有什麼事打電話給我。本來應該陪著妳，但妳也知道現在的狀況，我得先處理美國那邊的事。我有個朋友應該有醫院方面的資源，我給他打個電話，讓他回頭聯繫妳，看看他能不能給點建議和辦法。」他其實也想不出更好的話來安慰她。

因爲那種忐忑、恐懼、焦慮、患得患失，各種憂慮，全都是他曾經歷過的。他知道不論說什麼、做什麼，其實她還是束手無策。

生死面前，人所有的力量都變得渺茫，所有的一切都不得不承擔，不得不面對。她其實是孤零零的。

他能做的，也何其有限。

繁星已經很感激，漸漸從這突然的噩耗中回過神來，她踮起腳，在他臉上輕輕吻了一下，額頭輕輕抵住他的額角，低聲說：「照顧好自己。」

舒熠有千言萬語想要說，最後只說了一句：「妳也是。」

她一直將他送到海關外，不舍地看著他離去，舒熠回頭對她招一招手。她的眼裡已經有了眼淚，然而不敢讓他看見，只是嘴角彎彎地笑著，對他揮一揮手。

愛一個人，希望時時刻刻都在他身邊，希望可以跟他一起面對所有風雨，希望他不要擔心自己，希望他一瞬也不要看見自己落淚，因爲他會牽掛。

就像得知平衡車事故的那一刻，她不假思索立刻替舒熠和自己訂了飛往美國的機票，她知道他會第一時間趕往美國，她當然會和他一起。做爲祕書，這是工作；做爲愛人，她在他困難的時候，要站在他身邊。

只是家裡突發的狀況，讓她暫時做不到了。

那麼，起碼在上飛機之前，她也不要讓他覺得，拋下她獨自處理家事，是他亦要擔憂的問題。

她把自己的機票退掉，酒店取消，想訂最快的航班回家，只是當天晚上已經沒有航班了。她本來想第一時間趕回去，舒熠也問她要不要租商務機，但龔姨的話提醒了她，爸爸還不知道病情的眞相，她眞要半夜趕回去，爸爸會起疑。

所以她在機場附近的酒店住一晚，明天好趕早班機。

❀

舒熠其實心事重重。他想得更多，過了海關出境安檢，一直走到休息室，他已經給好幾個熟人打了電話，拜託他們照顧一個病人。他只說病人是自己的長輩，那幾位都是醫療界數一數二的人物，都答應替他安排肝膽或腫瘤方面的權威。

他把聯絡方式都發給了繁星，過了一會兒，繁星回覆了一句話。

其實是一句詩——

「南國紅蕉將比貌，西陵松柏結同心。」

王世貞的〈紫藤花〉：「蒙茸一架自成林，窈窕繁葩灼暮陰。南國紅蕉將比貌，西陵松柏結同心。」第一句就刻在文徵明手植古藤旁的牆磚上。當時他牽著繁星的手，在還沒有開花的古藤前念出這句詩，其實有點小小的希冀，也不知道是希冀她會知道，還是希望她不知道。

他並不想要這麼含蓄，但還是很不好意思啊，雖然中國古代文人也動不動海誓山盟，但情話總不好意思說得太直白，都現代社會了，哪能跟演電視劇似的，動不動將那些膩膩歪歪的話掛在嘴邊上。

帶她去看紫藤，其實爲的就是這句詩。

她其實是懂的，所以才沒有在那時說出來。

像松柏一樣，高高的，直立的，並肩直入青雲。這是繁星想像過的，最好的愛人與愛己的方式。大雪壓青松，青松挺且直——這是懵懂稚子時背誦過的詩句，即使在城市裡，松柏也是常見的樹木，一年四季永遠翠綠，春時夏時皆不醒目，可是冰雪後才見不尋常，所有樹木都已落盡葉子，唯有松柏仍舊枝葉相交，青翠依舊。

不知不覺，舒熠看著手機螢幕笑起來。

這是他愛的人，聰穎，明澈，堅強，就像松柏一樣，雖然枝葉柔軟，卻能經得起風霜。

繁星接到舒熠登機前的電話，他問：「怎麼樣，好一點沒有？」

繁星已經在酒店房間安頓下來，離機場近，時不時能看見跑道上騰空而起的飛機。她說：「其實沒事，就是一陣難過，挺過去就好了。」

舒熠說：「在加州，有一棵全世界最大的樹，叫『謝爾曼將軍樹』。它生長了幾千年，有八十多公尺高，等有機會，我帶妳去看它。」

繁星說：「怎麼突然想到要帶我去看它？」

舒熠說：「我母親去世之後，有很長一段時間，我覺得很傷心。妳沒有見過我母親，可能不知道她是什麼樣一個人，她很善良，也很簡單、熱心，願意幫助別人。她的學生都喜歡她，我覺得她是這世上最好的人。我不明白她爲什麼會生病、爲什麼會離開我，我覺得特別不公平。一度我很憤怒，因爲她眞的是個好人，怎麼命運就選擇對她面目猙獰？爲什麼偏偏是她？生命是這麼短暫，這麼脆弱。有一天，我開著車在美國胡亂逛，開到那個國家公園附近，就臨時起意去看那棵樹。據說它是目前地球上活得最久的植物，在地球上活了幾千年，很多生物都已經死去，它周圍的樹，也遠遠比它的樹齡要小。所謂滄海桑田，幾千年來，就它一直立在那裡，看著這個世界，人類在它面前，特別渺小。我看到它的時候，想眞是可怕啊，它見證了幾千年來無數生物的誕生、無數生物的死去，它是目前世界上體積最大的樹木，連深海裡的鯨魚都比它小。雖然只是一棵樹，但它生命的長度，足夠傲視所有人類，跟它一比，人類的生命簡直像露水般，轉瞬即逝。」

繁星靜靜地聽他說著。

舒熠說：「我在那裡一直坐到天黑，因爲公園裡可能會有猛獸出沒，所以管理員催促我下山，他說，嘿，老傢伙不會消失的，你明天還可以來看它。我問他在那裡工作多久了，他說大約二十多年了，他從小就生活在附近的小鎮，稱那棵樹叫『老傢伙』。我問他不覺得可怕嗎？這棵樹一直長在這裡，長了幾千年，還會繼續活下去，但我們不會，我們幾乎每個人都活不到一百年。他聳聳肩說，老傢伙是活得夠久，可是活得越久，就越孤獨。你看它待在這裡，哪裡也不能去，而且它身邊的樹都死了，重新長出新的樹來，它沒有朋友，沒有愛人，它是孤獨的，這樣多可怕。我們只能活幾十年，但我們有家人，有朋友，有經歷，有歡樂，那是不一樣的。

「我告訴他，我失去了最重要的家人。他說，是的，你會很痛苦，這痛苦是我們每個人都必須承受的，但你會走出來，因爲你會遇見相愛的人，結婚，生子。等你老了，你對離開這個世界並不恐懼，因爲你愛的人，你愛的一切都在你身邊。你知道孩子們會繼續生活，他們會遇見相愛的人，一代一代，好好地生活下去。

「所以，我想帶妳去看一看它，看看那棵樹。」

繁星輕輕地答應了一聲。

舒熠說：「我得向它炫耀啊，上次我還是一個人去的，下次我帶上妳。妳看，它孤零零地長在那裡活了幾千年有什麼好的，我有愛人，它有嗎？」

繁星忍不住噗哧一笑，舒熠說：「笑了就好。早點休息，別擔心，一切都會好起來的。」舒熠還想說什麼，空服員已經走過來，催促他關機，航班準備起飛了。

繁星在電話裡說了句：「我愛你。」也不知道他到底聽到沒有。她站在窗前，過了一會兒，看到巨大的飛機凌空而起，越飛越高，漸漸只剩機翼上一閃一閃的燈光，漸去漸遠，隱沒在黑夜裡。

她躺在床上，雖然思潮起伏，但努力勸說自己盡快入睡。所有的艱難困苦，她已經決定去面對，如果命運要給她白眼，她也會拚盡全力一試。生老病死，或許真由不得她做主，然而她是爸爸的女兒，她會竭盡所能，用自己全部的力量去說服爸爸，跟疾病奮鬥。

據說大海裡的漁民遇見風浪，一定要用船頭直對著風浪衝上去，不然很容易翻船。這當然需要莫大的勇氣，繁星鼓勵自己，沒什麼好怕的，雖然即將面對驚濤駭浪，但她一定會駕馭好自己這條小小的船，正對著浪尖衝過去。

衝過去，才是贏了。

她在自己給自己的鼓勵和勸慰裡，終於慢慢睡著了。

❀

繁星搭了最早的航班回省城，到家的時候還很早，被上班的人潮高峰堵在了市區的環線上。自大學之後，家鄉已經成了最熟悉又最陌生的地方。尤其畢業之後，每年只有春節才回來，節日期間的家鄉其實和平時是不一樣的。這次突然回來，繁星只覺得人多車多，跟北京一樣堵車堵得厲害，到處都在施工，據說是修地鐵線。

她下了飛機，先給母親打了個電話，說打算去爸爸那邊看看情況，最好今天就帶爸爸去北京。繁星媽只是長長嘆了口氣，難得地沒有多說什麼，然後問：「不耽擱妳工作吧？」

繁星說：「不要緊，剛開年，我年假都還沒用。」

繁星爸的狀態比繁星想像的要好，也許是因爲醫生壓根沒告訴他實情，倒是龔姨眼睛紅紅的，明顯沒有睡好。繁星怕爸爸起疑心，也不敢多說什麼，只說自己是到省城出差，順便回家一趟。

然後龔姨就提到了體檢報告，絮絮叨叨說起肝區有陰影那事，繁星趕快說：「要不去北京再做個檢查吧，到底北京的醫院大，專家也更好。我這趟回來正好順便帶你們倆一塊兒去。」

繁星爸還有點猶豫，龔姨已經滿口答應了，她說：「難得正好繁星回來，你就聽閨女一回，這也是她的孝心。咱們去北京的大醫院，做完檢查要是沒毛病，也好放心。」

繁星爸是個妻管嚴，龔姨說一不說二，聽妻子這麼說，也就不堅持，點了點頭。

繁星只說出差時間緊，回公司還有事情，立刻就訂了下午的機票，龔姨動作也利索，三下五除二收拾了行李，三個人草草地在家吃了頓午飯，就直接奔機場了。

繁星沒想到媽媽和賈叔叔竟然到機場來送他們。繁星媽也很憔悴，雖然也精心化妝打扮了，頭髮梳得整整齊齊，口紅塗得漂漂亮亮，但眼皮微腫，一看就是哭過。

繁星只好緊緊攥著親媽的手，怕她一時失態，說出什麼不合時宜的話。繁星媽倒還忍得住，只說是來看看女兒，順便給女兒帶了點土產。龔姨心裡一酸，繁星回來都沒顧得上回親媽家看看，就直接奔家來了，帶了自己和老祝就去北京，這孩子真挺不容易的。

繁星媽叫丈夫把那箱土雞蛋給繁星搬到行李車上，說：「妳爸年紀大了，妳龔姨也是上年紀的人了，妳多照顧點。這雞蛋妳自己吃，也給妳爸吃，這是妳叔叔的侄兒從鄉下送來的，比買得好。」絮絮叨叨又說了許多家常話，過了一會兒，又拉著龔姨到一旁，兩個女人說起了悄悄話，沒過一會兒，兩個人都背轉過身子抹淚。繁星怕父親看到，只好說自己要帶幾斤家鄉特產牛肉乾去北京給同事們嘗嘗，攛掇父親和叔叔陪自己去航站裡的專營店買。

等他們買了牛肉乾回來，龔姨和繁星媽已經情緒穩定了，兩個人像姊妹一般親熱，手拉著手說話。繁星爸眼珠子都快掉下來了，不知怎麼這兩個女人突然就好成了這樣。

等過了安檢，趁著龔姨去洗手間，繁星爸才問繁星：「妳媽怎麼了？」

繁星掩飾說：「我怎麼知道？我都沒回過媽媽家裡。」

繁星爸還想問什麼，繁星說：「爸，這不是好事嗎？媽媽和龔姨關係好，不吵不鬧的，你也不用再受夾板氣了。」

繁星爸一想對啊，於是也就樂呵呵了。

到北京已經是晚上，繁星想了想還是給父親和龔姨在醫院附近訂了酒店，自己租的房子一個人住慣了，縱然是父母，住進去也多有不便，何況龔姨還是後媽。生活習慣不一樣，格格不入，不如讓他們住酒店，各自都自在。

龔姨對這安排倒是滿意的，因為舒熠早就替繁星找好了人，專家特別門診，還有幾個專家也特別給面子，說隨時可以過去會診。龔姨只聽說北京大醫院人多難掛號，據說有人排好幾天的隊都掛不上，繁星真是既孝順又有出息呢，不愧是在北京工作的。聽說這個專家是全中國最好的肝膽權威，繁星一個電話，對方就答應明天給他們加特別的號。

繁星真正感激的是舒熠，他想得非常周到，找的人也特別給力，不知道是動用了什麼樣的人脈。

他在美國也剛剛落地，給她打了一個簡短的電話，聽她說這邊沒有什麼問題，就忙碌去了。繁星也並沒有跟他多講，畢竟他要處理的事情更重要。

繁星將父親和龔姨安頓好，才回了家。她洗了個熱水澡，躺在床上翻來覆去睡不著，竟然前所未有地失眠了。

她只好爬起來做瑜伽，一套動作做完，重新躺在床上，還是睜著眼睛看著天花板，毫無睡意。也許是太忐忑了，明天去醫院簡直像宣判，她第一次緊張到失眠，索性拿過手機刷朋友圈。她很少看半夜的朋友圈，有人在發美食報復社會，有人還在苦哈哈地開會，有人發酒吧紙迷金醉照，有人在國外是時差黨。

繁星隨便點了幾個讚，被顧欣然發現，她「唰」地發了條微信過來。「妳怎麼還沒睡？」

繁星老老實實答：「失眠。」

顧欣然說：「妳也有今天！」

顧欣然是常年失眠嚴重，她那行業，日夜顛倒，又經常辛苦加班，三餐不定時，起三更睡五更，只好全憑安眠藥。繁星那時候不理解，顧欣然每天都在嚷嚷好睏好睏，怎麼會睡不著呢？所以今天顧欣然才有這麼一句，好似大仇得報。

沒等繁星說什麼，顧欣然又發了一條過來：「是不是談戀愛談得太甜蜜，所以都孤枕難眠了？」

繁星回：「我們現在是異地戀。」

顧欣然嚇得眼鏡都快掉了。「啥？怎麼突然就成異地戀了？」

繁星賣了個關子不肯告訴她，靠在枕頭上磨磨嘰嘰，打了幾個字又刪掉，最後發出去的是：「我很想他。」

顧欣然說：「完蛋了!!祝繁星妳墜入愛河了!!書恒走的第一天，想他！書恒走的第二天，想他！想他！書恒走的第三天，想他！想他！想他！」她借用「情深深雨濛濛」的台詞。

顧欣然還發了個表情包，不知道從哪裡找來的圖。

繁星看到那麼多驚嘆號，再加上那張圖，不由得噗哧一笑。

顧欣然要求視頻聊天，被繁星拒絕，顧欣然在微信裡哀號：「繁星妳不能這樣，妳不可能對我這樣無情這樣冷血這樣殘忍，妳知道嗎？我們今天跟了小花一整天，她身邊竟然沒有男人！」

繁星說：「沒有男人不正好，說明人家沒有戀情，你們也可以早點休息啊。」

顧欣然說：「打死我也不信，她明明在跟人談戀愛，看她接電話的表情我都知道！哪怕掘地三尺，我也要把這個男人找出來！我要做中國最好的狗仔，比卓偉還要厲害！」

繁星並沒有嘲笑她，每個人都有夢想，都不應該被嘲笑，尤其是朋友的夢想。哪怕是要做最厲害的狗仔，爲什麼不呢？只要她想，並且在爲之奮鬥。

繁星說：「妳繼續加油，我要睡了。」

顧欣然說：「加油！祝我們都有好運氣！」

繁星覺得這句話眞好，明天她要帶爸爸去醫院，她希望能有好運氣。

「晚安。」在手機上打出這兩個字後，她關掉檯燈，翻了個身，過了片刻，終於進入了睡眠。

繁星竟然一個夢也沒有做，早晨被鬧鐘叫醒，起床洗漱，收拾利索了就叫車出門。還很早，天剛濛濛亮，城市仍舊睡眼惺忪，交通雖然已漸漸繁忙，但還算順暢。她怕堵車，所以出門早。

到酒店了還早，繁星看了看時間，比約定的早了大半個鐘頭，怕龔姨和父親還沒起床，就在街邊的速食店吃了早餐，又給龔姨買了豆漿和油條。雖然酒店有自助式早餐，但他們得去醫院，時間來不及，而且父親說不定還要做一系列的檢查，得空腹。龔姨愛吃豆漿油條，她買一份順手帶上去，免得龔姨也空著肚子去醫院。

她拎著豆漿油條走進酒店，不料一進旋轉門，抬眼就看見一個很眼熟的身影，還沒等她反應過來，那人本來是出門的，卻多轉了半圈，也跟著她重新進了酒店，站定望住她。

是志遠。

其實也沒分開多久，繁星只覺得陌生。他仍舊衣冠楚楚，看著彷彿還比從前更精神一些，也許是因爲瘦了。他的注視讓她有點尷尬，大學談戀愛時，也曾有過十分甜蜜的時候，不承想最後是那樣狼狽地分手。

不料，志遠竟然朝她伸出手。「好久不見。」

繁星出於禮貌本能地抬手，結果一手豆漿一手油條，裝油條那紙袋還油膩膩的，於是她笑了笑，又小心地放下手，免得豆漿灑了。

志遠問：「妳怎麼在這裡？」

繁星有點不太想回答，於是顧左右而言他：「你們是在這裡開會？」

不然這麼早，他何以出現在酒店裡？

志遠說：「一個香港客戶住在這裡，我過來接他喝早茶。」

「哦哦，挺好的。」繁星心想再說一句就可以道別了，於是說：「那你忙吧。」

繁星朝電梯走去，志遠卻又追上來兩步。「繁星！」

繁星有點詫異地停步，志遠說：「妳……沒事吧？」看她靜靜地看著自己，他又趕快補上一句：「我看妳好像沒睡好的樣子。」

繁星笑了笑，說：「沒事。」正好電梯下來了，她說：「我先上去了。」走進電梯，又對他禮貌一笑。

電梯的門緩緩闔上，志遠不是不惆悵的。要說他不喜歡繁星，那是假的，這麼多年的戀情，雖然平淡，但早已經成爲彼此生活的一部分，甚至，成了一種習慣。只是，他一直覺得繁星離自己的理想伴侶差那麼一點點，比如說，她並不是天才型的女生，班上好幾個學霸女孩鋒芒畢露，才華橫溢，工作之後也是耀眼奪目，連他們這些男生也服氣的。再比如說，繁星雖然眉眼娟秀，但離女神當然也差了一點，哪有唐郁恬那麼漂亮。

大約是年少氣盛，志遠一直覺得自己要擁有的，應該是這世上最好的，不好寧可不要。但是繁星畢竟不是物件，她是個活生生的人，分手之後他才覺得有點後悔，雖然她發來那枚粉色大鑽戒的時候他也挺生氣，但他一想，舒熠那種人怎麼可能看上繁星對她認眞，不過是有錢人的遊戲，吃膩了山珍海味想要試一下清粥小菜。如果繁星因此受傷，倒是很讓人可惜的。

志遠一直想要找機會提醒一下繁星，但偌大的城市，工作又忙，兩個人一旦把彼此從通訊錄中去掉，簡直就消失在人海，罕有機會。志遠還想要不要通過同學輾轉聯絡一下，結果沒想到今天就遇上了繁星。

只是，她很憔悴。雖然精心掩飾，也像平時一樣化了淡妝，但她如果沒睡好，眼皮會微微腫著。而且，她的神情裡，有一抹揮之不去的焦慮。

志遠覺得她可能遇上什麼事了，只是他一再追問，她卻不願意告訴他。

從前她像隻小鳥一樣，什麼事都咕咕噥噥對他說，尤其剛上班那會兒，同事間最近流行什麼，聚餐時吃到什麼好東西，朋友閨蜜鬧了什麼小彆扭，那時候他只覺得煩，上班累都快累死了，哪有心思聽她說這些雞毛蒜皮！而且她就做個祕書，辦公室裡方寸大的地方，能遇見什麼風浪。

他跟著上司，來往都是投顧行和基金，頂級的人物，談的都是以億爲單位的業務，她那點茶杯裡的風波，他眞心有點瞧不上，也不關心。

也不知什麼時候起，繁星不怎麼跟他提這些事了。兩個人約會也像例行公事，看看電影，吃吃新開的餐廳，難得有一回去爬香山看紅葉，半道他接了個電話，上司有急事找他，他立刻要趕回城裡，把她一個人扔在山頂上，她也沒有生氣，說自己可以叫車回去。

那時候還覺得她挺識大體的，不像別人的女朋友那樣天天查崗，密不透風纏得人透不過氣來。沒想到，她越識大體，越獨立，就離他越遠。

分手雖然是他主動提的，但他還是覺得有點失落。像是自己才是被拋棄的一方，也許是因爲曾經擁有過，不再屬於自己的時候，總有點悵然若失。

志遠想，如果她眞遇上什麼難事，自己能幫就幫一下吧。

他才是眞正關心她、可以給她未來的男人。等她眞正明白這一點的時候，不怕她不回頭。

❀

繁星倒沒想這麼多，她確實有點焦慮，也有點緊張，畢竟今天就要帶著爸爸去看權威醫生。結果龔姨比她還緊張，雖然很感激她買了豆漿、油條送上來，但吃了半天也沒吃下半根油條，只說飽了。

繁星勸她多吃一點：「今天說不定一整天都得耗在醫院裡，多吃點有體力。」她用眼神鼓勵龔姨，「您還要照顧我爸爸呢！」

龔姨想到繁星媽在機場拉著自己的手，勸自己要堅強，不禁眼一熱，差點就掉眼淚，趕快又吃了半根油條，豪氣地將豆漿咕嚕咕嚕全喝了。「走吧！」

龔姨有一種上刑場般的悲壯，繁星又何嘗不緊張，三個人之中反倒是繁星爸最放鬆，到了醫院一見人山人海，繁星爸就打了退堂鼓。「這麼多人！要等到什麼時候？要不咱們下午再來？」

「哪能下午來，好不容易約上的！」龔姨著了急，「再多人咱們也等！」

龔姨發揮廣場舞鍛鍊出來的眼明手快，一下就在候診區搶了三個座位，不僅把繁星爸安頓好，自己坐下，還用包包占了個位置。「來！繁星，妳坐！」

這倒是她這個後媽第一次貼心貼肺地心疼這個繼女，繁星當然得領情，坐下沒一會兒，瞅著有個病人新來沒位子坐，趕快站起來讓座。龔姨本來有點不快，但看那病人再三道謝，又一臉病容，想到老祝這病不知道好不好得了，心裡頓時湧起一股哀戚，心想只當給老祝積福了。自己也站起身，把座位讓給了另外一個病人。

醫院人多，但是井井有條，一絲不亂，並沒有任何人喧譁或插隊，只不過候診區每個人臉上都寫滿焦慮。繁星雖然急，但只是悶在心裡，面上也不能表現出來，怕自己爸爸看出端倪。她在候診區狹小的走道裡走來走去，忽然手機一響，是訊息的提示音。

繁星打開看，竟然是舒熠發過來的。

他問：「要看美男子嗎？」

繁星回了句：「有多美？」

舒熠發了一張照片，穿著睡衣躺在床上，被子蓋到齊肩，頭髮大概是剛剛吹乾，額髮服帖地覆滿額角，整個人窩在一堆雪白鬆軟的枕頭裡，乖得像幼稚園要午睡的寶寶。

他本來就腿長，站在床上簡直變成了九頭身，佔據了整個畫面。底下還不知道用什麼軟體，做了閃閃發光的幾個大字：美不美？

舒熠又發了一張照片，這次整個人站在床上，叉腰擺出了模特兒姿勢，挑釁似地看著鏡頭，

繁星回了一條：「還不夠美。」

繁星從來沒想過他會這麼幼稚好玩，不禁噗哧一笑，焦慮情緒一掃而空。

她有好多話想跟他說，想說自己正在醫院裡，等待醫生最後的宣判；想說自己其實很害怕很擔心，如果眞的結果不好，眞怕自己會當場哭出來；想說其實她很想他，雖然才分開三十多個小時，她已經覺得好久好久了。

最終，她什麼都沒有說，只是說：「早點休息，晚安。」

他很快回了條訊息：「不行，睡不著，妳都還沒說那句話。」

繁星問：「什麼話？」

他說：「我上飛機後妳說的最後一句話。」

繁星的臉悄悄地紅了，原來他還是聽到了。

她飛快地打了一行字：「我在醫院。」

他回覆：「我知道。」

她正在打字，他的另一條訊息已經冒出來：「我愛妳。」

她微微一怔，他的第三條已經發過來：「不管遇見什麼事情，都別再自己硬扛，因爲妳現在不是一個人了。妳有我。」

繁星的視線漸漸模糊，鼻子發酸。這些話別人看到一定會覺得膩歪吧，可是這麼傻的話，是從舒熠嘴裡說出來的啊，一個耿直的科技宅，也不會說甜言蜜語，可就是說了，說得她都要哭了。

這世上比「我愛妳」更貼心的三個字，原來是「妳有我」。

我是屬於妳的，妳想怎麼傾訴就可以傾訴，妳想怎麼依靠就可以依靠，妳想怎麼打擾就可以打擾，妳想讓我怎麼樣，我就可以怎麼樣。我愛妳，所以我心甘情願，願意分享妳的一切喜怒哀樂，願意寵妳，願意做最幼稚的事情，發自拍照片給妳，哄妳一笑。

繁星噙著淚水打出三個字：「我知道。」然後才說：「晚安。」

美國東部已經是深夜了，他一定忙碌一整天，回到酒店臨睡前，還惦記著她一定在醫院裡，一定不開心，所以才想方設法，逗她一笑。

繁星躲到洗手間補妝，才走出來回到父親身邊。她已經鎮定下來了，舒熠說過，有人愛，是這世界上最強大的資本，赤手空拳的時候也不會怕。

她不再害怕，不管命運給出什麼樣的重擊，她已經決定堅強面對。

加的專家號最後才輪到，但醫生助手一拿到病歷翻看了一下，就立刻說：「老師交待過，你們先等等。」

專家很和藹，雖然忙碌了一個上午，嗓子都說得有點啞了。看過了超音波結果，又問了問病情，讓他們去做電腦斷層掃描，還建議他們不要在此醫院做，因爲排隊太久了，要排好幾天才能排上。並說三甲設備都是一樣的，結果都會很準確，回頭把電腦斷層掃描的結果直接拿來給他看就好了。

他在病歷上還寫下了自己的手機號碼，這下子連兩個助手都有點驚訝了，因爲這是很罕見的事情。繁星感激不盡，專家說：「一有了檢查結果，妳就直接打電話給我。放心吧，舒熠這孩子是我看著長大的，他不輕易求人，妳一定是對他很重要的人。」

繁星有點意外，大大方方就承認了：「我是舒熠的女朋友。」

這是她第一次，當著父親和後媽的面，說出這句話，也是她第一次，在陌生人面前提到舒熠。她臉頰微紅，眼中閃著晶瑩的光澤，有什麼好藏著掖著的呀，她愛他，他也愛她，這是值得驕傲告訴全世界的事情，跟關心他們的長輩分享，她並不覺得不妥。

老專家也愣了一下，馬上高興地笑起來，說：「太好了，他媽媽要是知道，一定開心極了。」他反倒催促繁星：「快帶妳爸爸去做檢查吧，一有了結果就發給我看！」

外面還有很多病人在等，繁星也覺得不能多打擾專家工作，於是再三道謝，領著父親出來，按照指示去了另一家醫院，果然不用排隊，檢查的費用甚至還便宜一些。他們立刻做了電腦斷層掃描，第二天下午才能拿到結果。

繁星沒能鬆口氣，覺得懸在頭頂的那只靴子還沒掉下來，然而現在也只能苦等。她故作輕鬆地對龔姨說：「看醫生這口氣，問題應該不大，反正明天才出結果，我一個人來拿報告吧。明天我給爸和您報個一日遊，你們去長城看看，來了北京不去趟長城，太可惜了。」

龔姨其實沒什麼心思遊玩，但一想到要去拿報告，心裡還是有些打鼓的。她雖然人潑辣厲害，其實也是色厲內荏，老祝得病這事讓她吃不香、睡不好，心裡揪得不知道多難受，說到底，怕！

繁星說要一個人去拿報告，她就明白是想支開自己和老祝，但現在她跟繁星是同盟啊，萬一眞是那什麼治不好的病，她們可不是要齊心協力瞞著老祝？

爬長城就爬長城！龔姨咬咬牙，決定豁出去了。

她說：「好，我和你爸都沒去過長城，這回去看看，拍些照片，也放朋友圈給親戚朋友們看看，都說『不到長城非好漢』，咱們這回可當兩個老好漢了，一定好多人點讚！」

繁星爸被逗得哈哈笑，老伴跟繼女的關係前所未有的融洽，繁星爸覺得身心舒暢。雖然北京早春還冷，但他興致勃勃，跟龔姨講長城的來歷，他是學過一點文史知識的，龔姨也聽得認眞。繁星送他們倆回酒店的路上，聽他們講了一路的長城，心想自己還是太疏忽了，早該把父母都接到北京來玩一玩。

不然很容易後悔。

✽

繁星累了一整天，盡在醫院裡打轉，雖然特意穿了平底鞋，但來來回回腳後跟都生疼，看一看計步器，自己竟然在醫院裡走了兩萬多步，怪不得會如此疲乏。

她拖著步子上樓，只想盡快進家門好好洗個澡，然後倒在床上昏睡過去。睡得早不要緊，半夜如果醒了，正好舒熠那邊天亮，她還可以跟早起的他聊一會兒。

她心裡正盤算著，不料竟看見志遠等在門口。

繁星心裡一咯噔。這人是怎麼了？早上酒店那是巧遇，晚上在這裡，那就是專程等自己了。不都分手了嗎？難道自己早上有什麼錯誤的暗示？

但見了面，她還是強打起精神，禮貌地點點頭，十分客氣地問：「有什麼事嗎？」

志遠一時衝動，下班後就直接過來了，之前繁星因爲跟閨蜜合租，所以他一次也沒來過這裡，還是翻之前手機聊天紀錄裡，繁星當年曾經發給他的快遞收件地址，才找到這個地方來。只是見她這樣冷淡，一點都沒有請自己進家門去坐坐的意思，才發覺自己來得冒昧。

但風度他還是有的，所以說：「我打了電話給阿姨，聽說叔叔病了。」

繁星要想一想，才明白他這句話的意思。原來他給自己媽媽打電話，得知了爸爸得病的事。

志遠說：「我有位學長是做醫療產業的，我跟他很熟，有什麼能幫得上忙的地方，妳儘管說。」

繁星很客氣地道謝，又說：「已經看過醫生了，正在等檢查結果。多謝你，還專程過來一趟。」

志遠有點無奈，第一次覺得自己是眞的失去她了，就像沙子，用力攥也攥不住。

他欲言又止，最後只是說：「我們總歸是朋友吧，朋友有事，我應該幫忙的。」

繁星想了想，索性將話挑明了：「其實，我沒有跟你做朋友的打算。因爲我們之前的關係是戀人，那時候眞心誠意愛過，然而分手就是分手了。過去的時光有美好，有痛苦，總之是一段人生經歷。分手就是告別，你和我已經不是在一條路上繼續前行的人了，所以還是做陌生人吧。如果你有女朋友，她不會希望你跟前女友保持聯繫的。」

志遠被激怒了。「我知道，妳就是因爲舒熠嘛，有了新男友，就怕他誤會是不是？」

繁星坦然相告：「舒熠不會誤會的，我們對彼此都有信心。只是我不想跟你做朋友了，之前的種種，在我這裡都已經結束了。我不願意跟一個我不喜歡的人做朋友。」

志遠被氣得夠嗆。「別巧言令色，也別狡辯了！說來說去，不就是因爲舒熠有錢！」

繁星倒覺得有點好笑起來，她也眞的笑了。「哎，咱們別說了，就此打住吧，趁著記憶還算美好。」她取出磁卡開門。「麻煩讓讓。」

志遠只覺得一敗塗地，繁星不爭辯、不解釋，甚至，她笑得很輕鬆。這樣的繁星是他陌生的，不可理解的，像跟他隔了一堵厚厚的玻璃，她的世界他再也進不去了，她很輕鬆地就說出「最好連朋友都不要做」這種話。

他覺得受傷害了，自己好心好意過來想要幫她，怎麼就變成了他在糾纏前女友，他是那樣的人嗎？祝繁星什麼時候變得這樣眼高於頂，將別人的好意都放在腳下踐踏？

一定是因爲舒熠。

志遠心緒很複雜，也不知道是嫉是恨，是妒是酸。舒熠簡直是同齡人的魔咒，不，是P大的魔咒。他才念了半年，卻是學校的傳奇；他是年紀最輕的傑出校友，因爲在那麼年輕的時候就創業成功，公司在美國上市，這個紀錄目前暫時還沒有人能打破。

如果說唐郁恬是女神，那麼P大也是有男神的，舒熠雖然不敢說是唯一男神，但也起碼是男神之一。那幾屆的學生裡，風雲人物漸漸也分出了層次，但舒熠，他是在金字塔端的。

志遠一直不肯承認自己是個精明的利己主義者，但在這一瞬間，他失控了，內心的憤懣像毒液般侵蝕他的理智，他脫口叫了一聲：「祝繁星！」

繁星已經打開門，回過頭看了他一眼。

志遠說：「妳以爲……」只說了三個字，他及時忍住話，然後，轉身離開。

繁星心想還好，還好他沒有口出惡言，不然，這段戀情最後的記憶都變得不堪。其實也眞心相愛過啊，雖然是小兒女的那種愛，一塊兒吃飯，一塊兒自習，但是純淨的、水晶般清澈的心意，是眞心付出過的。

繁星不想讓自己太糾結，很快就不再想這件事了。她洗完熱水澡，躺在床上，想明天起個大早，出城去潭柘寺。就算迷信吧，她也迷信一回，希望明天下午的那份報告是爸爸平安無事。

✽

繁星是在潭柘寺接到律師電話的。她本來半夜眞的醒過來一次，給舒熠留言，舒熠沒回，她以爲他正忙，也沒在意，翻個身又睡了。

早上她起床後，看舒熠還沒回覆自己的留言，覺得有點奇怪，因爲舒熠忙歸忙，總會擠出時間來跟她聊一會兒，不可能這麼長時間不回覆。大約是出於本能，她打了一個電話，但舒熠的手機關機，這讓她更覺得奇怪了。

她想了想，給宋決銘打了個電話，宋決銘正跟韓國人撕扯得厲害，韓國人要宣佈手機爆炸原因是因爲陀螺儀，宋決銘堅決不答應。

他拍著桌子說：「不做萬次以上的對比實驗，怎麼敢說爆炸原因已經調查清楚？你們這是欺負普通消費者不懂技術！」

韓國人縱然強勢，無奈宋決銘真的發起飆來，也是勇不可當。再加上高鵬也不是個吃素的主兒，冷不防就放了支冷箭：「你們要是這樣草率宣佈爆炸原因，那麼我只能自己做獨立調查了，不然我向我的董事會交待不過去呀。」

韓國人被僵持住了，雙方差不多又撕扯了一個通宵，宋決銘舌戰群雄，逮誰滅誰，接到繁星的電話，才走出去聽，真讓會議室裡跟他鏖戰通宵的人都鬆了口氣。

繁星將自己的擔心講給宋決銘聽，宋決銘直愣愣地還沒反應過來。「舒熠的電話怎麼會打不通呢？這不可能，是不是手機沒電了？」

宋決銘自己也試著撥打舒熠的電話，結果還是打不通。他說：「妳別著急，我找別人去看看，到底什麼情況。」

隔了萬里遠，一切都成了遙不可及。繁星覺得不同尋常，所以在潭柘寺禮佛時就格外虔誠。她只是這世上最普通的人，希望生命有奇跡，希望命運不要給出難題，希望家人、希望愛的人都平安順遂。

天氣冷，山裡更冷，繁星穿得嚴實，山風吹得耳朵都凍得疼，她把大衣領子翻上來，遮住耳朵。山上的樹木都還沒發芽，只略有一點返青，配著湛藍的天空，樹木的枝杈脈絡分明，彷彿雲在青天水在瓶。

繁星無心看風景，只在心裡想，千萬千萬不要有任何壞消息啊，不管是自己的爸爸，還是舒熠。

律師打電話來，本來是陌生號碼，但她一看是美國來電，趕緊就接聽了。律師的中文說得不那麼流暢，帶著粵語口音，問：「祝小姐是吧？」

繁星乾脆跟他講英文，律師頓時鬆了口氣，立刻換了英文和她溝通。原來舒熠在美國酒店被警方帶走，面臨涉嫌欺詐等多項指控。現在律師已經見過舒熠，舒熠提出了幾個緊急聯絡人，其中之一就有繁星。

繁星心急如焚，律師說事情發生得非常突然，正在努力弄明白到底怎麼回事。但美國的司法體系嚴密而自成系統，他和合夥人，甚至整個律師事務所都忙碌起來，因爲舒熠是他們事務所很重要的客戶，他們正在努力釐清事情，是否有什麼不利證據，然後看看能不能先說服法庭保釋。

繁星回城的路上已經方寸大亂，宋決銘也已經接到了電話，馬上打給了她，問：「妳知道了嗎？」

繁星說：「剛知道。」

宋決銘說：「我安排一下，馬上去美國。」

繁星吐出一口氣，說：「不。」

她知道目前公司跟韓國人的僵持到了最緊要的關頭，宋決銘一走，韓國人肯定會把所有事情推到陀螺儀上面，公司已經很被動了，不能再雪上加霜。

她十分冷靜地提醒宋決銘：「你得盯著韓國人。」

宋決銘一愣，覺得繁星像換了一個人。平時她雖然能幹，但那種利索是處理庶務樣樣周到的利索，不像現在，整個人有大將之風，抓大放小，甚至，說話風格都有點像舒熠了，一句話直指重點。

宋決銘想起繁星做了五年的總裁祕書，公司所有文件凡交給舒熠的她都經手，大小事情其實她心裡有數，凡是舒熠參加的會議她都有參與，她是完全不懂技術，也不是公司獨當一面的高階主管，但她知內知外，其實是總管角色。

平時只看到了她的柔，此時方才看見她的剛。

宋決銘忽然覺得鬆了口氣。他最怕女人哭哭啼啼，雖然繁星不是普通女人，但也保不齊她關心則亂，沒想到她竟然是個剛柔並濟的同盟，可以委以大任，甚至比自己還頭腦清醒的那種。

所以他問：「那麼安排誰去美國？」

繁星這才發覺自己適才語氣似乎有點僭越了，但非常時刻，她得非常清楚地表明態度，所以她才說得那麼堅定。此時她放柔和了一些，說：「您看要不要跟高總商量商量，如果他願意的話，能不能跟我們一起去美國？公司這邊，是不是讓馮總和公關部李經理一塊兒？另外我也過去。」

宋決銘覺得很神奇，馮越山是公司另一個聯合創始人，負責對北美的業務。繁星提議讓他去美國那是意料之中，但讓高鵬也去，這思路就很意料不到了。

宋決銘問：「爲什麼妳想讓高鵬也去美國？」

繁星說：「他不是舒總的好朋友嗎？而且高總在業界人脈廣，去美國一定能幫上忙。」

宋決銘再次對繁星刮目相看，心想舒熠先下手爲強搶走繁星是有道理的，這才幾天哪，繁星都能看出高鵬那小子是有用的，而且還覺得自己能說服高鵬去美國幫忙。

他心甘情願地對繁星說：「好，就先這麼著吧。」

十萬火急，高鵬也沒推搪，馬上就答應了。他還給繁星打了個電話：「別訂機票了，我叫老頭子的灣流私人飛機過來，到加拿大再加油直接飛美國東岸，這樣快。」

繁星也沒客氣，富二代都願意動用私人飛機了，她還客套啥，反正要欠人情也是舒熠欠。

繁星一邊協調各種赴美事宜，一邊到醫院拿到了父親的檢查報告。她也看不懂，立刻拍了照片，發給那位權威專家。

不一會兒，專家親自回了個電話過來。

繁星挺感激的，問：「要不要把報告拿過去給您當面看看？」

專家說：「不用了，看得很清楚，是血管瘤，良性的。準備手術吧，應該問題不大，小手術，我們醫院恐怕排時間要排很久，你們願意回家鄉醫院做也行，普通三甲醫院都能做這種手術。」

繁星差點在電話裡哭起來，她擔了好幾天的心，一直怕得要命。說不著急是假的，再怎麼說，也是親生父親。

她在電話裡謝了又謝，老專家說：「沒事，這病好治，放心吧，女孩。」

一句女孩，又讓繁星差點落淚。他對她這麼好，還不是因爲舒熠，可是現在舒熠出了事，她心急如焚，恨不能插上翅膀，飛到他身邊去。

繁星飛奔到酒店，告訴龔姨這個好消息，龔姨都不敢相信，連問了好幾遍：「眞的嗎？醫生眞這麼說？他們眞檢查清楚了？」

繁星一徑點頭，龔姨「嗷」一聲就哭起來，倒弄得下樓買水果剛回房間的繁星爸莫名其妙。「怎麼了？出什麼事了？繁星，妳說什麼了？妳怎麼惹妳龔姨生氣了？」

繁星還沒來得及答話，龔姨倒已經急了，一邊抹眼淚一邊嚷：「你怎對閨女這麼說話呢？閨女多心疼咱們，你不知道她擔的什麼驚、受的什麼怕，這麼多年我冷眼看著，閨女多貼心啊，對你對我可真沒二話。她一個人在北京容易嗎？你沒看到她這幾天忙前忙後的，只差沒把咱倆當佛爺似的供起來，這麼貼心的丫頭你還對她嚷嚷，你再說這種喪良心的話，我就不跟你過了！」

繁星爸被這一頓搶白都弄懵了，繁星鼻子一酸，差點也掉眼淚。龔姨抱著她好一場痛哭，最後還是繁星勸住了她，又說自己有十萬火急的事要去美國出差，如果爸爸決定在北京做手術，自己就請看護照料，如果爸爸要回家做手術，自己就轉帳付醫藥費。

龔姨經過這一場失而復得，整個人都開通不少，拍著胸脯說：「有妳龔姨呢，別擔心，我們倆先不回去，好好在北京逛逛。妳出妳的差，不用管我們，也別提什麼醫藥費了，我們有錢，妳爸的退休金都沒動過，夠用了，我的退休金也有。這真是撿回來的命，一定得好好玩幾天再回去。妳別操心了，手術的事我做主，回家做，家裡人熟，又近，我好照顧妳爸。」

繁星是真的放心了，看龔姨這樣子，臉上直放紅光，看來這一場驚嚇讓她真是想通了。繁星覺得挺好的，龔姨雖然有這樣那樣的缺點，但人無完人，最重要的是爸爸喜歡，日子都是自己過的，這麼多年了，老倆口更恩愛了，特別好。

繁星回家胡亂收拾了行李就趕到首都機場，高富帥的灣流從上海飛過來，落在首都機場，在這裡接上他們幾個人，同時加滿油準備進行跨洋飛行。繁星還是第一次搭這麼高大上的私人飛機，然而也沒有任何心思參觀。起飛後所有人都去了後艙休息，就她獨自在前艙。

高鵬倒是對她興趣盎然，看她一個人坐在那裡，特意走過來跟她說話。他一坐下就問她：「聽宋決銘說，是妳提出的建議，爲什麼要我去美國？」

繁星還是那句話：「您是舒總的好朋友，一定願意幫忙。」

高鵬雙手環抱坐在私人飛機的豪華小牛皮沙發裡，像看怪物般看著繁星，過了好幾秒，才說：「舒熠到底是怎麼招到妳這個祕書的？」

繁星說：「招聘網，我是應屆生，海投的履歷。」

高鵬都被她逗樂了。「行啊，妳眞是……哎，要不要跳槽來我們公司？舒熠給妳多少薪水，我出雙倍，不，三倍。」

繁星說：「那不行，您不就是看中我忠誠可靠嗎？我要是爲了錢跳槽，豈不成了您最看不起的那種人？」

高鵬哈哈大笑，不死心地又問了一遍：「妳到底爲什麼就這麼篤定我肯去美國幫舒熠奔走？舒熠不像是話多的人，他在妳面前提過我？」

繁星微微一笑，說：「舒總雖然沒有在我面前具體提過太多次您的事，但我想，萬一您遇上危難，舒總一定願意爲您兩肋插刀，所以，我反過來想，您一定也願意爲了舒總兩肋插刀。」

高鵬嫌棄地看了繁星一眼。「我才不願意爲他兩肋插刀呢，我最多插他兩刀。只是舒熠是我的，要死也只能死在我手上，旁人誰敢動他，那是絕對不行。」

繁星已經無所謂了。她在最短時間內組了一個精敏而強悍的團隊前往美國，至於能不能幫到舒熠，說實話她心裡沒底。

然而，什麼不是豪賭一場呢？

灣流商務機極盡豪華，內飾頗有風格，據說全部都是訂制，按照飛機擁有者的個人品味來量身打造。機艙裡甚至還有一台 AVDesignHaus Dereneville VPM2010-1 黑膠唱片機。

高鵬放了一張黑膠唱片，〈I Don't Want To Say Goodbye〉，反覆聽了好幾遍，到後來，他索性跟著輕輕唱起來，尤其其中兩句歌詞反覆唱了好幾遍。

他的英文發音不錯，嗓子低沉有磁性，唱起歌來也挺好聽。繁星閉目養神，覺得挺好的，高總願意在自家飛機上唱小曲，那就唱唄。只是這「斷背山」的插曲還真是……尤其高鵬這一遍遍地播放還跟著哼唱，要是顧欣然在，一定尖叫起來了。想想看，一個高富帥搭乘灣流飛越大洋，奔赴美國去救另一個男人，全程還在三萬英尺的高空聽著〈I Don't Want To Say Goodbye〉，這是含蓄而雋永的表白啊！

用顧欣然的話說，這一定是盪氣迴腸的真愛啊！真愛，不能置疑的真愛！

高鵬看繁星似乎睡著了，很鬱悶，非常鬱悶。他都特意挑了〈I Don't Want To Say Goodbye〉這首歌了，「Let the stars shine through」這句歌詞多麼重要，還有「All I want to do is live with you」唱得這麼明明白白，她怎麼就無動於衷呢？

以前他追女孩子，這一招百試百靈，簡直一擊必殺！

挑一首帶著女孩名字的歌曲，把她的名字輕輕唱出來，再加一句歌詞裡的浪漫表白，女孩子哪個聽到不熱淚盈眶。

何況，那只是在普通酒店套房裡，普通音響播放音樂，都足以讓女孩們感動得無以復加，而這還是在自家的灣流商務機上，還是AVDesignHaus Dereneville VPM2010-1黑膠唱片機！光這台唱片機就價值好幾百萬人民幣，這唱片機還刻著他的名字！是廠商專爲他訂製的。更甭提這架灣流了。整架飛機加上配飾什麼的，價值近五億！

五億！

可以毫不客氣地說，這是一首價值五億的表白。

追女孩子當然第一要務不是砸錢，做爲一個情場高手，高鵬很早就知道，最重要的不是有錢，而是要用心！用心！用心！

若她涉世未深，就帶她看盡人間繁華；若她心已滄桑，就帶她坐旋轉木馬。

這句話俗歸俗，但俗得有道理啊，說的其實是同一個祕訣：用心。

用心帶她體驗她之前沒有體驗過的生活樂趣，用心帶她感受截然不同的世界，讓她自然而然對你產生興趣。

不用心哪能追到女孩子？你爸是首富也不行，你怎麼知道她爲的是錢還是你的人。爲你的錢不要緊，反正第一個字是「你」，第三個字才是錢，但單純只是爲第三個字，可不就沒勁了嘛！

高鵬第一次上來就用一招絕殺，卻踢到鐵板敗下陣。

這眞是萬萬沒想到，太不解風情了。他哀哀地想。

都怪舒熠，他一點情趣都沒有，所以找的祕書才這樣，也一點情趣都沒有。他俏眉眼做給瞎子看，他明珠暗投，他一片明月照溝渠。

他委屈。

高鵬喝了三杯柳橙汁，去後艙的大床房睡覺了。

小祕書這麼不解風情，他是情場第一流的高手竟然開局不利，一定是那個又凶又狠的女人差點踢到他命根子，踢壞了他的風水。他躺在偌大的床上，哀怨地撕開一張海洋拉娜保濕修護面膜敷在臉上，現在，他只能指望自己帥氣的外表能打動小祕書了，不保養不行啊，再帥也不能不保養。

灣流哪都好，就是艙內濕度不如A380，總讓人覺得皮膚乾燥。

還是得好好掙錢啊，不然都買不起A380做私人飛機。

他幽怨地睡著了。

繁星在航程中幾乎沒睡，事發以來，她雖然表面鎮定，其實心急如焚。等眞正上了飛機飛往美國，並沒有鬆口氣，反倒更加憂慮。她雖然坐在沙發裡閉目養神，但幾乎一分鐘都沒能停下思考，自己也知道自己焦慮過度。

在加拿大落地的時候，飛機又加了一次油，因爲降落，所有人都被叫醒，空服員也打開了舷窗遮光板。北美的黃昏時間，日影西斜，機場十分繁忙，所以他們等待了稍長的時間。雖然只是過境不能下飛機，但正好趁這時間吃飯。高鵬精神抖擻地向大家推薦飛機上特備的私廚大餐，尤其是雲吞麵，繁星雖然一點胃口都沒有，但還是勉強自己吃。美國那邊情況不明，不吃東西哪有體力，這是持久戰，她已經想清楚了。

高鵬只覺得幾個小時不見，這小祕書怎麼就頗見憔悴了？也許是長途飛行的緣故，她整個人都細了一圈似的，那碗雲吞麵她也吃得特別艱難，一看就是在勉強往肚子噻。

高鵬琢磨著，難道是美人暈機？不能啊！灣流飛得又快又穩，她也不像是暈機的樣子。何況這雲吞麵，是他讓人精心準備的，香港某記的師傅常年爲他客製，凍乾後一路冷藏送到飛機冰箱裡。

他這麼挑剔都愛吃，她沒理由不愛啊？

一個能給自己送上那麼一碗鮮美河蚌湯的人，怎麼可能不愛這碗雲吞麵？

高鵬再次有明月照溝渠之感。

快要落地目的地的機場前，繁星去了趟洗手間，出來時終於重新容光煥發。高鵬此時此刻特別佩服女人的化妝，好像只要給她們二十分鐘，她們就能換個人。

繁星其實不過把粉底補一補，唇膏重新塗了，讓自己顯得有氣色。然後對著鏡子給自己打氣，冷靜沉著，千萬不要自己先垮了，相信舒熠，他不會做違法的事，自己總有辦法與他取得聯絡，那麼就有辦法從困局中脫身。

過海關的時候，她已經鎮定自若了。

美東時間已是深夜，但律師還是到機場來接他們。在接機的加長林肯車上匆忙向他們說明了一下情況，其實還是一籌莫展。律師只見過舒熠一面，對現有的指控也有點茫然，所以基本上目前的努力方向是力爭盡快保釋。

繁星聽得很仔細，到最後才問了一個問題：「我們什麼時候能見到舒熠？」

律師解釋說，在第一次開庭前基本沒戲，但他會爭取。

繁星對美國法律幾乎一無所知，只好默默點頭。

❀

繁星替大家訂的酒店離事務所不遠，入住後其實已經是凌晨。她連續二十多個小時未進入睡眠，此刻精疲力盡，洗過澡幾乎往床上一倒就睡著了。

彷彿只是合了會兒眼，鬧鐘就響了，原來已經是早上九點。

她掙扎著起來，又洗了個澡，打開電腦看了看國內的郵件，隨便下樓吃了個三明治當早餐。沒一會兒，就接到宋決銘打來的電話，問她情況怎麼樣，繁星說還沒有見到舒熠，律師已經在聯絡，試試看今天能不能探視。宋決銘也沒說什麼，只說如果見到舒熠，就給自己打個電話，不用理會時差。

繁星掛上電話才嘆了口氣。成年後她幾乎不嘆氣了，因為覺得這種行為很沮喪，會給自己錯誤的心理暗示。只是在異國完全陌生的環境下，又處於這樣的焦慮中，她不由得特別緊張。

上午所有人一起去了趟事務所，跟律師們開了一個會。律師得知高鵬的身分後特別吃驚，感覺下巴都要驚得掉了。

他私下問繁星：「你們為什麼帶一個公司的競爭對手來？」

繁星解釋說，他不僅是公司的競爭對手，更是公司的合作夥伴，重要的是，他是舒熠的朋友，非常重要的朋友。他不會做出對此事或舒熠不利的行爲，因爲……人情！中國人都講究人情。

律師是個 ABC，出生在美國，雖然父母都是華裔，他也會說一點中文，但對中國傳統文化的瞭解已經十分淺薄，聽她這麼說，只能聳聳肩。

舒熠其實這幾天也很受折磨，主要是精神上的。他從酒店被帶走，到了警察局才被允許給律師打電話，見到律師之後，他只能倉促交待一些話，就被帶回繼續關押。

從出生到現在，舒熠雖然不算得一帆風順，但過得也是正常體面的生活。尤其創業之後，苦雖苦，但科技宅男相對都單純，所謂苦也就是加班多點。創業成功之後財務自由，偶爾任性一把，多是花點錢買自己喜歡的東西，多去看看廣闊世界這種普通的任性。

可以說，舒熠一直是個遵紀守法的好公民，不論在學生時代，還是成年之後；不論是在美國，還是在中國。

所以這次被捕，根本就是突然打破三十多年來平靜的人生，不說別的，將他跟毒販、殺人犯、人蛇、走私販等各種犯罪嫌疑人關在一起，這就是一個極大的折磨。雖然都是獨自羈押，但那些人隔著柵欄互吐口水、罵髒話，獄警也無動於衷。

舒熠在監牢裡度過第一個漫漫長夜，也幾乎是一夜未眠。見到律師後他心裡稍微安定了點，回到監牢裡才睡了一覺。

這一夜盡是惡夢，彷彿是當初抑鬱的那段時間，不知道自己夢見什麼，只如同溺水的人一般，在夢中拚命掙扎，卻掙脫不了。

他在半夜醒來，出了一身冷汗。沒有窗子，也不知道外面有沒有月亮，白熾燈照在柵欄上，反射著亮晃晃的光斑，然後再映在地上，像是一顆朦朧的星芒。

他努力讓自己想到美好的事情，這麼一想，就想到了繁星。

這次可把她急壞了吧。

舒熠有點歉疚，見律師的時候，律師問他要聯絡什麼人，他第一個就說出繁星的名字，說完才隱隱有點後悔，但這麼大的事情，也無法瞞著她，他也深知她的個性，是會不惜一切趕到美國的。

舒熠想著繁星，迷迷糊糊又睡著了。

等到第二天下午，律師又申請到了會面，告訴他兩個好消息。一個是繁星及公司副總一行人已經到美國，但暫時未得到探視的許可；第二個好消息是明天就可以第一次開庭了，律師會力爭保釋。

舒熠有千言萬語，最後只說了一句：「辛苦了。」

✻

繁星連續兩天都跟著馮越山拜訪在美東的一些客戶，公司股價正在狂跌，這種科技類公司受創始人影響很大，目前舒熠被控數罪，其中最嚴厲的一項指控是過失殺人。

因爲警方在調查凱文．安德森死因的時候發現，凱文與舒熠有很多郵件往來，雙方討論的都是新一代概念平衡車——正是凱文臨死前駕駛的那輛。舒熠說服了凱文使用最新的技術調整，警方推斷可能是這種全新的技術調整導致了平衡車失控，最終導致凱文的死亡。

U＆C公司並無其他人知道這項技術調查的具體細節，甚至包括U＆C的總裁。這本來是舒熠與凱文私下關於技術的交流，但因爲凱文的事故，現在這些郵件往來就成了證據。

在美國一個客戶的建議下，馮越山跟宋決銘通了電話，由公司高階主管集體決策，請了一家美國的公關公司來處理這次輿論危機。公關公司進行了一些輿論風向，還在媒體上發表了一些文章，說明這些技術的試驗性和探索性，又強調舒熠是一個癡迷技術的商人，並詳細說明了公司技術的種種優越之處，比如他們也是世界第一流電子產品公司的供應商。

公司的市值已經跌下三分之一，經過這些公關手段，股票略有起色，但還是處於萎靡不振的狀態。公關公司花了很大的力氣引導輿論的風向，希望能讓法庭認爲這是一場誰都不願意看到的意外事故。

繁星在開庭前趕著去買了一件紅色的毛衣，倒不是迷信，而是因爲紅色醒目，希望舒熠能一眼看到她。

她不知道舒熠在獄中這幾天是怎麼過來的，連他們在外面的這些人都心急如焚，每分每秒都像在油鍋裡被煎熬著，他一定更不好受。

這件紅毛衣讓高鵬大搖其頭。「首先，這件衣服就不對了，妳穿這個顏色不好看；其次，這是去年的款式了，不時新。妳要是想買衣服，不如我陪妳去第五大道逛逛？」

繁星哪有心思逛第五大道，勉強笑了笑。

高鵬去法庭旁聽前倒是精心打扮過了，因爲在公關公司的運作之下，這事終於被炒出了熱度，有些行業相關的報紙和媒體得到消息，要趕來採訪第一次開庭。高鵬認爲在媒體前應該時尚得體，上鏡頭嘛，總得有點樣子。

等到開庭時，他們一行人早早來到法庭，坐在那裡望眼欲穿。法官排了很多案子，前面都是很輕的罪名，審得很快，輪到他們這個案子的時候，舒熠一出來，果然就看到了繁星。

繁星與他四目相對，兩個人都有千言萬語，奈何這種場合，半個字也無法交談。

繁星只覺得舒熠瘦了，幾天沒見，他就瘦得嚇人，雖然精神看著還好，但眼窩是青的，他一定沒睡好。而且他是被員警帶出來的，眞正像犯人那樣，繁星心裡難過得想哭，然而又怕舒熠看著難過，所以拚命地彎起嘴角，朝他微笑，舒熠只微微地朝她的方向點一點頭，就轉過身，面對法官了。

第一回合律師就敗下陣來，法庭不允許保釋。因爲報紙和社交媒體上正長篇累牘地討論此案，嫌疑人非常富有，又並非美國籍，法庭有理由擔心他棄保逃走。

律師還想據理力爭，但又擔心激怒法官，兩分鐘後法官就宣佈不予保釋，候期再審。

繁星眼睜睜看著舒熠被帶走，心如刀割。這次他並沒有朝她點頭，只是微笑注視著她，她明白他這眼神的意思是想讓她別擔心，她很努力地保持微笑，到最後一秒還是模糊了視線。

離開法庭的路上，她心事重重。馮越山一直在跟公關公司講電話，李經理在應付一個媒體採訪，只有律師可能覺得繁星臉色不好——畢竟舒熠提供的第一個緊急聯絡人就是她，律師本能地覺得繁星很重要，他再三向繁星解釋，第一次開庭通常都這麼快，但不給保釋這種情況太特殊了，一定是哪裡出了問題。

繁星當著外人的面還很鎮定，說一切聽公司的安排，大家開會再商量，回到酒店後，關起房門，才大哭了一場。自成年後，她幾乎從來不曾像今天這樣無助、彷徨、恐懼。實在是非常非常難過，原來所謂的心疼是真的，是像心肝被割裂一樣疼，真正親眼看到他的時候，看到他遭受的這一切，她差一點當場失聲痛哭，覺得所有的理智、所有的克制都離她遠去，她只想像個孩童一樣放聲大哭。

可是不能，她只能獨自返回房間，默默哭泣。一邊哭她一邊給自己打氣，還沒有到放棄的時候啊，正因爲情況這樣艱難，自己更要振作起來。

最後一次他和她通電話的時候，他說：「不管遇見什麼事情，都別再自己硬扛，因爲妳現在不是一個人了。妳有我。」

現在她也是這樣想的，他有她，不管多麼艱難的狀況，她一定要勇敢地奮戰下去，爲了他。

終於哭完了，她又洗了臉，重新補妝，定了定神，這才給顧欣然打了個電話。

繁星沒猶豫，簡明扼要地向顧欣然說明了當前的情況，問她做爲一個媒體人，有沒有什麼主意和看法。

顧欣然還是第一次知道此事，畢竟科技圈相對還是封閉，事發地又是美國。她聽完之後考慮了好久，才問：「妳剛才說，找了公關公司在引導此事？」

繁星說：「是啊。」

顧欣然說：「美國的輿論環境我不熟，但是當年我們上課的時候，有位老師跟我們講傳播學理論，提到一個觀點，說：In fact, it might have just the opposite effect.」

繁星問：「爲什麼會適得其反？」

顧欣然說：「傳播學涉及很複雜的大眾心理學，但是有一點中西方是一樣的：在越是巨大的輿論壓力之下，當事人越趨於保守，謹愼地做出最安全的選擇。目前處於輿論中心的法官才是當事人，這案子鬧得越大，他越不會給媒體任何口實。」

繁星問：「那我們現在的努力方向完全錯了？」

顧欣然說：「我也不是很懂，要不然我找一個人幫妳參謀一下，是我一個學姊，非常厲害，在美國很多年了，據說做得很不錯，她也許比較熟悉情況。」

不一會兒，顧欣然就發了在美國的學姊愛倫的聯絡方式給繁星，繁星急忙寫了一封郵件去問，措辭很客氣，也說明願意支付諮詢費用。

郵件發了沒幾分鐘，愛倫就打電話來。雖然在海外多年，仍說得一口脆響的京片子，快人快語，電話裡都聽得出是個爽快人。她說：「既然是小學妹介紹的，都是自己人，這案子我聽說了一點，想也別回郵件了，就直接打電話過來問問妳情況。」

繁星簡單說明了一下，愛倫一直很認眞聽，聽完才說：「你們找哪家公關公司？」

繁星說出名號，愛倫說：「是他們？應該不至於辦出這樣的蠢事啊。」原來還是業內挺靠譜的公司，愛倫問：「你們是不是沒把需求說清楚？」

繁星將幾次會議大概說了一遍，愛倫問：「等等，這誰提的要求？」

繁星說是公司集體決策，她擔心愛倫不瞭解情況，又補了一句，說：「總裁是創始人，所以現在公司也人心惶惶，大家都不太能拿主意。」

愛倫說：「依我看，你們第一步就走錯了。」

繁星聽到這句，心裡一咯噔，愛倫說：「我正在市中心辦點事情，要不我過來見妳，我們見面聊一下？」

繁星自然是感激不盡。不一會兒愛倫驅車前來，在附近咖啡店喝了一杯咖啡，指點了繁星幾句，繁星已經如醍醐灌頂，恍然大悟。

繁星再三道謝，愛倫卻不肯接受任何費用。她只是打量繁星，說：「比我晚畢業十年的小妹妹們都像妳這麼大了，眞是歲月不饒人。」

繁星說：「歡迎回北京，如果有機會，一定在北京請你吃飯。」

愛倫眉飛色舞。「柴氏牛肉麵！我每次回國，出機場第一件事，一定是奔到柴氏，吃一碗他們家的麵。」

繁星一聽就知道愛倫的喜好，於是說：「我還可以先去『聚寶源』排隊，等妳出機場直接過來吃。」

愛倫果然大喜。「好妹子，就這麼說定了！」

繁星送走了愛倫，心裡稍微安定了一些。可巧馮越山給她打電話，原來約好了從法庭出來再碰頭開會，她看看時間快到了，連忙上樓。

公關公司的人也已經到了，提了各種方案和意見，繁星坐在沙發裡，想起舒熠在法庭上的模樣，只覺得整個世界又遠，又冷，所有人說話的聲音嗡嗡響，像隔著一堵很厚的牆。好似他們無論如何努力，舒熠都在牆的那頭，既聽不見，也看不見。

繁星努力提醒自己集中精神，不要再沮喪。沮喪於事無補，必須得努力想辦法。

馮越山是公司在美國職位最高的，所以最後也是他拍板：「那麼先按這個方案來吧。」

大家紛紛收拾東西，繁星有意拖延走在最後，等大家都走了之後，繁星才說：「馮總，有件事情，要向您彙報一下。」

馮越山對繁星還是很客氣的，只是這客氣裡到底有幾分疏離。他和宋決銘不一樣，他當初在跨國公司工作，是舒熠費了九牛二虎之力才說服他跳槽跟自己創業。他跟舒熠的關係沒有像舒熠和宋決銘那麼親密，而且他在大公司做了十年，根深蒂固有一套思維模式，總裁的祕書說有事向自己彙報，馮越山還是本能地先說客氣話：「哪裡，妳有什麼想法，我們一起商量。」

繁星倒有些明白舒熠爲什麼讓他管北美業務了。因爲北美業務全是大公司，馮越山如魚得水，特別能發揮他所擅長的。

繁星講到愛倫出的主意，馮越山很認眞地聽了，委婉地說：「繁星，咱們不能病急亂投醫，公司找的這家公關公司是業界很有口碑的，我們再等等看吧。」

繁星其實已經想到不太能說服他，聽他這麼說，也只是說：「好的。」

回房間之後，她到底不甘心，強迫自己平靜下來，翻看借閱到的美國相關法律資料，希望能找出什麼辦法來。只不過厚厚的法律書，各種案例，又全部是英文，一時半會兒，哪裡能有頭緒。

正抱著書頭大，忽然聽到有人按門鈴。

從貓眼裡一看，竟然是高鵬。繁星想了想，還是打開門。

高鵬拿著一籃水果，說：「給妳嘗嘗。我父親的一個朋友剛才來看我，帶了好些他自己農莊裡的水果，都是有機的。」

繁星忽然想到情人節那天晚上，舒熠特意駭進大螢幕給她播放影片，末了還對她說：「禮物這樣才好玩是不是？別搭理那些只知道送花送水果的傻瓜。」

誰知道今天高鵬又送水果來，這一招用了一遍又一遍，眞是執著。想到舒熠的話，她不禁噗哧一笑，可是剛笑到一半，憂慮又重新爬上心頭，嘴角又不由自主沉下去。

高鵬只覺得她這一笑簡直令人心蕩神搖，但是很快，那抹笑就像冰雪融化般，迅速從她臉上消失了。

高鵬覺得挺可惜的，美人一笑多難得，於是出言安慰：「別愁了，我跟妳說，舒熠那人雖然傻吧，傻人有傻福，說不定什麼機緣就化險爲夷了。再說，他公司眞要不行了，妳可以跳槽到我的公司，不要怕失業！」

繁星心想這哪跟哪啊，但她也沒說什麼，只是接過水果，禮貌地道謝。高鵬誇口說：「這是我爸朋友自家農莊產的，他們家是美國南部的大地主，眞地主，家裡是像《亂世佳人》那樣的莊園，幾時有機會，我帶妳去他們家看看，房子還是一八XX年的，特別漂亮。」

繁星心裡一動，忽然問：「高總，今天我有個朋友說，也許我們可以想想別的辦法。」

繁星將自己見過愛倫的事原原本本說了，然後問：「高總，您在美國朋友多，人脈廣，能不能介紹一兩位參議員，讓我想辦法去遊說遊說？」

高鵬不由得笑嘻嘻。「能跟參議員這種人有交情的全都是old money，我這種new money可沾不上。」

繁星黑白分明的眸子定定地看著他，忽然一笑，說：「飛機上您可說過，舒熠是您的人，誰都不能動他。這眼看舒總的案子情勢特別不利，說不好將來這十幾甚至二十年都要歸聯邦監獄管了，您不努力想想辦法？」

高鵬不由得噗地一笑，說：「舒熠上哪裡找到妳這麼個活寶。」

繁星挺從容地說：「您在飛機上問過了，我也回答過了，招聘網，我是應屆生，海投的履歷。」

高鵬說：「士為知己者死。舒熠那小子真是傻人有傻福，竟然有妳這麼個祕書。」又說：「等著吧。」

他這一說等著，就好幾天沒消息，每天早出晚歸，也不知道在哪裡忙什麼。繁星也不管，除了跟律師偶爾開會，就是埋頭苦讀各種美國法律。她每天連飯都沒心思吃，只叫餐，或偶爾下樓買個三明治加一杯美式，胡亂混一頓。

這天，突然報紙上刊登了一篇深度報導，是關於舒熠案件的，報導裡列舉了幾十年來，因為各項發明和技術創新出現的各類事故。比如著名的賽格威公司的創始人意外身亡，出事當時正是駕駛著自己公司生產的賽格威電動雙輪車。比如個人噴射飛行器事故，也導致死傷，但所有的公司從來不曾停下創新與發明的腳步。到最後，文章問，僅僅是因為舒熠是非美國籍，我們就已經預先判他有罪嗎？甚至，法庭不予以保釋？當個人噴射飛行器出了事故時，為什麼沒有認為發明者有罪，這是種族歧視嗎？

文章還指出，舒熠的公司是美國多家電子及高新科技公司的供應商，每年為美國創造大量的就業機會和納稅，他的企業和多家美國大學合作，開展實驗室做探索性研究。這樣一個人，如果在矽谷，會被稱為天才，尊敬地請他參加各種技術論壇，但現在，在紐約，他因為個人的努力，為人類科技進步提供的高端技術獲得巨大的合法所得，竟然成為法庭宣佈他不得保釋的重大理由。這真是令人難以置信，是無法讓人相信這發生在自由開放、號稱兼容並蓄，希望能吸引全世界最精英人士的美國。

文章最後，還列舉了主審法官判過的所有案例，分析得出資料，說法官自就任以來，判決有色人種嫌疑人有罪的比例竟然是白人犯罪嫌疑人的七倍！七倍！這個資料真是觸目驚心。

寫文章的人文筆犀利老辣，又非常瞭解美國媒體心態，娓娓寫來，特別具煽動性。繁星看得拍案叫絕，重讀再三，想了想就猜到了幕後推手是誰，打了一個電話給愛倫，並沒有多說什麼，只是向她道謝。

愛倫還是那樣快言快語，說：「不用謝我，這是妳答應替我去聚寶源排隊換來的。」

繁星說：「聚寶源哪夠，必須再加洪記炸糕。」

北京大妞頓時就綳不住了。「不能再跟妳說了，我口水都要流下來了。」

兩個女人一起在電話裡哈哈大笑。

這篇報導引發了一陣討論熱潮，因為本來前沿科技創新確實有風險和不穩定性，網路上各式各樣的討論都有，不少人轉發這篇報導，才知道了舒熠案件的始末，認為不予保釋確實是太過分了，這真的有種族歧視的嫌疑。華人尤其憤然，有人說：「如果是美國某科技公司的總裁，還會不予保釋嗎？只怕早上開庭，下午就已經回家了吧？」

繁星覺得很欣慰，起碼是在朝有利的方向發展。

就這樣過了好幾天，高鵬那邊的努力也有眉目了，他上樓來敲門，得意洋洋揮動著一張請柬，對繁星說：「ITP公司的總裁週末在他家的長島別墅舉辦的宴會，爲了歡迎布蘭森參議員及其妻子度假歸來，賓客中有多位政商名流。我打聽過了，這個參議員非常有影響力，尤其是對司法界。」

他彎腰，彬彬有禮地施了一禮。「美麗的女士，不知是否有榮幸邀請您，做爲我宴會的女伴？」

繁星既驚且喜，還沒說話，高鵬已經將她上上下下左右打量，大搖其頭。「妳這樣子參加宴會可不行，black tie！black tie妳明白嗎？」

高鵬覺得特別好，終於有機會可以爲美人效勞了，尤其這效勞還如此賞心悅目。繁星從善如流，乖乖聽話，由他帶領著去了國際大牌的店，挑了一件晚禮服，高級訂製禮服的尺寸都可以微調，於是這邊改衣服，另一邊高鵬動用關係火速找來一流的造型師和化妝師給她試妝，還有一位專家特意蒞臨酒店指導，從社交禮儀到舉止談吐，對繁星做了一次集訓。

繁星學得很認眞，爲了救舒熠，她恨不得自己有三頭六臂，學點東西算什麼，哪怕是全套的《窈窕淑女》她也勇於挑戰。

高鵬也覺得繁星挺狠的，一邊穿著長裙高跟鞋，頂著厚厚的時尚雜誌練走路，一邊平舉平板電腦唸唸有詞。高鵬忍不住打量，繁星索性大方地將平板給他看。「參議員及其太太的資料，他太太竟然是位義大利歌劇演員！出生在法國巴斯提亞，後來隨父母移居義大利，母語是法語和義大利語。你看她的推特，提到中國十六次，其中有九次都是因爲提到『杜蘭朵』所以提及中國……你認爲她最喜歡這部歌劇嗎？不，她提到『拉美莫爾的露琪亞』二十二次……」

繁星甚至做了一個PPT，主要是統計並分析參議員和其夫人的社交媒體關鍵字，她需要在短時間內記住大量關鍵資訊，所以做了圖表，每天熟悉情況。

高鵬覺得繁星這種精神簡直……女人拚命起來眞是太可怕了！

繁星另外找了一位義大利語教師，每天兩個鐘頭練習日常會話，她的態度積極而樂觀，雖是臨時抱佛腳，但能學多少就學多少吧。

高鵬已經不在意繁星在幹什麼了，他覺得這個女人下一秒哪怕宣佈要競選美國總統都有可能。

繁星學得心無旁騖，其實也是因爲極度忙碌的時候心裡才不發慌，腦力與體力都用到極限，每晚往床上一倒就能睡著。世事茫茫，命運叵測，她不知道上天會發給她什麼樣的牌，但認眞把每一張牌打好，是她眼下唯一能做的事情。

她態度堅定，目標明確，並且不惜一切代價爲之努力。

時間飛快，每分每秒每個鐘頭甚至每一天就像流水般消逝。到了週末，造型師和化妝師圍著繁星忙碌了四個鐘頭，繁星頂著一頭髮卷還在練習說義大利語，等她終於打扮好走出房間，高鵬忍不住吹了聲口哨。

高鵬一直認爲小祕書不是那種美豔不可方物型，但今天她眞的非常漂亮。造型師幫她打造了最合適的妝容與造型，最重要的是，她一反連續幾日的低迷，眼眸熠熠似有星光，她的臉龐也閃爍著玫瑰花似的甜美光澤，整個人都不一樣了。高鵬說不上來她哪裡不一樣，但就像鑽石經過打磨，有了光芒。她穿著那件晚禮服，就像戰士突然穿上了盔甲，不，這世上哪有這樣動人的盔甲，她第一次露出了美麗的鋒芒。

高鵬有風度地伸出胳膊，繁星也大方地挽住他。社交禮儀，今日她是他女伴，做戲做全套。

❀

高鵬親自駕駛特別騷包的超級跑車，載著繁星前往長島的別墅。在路上，他忍不住放了音樂，還是那首〈I Don't Want To Say Goodbye〉，他吹著口哨，重複著那兩句他最深情款款的旋律。

繁星實在忍不住，嘴角上彎。如此星辰如此夜，街區兩側一幢幢摩天大樓好似瓊樓玉宇，跑車穿梭在世界上最繁華的大都市，載著他們準備去赴一場衣香鬢影、紙醉金迷的盛宴，他還特意又放這首歌曲。

可見，他對舒熠是真愛。

無可置疑！

等舒熠脫身出來，她一定要把這麼深情而經典的一幕講給他聽。

高鵬也得意洋洋。笑了笑了，終於笑了！

雖然超跑價值三千萬，比起灣流算是便宜，可是今晚這場宴會，貴賓們的身家加起來超過五百億，還是美金！

灰姑娘都千方百計去王子的舞會呢，小祕書再矜持，也沒機會見識這種場面。什麼叫盛世繁華的巔峰之上，這就是盛世繁華的巔峰之上！

他清清嗓子，說：「妳看，今晚有月亮。」

繁星早就注意到了，「是啊。」

高鵬說：「我想到了一部電影，妳猜猜是哪部電影？」

高鵬都做好了心理準備，想她會說「麻雀變鳳凰」或「約會喔麥尬」，不論她說哪部，自己都可以給她一個甜蜜而會心的微笑。

結果，繁星說：「大亨小傳？」

高鵬差點腳下一滑，誤踩油門，讓價值三千萬的跑車衝進哈德遜河。

冷靜！他深呼吸。

不解風情不要緊，女人嘛！在她死心塌地愛上自己之後，他可以慢慢教她怎麼做一個風情萬種的女人。

高鵬帶著這樣的滿滿信心，駕車駛入長島豪宅漫長幽深的私家車道。

繁星並不怯場。她素來臨場發揮好，每次重大考試都佔便宜，要不然高考也不能驟然多考了幾十分進P大最熱門的科系。而且她跟著舒熠見慣了業界大佬，有什麼好怕的，不就是一個宴會，賓客們非富則貴而已。雖然她今天的目的非常重要，但她有信心達成目標，所以，一點也不患得患失。

高鵬對她的表現甚是滿意，小祕書落落大方，講一口特別流利的英文，能聊藝術品和各種時尚話題，上得廳堂啊這是。哪怕是自己那最苛刻的老頭子，對這麼個玲瓏剔透的水晶人也挑不出毛病來。

高鵬都認真考慮時機成熟帶她回去見家長了，繁星還一無所知，只是跟著他周旋應酬。

主人夫婦對他們倆很照顧，雖然高鵬自謙是 new money，但 new money 代表的是新勢力，何況高鵬的父親在中東有那麼多口油井，高家跟美國石油大亨們都熟。今晚高鵬也讓繁星刮目相看，這花花公子正經起來還挺有模有樣的，真是交際圈……哦不，交際花中的一朵好手。

高鵬花蝴蝶似的忙碌了一圈，然後自然而然讓相熟的朋友替他和繁星引薦了參議員夫婦。即使是這樣的名利場，參議員夫婦也是耀眼的社交明星，身邊聚攏著一大群朋友，談笑風生。高鵬不負眾望，與參議員就頁岩油開採對環境的影響展開激烈討論。

繁星只會臨時抱佛腳的那幾十句義大利語，竟然跟參議員夫人聊得不錯。她大學輔修過法語，當年也是大學無聊，所以狠下了一點工夫，會話還沒有全忘，遇到實在不會說的就說法語，反正法語也是這位夫人的母語。兩個人談得甚是投機，繁星還將話題從「杜蘭朵」巧妙地引到了參議員夫人最熱愛的歌劇「拉美莫爾的露琪亞」上，兩人不時發出一陣陣輕盈的笑聲。在場除了參議員，幾乎沒有人懂義大利語，參議員夫人興致勃勃，主動提出要為遠道而來的東方客人表演「蝴蝶夫人」中著名的詠嘆調〈美好的一天〉。

大家三三兩兩聚集在泳池邊，在樂隊的伴奏下，參議員夫人充滿激情地演唱了這段著名的女高音歌曲。她演唱得高昂激情，百轉千迴，具穿透力的聲音蓋過了樂隊的伴奏，迴蕩在早春的晚風裡，一時間，萬籟俱靜，只有美麗的歌聲，彷佛天籟般迴響在每個人耳邊。

繁星屏息靜氣。藝術其實是相通的，她能聽出這歌聲中的美麗和哀愁，對愛情的嚮往和無奈，還有那感人的情緒，從每一個旋律迸發出來。一曲既終，過了好久才有人反應過來鼓掌，雷鳴般的掌聲響徹庭院。

繁星也用力鼓掌，唱得太美了，她眞心地誇讚。

參議員夫人說：「東方的故事，總是這麼哀傷。可憐的巧巧桑，最終還是被拋棄，甚至放棄生命，卻沒有得到愛情。」

繁星說：「不，夫人，其實我們中國的愛情不是這樣的。」

參議員夫人問：「是像『杜蘭朵』裡的中國公主那樣嗎？因爲猜不出自己的謎語，就要將王子處死？」

繁星不禁含笑道：「不是，當然不是。」她忽然靈機一動，一個大膽而意外的想法從腦海裡冒出來。她迅速有了全盤的考慮和計畫，克制著自己亢奮的情緒，禮貌地說：「尊敬的夫人，感謝您爲我們演唱了動人的詠嘆調，我願意爲您和今晚所有的朋友獻上一首歌，是我們中國古老的戲劇中的一段歌曲，在這首歌裡，您能聽見我們中國的愛情。」

參議員夫人說：「太好了！是京劇嗎？」怕繁星聽不懂義大利的單詞，又用英語重複了一遍：「Beijing Opera？」

繁星只是笑咪咪，參議員夫人正要舉手示意樂隊，繁星說：「我沒有樂譜，請讓我獨自演唱。」

她不知道法語或義大利語中的清唱應該怎麼說，只好說了獨自演唱。參議員夫人很興奮地拿著銀叉敲響了酒杯，用英語向大家宣佈這個好消息。剛剛她演唱的詠嘆調非常優美，聽說中國客人願意爲大家演唱一段中國歌劇，頓時客人們頗爲期待，響起一片熱烈的掌聲。

高鵬已經懵了，不知道怎麼自己剛剛跟參議員談到網球賽，參議員夫人就聲稱繁星要爲大家表演京劇了。

他在繁星耳畔低語：「妳會唱戲？可千萬別逞能，弄巧成拙。」

繁星不慌不忙，說：「我可是安徽人。」

高鵬更懵了，這跟安徽有什麼關係？繁星已經隨手從高鵬口袋裡抽走口袋巾。「借用一下。」

高鵬徹底懵了，看著繁星笑吟吟走到樂隊邊的舞台上，先抖開口袋巾，使出高中時代參加學校文藝表演的功力，轉了個手帕花，這個小花招像魔術般，頓時吸引了所有人的目光，大家興致盎然地鼓掌，還有人大聲吹著口哨。高鵬心想壞了，她難道要在這裡唱二人轉？

然後，繁星就擺出身段，唱出了第一句：「爲救李郎離家園……」

高鵬剛喝一口香檳，頓時差點全噴出來，眞要噴在對面參議員的衣襟上，可就釀成重大社交事故了。所以他拚命閉緊嘴巴，嗆得自己連連咳嗽。

參議員倒是興致勃勃地問他：「Beijing Opera？」

可憐高鵬捂著嘴咳嗽，還要一本正經地回答：「No……Huangmei Opera.」

繁星表演得有模有樣，黃梅調唱得字正腔圓：「……誰料皇榜中狀元，中狀元著紅袍，帽插宮花好啊，好新鮮哪！」在場的人對中國戲劇的最高瞭解程度也就聽過幾句京劇，這黃梅戲還眞是聞所未聞，聽她唱得婉轉柔美，參議員夫人又聽得全神貫注，都認爲這是很動人的東方藝術，連參議員都擊節讚賞，對高鵬說：「It's beautiful，Huangmei Opera！」

高鵬只好附和。

繁星繼續唱：「我也曾赴過瓊林宴，我也曾打馬御街前，人人誇我潘安貌，原來紗帽照嬋娟哪……」唱到這裡，她十指紛飛，用綢巾又轉出一個手帕花。

雖然大家都不懂中文，但聽到這裡，也知道是一個段落小節，不禁紛紛鼓掌。

「我考狀元不爲把名顯，我考狀元不爲做高官，爲了多情的李公子，夫妻恩愛花兒好月兒圓哪！」

最後一個身段，繁星拿出看家本事，將手帕花轉得騰空而起。其實黃梅戲裡沒有這樣的動作，但是老外又不懂，反正炫目就可以了。她連轉三個手帕花，最後收起，深深鞠躬謝幕。

果然，掌聲雷動，眾人紛紛喝彩，參議員夫人激動地上前擁抱她，親吻著她的臉頰，連連用義大利語說：「太美了！太美了！」

繁星因爲演唱用力，雙頰緋紅，她對參議員夫人說：「這才是我們中國的愛情。雖然是發生在很久以前的古代中國的故事。美麗的少女得知她的未婚夫蒙冤入獄，想盡一切辦法拯救他。少女的父親和母親貪圖富貴，逼她嫁給首相的兒子，她逃離了家，穿著男人的衣服，扮成男人到了首都，冒用未婚夫的名字考中狀元——狀元就是全國聯考的第一名，中國古代用這種方式挑選最優秀的人做公務員。因爲她考中第一名，穿著男人的衣服又非常英俊，皇帝想把自己的公主嫁給她，她機智而巧妙地說服了公主幫助自己，最終拯救了未婚夫。」

她這一長串話，義大利語夾雜著法語，想不起來的單詞就說英語，說得磕磕巴巴，但是無比眞誠，她的眼睛裡有光，彷彿天上的月亮倒映在泳池上，散發出粼粼美麗、溫柔卻不能拒絕的神采。

她說：「夫人，這才是我們中國的愛情。我們中國的女人，不會因爲男人不愛自己就哭泣著自殺，也不會因爲自己愛的人陷入困境就絕望嘆氣。我們會盡自己最大的努力，用自己的學識和膽量去拯救愛人。這是中國古代發生的事情，在現代，在當下的中國，女人更勇敢，也更堅強。我們中國的網路上有一段話，雖然粗魯，但我非常願意跟您分享：『請轉告王子，女孩我還在披荊斬棘的路上，還有雪山未翻、大河未過、巨龍未殺……叫他不妨繼續睡著吧！就像睡美人一樣，我會來吻醒你的。』」

參議員夫人被逗得哈哈大笑。

她問：「實在是太有趣了，你們這樣對待《格林童話》。」

繁星聳聳肩。「小時候誰沒有羨慕過仙度瑞拉呢，但長大後發現，我還是願意做一個勇敢的人，能和愛人並肩戰鬥，甚至願意爲了愛人殺死巨龍的人。」

參議員夫人說：「妳實在是太有趣了，連妳的名字都有趣——非常多的星星，啊，妳的父母一定很愛妳，認爲滿天的星辰都美麗得像妳。」

法國人眞是天性浪漫，繁星沒有在這個問題上多糾結，她只是坦率地說出自己的困難：「夫人，其實今晚我是來請求您的幫助。」

參議員夫人很關切地問：「我有什麼地方可以幫到妳？」

繁星沒有說話，只是看了看周圍正在音樂聲中低笑交談的人群，參議員夫人已經會意。「我知道後院有個地方，非常不錯，那裡有座希臘式的噴泉，妳願意跟我去看一看那座美麗的噴泉嗎？」

繁星露出笑容。「非常願意，夫人，是我的榮幸。」

❀

當舒熠聽說有人來探視自己，還以爲是律師，沒想到這次獄警竟然將他帶到了會客室，雖然還是除了桌椅，空蕩蕩無一物的地方，但寬敞明亮許多。他不動聲色地坐下來，覺得事情似乎在朝好的方向轉變。這幾天他想得很多，想得最多的是繁星，不知道她在外面會如何擔心，另外就是想公司的事情，知道目前這種情況，對公司來說當然萬分危急，雖然還有宋決銘，但宋決銘習慣了有自己做後盾，單打獨鬥他肯定不行的。不知道今天律師會給自己帶來什麼樣的消息。

他一個念頭還沒有轉完，獄警已經打開門，帶了探視的人進來。

打頭的人還是律師，但魚貫而入的，除了公司的馮越山、李意，還有高鵬，走在最後面的是繁星。她看上去沒有像在法庭上那麼焦慮了，但還是雙目閃閃，似乎含著淚光。他本能地站起來，獄警也沒有阻止，律師還沒有說話，繁星已經走上前來，舒熠這時候也有點肆無忌憚了，他用熾熱的目光注視著她，她什麼也沒說，只是衝上前來摟住他，然後，踮起腳，深深地吻他。

所有人目瞪口呆，高鵬頓時只覺得「喀嚓」一聲，自己的心都碎了，還是碎成粉末補都補不起來的那種。

這個吻忘情而纏綿，舒熠覺得這個吻是甜的，帶著她特有的芳香氣息，還有熱帶水果濃膩的甜味；又覺得這個吻是苦的，這麼多天來的煎熬與相思，讓兩個人受盡了折磨。

他想，不要緊啊，他還有繁星，哪怕眞要坐牢，哪怕眞要在異國受這種失去自由的漫長煎熬，她也絕不會離他而去的。

也不知過了多久，兩個人才分開。律師都不敢說話了，小心翼翼地觀察著舒熠的臉色。

馮越山其實也驚呆了，但這種場合下，高鵬垮著一張臉，李經理嘴巴張得能吞下一個雞蛋，自己就不能不說話了。不然，這難得的探視機會，豈不白白浪費了？

馮越山只好假咳一聲，說：「舒總，這些日子難爲繁星了，是她找到參議員遊說，我們才獲得了這次探視的機會，主要還是跟您見見面，好安心。」

舒熠非常磊落，說：「謝謝大家，大家辛苦了。」

他身陷囹圄也非常從容，灑脫得好像自己不是在監獄的會客室，而是在公司主持會議似的。

馮越山不由得放心很多，舒熠有一種個人魅力，是創業過程中樹立起來的整個團隊對他的信心。每次瀕臨絕境，他總有辦法拯救公司，所以馮越山一見到他，尤其見到他這種從容的態度，就覺得沒什麼好怕的，舒熠一定有辦法解決目前面臨的困難。

大家輪流跟舒熠聊了一會兒，探視時間有限，所有人都抓緊這個機會，舒熠佈置了一下公司緊急狀態下的工作，又跟律師聊了幾句，時間很快就到了。

大家一起向舒熠告別，繁星除了最開始衝上前來吻他，甚至沒有再跟他說一句話。她只是微笑著注視他，舒熠朝她點點頭，目送著他們出去。

他們剛走出監獄不久，就聽到淒厲的鳴笛聲，然而不是警車，是一輛救護車，正快速駛入監獄。

繁星最後一個上車，從容地坐下，拿起紙巾擦去嘴角的果汁漬。高鵬覺得哪都不對，總覺得她好似剛剛偷天換日的小狐狸，臉上流露一縷若有似無的狡黠笑意，尤其看到那輛救護車的時候。

他問：「祝繁星，眞看不出來，妳……」他本來想說「妳跟舒熠竟然是這種關係」，但話到嘴邊，總覺得有失風度，只好硬生生拗過來，變成一句閒話：「妳剛才進監獄之前，爲什麼要在車上吃芒果，還一吃吃了三個？」

那麼大的芒果，他一個大男人都吃不了三個，當時她吃得多艱難啊，簡直是硬撐，還吃得滿臉都是，都不用紙巾擦一擦，他百思不得其解。

眞要跟舒熠是情人關係，她都不收拾打扮好了去見他？嘴角都是果汁，好看嗎？

繁星說：「舒熠對芒果過敏。」

高鵬想了三秒，才拍著大腿叫絕。

「祝繁星，妳讓我五體投地。」

是眞的，這輩子他還沒這樣佩服過誰，她這機靈勁兒，沒得比了！

旋即律師也反應過來了，他大聲誇讚繁星，並問她從哪裡得到的靈感。繁星不好意思地說自己看了好多天的美國法律案例，發現有一例是因爲犯人嚴重過敏所以監外執行，就想到這個辦法試一試。

一行人也不回酒店了，掉頭去法庭，律師果然接到監獄方面打來的電話，舒熠因爲嚴重的過敏，送醫院了。

律師向法官緊急申請，這必須保釋，當事人體質特殊，監獄方面無法提供良好的防過敏環境，危及當事人的生命。他是犯罪嫌疑人，然而他的生命權現在得不到保障，律師好不容易抓到這個空子，巧舌如簧，火力全開。法官本來就非重大惡劣案件卻不能保釋這一特殊狀況，承受了很大的輿論壓力，被指責有種族歧視的嫌疑，再加上收到醫院的報告，頓時就宣佈以五千萬美金高額保釋。

雖然保釋金額特別高，可高鵬爲了救出舒熠，立刻就調齊了頭寸，心想自己賣了舒熠這麼大一個人情，以後他好意思再爲難自己嗎？好意思再跟自己爭東爭西嗎？起碼在自己研發團隊遇上事的時候，找他幫忙也能找得理直氣壯了！

❀

舒熠在醫院裡躺了三天，本來美國的急診就是活受罪，他又不是車禍外傷什麼的，醫生看了他一眼就沒再管他，把他撂在那裡直到半夜，舒熠腫成一個豬頭，差點引發肺水腫導致過敏性休克，夜班醫生處理完了眞正十萬火急的病人，這才看到他，給他開藥打針。

等他從醫院出來的時候，律師已經辦妥了保釋手續，沒再進監獄轉一圈，直接從醫院到法庭，宣佈被保釋了。

所有人都到法庭來接他，大門外還有記者，他們以最快的速度保護舒熠離開，沒有接受採訪。一上車，舒熠就伸開手臂，將繁星緊緊摟在懷裡。

繁星的眼淚這才掉下來。

她本來不是愛哭的人，但是到美國來已經哭了好幾次了。每一次都是因爲心疼他，她摸索著他手背上的透明醫用膠帶，那是針孔，他瘦了許多，手背上都有了青筋突起，臉上也沒有了光澤，只有他的眼睛，還是明亮的，溫柔地注視著她。

高鵬非常識趣，都沒說給舒熠設宴洗塵這種話，倒是李經理不知道從唐人街還是哪裡尋到了一堆柚子葉，放在浴缸裡給舒熠洗澡去晦氣。

繁星幫舒熠訂了一個大套房，所有人將舒熠送到房間就走了，讓他自在地洗個澡，休息休息，先是監獄後是醫院，他一定很多天沒有放鬆休息過了。舒熠痛快地泡了個澡，然後隨手將那些柚子葉撈起來放在浴室的垃圾桶裡，他可不想鬧出堵塞浴缸下水道的事來。他穿上浴袍，一邊拿著浴巾擦乾頭髮，一邊往外走。

客廳裡有輕微的動靜，已經夜色初上，客廳裡只開了一盞落地燈，暈黃的光圈照著一個人，正是繁星。她彎腰將托盤放在餐桌上，長髮滑垂下來，遮住她半邊臉，她長長的睫毛被燈光照出濃密的陰影，然而她心情是愉悅的，不知爲什麼，舒熠就是知道。

他悄悄地走近她，拈起她的髮梢，吻了吻。因爲他動作很輕，繁星並沒有察覺，等他熾熱的嘴唇吻到她脖子的時候，她微笑著轉過臉來，在他微腫的嘴角上親了一下。「吃飯吧。」

很精緻的白粥，熬到米粒細糯已化，還有幾樣很清爽的小菜，也不知道她從哪裡弄來的。在監獄裡成天漢堡三明治，當然沒有這樣家常風味吃食。他其實很想馬上坐下來吃飯，然而他說：「等一下！」

他偷偷跑去拿了樣東西，出來就牽著她的手，繁星不解地看著他，直到他微笑著單膝跪下來。

「繁星，妳願意嫁給我嗎？」

他手中舉著一枚戒指，是他每天戴在尾指上的那一枚，黑色的，並不起眼。

他說：「這是我當年做出的第一枚陀螺儀，是我事業的全部開始，也是我人生很重要的一部分，它見證了我的過去，也提醒著我的未來，所以我將它做成了戒指，每天戴在自己的尾指上。現在，我希望將來的每一天，都和妳一起度過，所以，妳願意嗎？繁星，妳願意嗎？」

繁星幾乎不假思索，就點了點頭。

他將戒指戴在她的手指上，竟然剛好合她左手中指，如同天注定一般啊，這段因緣。

她看著自己指節上那枚樸素的戒指，眼淚這才掉下來。

舒熠吻去了她的眼淚，說：「別哭。」又說：「明天我們就去登記結婚，沒什麼能將我們分開。」

繁星哭得不能自已，她摟著舒熠的脖子，緊緊摟著，怎麼也不肯撒手。

之前所有的擔心和憂慮她一直裝作毫不在意，她是要殺死惡龍的女孩啊，持劍戰鬥吧，戰鬥吧，爲了自己愛的人。

到了這一刻，她才眞正怕了，她的盔甲，她的軟弱，都是他。所有的患得患失，也都是他。她沒有自己想像得那樣堅強。

舒熠伸手將她攬入懷中，其實他都明白，他輕吻她的耳廓，像哄著小嬰兒般，在她耳邊輕輕噓著，她放縱自己的眼淚洶湧。還有什麼比在愛人懷裡痛哭更加讓人肆意的事情？所有的軟弱都放下了，所有的堅強也都放下了，只有本眞的那個我，小小的，柔軟的，如剛剛初生的嬰兒，對這個世界完全沒有防備，因爲有人會用最堅強的臂膀擁抱住她。

所有的一切都重新開始了，所有的傷痛都被撫平了，所有的未得到，所有的已失去，都圓滿了。她不再缺失，從今後，她是一個完整的人，她得到了全新的世界，那個世界無所不有，那個世界溫柔包容，那個世界有她所希望的全部溫暖與光明，那個世界唯一的名字，叫愛情。

她不知哭了多久，直到最後舒熠用熱毛巾給她擦臉，她才不好意思起來。他眼睛亮晶晶地看著她。「戒指妳收下了，那我現在可以吻妳了嗎？」不等她說話，他又趕快補充一句：「我等好久了。」

像小孩子盼望吃冰淇淋，他目光灼灼地看著她。

她噗哧一聲，破涕爲笑，摟住他的脖子，獻上自己柔軟的唇。

沒有什麼比相愛更美好的事情了，當她疲倦而滿足地躺在舒熠懷裡時，她想，終於啊，這麼多年，她像一個疲憊的選手，一直跑一直跑，終於跑到了終點。她不再流浪，也不再孤單，她終於不是一個人了。

她可以把自己全部身心，都託付給另一個人。

舒熠說：「這是我有生以來，覺得最幸福的一個晚上。」

繁星說：「我也是。」

他吻了吻她的髮頂，將她摟得更緊。

從此以後，他和她都不再孤單了。

、

5 微光

高鵬很生氣，特別生氣。他生氣自己果然是自欺欺人。

本來繁星和參議員夫人談過之後，終於爭取到了探視機會，他是很高興的。雖然不能影響司法公正，但參議員可以在這種無傷大雅的事情上幫助他們，比如讓他們去探視舒熠什麼的。

結果繁星在探視時狂吻舒熠，他的心碎成了一萬八千片，片片粉碎。

出來上車之後，繁星那番話又讓他升起一線希望。

萬一這女孩只是士爲知己者死，拚命想要幫助老闆，知道舒熠對芒果過敏所以特意吻他，好讓舒熠可以成功被保釋呢？

他努力說服自己，畢竟舒熠給她期權呢，這是他話裡套話從宋決銘那兒打聽到的。因爲想挖繁星跳槽，所以他打聽了一下繁星的薪酬，得知期權他也很意外，舒熠眞是慷慨大方。

可是沒關係，反正他比舒熠有錢。而且舒熠的公司市值正在大幅縮水，這期權眼下就值幾百萬了，構不成什麼威脅。

他信心滿滿。

等到繁星通過他借了一個在紐約居住的朋友的廚房，做了清粥小菜特意給他送來的時候，高鵬信心更加爆棚了。

繁星送菜時只說感謝他這幾天幫了不少忙，但如果她不喜歡，能給自己做這麼好吃的食物嗎？這裡面滿滿都是愛啊！是愛啊！愛啊！

吃完清粥小菜，高鵬更感激了，挑了一瓶香檳，拿上樓，藉口說慶祝一下舒熠被保釋，順便打探一下繁星性格愛好什麼的，自己也好做下一步的打算。誰知道剛出電梯，就看著繁星端著托盤開門進了舒熠房間。

她竟然有舒熠的房卡！

高鵬本來很生氣，過了兩秒又冷靜下來。她是祕書嘛，替老闆訂房，有房卡正常。

可是繁星進了房間，久久沒有再出來。

高鵬說服自己，一定是等舒熠吃完，她好將托盤拿出來。自己正好裝作巧遇，可以跟她打個招呼，順便問問她明天有什麼安排，甚至可以隨機應變安排個約會，比如去中央公園走走什麼的。來美國這麼多天了，每天她都焦頭爛額替舒熠奔走，都還沒有像樣地觀光呢。

結果他在走廊裡滑了快一個小時手機，連德州撲克遊戲都玩了幾十盤了，她還沒有出來。

高鵬終於無法說服自己了。按門鈴這種事他可做不出來，只好氣沖沖回到房間，到了半夜十二點，他給她的房間打了個電話，並沒有人接。

高鵬頓時傷心了，這傷害是雙重的，加倍的！雖然他不明白爲什麼這傷害是雙重加倍，但舒熠太不夠意思了！繁星雖然並沒有接受他的追求，然而被甩得這麼慘他完全不能接受啊，他一個高富帥，要錢有錢，要人有人，哪點比不上舒熠？還有舒熠，他竟然跟小祕書相好，不告訴自己，一直瞞到了今天！

他傷心了，受到了一萬點傷害。

明月溝渠啊，明月溝渠。

他突然悟過來，小祕書不是不解風情啊，而是根本不接受自己的信號，她所有的頻道都給了舒熠。還有舒熠也太壞了，就是不跟自己說，想看自己出糗！

他憔悴失眠大半夜，喝了好幾杯威士忌，打越洋長途騷擾了宋決銘一番，這才倒在床上睡著。

愛誰誰，他不幹了！他明天就回中國！他要回到溫暖的家，療傷！

❀

高鵬是被門鈴聲吵醒的，他昨天晚上喝大了，半夜口渴喝了太多蘇打水，所以腫著眼皮爬起來開門。他一看床頭櫃顯示的時間才早晨九點，自己一定是忘記了掛「Do not disturb」牌子，他氣沖沖打開門，結果門外是舒熠。

舒熠神采奕奕，滿面春風，笑著對他說：「能不能請你幫個忙？」

高鵬更沒好氣了，然而又拉不下面子把門甩他臉上，只好問：「什麼忙？」

舒熠說：「我今天和繁星註冊結婚，能不能請你做見證人？你知道紐約州的法律，我們註冊得有一個見證人。」

高鵬差點就飆淚了，他對著舒熠咆哮：「你也太欺負人了！我……我對你這麼好，你竟然要跟別人結婚！！」

其實這句話是想對繁星說的，然而他不好意思啊，他一個大老爺，怎麼能糾纏一個不喜歡自己的女人呢？

舒熠被他這麼一吼，竟然也沒生氣，只是十分淡然地拍了拍他的肩，說：「別怕，結婚之後我們還是好朋友。」

「誰要跟你做好朋友！」高鵬怒不可遏，「我才不要跟你做好朋友！」

舒熠不知爲什麼，似乎十分瞭解他這種彆扭的心態，他很淡定地說：「起碼我找你做婚禮見證人，又沒找別人，這還不夠證明你是我最好的朋友嗎？」

高鵬說：「你敢找別人嗎？你還欠我保釋金五千萬！美金！」

舒熠雙手環臂。「那你到底來不來？黃世仁。」

高鵬悲痛萬分。黃世仁！黃世仁有這麼慘嗎？都要見證喜兒跟別人的婚禮了，他還算什麼黃世仁?!①

舒熠扔下句：「一個鐘頭後，市政廳等你。」就走了。

高鵬含淚回房間，開始洗臉刷牙，找自己的禮服。

北風那個吹，雪花那個飄，雪花那個飄飄，喜兒要結婚了，黃世仁還得穿禮服去證婚，這日子沒法過了！

沒法過了！

黃世仁決定在前往市政廳的路上給出致命一擊。

其實舒熠還是有點緊張的，他和繁星一起出發，在車上他問：「妳不會後悔吧？」

繁星挺生氣的。「昨天晚上我都說過了。你現在是我的人了，不許胡說八道！」

舒熠乖乖沉默了幾分鐘，過了一會兒，又遞上一本資料夾。

繁星問：「這是什麼？」

舒熠說：「授權書，如果……我是說如果啊，萬一我被判有罪，要坐很多年牢，做為我的妻子，妳就擁有我名下公司所有股份，有投票權和決策權，方便由妳來管理公司。」

繁星說：「我不會簽這東西的，你想把公司甩給我，自己在美國坐牢，沒門！」

舒熠說：「以防萬一……」

繁星說：「以防萬一你是不是還要寫個離婚協議書給我，萬一你要坐牢你是不是就不拖累我，自己默默地孤獨終老？」

舒熠趕快說：「不會不會，我又不傻！我有妳，我爲什麼要孤獨終老？我好不容易遇到妳！我就是表忠心而已。我的錢就是妳的錢，我的公司就是妳的公司，就算坐牢妳也會等我的，妳昨天說過了。我萬分之一萬地相信妳！」

繁星明眸一睞，瞟了他一眼。「那可說不好，畢竟你上次跟別人求婚，可是包了海邊的大別墅。」

---

①出自《白毛女》故事，黃世仁為惡霸地主，喜兒為佃農之女，因父親向黃世仁借高利貸不能還，地主強迫其將女兒賣給他。

舒熠連忙解釋：「昨天我求婚的地方是市中心的五星級酒店，能看到中央公園，也不差。」

「你向別人求婚的時候穿得衣冠楚楚，昨天你向我求婚的時候只穿著浴袍。」

舒熠怪委屈的。「妳不是誇我穿浴袍最帥嗎？原來妳是騙我！」

繁星戳了戳他的臉。「反正你已經求過婚了，我也答應了，你別想反悔，也別想跑。哪怕你要坐一輩子牢，我也嫁定你了！」

舒熠超級感動地親她，正在這時候，電話十分不湊巧地響了，是氣勢洶洶的「黃世仁」來電。

舒熠拿起手機看了看，只好接了。

結果「黃世仁」就在電話裡放了一段「女駙馬」給舒熠聽。

舒熠聽出是繁星的聲音。那天宴會上有人錄下來，發給了高鵬，高鵬收到後一直私藏著，時不時拿出來看一看、聽一聽、樂一樂，現在沒必要私藏啦。

他把繁星在宴會上唱「女駙馬」的事情原原本本告訴舒熠，然後說：「對你這麼好的女孩，拚了命想盡辦法來救你的女孩，我告訴你，本來我想好好照顧這女孩一輩子的，現在算你識貨搶了先，你要是將來敢對她不好，我跟你沒完！」

舒熠沉默了好久，說：「放心吧，兄弟。」

高鵬很傲嬌地說：「我才不要跟你做兄弟呢。記住，你還欠我五千萬，我是黃世仁你是喜兒！」

高鵬把電話掛斷了，繁星問舒熠：「高鵬打電話來幹嘛？」

舒熠沒有回答，只是立刻撥回去，高鵬一接電話，舒熠就說：「記得發我信箱啊。」

高鵬莫名其妙。「什麼？」

舒熠說：「我老婆唱的『女駙馬』。」

高鵬氣得都淚光閃閃了。「現在她還不是你老婆呢，就不發給你，有本事你咬我啊！」氣呼呼地再次把電話掛斷了。

繁星反倒不好意思起來。「那……什麼……『女駙馬』？」

舒熠深深地吻她，吻到她喘不過氣來，他才抵著她的額頭，說：「我愛妳。」

繁星有點嬌羞地瞥了他一眼，「你不會眞要他把那段影片發過來給你看吧？」

舒熠說：「我又不傻，妳晚上可以唱給我一個人聽啊，我幹嘛非要那段影片？」

他將繁星摟進懷裡，心想今天晚上洞房花燭夜太忙了沒時間，等明天就駭高鵬的筆電，先把影片拷貝過來，然後就把高鵬筆電裡的原始檔案刪個片甲不留。

自己老婆唱的戲，憑什麼留在高鵬筆電裡！

舒熠就這麼愉快地決定了。

❁

註冊非常簡單，本來要預約並多等一天，但舒熠找紐約的朋友幫忙，當天就給他們排上了。

繁星臨時買了條白色的裙子充當婚紗，舒熠倒是黑色禮服領結一應俱全，因爲他帶來的行李裡有禮服，正好派上用場。

馮總與李經理觀禮，高鵬做見證人。其實就是出示護照，註冊，宣誓，簽字，然後市政廳的工作人員就宣佈他們婚姻締結有效。舒熠深深地親吻繁星，李經理他們興奮得不得了，一直在旁邊鼓掌。

舒熠給繁星買了一束小小的花束做捧花，走出市政廳的時候，路人都含笑注視著他們，他們倆喜氣洋洋，一看就是剛剛結婚。繁星站在市政廳門前，背對著人行道，向後扔那束小小的捧花。

一個路過的女孩接到了，大喜過望，上前來親吻繁星，說了一大堆祝福的話，更多路人圍觀鼓掌，恭喜新人，還有一位老太太特意上前，親吻繁星的臉頰，又與舒熠握手，恭喜他們倆。

陌生人的祝福讓繁星感動滿滿。

她分別打電話給父母，告訴他們自己跟舒熠在美國註冊結婚。

親媽的反應竟然比繁星想的要淡定太多，她說：「就那個普林斯頓？不錯啊，長得帥，人也聰明，媽媽我當時就看好他！這下好了，將來我的外孫一定是常春藤！」

繁星笑嘻嘻地沒有多說什麼，更沒講舒熠眼下面臨牢獄之災，僅僅只是被保釋，每隔一段時間要定期向法庭報到，暫時也不能離開美國。但今天是好日子，她什麼都不想，也不打算說什麼，而親媽除了要求回家鄉辦一場盛大的婚宴之外，倒也沒說別的。

繁星給自己爸爸打電話，卻是龔姨接的。她一聽說就連連恭喜，然後告訴繁星，前兩天她爸剛動完手術，醫生說結果很好，再住院幾天就可以出院回家了。

繁星挺意外，她以爲龔姨和老爸還在北京遊玩呢，這幾天她爲了舒熠都忙昏了頭，打過兩次電話龔姨說一切都好，她就沒細問。龔姨說：「別怨我們沒告訴妳，是妳爸不讓告訴妳的，怕妳在外頭還擔心他做手術的事。我也贊成不說，妳看，現在不好好的！都已經要出院了。」

繁星跟病床上的爸爸視訊，他果然精神不錯，看到舒熠還連連揮手。

龔姨在旁邊嗔怪：「都不知道恭喜下女兒女婿，他們今天登記呢！」

在老家的傳統思想裡，登記結婚固然是大事，然而沒有婚禮隆重，只有辦婚禮才是眞正的結婚。所以龔姨喜得不得了，叮囑繁星和舒熠安排好時間回老家辦婚宴，自己要跟繁星媽好好商量，一定給他們一個最盛大的婚禮，席開五十八桌……不，八十八桌！

繁星很感動。長輩們的思想傳統，認爲這就是對她和舒熠最好的祝福了，這也很好，她眞的很幸福，非常幸福。

舒熠訂了一家米其林餐廳當作婚宴，答謝高鵬和馮總還有李經理。高鵬做完見證人，已經破罐子破摔了，完全不覺得傷心，去米其林餐廳的路上得意洋洋給宋決銘打電話。「你看，你在他身邊這麼多年，但他結婚的時候，還是找我做見證人！」

宋決銘早些時候已經接到舒熠的電話，祝福過舒熠和繁星了，此時此刻他正跟韓國人撕扯得天昏地暗，冷笑著說：「要不是我人在國內，輪得到你嗎？」

高鵬笑嘻嘻地說：「你在美國他也會選我的，今天早上他對我說，邀請我當見證人，是因爲我是他最好的朋友。」

宋決銘壓根不理睬他這種幼稚的炫耀，說：「行啊，那我結婚的時候也找你做見證人。滿足你！最好的朋友！」

高鵬「哼」了一聲，說：「你想請我做見證人，我還要考慮考慮呢！再說了，你一個三十多歲的光棍，女朋友都沒有，結婚？猴年馬月的事了！」

宋決銘不搭理他。「我還要跟韓國人開會呢，掛了掛了！」

高鵬都還沒有炫耀完，就被宋決銘強行中止，特別不爽，所以在米其林餐廳的婚宴上，一個人喝了一瓶羅曼尼．康帝紅酒，還對著新娘子莊嚴宣佈：「繁星，我是妳永遠的娘家人，要是舒熠敢對妳不好，找我！我一定替妳揍他！」

繁星笑咪咪還沒說話，舒熠已經說：「我不會對她不好，我要敢對她不好，歡迎你隨時來揍我。」

高鵬酸溜溜地說：「我會鍛煉身體，時刻準備著。」

❀

高鵬喝了太多酒，兼之前一天睡眠不好，所以第二天昏睡到中午才醒。醒來後洗了個澡，開始收發郵件，連上國內的ＯＡ系統開始辦公。但用著電腦，他總覺得哪裡不對。

他看了看桌面，沒什麼不對的地方，再翻看一下檔案，也沒什麼不對的地方。

等他把ＯＡ系統的公文全部處理完，他突然恍然大悟，衝進某資料夾一看——小祕書的「女駙馬」影片被刪掉了！

刪得乾淨俐落，硬碟都被覆蓋了好幾遍，再也找不回來。

高鵬氣急敗壞，打電話給舒熠：「你昨天還說我是兄弟！」

舒熠正懶洋洋餵繁星吃牛排，新婚燕爾心情甚好，就不跟他計較，只說：「是啊，沒錯。」

「你駭進我電腦！」

舒熠說：「我發誓眞沒有，我就把我老婆的『女駙馬』刪了。」

高鵬：「你再這樣我就駭你電腦把你那份給刪了！」

舒熠說：「隨便，只要你能。」

高鵬氣壞了。仗著自己防火牆高大威猛，仗著自己技術過人，就這樣欺負人！

高鵬把電話掛了，繁星卻炸毛了。

「你昨天說你不看的，還哄我昨天晚上給你唱。」

舒熠趕快端過自己的筆電。「老婆妳看，沒有！眞沒有！我只是刪了他的檔，自己沒有下載。」

繁星翻了翻，眞沒看見，半信半疑，兼之舒熠又花樣百出轉移她注意力，也就作罷了。

舒熠鬆了口氣，特別想給友商點讚。XX雲端服務，誰用誰知道！想瞞著老婆藏起任何檔，都可以。

繁星陪著舒熠去向法庭報備，每隔一段時間他都要去趟法庭，以證明自己沒有棄保逃走。繁星按照中國傳統，專程從唐人街買了兩包喜糖帶去法庭，送給法官，法官聽說她和舒熠已經註冊結婚，不由得大爲詫異。

繁星說：「我相信他是無辜的。」

法官很愼重地說：「希望陪審團也相信。」

從法庭出來，舒熠帶她去了帝國大廈。晚霞漫天，遊客熙熙攘攘，有不少情侶在頂層接吻。

舒熠告訴繁星：「我還在念大學的時候，喜歡一部很老的片子『西雅圖夜未眠』，所以一直覺得帝國大廈樓頂是個很浪漫的地方。我想過，如果有了愛人，一定要帶她來這裡，俯瞰整個城市，看最美的日落。」他稍微頓了頓，又說：「後來很長很長一段時間，我都以爲自己找不到了，或許會像金剛一樣，獨自蹲在帝國大廈的樓頂……」

繁星含笑看著他。

太陽一分一分落下，夜幕初升，不遠處的樓群開始亮燈，遊客如織，很多人拿著相機、手機，拍攝這繁華的都市。

他握住了她的手，慢慢地舉起。他引導著她的手，在半空中書寫，他的動作很慢，第一個動作畫出的字母是「I」，第二個動作，他握著她的手畫了一個心形，第三個字母，他握著她的手慢慢在半空畫出「U」。

然後，他輕輕舉著她的手，停在半空中，繁星眨了眨眼，不明白他在做什麼。

突然之間，眼前的燈海就變了，一幢接一幢摩天大樓亮起燈柱，每一幢樓本身是巨大的燈幕廣告，現在變成了一句中文：我愛妳！

時代廣場所有的看板全部變換畫面，每個看板都變成了一句話，路人紛紛停下腳步。

我愛妳！I love you！Ich liebe dich！Eu amo-te！

Ik hou van jou！S'agapo！Szeretlek！Mina armastan sind！

Min rakastan sinua！Tave myliu！Te sakam！Miluji te！Ani ohev otach！Jag lskar dig！……

所有膚色、所有族裔的路人都不由得停下匆匆的腳步，看著那五光十色、各種語言的電子看板。有人吹口哨，有人爲這浪漫而壯觀的場景鼓掌叫好，有人認爲這是一場聲勢浩大的搞怪節目，左顧右盼尋找攝影鏡頭在哪裡，有情侶忘情地接吻，有人摟緊了身邊的愛人。

帝國大廈頂層的所有遊客也紛紛在驚呼拍照，有中國情侶一起手指比心，圈著不遠處大樓身上那巨大的燈光字幕。中文的「我愛妳」，這一定是個中國人大膽而浪漫的告白吧。

繁星被這浪漫的一幕驚呆了，舒熠親吻她，額頭抵住她的額頭，鼻尖抵住她的鼻尖，說：「很多年前，我在這枚戒指裡設了一個程式。當陀螺儀感應到定位是帝國大廈樓頂，並且完成剛剛那三個手勢時，會自動給衛星發射信號。衛星和帝國大廈以及附近所有的摩天大樓，還有時代廣場的電子看板都簽有合約，一旦感應到信號，就會自動播放一則訊息，就是剛才那些。」

他說：「我愛妳。雖然當初我設定這個程式的時候，還不知道妳是誰，也不知道妳說什麼語言、用什麼名字，是因爲什麼樣的因緣來到我身邊。我愛妳，這是世上最重要的事情，也是我給妳的，最鄭重的承諾。」

繁星說不出話來，只能輕輕吻一吻他。

他在她耳邊說：「謝謝妳爲我唱『女駙馬』，謝謝妳爲我做的一切。」

遊客手中的相機、手機閃光燈不斷閃爍，組成燦爛而美麗的星河，所有人都在拍攝摩天大樓浪漫的燈幕告白，無人留意在角落裡，有一對相愛的人正在深深接吻。

也有人看到了，但此時此刻，帝國大廈有好多對情侶沉浸在熱吻中，愛情這麼美好，告白如此浪漫，良辰美景，即使是路人也在微笑，感受這幸福的甜甜滋味。

帝國大廈頂層不再有孤獨的金剛，而是一對對有情人。

這一轟動創舉立刻上了有線電視網的即時新聞，推特與臉書上也全部是相關的消息，很多人紛紛與這一壯觀景象合影，大家議論紛紛，迅速成爲了熱點。連萬里之外的中國，也開始在朋友圈和微博上出現相關消息，因爲那些摩天大樓的光幕都是中文，留學生和華僑拍到的畫面被轉發。

然而始作俑者，已經看完此生最重要的風景，高興地手牽著手，搭乘電梯下樓了。

回酒店的途中繁星甚至餓了，於是舒熠跑進速食店，給她買了一個熱狗。美國的熱狗巨大，她吃不完，分一半給舒熠，隔著窗子都可以看見速食店的電視正在播放剛剛那浪漫的一幕，她調皮地將熱狗當作話筒伸到他嘴邊。「現在我們來採訪一下當事人，請問，你現在是什麼感受？」

舒熠淡定地說：「深藏功與名。」

繁星樂得哈哈大笑。

全世界都不知道他們做了什麼，除了高鵬。

他看到新聞的第一反應就是給舒熠打電話。「你是怎麼做到的？」

舒熠說：「什麼？」

「有錢帶著老婆玩浪漫，不還我錢嗎？」「黃世仁」如凶神惡煞，「五千萬！美金！」

舒熠說：「你怎麼知道是我？」

高鵬「哼」了一聲，說：「知己知彼，你不是我對手嗎？我能不知道你？」

舒熠說：「這是很久之前設計的小程式了，其實挺簡單的。」

高鵬開始耍無賴。「我不管，反正將來我求婚的時候，你也要幫我搞這樣的場面，不然你就還錢，現在，立刻！」

舒熠說：「五千萬美金我真辦不到，現在看板和衛星租金都漲了好幾倍，不如你再追加點預算？」

高鵬還沒有失去理智，說：「那等我找到那個女孩再說！」

舒熠提醒：「過幾年租金又漲價了，早訂早划算啊！」

高鵬氣得眼圈都紅了。太過分了！就欺負他現在仍是單身狗一條，連個目標都沒有，萬一……萬一隔了十幾二十年他才找到那個人怎麼辦？豈不被舒熠笑掉大牙！

高鵬決定回國就相親，老頭子曾經誇讚的名門閨秀都去看一看，老媽安排的那些女孩他都去瞧一瞧，說不定能有對上眼的呢！

他就不信那個邪了。

趁著舒熠暫時沒有五千萬美金還給他，他要搞定這個事，到時候就拿這個抵保釋金了，不夠的預算叫舒熠自己貼補。

反正我是黃世仁。高鵬惡狠狠地想。

舒熠當然不知道「黃世仁」下了這樣的決心。第二天一早吃過早餐，舒熠就換上了規規矩矩的黑色西裝，打算帶繁星去另一個很特別的地方。

繁星也換了條素色裙子，她特意早起去花店，買了一束潔白芬芳的花朵。

他們要去凱文・安德森的墓地。

墓園非常大，因為是高級墓園，維護得很好。道路兩側並列著綠傘般的高大樹木，放眼望去是一片如茵的草地，疏疏朗朗排列著許多墓碑。昨天晚上下過雨，所以空氣濕潤，偶爾還可以看見一兩隻松鼠從樹上跳到草地裡，踩碎草葉尖上無數晶瑩的露珠，這裡就像公園，只是比普通公園更寂靜。

舒熠帶著繁星找了很久，才找到那塊嶄新的黑色大理石墓碑。平放在綠色草地上的大理石簡單鐫刻著凱文・安德森的名字、他創立公司的徽章、他的生卒日期，還有一張微笑的半身照片。墓碑上和四周挨挨擠擠擺放著許多花束，想必是葬禮當天親友獻上的，已經凋零枯萎。

舒熠沉默地站立許久。

繁星蹲下來，將手中那束潔白芬芳的花朵，端端正正放在墓碑前。

舒熠當時第一時間趕到美國，除了調查導致事故的技術原因，另一個更重要的就是希望趕來參加凱文・安德森的葬禮。他與凱文亦師亦友，所以，對於凱文的離世他非常非常難過。

然而員警將他從酒店帶走，他未能出席凱文的葬禮。

舒熠蹲下來，掏出手帕仔細拭去大理石墓碑上的灰塵。

他看著墓碑上好友的照片，一時說不出話。

繁星輕輕牽住他的手。

舒熠說：「當年是他對我說，舒，你要嘗試，你要不斷嘗試，不經過一萬次，甚至十萬次、一百萬次的嘗試，你永遠不知道光芒會在哪裡。」

繁星無法勸慰他，默默握著他的手指。

舒熠說：「他常常去大學演講，在矽谷，在東部，對所有創業者演講，鼓勵一無所有的我們堅持下去。他說科技是漫長黑夜裡最微小的光芒，你要學會捕捉它，一旦捉到它，你會發現自己擁有整個星空。他說你不要因爲看不到它，就認爲這光芒不存在，它就像原子一樣，永遠存在，只是，你需要通過一台原子放大鏡去看到它，所以，不斷地嘗試，不斷尋找看到它的途徑，不斷尋找適合自己的那台放大鏡。挑戰更新更好的科技，是人類進步的唯一動力，也是唯一的原因。

「當年他是我的第一個客戶，我租了一間超破的車庫做實驗室，忐忑不安地把第一批樣品寄給了他，他親自打電話給我，約我去他的辦公室面談，然後開了一張五萬美金的支票給我。從那時開始，我才眞正下定決心，也才有信心，覺得自己可以做一些事情，我可以開一家公司，爲科技的進步做出自己微小的貢獻。」

他的語氣裡有淡淡的惆悵和遺憾，那是一段繁星全然陌生的時光。在那個時候，她還沒有認識他。他初出茅廬，還有青澀和迷茫，是那個人照看了他，是他給了他走出第一步的力量，所以，他才會這麼難過。她知道他只是需要傾訴，說給長眠于此的好友和師長聽，說給自己聽，說給她聽，說給這墓園四周如茵的綠草、巨大的樹木聽。

風吹過，遠處樹上的枝葉傳來沙沙的響聲。

他再度沉默。這些話本來他是打算在葬禮上說的，在美國的葬禮，每一位親友都可以在葬禮上發言，說一段和逝者有關的話，有人會笑著說，有人會哭著說，有人會笑著笑著哭了，有人會哭著哭著笑了。那是一段緣分的終結，也是另外一種緣分的開始，因爲逝者已經在另一個世界，他從此活在所有親友的心裡。

只是，舒熠是眞的很難過，這種難過其實無法用言語去表達萬分之一。在監獄裡的時候，他想過很多，但錯過葬禮，是他最大的遺憾之一。

他和她手牽著手，長久佇立在那方大理石墓碑前。

他將她帶到這裡，一起來見自己最尊重的朋友和師長。這位朋友和師長或許已經沒辦法見證自己和繁星的婚禮，但是舒熠希望他能夠知道，自己找到了可以相伴終生的那個人。

從墓園回酒店的路上，舒熠接到了高鵬的電話，高鵬的聲音在電話裡竟然有幾分低沉。他說：「剛才老頭子的祕書打電話給我，說老頭子的體檢報告有點問題。」

舒熠猛然吃了一驚，問：「要不要緊？」

「還不知道，祕書說得挺含糊的。」高鵬故作瀟脫地說：「我估計沒事，你看老頭子成天亂蹦亂跳，打網球還能贏我，這把年紀了還喜歡跟美女吃飯，賊心色心俱全，說不定能禍害一千年。」

舒熠說：「你還是趕快回去吧。」留下半句話他沒說，祕書既然特意打電話來，說明並不是小事。雖然高鵬成天冷嘲熱諷，口口聲聲稱自己親爸爲「老頭子」，但其實也是讓老頭子溺愛了這麼多年，不說別的，沒有親爸慣著，哪能養出他這種既驕且狂的性子。

高鵬說：「嗯，過會兒就走。」

舒熠說：「多保重。」

高鵬說：「你也是。」

男人之間的對話，有時候不用多說什麼，舒熠雖然欠著他五千萬美金，但一個「謝」字都沒說。他心裡清楚高家那也是一個巨大的亂攤子，高鵬的父親高遠山當然不是尋常人，方才能壓得住場面，連舒熠都隱約聽說過高鵬幾個叔叔都在董事會有一席之地，可見不是吃素的。眞要是高遠山健康出了問題，高鵬雖然是他的繼承人，但這權力讓渡不見得能風平浪靜。舒熠決定盡快調齊款項，把高鵬借他的保釋金還上，五千萬美金折合好幾億人民幣，風口浪尖，他不能給高鵬留個把柄讓人抓。

繁星並不清楚高鵬的家世，聽舒熠寥寥描述了幾句，知道那才是眞正的豪門恩怨，錯綜複雜，一言難盡。他們回酒店都沒來得及給高鵬送行，高鵬已匆匆退了房，去機場直接搭灣流回國了。

繁星約愛倫吃飯，感謝她在輿論戰中做出的貢獻。愛倫爽快地答應了，約在紐約一家頗有名氣的時尚餐廳，愛倫挺開心的。「這家位子超不好訂，你們有心了。」

繁星說：「一碼歸一碼，我們先在美國吃，聚寶源之約還是算數的。」

愛倫哈哈笑。

她帶了一束粉色鬱金香送給繁星，繁星既驚且喜，連聲道謝。

愛倫很大方地說：「路過花店，看到這束花，覺得很配妳，所以就買了。」得知繁星和舒熠已經註冊結婚，愛倫一點也不意外，只是有一抹笑意從眼睛裡透出來，先連聲恭喜，才說：「其實，我早看出來了。」

繁星不由得問：「爲什麼？」

愛倫說：「愛和貧窮、咳嗽，是最無法掩飾的三件事情。妳提到他的名字時，眼睛裡有光。」

繁星挺喜歡愛倫這種直截了當的個性，一方面有北京大妞的爽朗，一方面又是紐約客的時髦與傲嬌。講到一些好玩的人和事來眉飛色舞，妙趣橫生，這一頓飯吃得特別愉快。舒熠挺有風度，全程十分照顧兩位女士，還把繁星吃不掉的一半牛排都收拾了。

正聊得開心，突然一個人走過來跟愛倫打招呼，是個高大英俊的外國男子，與愛倫擁抱貼面，顯得熟悉而親密。愛倫將他介紹給舒熠和繁星，原來他叫戴夫，服務於某著名的私募基金。戴夫與舒熠握手，跟繁星握手時，他俏皮地對女士行了吻手禮，十分恭維繁星的美貌，讚賞她的黑眼睛和黑髮眞是美麗。繁星知道對老外而言，這種熱情的恭維只是一種社交禮儀，所以只是含笑說謝謝。沒一會兒，戴夫的朋友就來了，他回到了自己的座位上。

跟愛倫的這頓晚飯吃得很愉快，回酒店後舒熠先去洗澡，繁星卻接到愛倫的電話。繁星有點意外，因爲已經挺晚的了，愛倫特意打電話來，一定是有事。

果然，愛倫告訴她說，戴夫不僅和她是朋友，甚至是她的一個愛慕者，所以晚餐後，他約了她去酒吧喝一杯，愛倫婉拒了，於是戴夫就殷勤地開車送她回家。

在路上，兩個人閒聊了一下，雖然晚餐的時候介紹過，但中文名字的翻譯對美國人戴夫來說沒那麼好懂，當他得知舒熠就是做陀螺儀的 Shu Yi 時，他大吃一驚。

愛倫說，戴夫的驚訝非常令她詫異，雖然他什麼也沒說，並迅速轉移了話題，但她總覺得哪裡不對，所以特意打電話給繁星。

她強調說：「戴夫有很多大客戶，非常大，他服務的基金業務主要側重于亞洲……」她斟酌了一下，說：「其中應該還有和你們是同行的公司。」

都是聰明人，話只需點到即止，繁星只轉了個彎，就明白她的意思，連聲道謝。

愛倫說：「不用謝，希望你們好運。」

掛斷電話後，繁星思考了幾秒，使勁晃了一下頭，尋找可能有的關聯，一個最不可能的情況突然跳進她的腦海。她打開電腦，開始著手蒐集整理資料。舒熠洗完澡出來後，發現她盤膝坐在沙發上，對著幾張圖表發呆，舒熠看了看，正是公司最近的股票牌價和成交量。他不由得開了個玩笑：「怎麼啦？舒太太，別擔心，公司股票已經止跌回升了。」

繁星不作聲，她將投影機通過無線網路接入電腦，直接投射在粉白的牆上，一張張圖表，全是最近的股票資料。

舒熠最開始有點困惑，等她一幀一幀播放，每個重點資料都被她用觸控筆標注紅圈，等播放過大半，他終於明白過來，驀地睜大了眼睛看著繁星。

繁星解釋說：「我的畢業論文，寫的是關於森迪銀行的收購案。」

那是一家著名的歐洲老字號銀行，沒有倒在二〇〇八年的金融風暴裡，卻在收購案中黯然收場。那場惡意收購戰非常具有教學參考價值，老師曾經敲著投影螢幕上的講義說：「嗜血的資本，同學們，這就是嗜血的資本，像鯊魚圍剿龐大的藍鯨！聞到一點血腥味就追逐而來，資本就是這樣，逐利而生，逐利而至，只要讓它們聞到一點點金錢的味道，它們就不死不休！」

因爲老師的這番話，所以繁星對那堂課印象深刻，畢業論文也自然而然選擇了這個方向。只不過做夢也沒想過，畢業幾年後，竟然遇上類似的實戰，她越看資料越心驚肉跳，越分析就越篤定這中間是有問題的。

舒熠匆匆抱了抱繁星，不知道她從哪裡得到的靈感，突然關注到公司股票的異動。他開始打電話，和公司董事會祕書溝通，分析最近的資料，大約一個鐘頭後，確認公司股票確實存在異常，有不明資金在大量暗中收購，方式和手法都非常巧妙隱蔽，但最近公司忙著各種事情，所以才沒有注意。

舒熠通過視訊召開了好幾個緊急會議，雖然是美國東部時間的深夜，但正好是北京時間的上午，跟國內聯繫倒是很方便。繁星毫無睡意，舒熠更是沉著冷靜。這種緊急會議比業務會議沉悶，氣氛嚴峻得像大戰來臨，他們也確實面臨一場沒有硝煙的戰爭。

而且，形勢非常不容樂觀。

等會議結束，已經是紐約的清晨。繁星做了嚴密的資料分析和情況小結論，像大學做功課那樣，把電子檔案給舒熠看，舒熠卻伸手環抱住她，兩個人靜靜地、輕輕地擁抱了一會兒，貪戀對方身上那股溫暖。

她把頭埋在他胸口，他說話的聲音嗡嗡的，像有迴響。

他說的是：「妳放心。」

她其實沒有什麼不放心的，選擇他，就選擇在任何狀況下要與他並肩戰鬥。

如果要翻越高山，那就翻越吧；如果要蹚過河流，那就蹚吧；如果要殺死惡龍，那就拔劍吧。

她早就做出了自己的選擇。

情況比預想的更糟，一旦留意到股票的異動，其實有千絲萬縷的蛛絲馬跡可以尋查。大量收購的那兩家基金背景都不單純，基本可以判斷這不是一次狙擊，而是惡意收購。

公司盈利狀況良好，擁有多項國際專利，最重要的是，公司在細分市場領域的地位非常非常重要，如果大公司想要完善自己的產業鏈，或想在這個行業佔據有利地位，收購是最簡單粗暴的做法。

而舒熠官司纏身，讓反收購應對更加棘手。首先，他不能離開美國，無法返回國內獲取資金支援，而如果他真的被判有罪入獄，公司會立刻失去控制。

繁星強制讓舒熠睡一會兒，她自己也吃了顆褪黑激素躺下，既然這是一場持久戰，那麼養精蓄銳很重要。但只睡了差不多兩個鐘頭，宋決銘打電話來告訴舒熠另一個壞消息：「韓國人剛剛在首爾召開記者會，宣佈手機故障的主要原因是陀螺儀。」

舒熠脫口道：「他們是故意的。」

宋決銘說：「對！他們是故意的。這幫孫子，這麼多天早拿定了主意，就假模假樣跟我在蘇州實驗室各種討論，冷不丁瞞著我們在首爾召開記者會，這是存心要把黑鍋讓我們背，我咽不下這口氣！你等著，看我用萬次實驗資料打他們的臉！不就是開記者會嗎？我們也開！而且就在記者會上列資料，看他們有什麼好說的！」

宋決銘氣得破口大罵，舒熠倒十分冷靜，說：「他們既然敢開記者會，起碼表面上不會留破綻讓我們找到證據，估計後期不肯再配合我們做萬次實驗。」

宋決銘說：「那我找高鵬去，都是一條線上的蚱蜢，這事他可不能袖手旁觀。」

「高鵬家裡出了點事情，他得集中精力處理一下。」

宋決銘挺意外的，但也沒問什麼，他和舒熠討論了一會兒，決心盡快做萬次實驗，看問題到底出在哪裡，只有證據才能洗刷冤屈。

形勢當然非常不利。記者會的召開幾乎讓新聞界炸鍋，整個業界更是風聲鶴唳，韓國公司已經宣佈召回全球所有涉及的手機產品，媒體對這一系列風波都有報導。韓國公司總裁鞠躬道歉的照片和影片出現在所有報紙和網路媒體的頭條。做爲主要責任人，舒熠公司的股票再次應聲狂跌，因爲納斯達克沒有跌停板，所以成交量仍舊異常驚人的高。

輿論如此不利的情況下迎來了第一次庭審。舒熠這邊有強大的律師團，檢方也擺出了特別強悍的陣容。雙方抗辯數個小時，唇槍舌劍，休庭的時候很多記者等在門外，舒熠和繁星幾乎是被律師們拉著突圍，上車後，隔著車窗閃光燈還在猛閃，司機一腳踩大油門才成功擺脫。

在這四面楚歌、烽火連天的情況下，舒熠也沒太表現出慌亂，只是繁星半夜醒來，看到他獨自站在露台上，似乎在看夜景。

繁星起床，拿了件外套，輕手輕腳走上露台，披在他身上。

舒熠沒回頭，只是反手握住了她的手。

繁星將臉埋在他背上，蹭了蹭。

舒熠微笑著轉過身來，環抱住她。

舒熠說：「有時候覺得，自己運氣太好了。」

繁星說：「所有的一切，都是有因有果，如果運氣好，說明之前付諸了很多努力。」

舒熠說：「但有些事情，不是努力就可以達到的。」他稍微頓了頓，「如果說，念書，創業，做事業，這些都是很大程度上努力付出就有回報，可是遇見妳，不是努力就可以達到的，這僅僅只需要運氣。」

繁星踮起腳，捏了捏他的耳垂，說：「確實是運氣，多謝當年你沒把我的履歷扔進垃圾桶裡。」

舒熠摟著她，兩個人一起看城市燈火。縱然夜深人靜，仍然燈海如星，遠處道路上流動如光束的，是蜿蜒的車燈河流。

夜風吹得她鬢髮拂動，舒熠將她抱得更緊，用大衣將她整個人裹起來，兩個人像兩個豆子，親親密密地擠在豆莢裡，安穩而舒適。

他說話的聲音很近，她因爲貼在他胸口，能感覺他胸腔的震動。他說：「如果我一無所有……」

繁星說：「你不會一無所有，即使你什麼都沒有了，你還有我。」

舒熠笑起來，繁星說：「我知道公司對你很重要，但你對我很重要，你不要想像什麼一無所有，所以要離開我。這不可能，我認識的舒熠也不是這樣子，哪怕眞的一無所有，他也會從頭再來，努力做到什麼都有。」

舒熠點了點她的鼻尖，寵溺地說：「那現在妳要什麼？」

繁星乾脆地說：「回房間，陪我睡覺。」

舒熠哈哈大笑，將她打橫抱起，吻了吻她被夜風吹得微涼的臉。「遵命！」

雖然繁星積極而樂觀，其實內心也有隱忍的焦慮。只不過她知道，舒熠壓力已經很大了，自己得表現得更從容一點，不要讓他覺得她太在意。

❀

馮越山和李經理已經暫時回國處理業務。繁星和舒熠商量了一下，目前看來美國的官司是個持久戰，長期住在酒店也不是辦法，索性在酒店附近租了公寓。

繁星辦這種事情最利索，連看房帶下訂金只用了幾小時。美國的公寓都是拎包就可入住，她稍微挪動了一下家具，添了些零碎日用品，又買了一些鮮花插瓶放在屋子裡，就收拾得很像個家了。舒熠也沒閒著，除了做爲主要勞力在繁星的指揮下挪家具，他還租了輛車，載著繁星去超市採購，兩個人這才有點居家過日子的氛圍。雖然官司如火如荼，雖然收購戰一觸即發，但戰地黃花分外香，這點家常瑣碎夾雜在各種會議、討論、開庭裡，顯得彌足珍貴。

搬家沒幾天，舒熠接到一個電話，是多年前在美國的室友江徐。江徐目前住在美國西岸，當年他曾經投資了一筆錢給舒熠做啓動資金，算是早期合夥人，所以在公司持有一定比例的股票。只是他在幾輪融資中逐步將股權套現，成功上市後他又套現了一筆，現在只是公司的一名小股東，持股部分並不多。

或許是看到了新聞，江徐特意打電話給舒熠，舒熠挺高興，因爲自己無法離開紐約，所以邀請江徐過來紐約聚聚，沒想到江徐一口答應了。

舒熠與江徐的關係其實有點微妙，因爲當年本來是三個人一同創業，江徐拿了大公司的錄取信後，希望出售專利套現走人，舒熠和宋決銘被迫湊了很多錢把他名下的股份買下絕大部分，才避免公司在創業初期的分裂。

但無論如何，老朋友肯在這種關頭來見自己，舒熠還是很高興。

江徐其實是帶著顧慮來的，沒想到舒熠親自開車去機場接他，回到公寓按門鈴，繁星滿面笑容地來開門。公寓不大，但明淨敞亮，客廳偌大的落地窗能看到遠處中央公園那一片鬱鬱蔥蔥的綠。繁星做了四菜一湯待客，也就是家常菜，但因爲江徐是西北人，所以繁星問過舒熠後，特意做了蔥爆羊肉和臊子面。江徐娶了位南方太太，多年不吃家鄉味，非常感慨，特別感謝繁星和舒熠的用心招待。

舒熠說：「原來咱們租房子住一塊兒的時候，你總唸叨想吃家裡做的蔥爆羊肉，那時候咱們窮，唐人街也是廣東菜居多，你說等有了錢，要在唐人街開家西北菜館子。」

說起當年的事，兩個人不是不感慨。繁星切了兩碗餐後水果給他們，這才說：「你們聊，我開車去唐人街買點子薑，回來做泡菜。」

繁星是有意把空間讓給他們的，時隔多年不見的老朋友來了，總有很多話要聊，她沒必要參與太多。她走後，舒熠拿了瓶威士忌，給江徐倒上一杯，江徐才說：「你娶了位好太太。」

舒熠只是笑了笑。當年拆夥，其實他隱約知道是因爲彼時江徐的新婚太太希望江徐能安定下來，進大公司任職，不要再跟著舒熠鼓搗創業，但江徐不提，舒熠也只裝作不知道。他說：「每個人總要找到合適的那個人，所謂的好，不過是正合適。」

江徐點點頭，說：「她確實比小唐更適合你。」

小唐是指唐郁恬，好多年沒有人這麼稱呼唐郁恬了，舒熠有點感慨。

江徐說：「當初你一直決心好好奮鬥，然後向小唐求婚。」

舒熠說：「求過了。」

江徐詫異地問：「啊？」

舒熠說：「她斷然拒絕，說我只是被我自己的困惑蒙蔽了。我不是愛她，我只是愛自己樹立的那個目標。」

江徐愣了兩秒，放聲大笑。「眞是……眞是！不愧是小唐！不愧是小唐！」

他連說了兩聲「不愧」，舒熠也不由得哈哈大笑，一邊笑一邊說：「這簡直是我這輩子最丟人的事情，可沒任何人知道，你也不能告訴任何人，不然我唯你是問！」

江徐舉杯，兩人碰杯，喝了一口威士忌，江徐拿勺子舀著水果碗裡的番茄吃。繁星果然心細，這餐後水果也不同凡響，竟然是最樸素的糖漬番茄，江徐果然喜歡這麼簡單而家常的風味。吃塊番茄，又喝一口酒，說：「小唐說得對，確實有時候，我們會被自己的困惑蒙蔽。」

舒熠很坦然地說：「幸好現在我知道自己要什麼。」

江徐說：「這點很難得。」

兩個人又心有靈犀地碰杯，彷彿重新回到很多年前，那些在車庫埋頭苦幹的日夜，那時候兩個人熱情而單純，有一種年輕人特有的天真。事隔多年回首，是一段彌足珍貴的歲月。

江徐說：「挺高興能來看你，真的。」

他從來不擅表達感情，這句話說得有點笨口拙舌，還借了點酒勁，舒熠什麼也沒說，只是拍了拍他的肩，又給他倒上酒。

江徐掏出錢包，拿出全家福照片給他看。「這是我大女兒，這是二女兒，這是小的，才一歲多點。」

照片裡是很幸福的一家子，典型的美國中產家庭，衣食無憂，孩子們的臉上都洋溢著笑容，太太也滿面幸福地抱著最小的孩子。

舒熠說：「好傢伙，你已經生了三個了。」

「你要加油趕上啊。」江徐不無得意，「有孩子是另一種生活，就像突然人生有了重心，他們是地心引力，讓人覺得踏實，腳踏實地的踏實。」

舒熠說：「等我這邊官司了結能走開的時候，一定去西岸拜訪你和你太太，看看孩子們。」

江徐特別開心。「那敢情好！我準備兩瓶好酒。」

江徐愛喝烈酒，所以舒熠才陪他飯後喝點威士忌，兩個人像回到從前，一起斜躺在沙發裡，什麼都說，漫無邊際地瞎扯，講從前共同認識的朋友，講述分別後各自的種種經歷，講述技術上某個新聞，講述業內各種奇葩八卦。時不時一起哈哈大笑，像從前無憂無慮的兩個男生。

繁星買了泡菜罈子和子薑回來，開門發現兩個男人都喝掛了，屋子裡酒氣熏天。江徐躺在沙發上呼呼大睡，舒熠倒在另一邊的沙發也睡著了。一瓶威士忌竟然見底，兩個人還自己動手拌了盆蔬菜沙拉下酒，吃得乾乾淨淨，只剩空沙拉碗。

繁星覺得好笑，想盡辦法才把舒熠叫醒了幾分，費了九牛二虎之力把他拖上床。江徐她不便動手，所以拿了條毯子出來給他蓋上，就算完事。

她收拾完殘局，認眞做了一罈泡菜，這才回到主臥。看舒熠仍然醉得人事不省，就拿熱毛巾給他擦了擦臉和手。幸好舒熠酒品好，喝醉了也不鬧，就像個乖寶寶似的睡覺，繁星怕太折騰他會吐，所以也不講究了，只倒了大杯礦泉水放在床頭櫃上，怕他醒來要喝。

結果舒熠一直沒醒，呼呼大睡，直到她洗澡上床他都還睡得一動不動，繁星只覺得滿屋子都是他呼吸的酒氣，幸好公寓的通風系統運作良好，才不至於把她也給熏醉了。

半夜裡，舒熠醒了一次，果然咕嚕咕嚕把那杯礦泉水全喝了，一喝完就倒下，仍舊醉態可掬。他伸手將她抱進懷裡，嘟囔道：「繁星，我好喜歡妳。」

繁星覺得挺好笑的，知道他是眞喝多了，於是開玩笑問：「那你告訴我，你銀行卡密碼是多少？」

舒熠迷迷糊糊的。「每張卡的尾數的開方再乘以圓周率，取前面六位，取錢時心算一下就行了。」

繁星頓時滿臉黑線。科技宅果然都是神經病！

繁星有心再套他話：「喂，你之前有沒有喜歡過別人啊？」

科技宅沒有吭聲，繁星一偏頭，才發現科技宅已經又徹底睡過去了。

可睡得眞是時候啊，繁星不由得想。

✽

第二天上午兩個男人才醒過來，都睡得臉腫，畢竟不像二十出頭的小夥子，能喝那麼多烈酒都安然無事。宿醉本來挺難受的，但繁星熬了一鍋細粥，昨晚臨時又做了洗澡泡菜——所謂洗澡泡菜是四川人的做法，指泡菜的泡製時間特別短，一夜就得，但非常入味。櫻桃蘿蔔鮮酸開胃，蓮花白爽口清脆，最好吃的是子薑，嫩辣微酸，兩個男人就著泡菜吃了兩大碗白粥，都覺得腸胃熨帖了許多，整個人都神清清爽了。

正吃著，江徐接到大女兒的 FaceTime 視訊，原來她剛起床準備去上學。兩個大娃在 FaceTime 裡嘰嘰喳喳，小的那個也咿咿哦哦湊熱鬧，江徐頓時心都融化了。他聽女兒嚴正地問：「爹地，你有沒有喝酒？」

「沒有沒有，絕對沒有！」江徐指著天發誓，「我到好朋友家做客，絕對沒喝酒。」他壓低了聲音說：「他太太比妳媽媽還要厲害，一點酒也不給我們喝。」

「那好吧。」小公主被矇騙了，只不過仍趾高氣揚。「你回來我要檢查的哦！」

「好的好的，虛心接受檢查。」

沒想到這麼多年不見，江徐變成了女兒奴，竟然坑蒙拐騙，十八般武藝都得使出來，還連累繁星背「好厲害」的黑鍋，舒熠也覺得好笑。

兩人吃完早午餐，仍是舒熠開車，送江徐去機場。他一接到女兒電話就歸心似箭，今天就得返回灣區的家。

因爲江徐誇繁星做的泡菜好吃，所以繁星用密封盒給他打包了一盒，帶回家做泡菜餅給小公主們嘗嘗。另外還給孩子們買了一盒紐約現在特別紅、要排長隊的甜甜圈，給江徐太太準備的禮物，則是某大牌絲巾和香水。

江徐覺得挺不好意思的，說：「又吃又帶的。」

舒熠說：「這麼見外幹嘛？等我這邊事了了，還要跟繁星一塊兒去打擾你們全家呢。」

江徐就沒再說什麼。車到機場還早，舒熠將車停進停車場，兩個人就在車裡又聊了一會兒。

江徐說：「其實這次來，就是看看你。我眞的很高興。」

舒熠說：「我也是。」

兩個人都不是膩歪的人，但這時候都伸出胳膊，擁抱了對方，就像擁抱一段美好但遙遠的歲月。江徐輕輕拍了拍舒熠的背，舒熠用了一點力氣，也拍了拍他的背，這才鬆手，相視一笑。

江徐說：「其實要多謝你，你讓我看到另一種可能性，讓我想到當初自己如果沒退出，可能會像你現在這樣，在行業內擁有自己的領域。」

舒熠由衷地說：「你也讓我看到了另一種可能性。」

如果當年他在美國穩定下來，可能也像江徐一樣，落地生根，娶妻生子，過著平靜而幸福的生活。

江徐下了決心，說道：「有件事，我必須告訴你。一位朋友的朋友，輾轉通過介紹人找到我，想要收購我手裡你公司的股份。因爲是朋友介紹，價格特別誘人，而我正想搬家，給孩子們換一個更好的學區……」他忽然笑了笑，說：「舒熠，你放心，這次我站在你這邊。」

舒熠很感動，一時不知說什麼好。

江徐自嘲地笑了笑，說：「當然了，主要還是更看好你，覺得你會將公司做到更大更強，這股份會越來越値錢。」

舒熠說：「不管怎麼樣，做爲朋友，我尊重你的任何選擇。」

江徐想到自己決意退出的那天晚上，舒熠、宋決銘還有自己，一起吃了頓散夥飯，那時候舒熠就說，做爲朋友，尊重他的任何選擇。

倏忽七八年就這樣過去了。

兩個人會心一笑，就像回到從前那些推心置腹的日子。

江徐說：「你要小心，這次對方來勢洶洶，好像不是什麼善茬，就我手裡這點股份，他們就出到市場三倍的價格，這是勢在必得。」

他告訴舒熠，對方是通過一個基金來接觸自己的，估計也不止接觸自己這個小股東。至於居中介紹的朋友，也是行業內的一個熟人，並不是專業掮客。

江徐很替舒熠擔心，舒熠倒反過來勸了他幾句，等送江徐進了航站，舒熠就給宋決銘打電話。「你去看看高鵬。」

宋決銘莫名其妙，因爲時差，現在北京時間正是夜深人靜，他睡得迷迷糊糊，隨口反問：

「高鵬怎麼了？」

舒熠原原本本將江徐來看自己的事說了一遍，把重點資訊告訴宋決銘。原來介紹基金給江徐的那個熟人，舒熠也認識，跟高鵬關係特別好，當年被高鵬挖到長河去做高級副總裁，主管電子業務，所以舒熠還見過好幾回。

舒熠覺得高鵬不可能不知道這事，一定是他那邊出狀況了。

❀

宋決銘雖然憨直，但也明白這中間的利害關係。第二天一早就跑到長河電子去找高鵬，結果高鵬去了哈薩克出差。他給高鵬打了電話，原來高遠山一病，原定隨領導人出席的一個貿易洽談會去不了，高鵬臨時代替他出差了。

高鵬多機靈的人啊，聽宋決銘在電話裡一說，二話不說，立刻從哈薩克買了張機票直接飛回北京，氣勢洶洶殺回集團總部，把正在開董事會的全員人馬堵個正著。

這下老頭子的狐狸尾巴藏不住了。哪有什麼胰腺炎，分明正在跟董事會商量收購事宜，高家父子大吵一架，高鵬把手機都摔了，拍桌子對老頭子吼：「我以爲你病了跑回來替你幹活，你卻在背後捅我刀！」

所有董事齊刷刷看著高遠山，高遠山說：「我怎麼捅你刀子了？收購是再正常不過的公司行爲！你那生產線，成天被舒熠壓著打，現在都成了集團的短板，花錢就能解決的事情，爲什麼不把他公司買下來？舒熠是你什麼人？你這麼維護他！」

「舒熠是我最好的朋友，就像兄弟！兄弟你知道嗎？你這麼幹就是陷我於不義！」

高遠山氣得都笑了。「你都跟他成兄弟了，我怎麼不知道我還生了那樣能幹的兒子？他要真是我兒子倒好，有了他，我立刻把你打包送出門，愛上哪涼快就上哪去，省多少心！」

所有董事想笑又不敢，畢竟高遠山從來是虎威凜凜。

高遠山說：「還花我的錢保釋他，你要真能耐，跟他一塊兒在美國蹲大獄啊，你花我的錢做什麼人情？還兄弟呢，不就是金錢利益，占你便宜！」

高鵬多麼伶牙俐齒，跟親爸吵架從來不落下風，今天完全是氣急敗壞，才被親爸抓住了話柄。高鵬氣得語無倫次：「你就知道錢！你就知道買！你能把我媽買回來嗎？你知道我媽為什麼跟你離婚嗎？因為你這人，眼裡只有錢，就沒別的任何東西！」

高遠山被氣得眼前發黑，舉手「啪」就扇了兒子一耳光。這一耳光打出去，高遠山自己倒愣住了，高鵬反倒把脖子一挺。「你打啊，你今天有本事把我打死在這裡！」

高遠山可氣壞了，咬牙切齒地回頭找稱手的傢伙。「我打不死你這小畜生！」董事們看父子倆鬧得實在是不可開交，趕快一擁而上，勸的勸拉的拉，好不容易把高鵬弄走了，七手八腳將他關進集團一個副總的辦公室，讓他冷靜冷靜。

高鵬被反鎖在辦公室，燈也沒開，外頭走廊還鬧哄哄，大概是大家在勸阻高遠山不要再來砸門打兒子。高鵬半抵半靠著辦公桌直發愣，覺得臉上癢癢的，伸手一抹才發現自己眼淚都流出來了。

生平第一次跟老頭子這樣撕破臉大鬧，竟然是為了舒熠。

高鵬覺得太無厘頭了，明明應該是爲了個女孩啊。應該是他非要娶、老頭子嫌棄不准進門的眞愛，如果老頭子不讓步，他就跟眞愛一起遠走高飛，共築愛巢，等生了孫子都不領回家，饞死老頭。

結果鬧成這樣是爲了舒熠。高鵬覺得哪兒都不對了。

他花了一秒鐘認眞思考自己的性向問題，確定自己還是喜歡女人。

只是舒熠這事，是老頭子瞞他太狠，搞成這樣，讓他怎麼見朋友，太丟人了。

只是老頭子都動手揍他了，明顯不會做任何讓步。

高鵬漸漸冷靜下來，應該先聯絡舒熠，讓他有點防備。他伸手摸了摸，才想起來自己的手機剛才在會議室摔了，幸好身後辦公桌上有電話，他拿起來想撥號，發現自己根本記不得舒熠的手機號碼，平時都是直接點開手機通訊錄，哪能記得舒熠電話是多少。

高鵬心裡又平靜了一些。很好，這說明自己的眞愛眞不是舒熠，不然還眞的懷疑自己的性向了。

他撥了個零到總機，讓總機接到自己辦公室，好叫自己的助理去翻通訊錄。

總機小女孩挺機靈的，聽出他的聲音，說：「小高總，孫助理在二十三樓開會，要不我接到二十三樓會議室找他？」

高鵬覺得這總機小妞有前途，跟繁星一樣有眼力見兒。他決定待會兒就去見見這總機小妞，如果人長得不錯，就立刻領到老頭子面前，宣佈要跟總機小妞結婚，氣死老頭子。

做出這個喪心病狂的決定之後，他心情愉悅多了。

等他排除千難萬險跟舒熠通上電話，劈頭一句就是：「我打算跟我們公司總機結婚。」

舒熠愣了一下，問：「爲什麼？」

「氣死老頭唄！」高鵬輕描淡寫地說，「誰讓他非要收購你的公司。」

舒熠無語，不明白這中間的邏輯，但隱隱約約猜測的那樁事終於得到了驗證。他說：「那我現在是不是得立刻還你錢？」

「老頭子的錢。」高鵬有點垂頭喪氣，「他會不會收回保釋金？要是那樣，你是不是要回去坐牢？」

舒熠坦率地回：「我不知道，回頭問問律師。」

高鵬說：「他今天竟然動手打我了，可見是動眞格的，你別掉以輕心。我爸比我還雞賊，從來不打沒把握的仗，手底下還養了一批得力的人，他要收購你的公司，就一定能辦成事。」

舒熠說：「我知道，你放心吧。」頓了頓，又勸他：「你別跟他鬧太僵，總歸是父子，爲我這個外人，不値當。」

高鵬長長嘆了口氣。「我也沒想到他眞打我啊。」

「小杖則受，大杖則走。」舒熠難得引用孔老夫子的話來勸他。「放機靈點，別硬頂著跟親爸置氣。」

高鵬還有另一層委屈，但沒法說，只是哼哼了兩聲。「那他把我當親生兒子嗎？騙我說病了，嚇得我連忙飛回來，馬不停蹄替他跑去出差，我這是……」他忽然停住，又嘆了口氣。

千言萬語，更與何人說？

幸好也沒想要告訴舒熠，再次驗證舒熠不是自己眞愛。高鵬覺得心口堵的那塊大石好歹又鬆快了一點。

✻

舒熠掛斷電話，心裡卻沉甸甸的。

紐約時間是淩晨三點多，舒熠的手機原本放在客廳充電，他是被手上智慧型腕表的來電提醒震醒的。輕手輕腳走出來接完電話，走回房間看繁星睡得正沉，絲毫沒有被驚擾到，他慢慢地、輕輕地掀起被子一角上床，怕吵醒了繁星。

她最近挺辛苦，陪著他晨昏顚倒地開會，還想方設法做吃的，給他改善生活，舒熠有點心疼，覺得她臉都瘦了一圈，下巴都尖了。

他伸長了手臂將繁星攬進懷裡，她本能地朝他的方向靠了靠，窩得更深，像團成一團的兔子，把頭都埋在了他臂彎。

舒熠伸手摸了摸她的長髮。繁星的頭髮很長，從前他並不覺得，後來發現能鋪滿整個枕頭，每次睡覺他都很小心，怕壓到她的頭髮。

他心滿意足地摟著繁星，心想哪怕是爲了心愛的人，他也要沉著應對，走好每一步，把目前最艱難的局面應付過去。

情況比想像中更迅速而惡劣，新聞反倒是從國內炒起來，可能是因爲高遠山的策略是由內及外。因爲舒熠曾經上過頭條，公眾對他有印象，所以在媒體的熱炒之下，迅速成爲一個熱點，只不過國內的媒體環境魚龍混雜，行銷帳號一擁而上，各種稀奇古怪的小道八卦層出不窮，連「身家億萬青年才俊在美殺人被捕」這種驚悚標題都寫出來了，說舒熠在美國謀殺了競爭對手公司的總裁，言之鑿鑿，語不驚人死不休。

在這轟轟烈烈的情況下，幾條財經新聞倒成了無人注意的輕描淡寫。長河集團是用註冊地在美國的全資子公司進行舉牌收購，普通人哪懂這些，反倒將那些牽強附會的八卦消息傳得滿天飛，到最後說得有鼻子有眼，什麼舒熠這麼年輕就成爲總裁是因爲剽竊專利啦，什麼因爲競爭不過對手，所以設下技術陷阱殺掉了對方公司的高階主管啦，越是離奇越有人肯信。因爲太多人都覺得爲富不仁，哪有年紀輕輕就富可敵國的，一定是不擇手段才能有錢，不知道做了多少齷齪事。

更有一部分國人心理自卑，聽到「國產」兩個字就覺得矮人一等，一聽說韓國公司確認故障原因出自陀螺儀，就大罵國產水貨，只知道代工抄襲。

繁星當然有注意到那些亂七八糟潑污水的新聞，但在她這裡就已經過濾掉了，舒熠已經夠忙夠累了，沒必要讓他知道這些。

即使是烽煙四起時，她也努力讓舒熠周圍的三尺之地清淨而安全。

在這種情況下，長河集團的佈局已經逐步明朗。首先，長河必然與韓國公司有默契，甚至配合，韓國公司將技術原因推卸到陀螺儀上，進一步打壓股價。其次恰好美國凱文・安德森駕駛平衡車出了事故，舒熠身陷官司困局，對長河集團而言，這簡直是天時地利人和全湊齊了，挾勢而來，勢在必得。

從國內輿論造勢，這是第一步，目的是蠱惑中小股東，遊說他們將股權出售給長河，不再信任舒熠。

然後他們或許會在美國尋找司法途徑，讓舒熠的官司拖延下去，雖然他們無法影響美國的司法公正，但只要舒熠不無罪釋放，就永遠背負污名，失去對公司的絕對控制。他們賭的就是一個機率，甚至，只要舒熠無罪釋放前他們大量買入股票，獲得控股權，亦是大獲全勝。這是一個連環局，步步緊逼，每一環都無懈可擊。

繁星知道情勢逼人，急得嘴角都冒出了一串泡疹。她不願讓舒熠擔心，收購到了公開舉牌階段，公司按章程需要通知全體股東，召開股東大會，討論收購與反收購事宜，只不過舒熠人在美國，這股東大會只好協調到美國來舉行，千頭萬緒，都是瑣碎熬人的事宜。

繁星獨自駕車去唐人街開了兩劑清涼敗火的中藥，回來也沒顧得上吃，煎了倒給舒熠喝了兩劑，其實都是什麼金銀花、杭白菊、甘草之類，就當茶水喝了。

律師們分工摳細節，每天都跟繁星開會討論，舒熠則忙著股東大會的事情。

再次開庭後，局面都朝著不利方向滑去，因爲韓國公司宣佈找到更多證據，證明事故出現確實是因爲陀螺儀；而舒熠的另一項控罪是商業欺詐，明知技術有缺陷卻出售給下游生產商。檢方開始跟律師們討價還價，如果舒熠主動認罪，他們可以考慮減刑，少判幾年。檢方的這種行爲在美國是合法的。

然而律師剛跟舒熠提了一提，就被他斷然拒絕。他說：「絕不。」

律師很無奈，認爲檢方條件很優厚，所以轉而私下試圖說服繁星，讓她去說服舒熠。

繁星聽完律師分析利弊，檢方開出的條件極具誘惑力，他們可以放棄過失殺人的指控，這樣餘下的商業欺詐就會判得很輕，而且可以減刑。

但繁星也只說了同樣的一個詞：「絕不。」

律師很不解、很抓狂：「爲何？」

「不白之冤。」繁星說，「中國有一個詞，叫『清白』，這很重要。」

她對律師一字一頓地說：「千錘萬鑿出深山，烈火焚燒若等閒。粉身碎骨全不怕，要留清白在人間。」她用英文將這首詩翻譯了一遍，然後說：「我丈夫沒有犯罪，所以他絕不會認罪。我瞭解他，這是原則，也是底線。」

律師無奈地聳聳肩，「如果繼續出現證據，那會對我們很不利，我們就無法再與檢方談判。」

繁星說：「沒有談判，只有勝訴。」

雖然那句話沒有說，但律師都是聰明人。他瞪視了一下眼前這個強勢的東方女人，她個子小小——相對白人而言，語氣堅定而溫柔，然而她就像個戰士。他見識過她戰鬥時的樣子，所以他停止了遊說。

他說：「好吧，沒有談判，只有勝訴。」

話可以這麼說，繁星內心卻充滿了煎熬。她理解舒熠，所以知道他的內心也是煎熬的。最難過的時候，舒熠開車載她去海邊散心，繁星留在沙灘上，他拚命地往海更遠處游，以發洩心中的積鬱。

有那麼一瞬間，繁星眞怕他不會再游回來了，她站在礁石旁焦急地張望，舒熠游得越來越遠，越來越遠，漸漸成了一個小黑點，差點就要看不見了。

繁星其實很怕，手都在抖，卻一遍一遍對自己說，他會回來的，他會回來的，他絕不會拋下自己。

我要相信他。

這句話彷彿咒語，一遍遍對自己唸，她也就相信了，所有的安全感其實是建立在內心，只要你信，就有安全感。

舒熠終於開始往回游，在浪花間他仍然是個小黑點，肉眼並不覺得他是在接近，可是慢慢地，他還是游得越來越近，越來越近，終於靠近沙灘，水淺了，他從海水裡站起來。繁星拿著浴巾迎上去，裹住他，海水打濕了她的鞋，她忘記脫了。舒熠知道她的擔心，將她抱起來，一直抱到公路旁邊，把她放回車上。

荒涼的海灘，都沒有別人，兩個人在車裡開著暖氣喝保溫壺裡的熱咖啡。春天的海水還是很涼，舒熠已經擦乾身體，換上了乾燥的衣服，咖啡讓他整個人都暖和起來。「下次不會了，不會再讓妳擔心，下次我在公寓泳池裡游。」

繁星搖搖頭，伸出手抱住他，什麼也沒說。她不用他爲她做出改變，如果他覺得這種方式能發洩情緒的話，這一切都是她可以接受的。

兩個人在沙灘上露營，半夜帳篷被風吹得獵獵響，他們被吵醒了，索性爬起來看星星。

夜晚空氣很涼，這附近沒有人家，沒有燈光，遠離城市，荒涼而寂靜，只有潮汐的聲音。

漫天的星斗，像無數顆銀釘，大而低垂，襯托著曠野。

繁星裹著毯子跟舒熠鬥歌。這是一種大學時代男女生寢室的活動，唱過一遍的歌不能再唱，對方唱過的歌也不能再唱，拚的是誰會的歌多，誰先想起來哪首歌。

兩個人原本是鬧著玩，你一首我一首，輸的人要被彈額頭，到後來唱得聲音越來越大，到最後幾乎是用吼的，兩個人一起吼〈好漢歌〉：「大河向東流哇，天上的星星參北斗哇，說走咱就走哇，你有我有全都有哇，路見不平一聲吼哇，該出手時就出手哇……」

兩個人的聲音半夜傳出老遠，吼得連嘩嘩的潮水聲都壓住了，繁星聲音吼劈了，笑倒在沙灘上，覺得鬱結舒散了不少。

舒熠到後車廂拿了瓦斯罐小爐子，煮泡麵給她吃。

煮好了也沒有碗，兩個人頭靠頭，就在小鍋裡一起吃麵。

雖然是最最普通的泡麵，但半夜吃起來格外香。

繁星心想，即使眞的是山窮水盡一無所有，但只要舒熠在身邊，只要自己和他在一起，哪怕吃碗泡麵都是香的。

所謂有情飲水飽，大抵就是如此。

那還有什麼好怕的呢？

第二天清晨她醒來，舒熠已經在沙灘上散步，聽她走近，他回頭對她笑了笑，從容而鎮定。

她站在他身邊看海，他輕聲說：「潮來天地青。」

景色很美，日出壯觀。

她牽著他的手，一起看。

❀

股東大會終於在最後一次庭審前召開，出乎意料，大部分中小股東都表態支持反收購。一位老太太在浙江有兩間工廠，好幾條生產線，她說：「舒熠沒有做這行的時候，我們廠從德國進口陀螺儀，每個三十五歐元，還不包括關稅和運費，舒熠做這行之後，全球價格降到了五美金。我知道做實業有多難，尤其做好一個實業更難，關鍵時候，我不會背棄曾經幫助過我的人。」

中小股東紛紛贊成，他們都是公司發展過程中逐漸加入的，有同行的戰略投資人，也有跨行業的純粹股東，只不過公司一直在成長，所以帶給他們很高的利潤回報。以舒熠為代表的科技宅們也很簡單，沒有其他管理團隊那麼多小算盤，所以中小股東們一直很滿意，集體表態要同仇敵愾，幫助舒熠反收購。

股東會統一了意見，餘下的就好說了，雙方在流通股進行了拉鋸戰。

舒熠最痛苦的一點是，沒有錢。

長河最大的優勢是，有錢。

這流通股拉鋸戰，拚的就是錢，所以舒熠一直處於被動挨打狀態。雖然中小股東都支持，還借了一些資金給他，但跟財大氣粗的長河比起來，簡直是杯水車薪。

收購戰引起了業界的關注，但這是財經領域，公眾的八卦注意力還是集中在過失殺人案上。

最要命的是，業界聽聞這個消息，不少公司都蠢蠢欲動，有家美國矽谷的大公司ＭＴＣ，也對舒熠的公司垂涎三尺，特意派人飛來紐約和舒熠談判。「舒，我們對你的公司非常有興趣，我們可以比長河條件更寬鬆，甚至可以答應在某些條件下保留全部管理層，你和你的團隊仍舊可以管理公司，只是我們會成為你的大股東而已。」

前有狼後有虎，而且虎視眈眈。MTC也是業界數一數二的公司，提出如此優厚的條件，對比長河的咄咄逼人，有的中小股東開始動搖，因為MTC不僅提出的合作意向方案確實很誘人，價格也非常有誘惑力。因此，開始產生了很大的分歧，一部分股東覺得，既然MTC的條件如此優厚，反收購如此吃力，不如跟MTC進行併購談判，另一部分股東態度堅定地支持反收購。

分歧一產生，裂痕也就有了，本來反收購的拉鋸戰每天耗費大量的資金，股東們內部出現分歧，就讓反收購局面岌岌可危。

繁星覺得舒熠像個消防員，每天奔赴在火場之間。她覺得每一天都很漫長，舒熠有開不完的會，籌不完的錢，接不完的電話，還得對股東們的動搖進行安撫。繁星又覺得每一天都很短暫，好像沒辦幾件事，一天就已經結束了。

夜深人靜的時候，舒熠總是在她睡著後去露台抽菸，他其實是一個非常律己的人，繁星在公司工作這麼多年，從來沒有見過他抽菸。

他壓力一定是大到了臨界線，才會選擇這樣的方式抒解。

公司對他而言其實是很重要很重要的，做為創始人，胼手胝足將公司做到今天，就像養育一個孩子一樣，所有的一切都是心血結晶，怎麼能輕易放棄？

可是眼看著錢一點點花完，長河頻頻舉牌，硬生生用錢砸出流通股的持股量來，MTC公司更是財勢雄厚，而且MTC是業界的老牌公司，關聯企業特別多，隨便使點絆子，目前如此脆弱、正遭受惡意收購和技術缺陷指責的公司根本就承受不起。

但選擇MTC，在這種狀況下無異於飲鴆止渴。

爲了打消舒熠的顧慮，MTC公司的總裁巴特親自從西岸飛到紐約來見舒熠，可謂誠意十足。他還約了參議員夫婦一起吃飯，於公於私，舒熠都無法拒絕這次的面談。

好在氣氛還算融洽，巴特在紐約長島也有一間豪宅，特意請了舒熠和繁星去家中做客。參議員夫人熱情大方，一見面就擁抱了繁星，告訴舒熠，繁星給自己講的那個故事深深地打動了她。

「實在是太美了，中國古代的愛情，非常勇敢。」

繁星只微笑，巴特對事情略知一二，只知道舒熠欠參議員人情，卻不知道這中間的細節。在聽完參議員夫人的描述後，巴特倒是對繁星刮目相看。

舒熠也向參議員表示了感謝，參議員夫婦因爲還有其他聚會要參與，所以飯後就匆匆告辭。巴特夫人陪繁星參觀玫瑰花園，巴特則邀請舒熠去抽雪茄，談話這才正式開始。

大概是爲了讓談話沒那麼緊張，巴特先讚美了一下繁星，誇舒熠的新婚妻子眞是美麗，這也是一種社交禮儀，所以舒熠也就客氣地道謝。

其實到了這種層次，也沒有太多虛的或繞圈子的話，巴特坦誠地說：「舒，你應該感受到我們提前釋放的善意，我們非常看好你和你的團隊，願意你們繼續留任。我們並不是要做惡劣的收購，我們希望建立在友好的基礎上，完成這次友好的行爲。」

這話就有點自欺欺人了，這時候出來落井下石，怎麼都跟友好扯不上邊。舒熠也沒動怒，只是說：「現在並不是一個好時機。」

「是的。」巴特給舒熠倒上一杯酒，「最好的威士忌，你畢竟得承認，還是蘇格蘭人會釀這種酒。但是天曉得，LR（Long River，長河的英文名縮寫）這時對你們動手，這讓我們不安。你知道LR是我們在全球很重要的競爭對手，我們絕對不能讓你落到競爭對手那裡，這在我們看來，是巨大的、不可彌補的損失。」他聳聳肩，「我只是想要幫助你，舒，不要拒絕我們的友情。」他狡黠地注視著舒熠。「除非，你覺得LR對你而言，比我們對你更重要。」

「我沒有拒絕你們的友情。」舒熠說，「你們一直是我重要的合作夥伴，這麼多年你對我們公司都是很公平也很慷慨的。」

巴特舉杯。「為友情！」

舒熠與他碰杯，喝了一大口酒，酒精總是讓人舒緩的，尤其在緊張了這麼多天之後，舒熠深深地陷進沙發裡。「這酒真不錯。」

「可不是嗎？」巴特不無得意地說，「我有兩瓶，最好的，只留給最好的朋友。待會兒你帶一瓶回家，在跟該死的律師或者其他什麼人開了一整天會議的之後，我猜你一定願意來這麼一口。」

男人們喝了點酒，說話也隨意了許多。巴特向舒熠推薦了幾種雪茄，兩人漫無目的地閒聊了一會兒。巴特說：「真沒想到你會在紐約結婚，哦，看在上帝的分上，你的律師給你擬的婚前協議夠嚴密嗎？你知道紐約州的婚姻法並不是特別友好，一般來講，我會建議朋友們去其他州註冊結婚。那句諺語怎麼說？要知道天總是會下雨的，你永遠需要一把傘以防萬一。」

「沒有婚前協議。」舒熠挺隨意地說，「我的一切都是她的。她是我的妻子，我的終身伴侶，我願意與她分享。」

巴特一時意外得說不出話來。因為舒熠即使目前處於極為困難的狀態，仍身家不菲，他缺乏的只是現金進行反收購而已，甚至因為長河的惡意收購，從市值上來說，他擁有的公司股票正在暴漲。

巴特嘟囔了一句：「你是個慷慨的人，舒，你也真的是一個好人。」

舒熠說：「她是個慷慨的人，她給了我愛情，給了我她所有的一切，所以平等地，我應該給她我的一切。」

巴特舉杯。「祝賀你！看來你尋找到你生命中最重要的另一半。」

「謝謝。」舒熠與他碰杯。

兩個人一邊喝酒一邊聊，巴特雖然老謀深算，但表現得非常有誠意，不斷進行試探和遊說，總的來說，他的舉動並不令人討厭。比起長河，他這是典型的先君子後小人，起碼還給機會讓舒熠選擇。

「你想一想，舒。」巴特說，「你沒有錢了——我能算出來你能有多少錢進行反收購，大家都算得出來。所有華爾街的那群傢伙，他們的鼻子比狗還靈。你撐到今天不容易，可是也就到此為止了，在流通股領域，你不能不認輸。LR有源源不斷的錢，我知道他們的主要業務，雖然油價在跌，可是它擁有那麼多油井，那些石油每天都在變成錢。我也知道LR的高，他是個非常非常狡猾的對手。他知道你沒有錢了，輸掉了流通股，你很難在其他地方找補回來。你很有才華，舒，但這個世界是殘酷的，它的規則是，你失去了一張牌，重要的牌。你輸了，這不是你的錯，你堅持得夠久，但LR已經贏了，你再掙扎，只不過把自己弄得血流不止，而我，MTC，絕對不能眼睜睜看著LR得到你，所以別拒絕我們，我們只是想要幫助你。」

舒熠沉默了很長的時間，因爲他知道巴特說的都是實情，雖然還在苦苦支撐，但流通股的拉鋸戰不會持續太久，他已經提前輸掉了這局。其實和長河進行流通股較量的時候，就已經輸了，但不能不爲，雖千萬人吾往矣，縱然是飛蛾撲火，他也只能用自己的翅膀擋住烈焰。

「想想看吧，舒，我們有最大的誠意，最優厚的條件。」巴特說，「我們甚至可以給你個人那家小小的公司注入一點資金，甚至，我們可以買下它。」

舒熠有點敏感地看著巴特。除了上市公司外，他個人確實有一家小公司，那原本是從回國創業時組建的一個研發團隊發展起來的，主要業務跟陀螺儀也沒有太大關係，而是生產一些特定的手機配件和人工智慧專用的感測器，因爲一直在虧錢，所以靠舒熠的個人財產支撐。這家小公司他絕對控股，與上市公司並無任何同業競爭或關聯交易，且屬於他的個人財產，因此外界關注這家小公司的人並不多。

巴特察覺到他表情細微的變化，心中暗自得意，說：「你看，舒，我能解決你實際的困難，甚至，可以在你個人的利益上給你最大的幫助。我們是朋友。」他意味深長地說，「朋友總會替朋友考慮的。」

舒熠說：「這樣是有悖我原則的。」

「但是你現在有家庭。」巴特感覺到了鬆動，繼續遊說。「你很愛你太太，你馬上就會有自己的孩子，你願意破產嗎？你願意孩子出生就一無所有嗎？我們總能想到辦法的。」他寬厚的手掌落在舒熠的肩上。「想想吧，舒，不要著急，仔細考慮之後再回答我。你是一個好人，你願意爲所有股東負責，但是所有股東，眞的站在你這邊嗎？」

＊

回去的路上，舒熠很疲憊，繁星也是。應酬也是一件很辛苦的事，雖然巴特太太十分熱情，但那是另一個社交戰場，舒熠在打一場戰役，她又何嘗不是。舒熠將她攬入懷裡，繁星沒有作聲，靜靜靠在他懷中。

舒熠說：「覺得有點對不起妳，總讓妳跟著我吃苦。」

繁星說：「我願意。」

舒熠笑了笑，說：「前有狼後有虎，也沒別的路可以選，妳覺得我應該選狼，還是選虎？」

繁星說：「眞的沒有別的路可以走了嗎？」

舒熠說：「或許吧，但目前看來，眞得在狼和虎中間挑一個了。」

繁星故意活躍氣氛。「不如點兵點將，點到哪個選哪個。」

舒熠笑了一聲。「還不如擲骰子。」他在她耳上親了一下，「就選老虎吧，我決定了。」

繁星詫異地看著他。「這麼快？爲什麼？」

「反正總得選一個。」舒熠明顯表情放鬆了許多，也許是眞的無所謂了，他甚至開起了玩笑。「畢竟老虎剛誇過你漂亮，看在這個分上，我也得選虎啊！」

話是這麼說，做任何決定其實都非常艱難。首先得統一股東的意見，股東們也知道舒熠盡力了，毫無辦法，但這時候選擇跟MTC合作，簡直是棄子認輸，僅股東們就統一不了意見。當MTC提出可以首先誠意收購舒熠那家私人公司時，股東會簡直炸鍋了，大部分中小股東立刻拍案而起，覺得舒熠這是背叛和出賣。

一時間什麼難聽的話都有，舒熠迅速失去中小股東的支持，更有難聽的電話打到繁星這裡來，她也默默地過濾掉。

其實這是沒有辦法的事情，舒熠想賣掉私人企業的初衷也是爲了籌錢，籌錢才能反收購，然而不會有人這樣理解，很多中小股東甚至倒戈偏向了長河。

舒熠在一片罵聲中還能苦中作樂，說：「這算不算眾叛親離？」

他其實肩負的壓力比任何時候都大，連宋決銘都忍不住打來了電話：「舒熠，你千萬不能這麼幹，你這麼幹會失去民心你知道嗎？」

「那麼你告訴我，我能從哪裡找錢來反收購？」舒熠反問，「如果不賣掉私人企業，我能從哪裡找錢？何況私人企業一直在虧錢，而現在，我甚至能把它賣個好價錢。」

宋決銘說：「你也不能這麼幹，你這麼幹不是飲鴆止渴嗎？小股東們要是全都支持長河收購了，你該怎麼辦？」

舒熠說：「知我者謂我心憂，不知我者謂我何求。」

高鵬也打了電話，直截了當地說：「舒熠，雖然我是站你這邊的，但你真要把公司賣給

ＭＴＣ，還不如賣給我爸呢。你看，咱們倆什麼關係啊！你賣給我爸，不就等於賣給我？你放心，沒等你落我爸手裡，我一定就已經想出法子把你給撈出來，不讓他染指你！我爸爲了我跟公司總機的事都快氣瘋了，現在他只要我跟那女孩分手，什麼條件都肯答應，所以我一定有法子把你弄出來。ＭＴＣ開什麼樣的條件我都跟，我做你的大股東，你還有什麼不放心的！」

舒熠還有心情跟他開玩笑：「那你不得犧牲你跟總機女孩的感情了？」

高鵬很眞誠地說：「我想做你的大股東想了這麼多年，犧牲點感情算什麼！」

舒熠十分感動地拒絕了。

舒熠雖然覺得無愧於心，但罵聲四起，長河簡直快要樂瘋了，知道舒熠這是被逼到山窮水盡，不得不出此下策。

高遠山說：「這是眞沒錢了，打算拿個人財產堵上。他的個人財產能堵多少窟窿，還挨所有股東的罵，認爲他這是拿錢跑路。這舒熠，被逼得都出傻招了！」

長河乘勝追擊，在中小股東那裡頗有所得，頻頻舉牌，漸漸逼近收購成功臨界線。ＭＴＣ則不焦不躁，以逸待勞。

巴特十分肯定，舒熠絕不會甘心被長河收購，而且自己已經釋放了如此大的誠意，舒熠肯定會回頭的。那可不是一個錢兩個錢，而是很多個億，而且舒熠的個性業界都知道，他非常有責任感，哪怕僅僅是爲了讓管理層留任，他也會跟自己展開最終談判的。

長河將舒熠逼得越緊，ＭＴＣ就在談判中越是有利，所以巴特十分悠閒地觀戰，等待舒熠自己進入囊中。

因爲收購而再次召開的股東會簡直鬧翻天，完全沒有了第一次的同仇敵愾。所有人對舒熠充滿了敵意，舒熠不得不承認ＭＴＣ這招眞是一箭雙雕，首先迫使他自然地考慮是否立刻變現個人財產反收購，然後瓦解和離間了他與中小股東原本良好的同盟關係。

巴特老奸巨猾，給他添置了無數障礙，而他還得感激ＭＴＣ的好心，起碼它從表現甚至實質來說，都是在給他提供反收購幫助。

❀

焦頭爛額裡迎來最後一次庭審，繁星早起給舒熠打領帶，準備去法庭。紐約已經是春深似海，春光明媚，舒熠覺得繁星手指微涼，她最近十分疲憊，他握住她的手，給了她一個鼓勵的微笑。

這次庭審控辯雙方都做好了決一死戰的準備。

控方列舉的證人都非常有力，包括一名高級技術顧問，他詳細向大家解說了平衡車的失控原因，正是基於舒熠向凱文・安德森在郵件中提出的技術建議。然後列舉了實驗室做的一次次模擬實驗，正是因爲這個原因，造成平衡車的失控。

控方詢問舒熠：「這郵件是你發送的嗎？」

「是。」

陪審團寂靜無聲，每個人都在做筆記，也看不出來陪審員們在想什麼，他們都經過培訓，不會在法庭上表露任何情緒。

控辯雙方糾纏的點都在於是否過失殺人，因爲這是重罪，而商業欺詐罪名較輕，也是建立在舒熠明知道產品缺陷，仍舊出售給下游企業的基礎上。律師很有信心打贏後一點，因爲主觀故意很難證明。

控方的證據倒是羅列得很完整，辯方律師試圖突圍了幾次，都被控方精確地擋下來，庭審一時膠著，氛圍也漸漸凝重。連繁星都知道情形不妙，再這麼審下去，或許陪審團眞的會判罪名成立。

就在庭審間隙，辯方律師的助手走進來，悄悄在律師耳邊說了一句話，律師精神大振，申請引入新的證人。控方立刻反對，因爲辯方沒有提前申請。律師力爭，說明這位證人十分重要，控、辯雙方又在法庭上幾乎吵起來，法官最後還是決定引入新證人。

這位新證人是凱文・安德森的太太，她在丈夫的葬禮後就沉浸在悲傷中，帶著孩子去澳洲陪伴丈夫的父母，剛剛才回到美國。

舒熠不知道律師怎麼找到她，並說服她出庭作證。

他已經很久沒有見過安德森太太，上次見面，還是好多年前，凱文盛情邀請他去家中做客。安德森太太和氣可親，就像師母般招待了他和另幾位年輕人。

舒熠心裡充滿內疚和悲傷，律師沒有向他提起，可能也是擔心他反對去打擾安德森先生的遺孀。他看了一眼繁星，繁星懂他的意思，輕輕搖了搖頭，示意律師也沒有跟自己商量過。

這件案子對律師而言也非常非常重要，因爲獲得很多美國商界的關注，報紙上更有長篇累牘的報導，所以事務所幾乎是拚盡全力，想要贏下這場官司。

正因為如此，控方也是拚盡全力，想要一個漂亮的結果。

安德森太太宣誓後坐到證人席上，她十分平靜地看了舒熠一眼，然後開始做供述。

律師提問後，安德森太太告訴法官：「是的，我知道有這些郵件，我聽我的丈夫提起過，他對此興致勃勃，覺得這是全新的、革命性的創新。他覺得舒熠這個點子真是天才，他迫不及待想要試一試。」

控方律師詢問：「這是舒熠向妳丈夫提議的嗎？」

「不。」安德森太太出人意料地否認了這點。「舒熠只是提出這個點子，他們通過FaceTime討論，我家有大尺寸的螢幕用於FaceTime和視訊會議，所以我看到了。我聽到了舒熠說的話，他的英文很好，他總是用英文跟我丈夫通話。舒熠說這個點子只是基於設想，他勸說我丈夫先不要急於使用，起碼在實驗室做完受力實驗……他們講述了一些技術名詞，我不太能聽得懂，但舒熠一直在強調，這需要實驗，別太迫切地將它運用到產品中，那樣是危險的。我深刻地記得這點，因為結束通話後，凱文向我抱怨，說舒太保守了，他開玩笑說舒雖然有世界一流的頭腦，但骨頭裡還是個保守的東方人——所以我記得這點，記得很清楚。」

她說：「我不覺得舒應該被懲罰，這件事情他沒有過錯，他只是想到一個很好的點子，然後迫不及待告訴了他最好的朋友——我的丈夫，他們兩個之間總有很多這種分享。他們提出構想，這種構想通常是距離可以使用很遙遠的，五年內，十年內，我不知道。我的丈夫總是說，人類最偉大的地方，就在敢於構想，挑戰最新的科技。他太迫切了，他總覺得被時間追著跑，每次有這種新的構想，他總是迫不及待想要把它變成現實……他總是對我說，如果十五年前告訴我，手機可以取代電腦，我一定不會相信的；如果十年前告訴我，人工智慧可以實現無人駕駛，如果五年前告訴我，ＡＩ可以戰勝人類最偉大的棋手，我也不會相信的。他要做的，就是不斷跟時間賽跑，挑戰最新的不可能。只是沒想到這一次，他眞的是跑得太快了……太急切了……他爲他的理想付出了全部，我相信他並不會後悔，雖然這對我和家人來說，是一種無法消弭的悲傷。」她低頭撫去了眼角的淚水。「願上帝使他安息。」

法庭上一陣寂靜，所有人都沒有發出任何聲音。

安德森太太說：「不要責備舒熠，更不要懲罰他。」她湛藍的眼睛看著舒熠。「他和我丈夫是一樣的人，他們醉心於技術，享受每一次創新和挑戰。而且，這眞的不是他的錯，他已經再三警告和勸阻過我丈夫了。」

安德森太太的證詞實在是太重要了，法官宣佈暫時休庭，給陪審團討論時間。控方幾乎沒有再做任何努力，因爲事實已經清楚，一目了然。

控方走過來與律師商談，是否接受一個最輕微的指控，比如因疏忽而導致嚴重後果。

這次律師趾高氣揚地說：「不，我當事人的清白最重要。」他甚至用不甚標準的中文又說了一遍：「清白！」

繁星看律師的眼神就知道，事情可能有了重大轉機。

得沉住氣，她對自己說。舒熠的狀態倒比剛才更沉靜，他因爲安德森太太的證詞而陷入了深深的情緒裡，因爲好朋友的離世對他而言，也是一件非常難過的事。安德森太太說的每一句話，幾乎都能讓他回想起當初與凱文來往的一切。

陪審團的討論並沒有太久，控方再次做了談判讓步，然而律師拒絕，他說：「商業欺詐也沒有證據，不信我們可以等著瞧！」

果然，很快再次開庭，法官當庭宣判舒熠無罪釋放。

律師們都高興得跳起來，每個人都撲上來擁抱舒熠，舒熠也十分開心，連控方都特意走上前來跟他握手，對他說：「抱歉，舒先生，我知道你做為一個外國人，可能不太理解我們美國的法律，我們得確保每一條罪行得到應有的懲罰，但恭喜你，你是清白的。」

舒熠十分有風度地說：「謝謝。」

他走到安德森太太面前，誠摯地向她道謝，並對安德森先生遭遇意外深感抱歉。

安德森太太說：「我只是說出了我知道的事實，你不必覺得抱歉。凱文一直很喜歡你，我很高興能代替他給你提供一點力所能及的幫助。他總是說，你有層出不窮的新點子，每一個都讓他覺得很棒，他非常高興有你這樣一個朋友。這不是你的錯，如果他還活著，也會親口這樣對你說的。」

她朝舒熠伸出手，舒熠與她握手，再次向她道謝，並向她介紹了繁星。

「這是我的太太。」

安德森太太擁抱了繁星，說：「眞高興你找到了自己愛的人，凱文總是說，舒太聰明了，聰明人總是很孤獨的，眞高興你不再孤獨。」

從法庭回公寓的路上，開車經過中央公園。舒熠感慨萬千，思潮起伏，問繁星：「我們下去走走？」

繁星欣然答應。

天氣甚好，公園裡的樹木長出嫩綠的新葉，有一兩棵花樹夾雜其間，兩個人沿著林間小徑散步。

舒熠說：「跟我結婚後，一直都沒能給妳一個盛大的婚禮，現在官司雖然了結了，但還得忙反收購的事情，恐怕我們還得在美國待一段時間。」

繁星說：「金婚的時候你可以補給我一個盛大的儀式。」

舒熠點頭。「這主意不錯。」繁星表情帶點猶豫，舒熠問：「妳在想什麼？」

繁星說：「我有一樣東西想給你看。」

舒熠詢問地挑高了眉。

繁星將手從風衣口袋拿出來，將一個摺疊起來的信封遞給舒熠。

因爲緊張，她手心裡甚至有汗，這異常讓舒熠十分忐忑。他不由得問：「妳要向我辭職嗎？妳不想再做我的祕書了嗎？」

繁星有點無語。

舒熠說：「再招一個像妳這樣的祕書比登天還難，怎麼辦？我都無法想像自己給人資打電話會提什麼樣的要求。」

他反覆翻看那個信封，遲遲不願意拆開。

繁星對科技宅的思維有點難以理解，她問：「你爲什麼不覺得這是一封情書？」

舒熠說：「看著不像……如果是情書，妳臉上不應該是這種表情。」

繁星又氣又好笑，問：「我臉上是什麼表情？」

「不知道。」舒熠坦誠道，「妳臉上表情很複雜——我有一個很好的哥兒們，他是國內甚至全球最好的人工智慧專家，他的團隊有一個專攻領域就是微表情，根據微表情，ＡＩ會在極短時間內做出資料分析，判斷妳目前的情緒和想法，據說目前成功率已經達到十猜三中，對ＡＩ來說，這是了不起的事情……未來發展的前途無可想像，如果人工智慧能猜到我們心裡在想什麼，妳說這是什麼樣的技術創新……」

繁星說：「你就是不想拆開它是吧？」

舒熠沒有否認，最近繁星的情緒並不是太好，他知道。比如她胃口極差，吃飯吃得極勉強，每天早晨她都花很長時間在洗手間，也許她內心的焦慮遠遠超過他，但他卻無法眞正有效地安慰她。官司就像一顆定時炸彈，他自己都無法猜測結果，怎麼能去安撫她？

他甚至都想，難道這裡面是一封離婚協議書？她就是來幫助他的，現在官司贏了，就打算離開他了。

她是他生命裡最好的頭彩，他太害怕失去這最美好的一切了。

患得患失的舒先生還在那裡糾結，繁星已經拿過信封。「不拆就算了。」

舒熠連忙拿回去。「我拆，馬上拆！」

他小心地拆開信封，裡面並不是紙張，而是一個很輕的，像隨身碟一樣的東西。

舒熠把這東西倒出來，拿在手上，科技宅愣了三秒。很簡單的一個藍色邊框塑膠條，中間卡著一道白色試紙樣的東西，上頭浮顯著兩條紅線。

科技宅心想，這是什麼試紙？

繁星細心觀察他臉上的微表情，現在輪到她十分焦躁了，想用舒熠說的那個ＡＩ微表情分析了。他到底在想什麼？他是什麼心情？他高興嗎？還是……

就在她胡思亂想的時候，舒熠磕磕巴巴開口了，他生平第一次說話結巴，彷彿舌頭緊張地打結。「這……那個……這是不是驗孕……那什麼……這是驗孕棒嗎？妳……我……」

繁星簡單明確地說：「是的。」

舒熠大叫了一聲，這叫聲特別大聲，引得小路上跑步的人紛紛側目，連不遠處池塘裡的天鵝都詫異地伸長了優美的脖子，警惕地護住窩在自己背上的毛茸茸小天鵝。

沒等繁星反應過來，他已經衝到草坪上，騰空就是一個漂亮的側手翻。

遠處有人吹著口哨，還有人拍掌叫好。舒熠又衝回來，雙眼明亮地看著繁星，結結巴巴地問：「那……那我現在要做什麼？我要準備些什麼？怎麼辦，我現在能做什麼？」

繁星覺得太好玩了，她嚴肅地說：「反收購。」

「反收購！」舒熠信心百倍地說，「一定能成功。」他攬住了繁星的肩，「我決定了，給老虎打電話。」

繁星問：「你真的想好了？」

舒熠想起巴特說的話——

「你很愛你太太，你馬上就會有自己的孩子，你願意破產嗎？你願意孩子出生就一無所有嗎？我們總能想到辦法的。」

他自信滿滿地說：「當然，現在不一樣了，我有孩子了，我總得爲孩子考慮一條退路。」

❀

官司的勝利讓全體股東多少鬆了口氣，公司上下也精神一振。然而對反收購來說，局面並沒有好轉，股東們仍是一盤散沙，高遠山不愧是老手，官司的結束一點也沒有影響到他的步驟，他就像下棋一樣，不焦不躁，不緊不慢，一點一點收緊收購的口袋，縮小自己的包圍圈。

對此，舒熠說：「高鵬的爸爸眞厲害。」

繁星也覺得，高鵬頂多算小狐狸，高遠山是正宗的老狐狸，修煉幾萬年的道行，眞不是蓋的。

等長河接近收購成功臨界線時，舒熠終於撥出了那個電話。

巴特接到他的電話時十分自然，一點也不覺得意外，他早就料到了，不是嗎？

巴特仍在他的豪宅裡接待舒熠，這次繁星並沒有前往，懷孕反應讓她精神很不好，舒熠也不願意再讓她耗神，所以她在家休息。

當巴特太太問起繁星時，舒熠簡單地說她有點不舒服，巴特太太倒是十分關心。因爲繁星給她留下了很好的印象，一個禮貌的、討人喜歡的女孩，雖然不是美國上流階層那種聰明的貴婦，但依然是一個很有異國趣味的朋友。

巴特仍和舒熠在雪茄室喝威士忌，舒熠挺爽快地喝了一口，說：「你知道我來找你的目的。」

「當然。」巴特說，「很高興你信任我們之間的友誼。」

「我同意把公司賣給你。」舒熠說，「前提條件是，你們收購我那家私人企業，全部現金，你付得出來這筆錢，我知道。」

「沒有問題，全部現金。」巴特問：「能問一下，是什麼促使你來找我嗎？如果你不願意回答也沒有關係，我還是很感激你選擇了我們，而不是LR。」

「我太太懷孕了。」舒熠簡單明瞭地說，「我想盡快結束這件事。」

巴特打消了心中最後一點疑慮，他高興地舉起酒杯，一語雙關地說：「眞是一個好消息，値得爲此乾杯！」

威士忌酒杯碰在一起，舒熠很痛快地一飲而盡，巴特也是，喝完酒後，他注意到舒熠的表情很複雜，巴特非常明白他的心情。他按住舒熠的肩，寬慰他：「我知道從感情上來說，你很難接受要親手賣掉你所創立的公司，但你的理智告訴你，你做得很對，這是最好的選擇。」

「是啊。」舒熠長長地吁了口氣，不無感嘆地說：「這是最好的選擇。」

收購局面如此惡劣的情況下，舒熠出乎意料地提前棄子認輸，他和MTC協議，決心進行併購交易。MTC財大氣粗，無論如何，長河落入收購劣勢。

MTC與高采烈地進行對舒熠私人公司的收購，因爲這種非上市公司的全現金收購最簡單，然後舒熠會履行協議，將自己的上市公司賣給MTC。

中小股東們罵聲一片，奈何目前情況下，舒熠根據持股比例有最大的投票權。他強行在股東會通過了這個交易，很多中小股東憤怒地與舒熠決裂。

這一著飛子終於打亂高遠山的全盤計畫，高遠山被氣得夠嗆，眼看就要收購成功，結果功敗垂成，竟然給別人做了嫁衣，這是前所未有的事情。高遠山視爲奇恥大辱，決定在舒熠簽字前想盡辦法阻撓，所以高遠山飛了一趟美國，親自來見舒熠。

做爲老狐狸，他可以讓一步，同樣做出管理層留任的許諾，還可以用更多條件來安撫中小股東，現在已經有不少人站在他這邊，舒熠也面臨兩難境況。如果與ＭＴＣ成功交易，那麼他會從此失去所有中小股東的支持，管理層即使將來留任也會舉步維艱。

事情還有挽回的餘地，老狐狸對此有幾分信心，因爲自己擁有的股權已甚多，ＭＴＣ如果硬拚也是慘勝。

舒熠很慷慨地招待老狐狸在家吃飯，不過繁星最近懷孕反應很厲害，所以叫了外賣，沒捨得讓繁星下廚。

開玩笑，不是誰都能吃到繁星做的飯。高鵬作爲朋友是可以的，老狐狸目前還沒有這資格。

老狐狸的表現也挺出人意料，就帶了位助理，還買了鮮花水果上門，客氣得像拜訪一位朋友。雙方見面時，更是虛僞而熱情，好像久別重逢的老友。

假客套了一番之後，舒熠問：「高鵬還好嗎？」

老狐狸說：「挺好的，除了在追求公司總機小姐之外。不過，看他都瞎混什麼朋友圈，近朱者赤，近墨者黑，畢竟你都娶了自己祕書呢。」

舒熠一點也不生氣，說：「職業無高下，婚姻最重要的是找到對的人。」

老狐狸沒試成下馬威，一點也不沮喪。「不過我真不明白你，不肯賣給我們長河，卻要賣給MTC，你這是瞧不起民族產業嗎？」

「不是，只是經營理念的不同。」

老狐狸對滴水不漏的回答非常不滿意，左右打量舒熠。「我是不是在什麼別的地方見過你？」

「我跟高鵬去過您家吃飯，當時您在家，只不過晚上有應酬喝多了，所以只跟我們打了一個招呼就睡著了。」

「哦。」老狐狸敲敲額角，「總覺得你有點像我一個熟人……」

舒熠索性坦白了：「我媽叫舒知新，溫故而知新的知新。」

老狐狸嘴裡一口紅酒「噗」地全噴出來了，助理嚇得面無人色，繁星也驚詫莫名。

老狐狸的表情彷彿自己剛噴出來的不是紅酒而是鮮血，他眼神錯綜複雜地看著舒熠。「你是知新的兒子。」

「對。」

老狐狸無言十秒，竟然聲稱頭疼匆匆告辭，助理忙不迭幫他拿著外套，兩人簡直是落荒而逃。

繁星看著舒熠，舒熠特別坦然地吃著薺菜餛飩。這薺菜可難得了，在美國能吃到，多虧一位朋友幫忙推薦的中餐廳外賣。

繁星終於開口問：「他不會是你……親爸吧？」

「哪能呢？」舒熠說，「我長得比他帥，妳不覺得嗎？」

繁星問：「那他剛才那種反應是？」

「他暗戀我媽多年，一直沒追上。我媽當初可是T大一枝花，著名的女神，暗戀我媽的人要從五道口排到廣安門橋。」

繁星問：「就這樣能把他嚇跑了？你親爸到底是誰？」

舒熠說：「我小心眼兒，不想說。」

繁星佯裝生氣。「嗯，回頭等孩子懂事了問我，我就說，媽媽也不知道你爺爺是誰，你爸小心眼兒，不告訴我。」

舒熠只好投降。「不是不是，不是不想告訴妳，其實是有點丟人……」

繁星問：「還能比是高遠山更丟人？」

舒熠說：「差不離吧……兩老狐狸都是一丘之貉。」

✻

被稱為一丘之貉的老狐狸離開舒熠的公寓後，上車就驚怒交加地給另外一隻老狐狸打電話：「舒熠是你兒子！你的兒子竟然是舒熠！」

另一隻老狐狸特別無奈。「那又怎麼樣？他又不肯認我，有等於沒有。」

高遠山特別感慨。「知新的兒子都長這麼大了……還這麼有出息……」

另一隻老狐狸說：「可不是。所以他不認我，隨便他好了，反正總有一天，他會想明白的。」

高遠山稍微占了點上風，起碼自己的兒子還是肯認自己的，雖然最近正在跟自己大鬧彆扭，故意公然追求公司總機，試圖把自己氣出心臟病。不過，他轉念一想，就勃然大怒，朝電話那端的老狐狸開火：「你都不告訴我一聲！我還在收購舒熠的公司，逼得他把公司麻溜兒地賣給美國人了，你說這要是讓知新知道了，不得生氣再不理我了。」

「遠山，」電話那端的人惆悵地打斷他的話，「知新已經過世了，她不會知道。」

兩個老狐狸一瞬間沉默下來，共同懷念遙遠歲月裡，那一抹青春的亮色，和最單純美好的回憶。

高遠山說：「有件事，我一直沒有問過你，你當初是怎麼跟知新吵翻了，讓她帶孩子出走，去了上海？」

老狐狸沉默了幾秒，還是坦誠地回答了：「因爲波粒二象性，我和她因爲電子衍射試驗結果吵起來了。你知道知新那個人，學術上最認眞，誰也不能說服她放棄自己的觀點，而我那時候又年輕氣盛……一生氣就住在實驗室，沒回家，過了幾天我回去，她已經走了。後來才知道，熠熠發燒到三十九度，她一個人帶孩子住院，找我我也不理她。」

高遠山氣得眼前發黑。「你這個混蛋！」

「可不。」老狐狸說，「我是個混蛋。」

高遠山說：「要不是你還在爲國家做貢獻，我回國就開車去山裡把你拉出來打一架！」

老狐狸說：「沒空，我們最近忙著衛星發射。不然朝陽公園約一架，不就是打嗎？看誰打誰！」

兩老狐狸還在放嘴炮，忙著衛星發射那個突然回過味來，問高遠山：「你剛才說舒熠要把他的公司賣給美國人？」

「可不。」高遠山難得有點慚愧，這是被他逼急了，不然舒熠也不會出此下策。

「這不可能啊。」到底是親爸，對自己的DNA有幾分自信。「這不像是舒熠會幹出來的事。山窮水盡他都不會認輸，這都遠還沒有到山窮水盡……我怎麼覺得，這中間有古怪呢……」

❀

巴特心情很好，非常之好，尤其舒熠簽完字之後，他覺得整個世界沒有更美好的事了。大局已定，即使將來眞有任何蛛絲馬跡被舒熠看出來，也無所謂了。

收購佈局是MTC與韓國公司聯手，精心設下的圈套。韓國公司早就想要剝離利潤越來越微薄的手機業務，恰巧新款手機又出了事故，必須全球召回。所以在MTC的遊說之下，韓國公司願意將手機業務打包賣給MTC，並且雙方預設把手機故障責任推給舒熠。

MTC的另一計畫就是收購舒熠的公司，因爲舒熠的公司擁有太多國際專利了，如果做手機業務，無論如何繞不開舒熠的專利，與其每年每一款產品都給舒熠公司交錢，不如把整個公司買下來。MTC對舒熠的公司垂涎三尺，尤其在自主研發最新的感測器受挫之後。巴特瞭解舒熠，他的私人公司有最好的感測器研發團隊，因爲研發太燒錢了，所以那家私人公司一直在虧損，但也有許多可以用得上的專利。所以他決定一石二鳥，把自己想要的一切都拿下。

行動當然需要非常非常小心，一點一點地接近目標，巴特非常有耐心，從韓國公司宣佈手機故障是因爲陀螺儀，MTC終於開始了正式的收網。

誰知道長河誤打誤撞，也相中了舒熠的公司。MTC也沒想到長河會突然插一杠子進來，幾乎讓這個精心的佈局功敗垂成。

幸好MTC沒有提前暴露收購跡象，所以巴特決心遊說舒熠，果然，舒熠被他的條件打動了。

前有狼後有虎，巴特巧妙地借力打力，反倒在長河的收購壓力下，逼迫舒熠最終選擇了MTC。

很好，一邊收購了韓國公司的手機業務，一邊收購了舒熠的公司，完成了整個產業鏈佈局，更重要的是，舒熠還貢獻了他的私人公司，那家小公司對自己來說也非常有用處。而完成這次收購後，MTC將一躍成爲世界上最重要的移動電子設備生產廠商。

完美！

這是一次完美的收購戰！

沒有硝煙，沒有腥風血雨，沒有惡劣的廝殺。舒熠甚至因爲MTC慷慨的允諾，對MTC願意支持管理層留任而表達了謝意。舒熠唯一提出的要求是兩個交易必須一起完成，雖然因爲一家是上市公司，一家是私人公司，無法做成一份合同，但如果MTC中止收購舒熠那家私人公司，那麼上市公司的收購協議也立刻無條件中止。

關於協議中特別約定這一條，舒熠並沒有解釋原因，但原因不用說也非常清楚，他擔心MTC得到自己想要的，就不再履行承諾。

舒熠仍不知道其實對MTC來說，這兩家公司他們都想要，非常想要。

巴特得意地給自己斟上一杯威士忌。

勝利的滋味，非常之美妙。

一切都進行得很順利，首先買下了舒熠那家絕對控股的私人小公司，等待合法交割辦完，同時辦理更複雜的上市公司併購。

就在喜孜孜準備完成併購的最後手續時，MTC突然晴天霹靂地接到傳票，通知必須中止這場收購，原因是違反《反壟斷法》。

MTC公司錯愕，法務仔細審核，這才發現舒熠那家個人公司有個特別不起眼的小業務，但這小業務跟MTC主營的手機配件業務是重疊的，一旦收購成功，確實MTC會在此業務佔據過高的市場份額，違反了《反壟斷法》。他們幾乎把所有審核精力全部放在兩家上市公司的主要業務上，他們甚至仔細審核了那家私人公司的主要業務，但完全沒發現這麼小小一點問題。

但現在這個問題竟然致命了。

巴特心裡一沉，知道這八成不是一個疏漏或意外。

他抱著最後一線希望，與舒熠見面談判。

雖然仍給舒熠倒上一杯威士忌，但他的內心其實十分憤怒，然而，這是談判，不是嗎？

他臉上堆滿笑容。「親愛的舒，我知道這個小問題也並不是你想看到的，我們能解決這個問題嗎？畢竟，我們有足夠的善意，而且，你也充分瞭解這一點，所以，讓我們解決這個小問題吧。那是一個特別微小的業務，可能是因爲疏忽，我們都沒有留意這一點。」

舒熠說：「那可不是疏忽，你和我都清楚知道這一點。我甚至精心計算過，它需要達到的市場佔有率比例。」

巴特看著他，終於漸漸明白過來。「哦！天啊，你知道一切！」

舒熠非常坦然。「是啊，我知道一切。」

巴特一瞬間幾乎想咬下自己一塊肉，他牙關緊咬，過了好幾秒，才說：「你這個計畫太瘋狂了。」

是的，以自己的私人公司爲餌，甚至簽署上市公司的併購協定，相當於全部身家的梭哈，賭的就是巴特會一口吞下餌，這近乎瘋狂。

舒熠說：「我說過，我太太懷孕了，我想盡快結束這一切。」

巴特不得不承認，這瘋狂的計畫巧妙而有效，自己被困住了。

一切的一切，只不過是因爲他們貪心，先一口吞下了舒熠放出來的餌。

他咬牙切齒地說：「你到底是怎麼想出這辦法的？該死，你簡直是我見過最瘋狂的人。你這麼做，簡直是……」他無法用語言表達自己的憤怒。

舒熠說：「當你不再把我當朋友時，我對自己說，好，我也不用把你當朋友了。我曾經在你和LR中間猶豫了一下，考慮到底把這個誘餌給誰，但你的表現，讓我最終選擇了你。LR起碼是一個光明磊落、值得尊敬的對手，不是嗎？」

巴特沮喪地發現，自己竟然無法反駁舒熠。

他只能打起精神來，維繫最後的尊嚴。「可是我們還能上訴到巡迴法庭，我們可以抗辯這不構成壟斷。」

舒熠十分有風度地舉杯。「祝你好運。」

在舒熠彬彬有禮地告辭後，巴特摔碎了自己最心愛的一瓶威士忌。

而高遠山得知這一切之後，心情十分複雜。因爲他捫心自問，如果收購戰到最後階段，跟舒熠談判的時候，舒熠拋出來這個餌，自己一定會一口吞下，那麼此時此刻，糟心的可不正是自己？

高鵬這時候可得意了，如果有尾巴，這會兒他的尾巴一定搖得比暴雨天的汽車雨刷還快。他得意地說：「看，要不是我攔著，進圈套的可不就是您了！」

難得他對親爸說話用了「您」，高遠山覺得格外刺耳。他冷著臉說：「那可不一定，舒熠這招不見得對我有用。」

高鵬也不跟他再爭執，沾沾自喜地說：「我跟小麗約會去了。」

小麗是總機女孩的名字，高遠山一聽到這兩個字，就覺得心臟又在怦怦怦地跳，跳得都快從胸腔跑出來了，太陽穴也突突直跳，青筋直暴。

「滾滾滾！」他恨不得拿雞毛撣子揍兒子，「快滾！」

高鵬看他被氣得夠嗆，得意洋洋地走了。他說是跟總機女孩約會，其實總機小麗有個特別穩定的男朋友，對集團太子爺的追求，她就覺得是場鬧劇，根本就不怎麼搭理他。

人生真是寂寞如雪啊。

高鵬孤獨地想，開著幾千萬的跑車竟然找不到一個合意的女孩吃飯。也許可以逗一逗那個狗仔顧欣然？他忽然興沖沖地想到。自從得知那個凶巴巴特別討厭的女人是做娛樂新聞，即所謂的狗仔隊之後，他甚至都有了去追求一個女明星搞個大新聞的衝動。

到時候讓顧欣然跪著求自己接受採訪。

叫她竟然敢踹自己命根子！叫她趾高氣揚！叫她凶巴巴！

他決定請宋決銘吃飯，最近顧欣然成天跟著宋決銘拍拍拍，難得宋決銘安之若素，說不定自己能想出個招，好好戲弄一下顧欣然。

他興致勃勃給宋決銘打電話，結果宋決銘正在機場，要去美國開記者會。

高鵬頓時想，要不要也飛到美國去湊個熱鬧？畢竟舒熠他們都在那裡，多有意思啊。但轉念一想，老頭子嘴上不說，其實這兩天心裡正難受，再說了，自己還在假裝追求公司總機小麗，要是跑到美國去，豈不露餡？

人生真是寂寞如雪啊。

高鵬掏出手機，通訊錄中存著「狗仔」兩個字，正是顧欣然的電話號碼。他手一滑，竟然撥出去了。

撥出去就撥出去吧，他覺得也沒什麼大不了，果然，顧欣然一接電話就凶巴巴地問：「哪位？」

都已經不打不相識了，連他的通訊錄都存了她的號碼，而她竟敢還沒存他的。他皮笑肉不笑地想，得好好戲弄一下她。

他說：「噓，不要問我是誰，我是暗戀妳的人。」

「神經病！」顧欣然「啪」地就把電話掛了。

人生眞是寂寞如雪啊！

高鵬將手機扔在副駕座上，仰天長嘯。

❀

宋決銘飛到美國，就在美國開了一場記者會。這是宋決銘堅持的，在美國向全世界媒體宣佈，會更有力。

公關部忙得焦頭爛額，因爲要召集更多的媒體，還希望記者會的效果在國內有最好的傳播，好在宋決銘的女朋友幫上了大忙。

宋決銘的女朋友叫祁雨玿，非常漂亮，也是個很開朗的人。

繁星和舒熠請宋決銘和祁雨玿吃飯，繁星很好奇宋決銘和祁雨玿是怎麼認識的。

祁雨玿笑嘻嘻地說：「不能說，這是緣分。」

宋決銘難得也期期艾艾。「不能說，這是緣分！」

祁雨玿是著名的小花旦，紅得不得了，顧欣然忙得連滾帶爬還給繁星解說。「很紅，很紅。妳知道嗎？就是我在蘇州盯的那個小花，她竟然跟你們公司的一個高階主管在談戀愛，整個娛樂圈都轟動了！你們現在是娛樂頭條，小花的粉絲都在跟別人講解什麼是陀螺儀，這技術又是如何高大上，這簡直是多少錢都買不來的行銷啊！」

繁星和舒熠都挺高興，倒不爲別的，是宋決銘終於遇上了合適的人。看他與祁雨玿的樣子，眞的是十分相愛。

宋決銘現在動輒上娛樂頭條，連帶他服務的公司都被扒了個底兒掉。這次記者會，專門有人不顧時差給國內娛樂新聞媒體做直播。

宋決銘大概被狗仔隊歷練出來了，記者會開得氣定神閑，對著無數攝影機特別從容，而且講述的內容，又是他最擅長的。他以最踏實最詳細的萬次實驗資料，指出手機故障的眞正原因並不是陀螺儀，而是手機中另一個零件——MTC生產的感測器導致。證據確鑿，並歡迎全行業共同來驗證這實驗結果。

記者會當然轟動業界，國內娛樂新聞都進行了不遺餘力的報導，當然重點有點歪，但宣傳效果還是顯著。起碼好多吃瓜群眾都圍觀了這件事，對手機眞正的故障原因有了認知。

市場應聲而起，舒熠公司的股票暴漲，MTC灰頭土臉，被懷疑與韓國公司聯手欺騙消費者，因爲MTC正打算收購韓國公司的手機業務。韓國公司迫於壓力再次公開道歉，聲稱要重啓調查，嚴查眞正的故障原因，饒是如此，韓國公司也備受指責。MTC承受了更多輿論壓力，就算MTC在《反壟斷法》的申訴抗辯案子中獲得勝訴，只怕他們也無法再按原計畫進行併購。

幾番權衡之後，MTC終於萬分痛苦地決定中止收購計畫。

MTC一直想要的是大魚吃小魚，趁著小魚勢弱的時候一口吞下，但現在小魚游得太快，且越來越大，強行硬吞會卡住喉嚨。

性命攸關，還是尋找別的合適小魚吧。

資本是嗜血的，資本也是恐懼的，它們會計算每一分利益，並獲得最好的性價比。

舒熠讓公司在收購戰中毫髮未損，全身而退，一戰成名。

雖然外人並不明白發生什麼事，但業界都幾乎要喝一聲彩，這一招著實漂亮。

中小股東這才明白他最終的目的，但還好，所有股東的利益得以保全。舒熠並不在乎他曾經擔當的那些罵名。

「大股東就是用來背鍋的。」他甚至開了個玩笑，「感謝大家給機會讓我背鍋。」

他風度翩翩，一點也不記仇，所以贏得了更多好感。

風雨過後，塵埃落定。

離開美國之前，舒熠帶繁星再次去凱文·安德森的墓地，向他告別。

這次兩人再站在凱文·安德森的墓碑前，更是感慨萬千。

舒熠心中感激安德森太太的證詞，心裡有很多話要說，但又覺得不必說了。他輕輕用手指撫摸好友的墓碑，默默地在心裡說：謝謝你，老夥計。

遠處，晴朗的天空蔚藍，襯托著潔白的雲朵，巨大的喬木已經長出巴掌大的新嫩葉子，極高處的樹梢上還是茸茸帶著白毫的新芽，東岸的春天，一切都欣欣向榮。一架輕巧的遙控無人機，正以嫻熟的弧線飛越花樹的上方，像風箏那樣，卻又比風箏靈活得多，更像一隻自在盤旋的大鳥。

那架無人機本來飛得很平穩，飛到墓碑上方時忽然失去控制，就在半空失去動力，急速垂直掉落，「啪」一聲砸下來，舒熠眼明手快護住繁星。「小心！」自己卻被無人機砸中眉骨，幸好那架無人機很輕，饒是如此，也砸出一道傷口，開始滲血。

繁星趕快掏出紙巾給他按住傷口，幸好出血不多，按壓之後迅速止住了。

一個四、五歲的小男孩奔過來，大概是知道自己闖禍了，他湛藍的眼睛怯生生地看著舒熠，問：「我砸到你了嗎？先生，你在流血，哦，不，需要幫你叫救護車嗎？」

舒熠撿起無人機，蹲下來和小朋友說話：「嘿，這只是一道小傷口，像被小草葉子劃傷的那樣，並不嚴重。這是你的無人機嗎？」

「是的。」

「你怎麼操縱它？」舒熠問，「我沒有看到你有拿遙控器。」

小男孩伸出手給他看。「這個指環。」

小小的指環套在他的手指上，那是最新的概念版人體可穿戴智慧裝置，通過感應人體的手勢動作來控制無人機。舒熠眼眶微潤，他認出這產品，這構想本來是他提出的，老友精心地把它從構想變成了現實。

「眞酷。」舒熠由衷地讚嘆。

「是的，眞酷！」小男孩驕傲地說，「爸爸做的。」

「你知道它的原理嗎？它是通過陀螺儀來感應和定位人體的動作，然後將這動作換算成電腦指令，傳達給無人機，讓無人機根據指令，做出各種飛行、盤旋、拍攝、降落的動作。」舒熠耐心地向小男孩講解，「因爲技術不完善，所以你以後要在開闊無人的地方操縱它，身邊要有人幫助你，以免它失控導致更糟糕的後果。」

小男孩清澈的眼睛注視著舒熠。「我以後不會再偷偷玩它，我向你保證。你是我爸爸的朋友嗎？你和這位夫人，是來看望我爸爸的嗎？」

「是的。」舒熠說，「你爸爸是個偉大的工程師，也是我最好的朋友。」

「是的。」小男孩的眼神突然有幾分黯然，「可是他現在不在了。」他的聲音也低下去。「而且，這枚指環也不完善，有時候無人機會突然失去控制，比如剛才，我就不小心砸到了你。」他仰起小臉。「有人說我爸爸這樣做是危險的，他因爲失敗的產品而失去生命，讓家人都很痛苦，誰也不知道一次失敗就會這麼可怕，他有時候做得太多了，太快了。」

舒熠說：「可他留下的光芒還在。」他指了指那枚指環。「這就是光芒。我們走在一條充滿荊棘和坎坷的路上，這條路幾千年來一直有人走著，正因爲有無數挫折和失敗，才有一點一點微小的光芒。你不知道那火光會點燃什麼，我們摒棄了地動說，我們擁有了電燈，我們有了電話，我們探索太空，我們有了海底電纜。每天我們都在享受這光芒，但總有人，永遠有人，爲了這光芒犧牲。有些人，注定是爲了這光芒而生，也注定爲了這光芒而死。」

他說：「你爸爸是個偉大的人，他是爲這光芒而生，也是爲了這光芒而死。」

小男孩湛藍的眼睛在熠熠發光。「我也要做一個像爸爸那樣的人。」

「那可眞是太棒了。」

遠處保母在大聲喚著小男孩的名字：「大衛！大衛！你在哪？」

小男孩回頭揚聲回答：「我在爸爸的墓碑前！我在和爸爸的朋友說話。」

舒熠從口袋裡掏出一個陀螺，說：「嘿，大衛，很高興認識你，這是送給你的。」

舒熠將它放在小男孩手心，輕輕一擰，陀螺迅速旋轉起來。

小男孩看著飛速旋轉的陀螺，眼神發亮，如有光芒。

舒熠知道，這光芒永遠不熄，前仆後繼，照亮人類歷程所有的萬古長夜。

〈全文完〉

番外篇

奇妙的緣分

「前世五百次擦肩而過，才能換來今生的一次回眸。」

舒熠對這句矯情的話不以爲然。從概率論來說，一切相遇都是概率，而著名的六度分隔理論，你想認識這世上任何一個陌生人，只需要通過六個人就足夠。

從數學上來說，瓦茨—斯特羅加茨模型也足以用來觀察六度分隔理論。

「前世五百次擦肩而過，才能換來今生的一次回眸。」

繁星第一次看到這句話的時候，是十二歲，正是女孩子最矯情的時候，小小年紀誰沒有在本子上胡亂塗寫過幾句傷春悲秋的話。繁星是守規矩的好學生，老師的寵兒，同學眼裡的乖寶寶，老師要交的日記本總是乾乾淨淨，寫滿整潔的字跡。

說來也滿奇怪的，乖寶寶祝繁星總是跟很調皮的女生做朋友，比如小學時班上成績最差的關佳穎。關佳穎的爸爸媽媽都在上海工作，爺爺奶奶隔代親，難免溺愛，關佳穎總是做不完作業，老師批評也不怕。她奶奶說了，哪能叫孩子寫作業寫到半夜的，所以關佳穎考試成績總是拖全班後腿，不僅如此，關佳穎膽子比男生還大，每次將班上那群男孩子欺負得神哭鬼叫的。

繁星喜歡關佳穎，因爲她膽子大，敢做自己不敢做的一切。關佳穎教繁星練膽量，越是怕的事情越是要去做，比如女孩子都怕蟲子怕蛇，那麼下雨後她帶著繁星去泥地裡挖了好多條軟趴趴的蚯蚓來玩，玩了半天，繁星再也不怕這種軟溜溜的蟲子了。

小學快畢業的時候，關佳穎要被爸爸媽媽接到上海念書了，臨分別時，繁星送了她一個很漂亮的髮夾，是她攢了好久的零用錢買的。關佳穎送了繁星一個非常漂亮、帶密碼鎖的筆記本，扉頁上就寫著這句話：「前世五百次擦肩而過，才能換來今生的一次回眸。」

「我們要做一輩子的好朋友！」關佳穎很鄭重地對繁星說。

繁星也很認眞地點頭。

關佳穎的字一直寫得不怎麼好，這句話一筆一畫卻寫得格外認眞，這個本子繁星好久都不捨得用。關佳穎去上海後就給繁星寫信，因爲繁星家裡沒有裝電話，繁星也給她寫信，兩個人就靠書信往來。

少女關佳穎的初戀其實是一場暗戀，關佳穎的父親生意越做越好，終於一擲千金買下一處頂級的學區房，社區隔壁就是著名的X大附中，然而房主的子女並不能保證都進附中，必須通過考試。

關佳穎被逼上梁山，每天下午都要去培優班集訓，準備參加考試。

關佳穎去培優班的時間，正好是隔壁附中高中部的放學時間，所以幾乎是每天，關佳穎都能看見附中著名的校草男神。

附中校草剛剛念高三，但他是全國奧賽的雙料冠軍，據說T大有意特招，F大也近水樓台伸出了橄欖枝，然而不知道爲什麼，男神氣定神閒地準備高考。

校草其實瘦高，長手長腳並不好看，還有點半大男生不修邊幅的落拓感，然而關佳穎就這樣被男神準確地擊中了，關佳穎在信裡花了整整四頁紙，向繁星描述自己被電到的感覺。

繁星覺得滿危險的，關佳穎還那麼小，喜歡這麼大一個男生，會不會是壞人啊？

關佳穎在信裡斬釘截鐵地寫：「他不會是壞人的，他成績那麼好！」

繁星後來想想那時候滿傻的，但小女生啊，成績好當然就代表一切都好，成績好的男生當然是男神。

小女生關佳穎費盡心機，死纏爛打，終於在生日那天如願以償，得到父母送的禮物——一台拍立得相機。在十幾年前，這是一份昂貴的生日禮物。關佳穎喜不自禁，早早就做了全盤周密的計畫，偷偷把相機帶在書包裡，果然，冒險拍到了男神的照片。

雖然是背影，但正好是深秋的黃昏，法國梧桐葉子金黃，男神半側著頭似乎在眺望什麼，只拍到他小半張臉。落日的餘暉正好在他頭頂，照得他頭髮茸茸的，像一朵蒲公英，也因爲逆光的緣故，他那小半張臉模糊不清，看不清眉眼，只有光圈裡的輪廓依稀能看出是個很磊落的男孩子。

關佳穎依依不捨，把這張偷拍到的照片隨信寄給了繁星，因爲關佳穎的爸媽總是要檢查她的書包，她雖然有自己的房間，但其實沒有自己的祕密，萬一發現這張照片，一定會天翻地覆地大鬧。而繁星的父母就不管……關佳穎不勝羨慕繁星，有一對管頭管腳的父母太煩了，尤其對青春叛逆期的小女生而言。

快點長大就好了，快點長大，就可以名正言順去追男神了；快點長大，就可以反鎖自己的房門，不讓父母再動自己的東西了。她把照片寄給繁星，一半是覺得放在她那裡更安全，一半也是想讓繁星看看，喏，我喜歡的男生，眞的很帥呢。

繁星鄭重地替好友把照片藏在那個帶鎖的筆記本裡，等待哪天關佳穎有機會，再從自己這裡把照片取回去。

爲了男神，關佳穎特別努力，眞心實意想要考上附中，雖然她考進附中時男神就要畢業去上大學了，但和男神做校友也很棒啊。關佳穎從時新的台灣偶像劇裡學到了「學長」這個詞，陶醉地在信裡又向繁星描述了一遍，自己如果能做學長的學妹，那眞是太幸福啦。

結果關佳穎沒能考上那所著名的附中，關家父母討論一番之後，決心帶女兒移民，這個決定很匆忙。臨出國前，關佳穎倉皇地給繁星寫了最後一封信，叮囑她一定替自己保管好學長的照片，而繁星的回信則被退回來，因爲關家已經賣掉房子，查無此人了。

繁星升到中學，有了新的好朋友，但仍舊很惦記關佳穎，不知道她在異國他鄉好不好，過得習不習慣。說過要做一輩子的好朋友，就是一輩子呀。

繁星十分順利考進家鄉排名第一的重點中學，剛念了幾個月，就因爲成績好，被推薦去北京參加作文比賽。這在當地轟動一時，雖然繁星的父母都不大在意，班主任倒是很欣慰，因爲她是繁星的作文指導老師，出了這樣爭氣的學生，臉上有光。然而繁星跟父母說了兩次，爸媽都不願意出這筆參賽的交通費。

繁星心事重重，十幾歲的少女，敏感而脆弱。問親戚借，親爸親媽都不肯給錢，何況親戚，再說，借了她拿什麼還？問朋友借，小孩子哪來那麼多錢，要好幾百塊呢。最後還是班主任猜到了，自掏腰包，又怕傷害她的自尊心，所以特意跟繁星撒謊，說妳爸爸下午來過學校，把錢交給老師了。

繁星心裡知道爸爸不會這樣做，感激老師保全自己的顏面，更感激老師不遺餘力的幫助，貼錢讓自己參賽還這麼體貼。所以在作文比賽格外用心，一篇「我的理想」寫得盪氣迴腸，拿到了全國二等獎，獎金是一千塊錢。繁星早就想好了，八百塊的交通費、參賽費是一定要還給班主任的，剩下的兩百塊對繁星來說眞正是一筆鉅款，她要存起來救急，誰知道下次還會遇到什麼事。經過這次經歷她得到教訓，能少去求父母就少求父母吧。

比賽結束後，主辦方帶著所有參賽的學生乘車去參觀P大。學生們都很激動，P大啊，好多人心目中的最高學府，眞正的頂級名校，多少學子嚮往的地方。

這也是繁星第一次到北京，也是第一次有機會看街景，前兩天都關在賓館培訓和參賽。坐在大巴士上，她打量著這陌生的、全然不同的大都市，與故鄉的南方小城比起來，或許是因爲天氣的緣故，這裡更顯得蕭肅大方，天更藍，行道樹都已經落葉，連馬路都寬闊好多。賽後她的心情很放鬆，雖說是二等獎，但全國二等獎也只有五個人呢，何況還有獎金。她有一種終於不辜負老師期望的感覺，所以也很愉快。

P大的校園很大，湖邊風景很漂亮，雖然是初冬時節，寒風凜冽，但大家都並不覺得冷。

老師宣佈一小時自由活動的時候，繁星也不敢走得太遠，就在湖邊隨意轉了轉。湖邊有幾株銀杏樹，金燦燦的葉子已經幾乎全落了，繁星不由得彎腰撿起一片，對著光一照，像一把金色的小扇子，映著光隱隱透出葉脈，非常好看。她想撿幾片回去做成書籤送給同學，來了北京一趟，總要給好友們帶點小禮物，何況這是P大校園裡的銀杏葉，意頭也好。

她興沖沖拾起了落葉，一路走，一路看，無意間撿到一片銀杏葉子，又大又黃，上面卻有人用筆寫了一個單詞「GIMPS」，這個單詞繁星從來沒有見過，也不明白是什麼意思。她在心裡想，不愧是P大啊，這裡的人眞厲害，看起來都那麼有學問，這個陌生的單詞一定是哪個老師或學生隨手寫下的吧。

這片葉子因爲又大又完整，繁星沒捨得丟，又因爲上面寫了字，也不適合送人，她就留下來自己做了書籤，隨手夾在英語詞典裡。

繁星大約是這時才動了要好好努力考P大的心思。在此之前，她還是有點稀里糊塗，就是老實聽話的好學生，老師讓好好學習，她就好好學習，而且成績好，父母多少會給點面子，不會劈頭蓋臉罵她，求父母去開家長會的時候，自己也多一點底氣。

但現在不一樣了，她見到P大的校園，那座學府那樣美，在北方純淨的天空下，銀杏樹的葉子鋪了一地，像金色的地毯。風刮得天上一絲雲都沒有，北方的天空，眞的是天高氣朗，令人心胸爲之開闊。

那是一個嶄新的、全然不一樣的世界。她嚮往的世界。

她拚命地學，拚命地學，她希望去最好的大學。那間學校裡有溫暖的陽光，有俐落的風，有金燦燦的銀杏樹，有一汪溫柔的湖水，那裡的每個人看起來都是天子驕子，前途無量。如果能進入那個校園，那一定是她十幾年人生裡，最大的幸運。

每次背單詞快要睡過去的時候，每次做習題到半夜的時候，每次厚厚的卷子讓人生畏的時候，她就對自己說：祝繁星，妳想要什麼樣的生活，妳現在有機會自己決定。考上P大吧，考上

P大妳才有機會改變自己的命運。

整個高三她體重才四十多公斤，瘦到裙子都要繫腰帶，因爲吃飯純粹是應付差事，腦子裡全是各種習題。每個同學都起三更睡五更，教室後面的黑板上寫著高考倒計時，每天都有不同的測驗和考試。在那些頭懸樑錐刺股的日日夜夜，她做完了全部的評量卷，她背完了所有該背的單詞，她記住了老師提過甚至沒提過的全部重點。高考的時候她其實整個人都有點麻木，進考場就做卷子，出考場就抓緊看一眼下一門考試的重點。終於考完全部科目，全班同學回到教室，開最後一次班會，所有人都在狂歡，有人把書都撕了，還有人歇斯底里地唱歌，有人跳到桌子上模仿跳街舞，還有人撞翻了她壘在課桌上的書，其中就有那本厚重像磚頭的英語詞典。

金黃的銀杏葉像蝴蝶般飛出來，繁星彎腰撿起，葉子上的那個單詞她還是不認識。但終於都結束了，人生最苦的一段日子。她微笑著把那片葉子夾回詞典裡，不管能不能考上P大，她都已經盡力了。

拿到錄取通知書的時候，她還覺得有點像做夢。她知道自己考得不錯，但也沒想到能比平時模擬考試多出幾十分，一下子以全省第三名的身分，錄取P大最熱門的科系。

當時顧欣然樂瘋了，比她還要開心，將一枝花插在她頭上，說妳呀妳，竟然是全省的探花，探花郎妳好啊！

繁星對於太好的事情，都有點忐忑，她都快要記不清自己是怎麼去學校報到的。入學安頓好行李，走去食堂吃第一頓飯，她站在湖邊，望著那株銀杏樹，九月的北京天氣清朗，滿樹小扇子在風中唰啦啦搖動，像無數濃綠色的小手掌。

她心想，眞好呀，自己終於可以站在這裡了，秋天的時候，又會是什麼樣的秋水長天，滿地金黃。

繁星一直覺得那片在這裡拾到的葉子給自己帶來了幸運。她在網路上終於查到 GIMPS 就是 Great Internet Mersenne Prime Search 的縮寫，即網際網路梅森質數大搜索。這是一個志願者計畫，每台個人電腦只要下載軟體都能參加，可以利用電腦的閒置計算能力，計算最新的梅森質數。

她鄭重決定做一個 GIMPS 志願者，加入這個計畫。無數個人電腦會通過網路組合成超級電腦，不停地計算，直到算出最新的梅森質數，聽上去很有意思，對不對？

在 P 大念書那幾年，每年秋天她都要去湖邊撿一些落葉，寫上單詞。只不過她每次寫的單詞都是「lucky」，像是寫給幾年前那個迷惘而無助的自己。隔著歲月的長河，她想說，加油啊小女孩，妳可以憑藉自己的努力考上理想學校，妳會有足夠的運氣改變今後的生活，祝妳好運！

大學生活總是過得特別快，一眨眼就臨近畢業，同寢室的妹子們基本都不打算考研究所，大家紛紛上網投履歷，繁星也胡亂投了一些。

同寢室的二妹特別不理解。「妳怎麼連這個都投啊？這個職位是祕書耶，我們系上還沒有人畢業去做祕書吧？」

大姊說：「妳們不懂，她跟志遠一定是商量過了，要選在一起的！」

繁星笑嘻嘻地說：「其實是因爲這個起薪最高，投！必須得投！」

二妹噗哧一笑，說妳這個小財迷。

繁星一邊發郵件，一邊說：「我胸無大志，就想選個錢多的，哪怕稍微累點也值得。」

二妹說：「別謙虛了，妳都D杯了還胸無大志！那我這超小A只能躺倒嚶嚶嚶……」

大姊說：「哎，妳看了網上的段子沒有，說一群人去應聘祕書，有人名校畢業，有人會寫公文，還有人特別機靈會辦事，結果最後老闆選了胸最大的那個。妳別說，繁星還眞合適……」話沒說完，二妹已經哈哈大笑起來。

繁星跳起來就笑著去捏大姊的臉，二妹趕過來救大姊，寢室裡幾個妹子滾成一團，差點把大姊的床都給壓塌了。

❀

誰也不知道命運會給予什麼樣的緣分。

十七歲的舒熠決定參加高考，雖然T大已經明確表態要提前特招，T大工程物理系的某教授還特意借著出差上海的機會來見了舒熠，表示無論如何，希望他可以去T大。

看看他沉默不語，教授都急了。「你看，你只要選我們T大工程物理系，就可以直接上博士班，你要出國交流也行，你要不喜歡我，全系的導師隨便挑。」

舒熠說：「韓揚叫你來的吧？」

他毫不客氣直呼其名，教授一時語塞，說：「韓院士確實希望你能選T大，畢竟是他和知新的母校。」

舒熠說：「他是他，我是我。」又說：「你回去告訴他，好好忙活他的一箭多星，別干涉我的私事。」

小小年紀的舒熠已經有了一種殺伐決斷的凌厲鋒芒，教授一直不明白韓院士縱橫捭闔，上天能攬月，下洋能捉鱉，領導人面前談笑風生，在能人輩出的校友裡也是傳奇人物，不知道爲什麼就拿兒子沒轍，據說韓院士每年想見一次兒子都得托老校長居中遞話，腆著臉求人。教授本來覺得可能是外表溫柔內心強韌的知新太厲害了，這麼一看，不是知新學妹從中作梗，而是舒熠本人太有主見了。

教授鎩羽而歸，龐溜地告訴韓院士：「不行，那孩子太軸了，不肯答應。要不您自己去？」

韓院士不敢。堂堂中科院最年輕的院士，學科帶頭人，XX勳章獲獎者，專業領域最大的權威，跺一跺腳整個基地都要震三震，擺一擺手整個行業都要搖一搖，然而，天不怕地不怕，就怕兒子。

慫！被人恥笑，全認了。

舒熠剛上小學時就自作主張把戶口上的名字改了，韓熠變成了舒熠。韓院士那會兒還不是院士，而是教授，韓教授小心翼翼問了一嘴，舒熠冷冷地說：「姓韓太難聽。」

得，韓教授灰溜溜地，連第二句話都不敢問。

從小舒熠都不叫他爸爸，他心裡有愧，雙重有愧，也不敢跟兒子計較。等兒子再長大點，他越發覺得這父子關係都快要顛倒過來了，舒熠比他還沉靜，每次見了他都淡淡的。此去經年，韓教授奮發圖強變成了韓院士，在兒子面前都沒能多半分底氣。

韓院士愁得頭髮都白了，跟組織申請要去F大教書，因爲覺得舒熠八成是要去F大了。領導拿到這報告當然是大驚失色，找他談心，懇切談了半天，韓院士決定還是不申請調動了，畢竟確實走不開，更重要的是，舒熠不管是去T大還是F大，反正他見了自己一定掉頭就走，自己眞要殺去教書，學校肯不肯安排自己帶本科生還兩說，舒熠說不定就立刻休學轉校了。

命苦啊，妻離子散，兒子還不認自己，想離兒子近點還擔心兒子落跑。韓院士握著小手絹，擦一擦心酸的眼淚，帶著人爬到火箭裡檢查電路元件去了。

舒熠決定參加高考之後，倒輕鬆了不少。高中班主任更是開心，舒熠的成績八成是要考出個狀元來，出個保送生哪有出個全市狀元榮耀。

舒知新對兒子素來是放養政策，願意參加高考，好呀，高考是難得的人生經歷，經歷一下沒什麼不好。

就這樣，舒熠成了附中高三莘莘學子中的一員，每天上學放學，做習題考模擬，不緊不慢踩著高三那環環相扣的緊張節奏。

這天，他拎著書包走出校門，因爲天光甚好，他不由得抬起頭，瞭望遠處的雲。

他不知道在遠處，有一個小女孩，飛快地舉起拍立得，拍下了一張他站在樹下的照片。

舒熠心不在焉地應付完了高三，高考他考得瀟灑隨意，舒知新那幾天正好有事要忙，母子倆從不在考試上煩惱，她也沒去送考。中午，舒熠在考場附近隨便吃個速食，晚飯他自己回家煮了菜飯，吃完還看了電視玩了遊戲。考完他估了估分，覺得發揮正常，舒知新也沒問他，報志願的時候舒熠看了一眼，就選了P大的物理院。他知道自己考了六百多分（二〇〇五年高考上海卷所有科目總分為六百三十分），數學、物理雙滿分不說，還拿過奧賽獎，穩投穩中。等錄取通知書下來，P大物理院院長老周只差敲鑼打鼓地慶祝，韓院士氣急敗壞。老周跟自己是多年宿敵，積怨重重，兒子這是打人專打臉啊！

韓院士含著一口鮮血，跑到宿敵面前請吃飯。可憐天下父母心啊，父母心！

老周得意洋洋地說：「用得著你拜託嗎？看在知新學妹的分上，我也得好好照顧熠熠啊！」

韓院士被宿敵再扎心一次，也只能含笑舉杯。「是，是，那是一定。」

韓院士都沒敢在兒子的入學過程中露面，倒是開學後，藉口開學術研討會去了兩趟P大，倒惹得P大校長心思活絡，想請他來開堂學術公開課，畢竟某領域他是全世界最好的專家，又是院士，招牌鋥亮。

韓院士嚇得趕快婉拒了。開玩笑，一有公開課就有海報貼滿校園，舒熠又不瞎，這不自己給自己找事嗎？

現在還能裝作若無其事，沒事到P大逛逛，跟兒子的老師們聊個天，關心一下兒子的動態。來講一次課，就毀了這一切！這一切！

韓院士委屈，然而，人不能怪社會，怕兒子不能怪校長，可不是自己咎由自取。

舒熠沒在寢室住兩天，就在P大附近租了個房，過著平時教室圖書館實驗室，假日就逛中關村的生活。當然，他韓院士的兒子，聰明眞是十二分聰明，專業上一點就透，又有鑽研精神，所有老師愛他愛得不得了，好幾個人動了心思，想勸說他直接上博士班。

韓院士既驕傲又傷感，奈何兒子壓根不認自己呀。

舒熠完全不搭理親爸在不遠不近的距離畏首畏尾、手足無措，又躍躍欲試。

做為一個新生，他煩惱多著呢。

首先，P大狀元雲集，天才眾多，從小到大都習慣了鶴立雞群的舒熠猛然發現自己竟然不是獨一無二的鶴，這衝擊力，不小。

其次，老師給的壓力太大，老師們對知新學妹太照顧了，對知新學妹的兒子更是覬覦不已，比他那親爸還煩。動不動把他叫去跟一堆博士學長一塊兒做實驗研究課題；講起課來也是稀里嘩啦，特意給他開小灶，拚命填鴨似的塞給他，還一臉慈愛地說：「不懂你隨時來問，不，你不可能不懂。你媽媽像你這麼大的時候，這在她都是最簡單的題，當年除了你爸，全系都沒人跟得上她……」

舒熠覺得神煩，一個招人煩的親爸已經很可惡了，整個物理院有一群招人煩的師伯師叔祖，每個人對他垂涎三尺，恨不得分分鐘把知新小學妹的兒子抓回家做關門弟子，簡直更可惡了。

舒熠想，我選物院我腦殘，我為什麼不挑個跟親爸親媽都毫無關係的專業？

奈何親爸手太長了，看他到P大開會的頻繁程度都能猜到，估計自己真要想出奇招選個比如中文系甚至哲學系去念，這人估計都能放得下臉混進哲學系當教授。

而且，當初選志願，還是因為深刻在骨子裡的喜歡啊。

喜歡數學和物理那種純粹的美。

那一年的十二月，教舒熠高數的老師把舒熠叫去，跟他討論密蘇里州立大學剛剛發現的第四十三個梅森質數：2^30,402,457-1。老師很興奮，滔滔不絕地講了半天，舒熠不知為什麼，突然意興闌珊。

出來後，舒熠到湖邊走了走，寒風蕭瑟，昨天晚上刮了一夜的風，銀杏樹的葉子都快掉光了，冬天來了，再過一段時間，湖水會結冰。

舒熠漠然地想，四時嬗遞，時間流逝，廣義相對論，薛丁格的貓實驗，哪怕能發現全部的梅森質數，這一切對湖水來說，有意義嗎？對銀杏來說，有意義嗎？對自己來說，有意義嗎？

所有的志願者，只需要從網路上下載 GIMPS 軟體，就能加入梅森質數的分散式網路計算，然而，這一切又有什麼意義呢？

焉知人類不是一台超級電腦中的小小元件。

自己看到的這個世界，焉知是不是眞實。

他撿起一片銀杏葉子，隨手拿筆在上頭寫下「GIMPS」，然後扔掉，看它靜靜地躺在一片銀杏落葉中。

因爲寫了一個詞，這片葉子就能回到樹梢上嗎？

不，永遠不。

因爲寫了一個詞，這片葉子就會跟其他葉子不一樣嗎？

不，永遠不。

自己會因爲寫過一個詞發生改變嗎？

不，永遠不。

舒熠一瞬間萬念俱灰，都動心想遁入空門了。

什麼都是空的，什麼都是沒有意義的。

本來無一物，何處惹塵埃。

善哉善哉！

他轉身離開。

一定是因爲冬天太悲愴，忍忍吧，他勸說自己。畢竟冬天來了，春天還會遠嗎？

❀

轉眼寒假，寒假結束又開課，舒熠在大好春光裡煩惱依舊。

湖畔草長鶯飛，花紅柳綠，連銀杏都生出了新葉，枝頭綴出好多嫩綠的小扇子。

舒熠被老師抓差，關在實驗室裡一個禮拜，終於搞完了那複雜的實驗，走出門來，滿眼春光。

吃了好多頓速食麵、睡了好多天實驗室的舒熠，在食堂裡啃掉了兩個雞腿，終於痛下決心。

不要在P大繼續受師伯師叔祖們的折磨了。

愛誰誰！①

知新小學妹的兒子跑路了，P大物院的師伯師叔們捶胸頓足，痛扼不已。韓院士更是嚇得連忙找到了最好的心理學教授，下工夫做足了功課，也沒敢斷言兒子到底是眞抑鬱還是裝抑鬱。

舒熠就這樣揮一揮衣袖，不帶走半片雲彩地離開了P大，結束他在一堆慈愛長輩關切中的大學一年級生涯。

多年以後，舒熠回國創業，成天忙得不可開交，招了一個男助理，比他還不會料理雜事，過了兩天淚眼汪汪請求去了研發團隊。又招祕書，沒兩天就受不了壓力辭職了，從其他部門調來一個祕書，堅持了三個月辭了，再招，再辭，從其他部門再調，人都不肯來……最後舒熠給人資下令，無論如何，出高薪也要招個合適的祕書。

人資不遺餘力，開出奇高無比的起薪，終於收到雪片似的履歷。

管人力資源的副總特別誠懇地說：「舒總，我都挑過了，這幾個是胸最大的。」

舒熠通宵加班，正是壞脾氣的時候，氣得想扔履歷，直到他一低頭，看到履歷上的照片。

副總覺得自己這件事幹得機智，他把長得最好看的那個履歷放在最上面。

除了胸大，人也要好看嘛，畢竟是老大的祕書，自己以後也得天天看的。

人都喜歡好看的，果然，舒熠都沒對他發飆，就看履歷去了。

舒熠心想那就試試唄，還是P大的小學妹，人又這麼清爽。肯投履歷給這個職位，這真是緣分啊。

繁星進了公司果然勤勤懇懇，是個十分稱職，甚至遠超過舒熠期望的好祕書。舒熠無意中發現，她有一個習慣，即是GIMPS的志願者。

她會用個人電腦在閒置時，加入尋找梅森質數的計算。舒熠覺得挺有意思的，一個女孩子，非數學系畢業，也對這個感興趣，不知道是什麼樣的機緣觸發。

①方言，意思是隨便你，愛怎樣就怎樣。

舒熠甚至想要告訴她，公司的電腦也可以加入GIMPS，但想想他沒明說，只是替她下載了這個軟體。

繁星開機的時候，果然十分驚喜。

她還以為是ＩＴ部同事的功勞，專程自掏腰包買了點心去請那些ＩＴ男，搞得ＩＴ男們受寵若驚又驚喜莫名。

小女孩還滿可愛的。

舒熠覺得，她就像一尾魚，活潑潑地游在那一方小天地中，隔著透明的玻璃缸，他像隻大貓蹲在魚缸邊觀察，興致盎然。

只不過大貓那時候還不知道，魚不僅可以看，還可以吃。

❀

很多很多年後，繁星趁雙胞胎睡午覺了，在儲藏室整理單身時代的一些舊物，舒熠也來幫忙。兩個人難得有片刻寧靜，翻看一下舊相冊，打趣一下對方還沒認識自己時的好時光。

繁星拿起一個舊本子，不料從裡面「啪」一聲掉出張照片，是很久以前的拍立得照片了，照片上的人影已經模糊，那時候的成像技術不像現在這麼穩定，但還看得出來是個高挑的男生，挺顯目。

舒熠撿起照片，仔細看了看，才問：「這是誰？」

他最近像個醋罈子，有時候甚至吃兒子的醋。繁星決定逗逗他，說：「這是我十幾歲那會兒的暗戀對象啊！帥吧？可帥了！」

舒熠又仔細看了看照片，不置可否。

繁星玩心大起，再補上一句：「我當年可喜歡他了，刻骨銘心，初戀。」

「哦？」舒熠果然皺起眉頭，「妳對他刻骨銘心，那妳對我呢？」

繁星說：「你跟他比……嗯……你們兩個是完全不一樣的呀，他是有光環的，是在我記憶裡有光環！」

舒熠不知道爲什麼笑得露出八顆牙齒。「妳十幾歲時去過上海啊？」

繁星還在編故事，冷不丁聽他冒出這麼一句，琢磨一下不對，問：「你怎麼知道這照片是在上海拍的？」

舒熠笑咪咪地說：「我不僅知道這照片是在上海拍的，我還知道這照片裡的人是誰呢！」

繁星不知爲何恍惚有種上當的預感。

事實是，預感是眞的，當霸道總裁穿了件十分像校服的運動衫，拎著雙肩包站在樹底下擺出一模一樣的姿勢時，繁星終於認出他其實就是照片裡的人。

舒熠開心地追著繁星問：「妳十幾歲的時候就暗戀我啊？爲什麼我不知道？妳那時候怎麼認識我的？妳怎麼拍到這照片的？妳是不是在校門口看過我？我是不是眞的在妳記憶裡有光環？妳剛剛親口說的呀，爲什麼不理我……」

太煩了！繁星惱羞成怒，回身追打他。

她那點花拳繡腿，打在舒熠身上跟撓癢癢似的，他一伸手就把她整個人都抱起來，揉進懷裡深深地吻。

繁星說：「其實這照片不是我拍的。」

舒熠懶洋洋摸著她的背，像大貓抱著心愛的貓薄荷。「沒關係，反正現在照片在妳這裡，這是緣分。」

是啊，奇妙的緣分。

窗子開著，清風吹拂著窗簾。

窗下疊著一摞舊書，都是繁星還沒來得及收拾的，其中還有一本半舊的、磚頭樣的厚厚詞典。

他們都不知道，詞典裡還有一片金黃的銀杏葉，那也是，這奇妙緣分的見證。

情醉十年不能醒

高鵬崩潰了，他從來沒有體驗過這樣的人生——帶娃！

帶兩個娃！

精力充沛、上竄下跳、充滿各種提問和探索精神的男孩。雙胞胎！兩個！

不到五分鐘，他的辦公室一片狼藉，因為兩個娃竟然無師自通學會了操縱 MR 系統。

國際頂尖的 MR 技術，他最最引以為傲的產品。

簡單便捷易上手，有很強的互動性。這是當年他對研發團隊做出的要求，研發團隊辛辛苦苦工作好多年，燒掉成億成億的資金，終於做出了令人滿意的產品。

果然簡單便捷易上手，起碼兩個娃幾分鐘就學會了，果然有很強的互動性，在他辦公室展開星球大戰，一時間炮火齊鳴，鐳射掃射，量子束飛來飛去，戰艦艙做了二百七十度原地回轉，他瞬間差點被強大的虛擬視覺效果給暈得甩到房間外。

兩娃一個戴著頭盔一個揮著指揮棒，整個辦公室已經在 MR 系統的作用下變成了效果逼真的艦橋。這本來是高鵬當初的惡趣味，可是落在小惡魔手裡，惡趣味就變成惡夢了。

他爬上桌子，試圖從小惡魔手裡奪過指揮棒。小惡魔大呼小叫：「警報！艦橋遭受入侵攻擊！重複警報！艦橋受到攻擊，全員進入戰鬥！」

另外一個小惡魔戴著頭盔衝上來。「大芒艦長，我是英雄戰鬥艦駕駛員小果，我來救你。」

高鵬被小惡魔倆一個抱住後腰，一個扯住大腿，差點就跪下了。

費了九牛二虎之力終於奪過指揮棒，還沒關掉系統，小惡魔已經通過頭盔指揮戰艦艙又做了一個大迴旋甩尾動作，高鵬差點被甩到桌子底下。指揮棒脫手而出，掉落地，另一個小惡魔眼明手快，一溜煙爬到桌子底下搶走了。

廉頗老矣，高鵬生出一股濃濃的悲傷。從前被舒熠欺負，現在被他的娃欺負，他要再不加油生孩子，這輩子可能都輪不到他的娃騎在舒熠頭上作福作威了。

高鵬抱著玉石俱焚的決心衝到牆邊，「啪」關掉了房間的總電源，MR系統立刻跳到了備用電源。

這還是他當年提出的要求，萬無一失，增強用戶黏性。

高鵬只覺得自己作繭自縛，只好跟小惡魔談判：「你們把指揮棒放下，我帶你們出去玩。」

小惡魔揮舞著指揮棒，戰艦飛行在茫茫星海，銀河系擦肩而過。

另外一個小惡魔搖頭晃腦。「不聽不聽，就是不聽，這個最好玩，我們就要玩這個！」

高鵬都快要被滿屋子特別逼真的視覺效果搖晃暈了，小惡魔操縱得比成人還要嫻熟，舷窗外嗖嗖飛過星球，戰艦在隕石雨中飛快穿梭，時不時為避開隕石還做出連續高難度迴旋動作。高鵬要抓狂了，明明是娃，怎麼比專業人士還玩得順溜？

他說：「有更好玩的，我向你們保證，有更好玩的！VR玩不玩？那個比這個互動性更好。」

小惡魔思考了一秒。「我爸說VR沒有MR好玩！」

一提到舒熠，高鵬就快哭了。

高鵬決定狠狠傷害兩個小惡魔，誰教他們倆這麼欺負自己。

他隨隨便便地說：「你成天把你爸掛嘴邊，你看你爸你媽結婚十週年，都不帶你們去。」

「結婚十週年有什麼好玩的。」

「就是啊，婚禮也不好玩。」另一個小惡魔接腔，「他們結婚我們都沒去，結婚十週年有什麼好去的。」

高鵬抓狂了。「他們結婚你們在哪裡呢？」

小惡魔渾不在意。「火星啊，我爸我媽結婚，我們倆當然還在火星，都還沒被孕育出來呢。」

另一個小惡魔補充：「連小蝌蚪都還不是。」

高鵬再次敗在小惡魔學得良好的生理知識下。

高鵬決定跟兩娃講道理：「你看，他們婚禮的時候，你們倆連小蝌蚪都不是，所以你們沒能出席婚禮，但現在他們倆結婚十周年，你們已經這麼大了，應該可以參與一下慶祝活動啊。」

小惡魔同情地看著他。「高叔叔，你不要因爲自己搞不定顧阿姨，就嫉妒我爸媽過二人世界。」

另一個小惡魔用柔軟的小手摸了摸高鵬的頭髮。「高叔叔眞可憐，這麼多年還是單身狗。」

高鵬感受到了全宇宙深深的惡意。

他喃喃自語：「我爲什麼要答應舒熠替他看孩子？」

小惡魔再次同情地摸摸他的頭髮。「因爲你打賭輸了啊。」

高鵬仰天長嘯。

「舒熠，我一定要報這一箭之仇！」

❀

三千公里外，三亞，晚霞滿天，椰風陣陣。

正站在流理台前忙碌準備晚飯的舒熠，無緣無故突然打了個噴嚏。

繁星問：「怎麼了，是不是空調太冷了？」

舒熠說：「沒事。」他調侃：「說不定是宋決銘又想我了，正在唸叨我。」

繁星說：「我看宋決銘不會想你，說不定是高鵬，兩個娃那麼皮，你怎麼能扔給他呢？」

舒熠摟住繁星的腰。「誰教他當年覬覦妳。他當初不是信誓旦旦想要照顧妳嗎？這輩子他是甭想照顧妳了，不如給機會讓他照顧一下妳的兩個兒子。」

繁星又氣又好笑。「高鵬怎麼就覬覦我了？他當年明明覬覦的是你，還說你是他的人，誰都不能動你！」

「不可能！」舒熠難得有點惱羞成怒，「他什麼時候說過這種話？」

「二〇一七年二月，飛往美國的飛機上，他自己那架灣流。當時在場的可不只我，還有馮總、李經理，不信你問他們去。」

時間、地點、人證一應俱全。

舒熠一時語塞。「這……高鵬怎麼會這樣胡說八道呢？」

「這我可不知道，也許人家對你是眞愛。想想也對啊，一聽說你出事，立刻飛到美國去救你，這不是眞愛，什麼才是眞愛？」

「妳也飛到美國去呢。」舒熠將繁星抱起來，放在流理台上，認眞地問：「妳是不是眞愛我？」

繁星認眞地想了想。「上一個十年是，下一個十年，看表現。」

舒熠不滿意這個回答，他額角抵住了繁星的額角，眼睛亮晶晶地直視她。「什麼表現？今晚的表現？」

縱然是十年夫妻了，繁星也不禁臉一紅，輕輕在他肩頭上推了一下。「放我下來，我去調餡。」

舒熠在她額頭吻了一下，放她下來。

兩個人一個揉面，一個調餡。

沒有盛大的慶典，十週年結婚紀念，舒熠和繁星選擇一起到三亞，在曾經住過的清水灣度假酒店別墅裡，度過這個溫馨而浪漫的日子。

繁星說：「想當年你在這裡跟別人求婚。」

舒熠趕快表態：「感謝她不嫁之恩。」

繁星：「我不是這個意思，我就是想問問，你到底什麼時候對我……嗯，心懷不軌的？」

舒熠：「那不是心懷不軌，那是心動。」

繁星伸出手指戳了戳他的胸口。「那，什麼時候心動的？」

舒熠抓住她的手指，放在嘴邊吻了吻，卻笑而不答。

繁星再想追問，他已經揭開鍋蓋。「水開了，下餃子吧。」

繁星決定晚上犧牲點色相，好好將這個問題問清楚。這麼多年了，他總是顧左右而言他，她總隱隱約約覺得當年好像是上當了。

還沒等她琢磨出一個計畫，舒熠已經牽起她的手，將她安頓在椅子上。

「等我端餃子來給妳吃。」

繁星坐在那裡，環顧左右，忽然生了感慨。這麼多年過去了，這幢別墅保持得很好，裝修仍跟她記憶裡的一模一樣，就彷彿這十年，只是倏忽一瞬。她想到很久很久以前的那個除夕，自己剛跟志遠分手，滿心悲傷，強顏歡笑地跟舒熠在這裡包餃子，那時，她是怎麼也不會知道，會是這樣一段緣分的開始。

她還記得當時舒熠說餃子裡包硬幣是「大菊（吉）大利」，她笑得眼淚都出來了，但又不能跟總裁解釋爲什麼好笑，可是越看他困惑的眼神，就越發覺得好笑，只能忍住笑，撒謊道：「您鼻尖上有麵粉。」

舒熠扭過頭去想照鏡子。「哪裡？」

她急中生智，趁他扭頭，趕快用手指沾了點麵粉，走到他面前，踮起腳做擦拭狀。她用沾了麵粉的手指輕輕在他鼻梁上一抹，還故意給他看手上的麵粉，騙得他信以爲眞。

她的臉上不知不覺露出笑容，那時候的自己，可還眞有點小小的急智。

彼時彼刻，身分不同，自己更多的是小意謹愼吧。

十年竟然就這麼一晃眼過去了。

舒熠端了餃子來，笑吟吟地看著她，忽然說：「哎，別動，妳臉上有麵粉。」

繁星愣了一下，有點狐疑地看著他。

他伸出手指，似笑非笑在她鼻尖上點了點。

繁星突然發現自己其實就坐在舒熠當年坐的位子上，而對面的水晶裝飾磚，清清楚楚如一面鏡子般照著她的臉，哪裡有什麼麵粉？

十年前幹的壞事被抓了現形，繁星措手不及，像小狐狸被人揪住了尾巴，訕訕地說：「那個水晶磚……」

「十年前就在那兒了。」舒熠坐在她旁邊，摟住她的腰，兩個人臉並臉，像並蒂花一樣，被水晶磚映在鏡面裡。

繁星覺得被算計了，當年他竟然看得清清楚楚，知道自己那點小花樣！

繁星喃喃：「你眞是不動聲色，老奸巨猾！」

舒熠悠悠地說：「妳要再敢說我老，過會兒我會證明自己不老，一點也不老。」

繁星覺得自己已經是盤子裡的餃子，待會兒估計連渣都不剩。她有點傷感。「你實在是太狡猾了。」

舒熠隨手開了瓶紅酒，給她倒上一杯，說：「妳怎麼不問問我當年爲什麼不揭穿妳？」

繁星很乖地問：「你當年為什麼不揭穿我？」

舒熠說：「這就是妳剛才那個問題的答案。」

繁星愣了一下。

舒熠將她的手貼到自己胸口。「那一刻，它怦地就動了一下。我對自己說，不要揭穿妳呀，不然妳就不會那麼自在了。妳一直那麼小心翼翼，我可不能輕舉妄動把妳嚇跑了，事關我的終身幸福，把妳嚇跑了我可不知道要追多久才能追上妳。」

繁星看著舒熠，他的眼睛還是那樣明亮，只是瞳仁裡全是她。

過了好久，繁星說：「老謀深算！」

總裁終於生氣了。「就地正法！」

——我是兒童不宜的分隔線——

此間樂，不思蜀。

總裁覺得三亞特別好，非常好，兩人世界尤其好。

多少年了，每天早晨都是被大芒小果衝進臥室掀被子，打打鬧鬧就起床。孩子們精力豐富，他又努力做個好爸爸，一次都沒睡懶覺，睡到自然醒這種事，是再也沒有過了。

三亞真是太好了。

繁星被他抓住了多少年前的把柄，每天乖得像隻小白兔，雖然兔子急了也咬人。舒熠摸了摸自己脖子上的牙印，欣慰地想，幸好在三亞啊，都不用見人，不怕她咬。

所以當宋決銘打來電話，要求他回公司參加記者會的時候，舒熠斷然拒絕。

宋決銘說：「你別太過分啊，你都已經放了一週的假了。我替你準備記者會，忙得我連老婆孩子都顧不上，你享受享受就趕快回來吧，適可而止。」

舒熠說：「每年記者會都是我開，今年你試一試。」

宋決銘說：「我不幹，一個人在台上講兩小時新產品，口乾舌燥的。」

舒熠說：「今年是穿戴式智慧產品，你知道演示起來很有趣的。」

宋決銘說：「反正我不幹！你要敢撂挑子，我就給繁星打電話。」

一物降一物，全公司沒人拿舒熠有轍，宋決銘唯一的殺手鐧也就是找繁星。

舒熠懶洋洋的，說：「隨便你。」

反正繁星這幾天是被他降伏了的，他不怕。

宋決銘痛心疾首地給繁星打電話，說自己已經忙得天天半夜才能回家，到家孩子都睡了，早晨沒等孩子起床他又出門了，連孩子的面都見不上，這實在是忍無可忍，再這樣他就不幹了。

繁星畢竟有大芒小果，感同身受，立刻答應去說服舒熠。

沒想到連美人計都使出來了，舒熠還是不答應。

多少年了，好不容易能這麼輕鬆地休假過二人世界，叫他回去主持記者會，不！願！意！

他不動聲色買了一堆芒果回來給繁星吃。

繁星愛吃芒果，又是三亞芒果最好的季節，新鮮芒果特別好吃，繁星一口氣就吃了一大個。一邊吃，繁星就一邊說：「你別指望拿這個賄賂我，宋決銘都忙成那樣了，你早點回去幫忙不行嗎？」

舒熠躺在她旁邊的沙發上，說：「我病了，不舒服，所以不能去開記者會。」

繁星覺得挺可笑的：「你怎麼比大芒小果還幼稚呢！哪裡病了？怎麼病了？」

舒熠起身，扶住她的後腦勺，深深一個長吻，吻得纏綿深入，好久好久，才放開她。

繁星瞠目結舌地看著舒熠。

他十分無賴地指著自己漸漸腫起來的臉頰，回答：「現在。」

再見美人魚

很久很久以前，當高鵬還是個小朋友的時候，他得到了一本漫畫。

那本漫畫的名字叫《美人魚》。

那個故事一點也不好玩，小美人魚救了王子，王子卻不知道，還誤以爲是公主救了自己。結果人魚公主化成了薔薇色的泡沫，消失在清早第一縷晨曦裡。

這給高鵬小朋友心裡留下了久久不能磨滅的悲傷。

他悲傷的是王子怎麼能傻成這樣，連誰救了自己都搞不清楚。

這麼傻的王子，他父王都不怕把王位傳給他會亡國嗎？

——我是童話打臉啪啪啪的分隔線——

高鵬是跟第二十九任女朋友去的峇里島。

高鵬數學很好，所以雖然有無數女朋友，但每一個女朋友到底是自己交往的第幾個，他還是清清楚楚的。

本來那是一段浪漫的旅程。

第二十九任女朋友是個藥理學博士，導師曾獲諾貝爾獎，就學於世界上最尖端的生物醫學實驗室。

高鵬覺得挺好的，他之前交往過六個女博士，一個比一個有趣。他因此懂得了不少地球物理、比較文學、古生物學（古孢粉學方向）、應用數學等專業知識。

沒想到在峇里島，因爲α-Amanitin對抑制眞核RNA聚合携，特別是聚合携II轉錄的問題，兩人吵起來了。

大半夜的，藥理學博士女朋友怒不可遏：「最討厭男人不懂裝懂！」

高鵬說：「妳不能因爲我不是這專業，就質疑我的觀點。」

吵到最後，女博士說：「分手！」

高鵬也怒了。「分就分！」

高鵬雖然生氣，還是有風度的，半夜叫櫃台又給自己開了間房。

總統套房。

搬進去就睡著了。

第二天早晨醒來，高鵬有點後悔，覺得半夜跟女士吵架，不管出於什麼原因，總之是沒風度。

他訂了鮮花紅酒，決定去向藥理學女博士道歉。

結果女博士已經退房飛走了。

高鵬很失落。好好的兩人來旅行，就變成了失戀，主要還是女博士先說的分手，而且毫無留戀。

高鵬心想，他這麼帥，她竟然這麼狠心，這不可能啊。

之前六個女博士都在分手後仍然跟他是朋友，偶爾還相約吃個飯，甚至探討一下有趣的學術問題……

高鵬自視甚高，覺得哪怕交往時間不長，如驚鴻一瞥，也應該念念不忘，那才是他眞正魅力所在啊。

誰知道第七個博士女友，哦不，前女友，竟然不按常理出牌。

高鵬一鬱悶就決定在峇里島獨自待幾天。此時他非常慶幸前女友堅持要來峇里島，原本他都是帶女朋友去馬爾地夫的，馬爾地夫島特別多，每次換一個女朋友的話，他就換一個島，這樣有條不紊。

但這個博士女友偏不喜歡馬爾地夫，要來峇里島。峇里島就峇里島吧，他尊重女士的意見。到了此時此刻，他才發覺峇里島的好。要是在馬爾地夫，都是成雙成對的情侶，自己孤零零一個人能待嗎？峇里島多熱鬧，這麼多人，晚上在酒吧裡還能結識新朋友。

高鵬就開始了他前所未有的接地氣度假生活。

白天出海玩一下，游泳滑水衝浪，晚上跟各色人等喝一杯，天南地北地閒聊，他稱之爲接地氣的度假。比起用私人飛機降落在馬爾地夫的首都馬利，換水上飛機到除了服務員之外半個其他客人都看不到的高級度假島嶼，峇里島的這種日子當然是接地氣的。

關鍵他這麼學識淵博（騷包愛炫），見識過人（花錢亂逛），這下可有大把機會將陌生人震得瞠目結舌。

因為他去過太多普通人沒去過的地方了。

比如哥斯大黎加，比如加拉巴哥群島，比如堪察加半島等等等等。

來峇里島度假的人當然都愛玩，可是這愛玩，跟他完全不是一個等級的。

他也曾在北極冰原上見過帶著兩隻幼崽的北極熊，他也曾在南極摸過企鵝，在南極搭乘觀光潛艇下潛，在赤道看過衛星發射。

關鍵是，這些經歷統統是真的，親身經歷所以講起來栩栩如生，不由得人不信。

每天晚上他都是酒吧最受歡迎的人，還有好幾個旅行愛好者，每天都等著他，迫不及待地向他請教去各種世界小角落的攻略。

高鵬覺得峇里島的日子也不錯，在這裡自己真是一個陌生人，沒有人知道他父親是誰，沒有人知道他身家億萬，他就像一個最普通的遊客，得到關注全憑自己的過人之處。他很滿意這種狀態，特別自信，哪怕自己身無分文，兼職做個潛水教練什麼的，都可以傲視業界，勇奪第一。

這天，高鵬睡到自然醒，吃過酒店送到房間的早餐，閒閒踱出酒店。相熟的計程車司機攬客，熱情地要拉他去海邊轉轉，高鵬突然心血來潮，說去看看市集吧。

人文自然嘛，他天天在海裡泡著，已經看夠了，就去看看人文吧，為這接地氣的度假寫上精彩的一筆。

市集裡人很多很亂，但感覺也還不錯。

他看到街邊一家小店，櫥窗裡擺著一些貝殼工藝品，看著還不錯，於是就推門走進去了。小店不大，也沒什麼顧客，有個滿臉皺紋的老婦人坐在櫃台後看店，又黑又瘦又乾巴，佝僂著身子，簡直像一千零一夜裡的女巫。此外，就一個遊客模樣的女孩子正在邊逛邊講電話，一口標準的普通話：「這有什麼啊，不就是你們公司主管想追求妳，妳把妳那個冰雪美人的勁兒拿出來，不怕凍不死他！」

高鵬雖然覺得聽人講電話不禮貌，可這中文吧，在英語環境裡一個字一個字特別清楚地往耳朵裡跳。

他爲了避嫌，就往屋子角落裡走去，心想現在都什麼女孩子，動不動就公司高階主管追求。公司高管有這麼飢渴嗎？有這麼不長眼嗎？拒絕就拒絕，還冰雪美人，眞以爲自己是安妮・海瑟薇呢。

他雖然走得遠了，但斷斷續續，一句半句，還是飄到耳裡。

「我看……也挺好的……妳不如試一下跟他發展發展？」

得，還是一腳踩好幾條船，劈腿也不怕劈成圓規。

高鵬逛了逛，覺得有幾樣東西還眞不錯，挺有意思，是在其他地方沒見過的。仔細挑了幾樣，那邊竟然還在沒完沒了地講電話。

「眞正的那種帥，是妳一看就想要睡他，都不帶猶豫的！」

眞是擲地作金石聲的眞理啊！

這句話確實說得有道理，高鵬滿意地想，起碼得長成自己這樣，女人一見了自己就往上撲，不衝著錢就衝著人，這才是眞正的帥吧。

高鵬很愉快地決定轉身看看，能說出這種至理名言的女人長什麼樣，結果挺失望的。因爲那女孩戴著碩大的太陽眼鏡，遮去了半張臉，就看到嘴唇上塗的 YSL52 號口紅。這個口紅又被稱爲星辰色，是「來自星星的你」裡全智賢用過之後，在東亞女性中迅速走紅的唇膏顏色。他起碼買過一打送各色女朋友，能不認識嗎？

不過這唇膏卻很少有人塗得好看，因爲這麼 Rouge Rose 的顏色，必須像全姊姊那樣，膚若凝脂才好看。東亞女性很少有那種女明星級的透白亮皙肌膚，所以罕見有人塗得好看。

這女孩還不錯，是閃閃發光的那種白皮膚，襯得這唇像陽光下綻絢的玫瑰一樣嬌豔好看。鼻梁也不錯，架著那麼大的寬幅太陽眼鏡，都覺得筆挺。要是眉眼好看，這還眞是個美人啊。

可惜他沒機會看到美人眉眼，美人掏錢買單，討價還價起來，說一口流利的英文，簡直是……指天打地，爲了省幾個錢舌燦蓮花，砍價砍得那老太太都詞窮，到末了，還讓老太太送了她一串貝殼手鍊。

然後，她就拿著東西，飛快而滿意地閃人了。

高鵬聳聳肩，眞不知尊老愛老，老太太做生意掙幾個錢容易嗎？

所以他結帳的時候就說，這些這些這些，一共多少？

老太太巍顫顫算了半天，說是十五美金。

他掏出二十美金，慷慨地說不用找了。

老太太果然眉開眼笑，雙掌合十，口中唸唸有詞，也不知道說的是什麼話，大約是祝福語。

唸了半天，才幫他包好商品。

高鵬拿著東西正打算出門，老太太忽然又叫住他，在櫃台裡找了半晌，翻找出一條紅繩繫著貝殼的手鍊，要給他繫在左手腕上。

高鵬想拒絕。開玩笑，他左手腕上常年戴的都是ＰＴ的三問錶，朗格的紅十二小三針，或拍賣級別的雅典琺瑯等等身價昂貴的名錶，這突然繫個幾毛錢的貝殼手鍊算怎麼回事？怕把他的潛水錶給磨花了。

但老太太鄭重地按住了他的手，對他咕咕噥噥說了一大堆話。老太太英語發音非常不標準，高鵬聽了半天，好像是說這貝殼是美人魚吻過的，所以能給他帶來因緣和好運。

好吧，好運就好運，也算是個吉祥物品。

高鵬決定尊老愛老，暫時就戴上吧。

老太太滿意地替他繫好，又雙掌合十，祝福了半晌，才送他出門。

高鵬走出小店才幾十公尺遠，就遇上了堵車。這在峇里島很常見，因爲島上道路狹窄，機動車眾多，還有摩托車四處穿梭，常常就跟沙丁魚罐頭似的塞成一團。

太陽正烈，高鵬想穿過街道到對面去，剛邁出沒兩步，突然身後傳來一陣引擎的轟鳴聲，他回頭一看，一輛摩托車正筆直朝他衝過來，說時遲那時快，身邊一個女孩子尖叫：「小心！」整個人撲出來用力將他扯了一把，試圖讓他避過。摩托車來勢太猛，仍舊撞上他半邊身子，將他整個人撞得騰空飛了出去，摩托車的車把正好刮過他左手腕，手腕上那繫著貝殼的紅繩被刮斷了，貝殼四散飛濺，那女孩右手戴著的手鍊也被刮斷，其中有一顆貝殼飛起，差點彈到他眼睛。

我靠！這是什麼好運手鍊？

這是高鵬落地前最後一個念頭，然後他就摔落在地昏迷了過去。

高鵬運氣特別好，醒來後他才知道自己飛起來的時候正好落在了水果攤上，將芒果龍眼什麼的砸碎一地，他自己那張帥臉，也幸好落在了芒果堆裡，雖然污了一臉的芒果泥，卻奇跡般沒有劃出一點傷。

只是撞到了頭，腦震盪，他在醫院裡躺了三天，每天天旋地轉地犯噁心。而且只能說英語，一說中文就噁心。

醫生說因爲頭部受傷，偶爾也有這種例子，因爲頭部受傷對大腦的語言功能有影響。國外也出現過這種現象，比如只能說德語不能說法語什麼的。

高鵬心想，自己還眞是福大命大，也幸虧那路過的女孩拉了自己一把，不然以摩托車那種速度，正正撞上來自己一定命喪街頭。

不知道那女孩有沒有受傷，高鵬一直惦記著要找這位救命恩人，但據說當時她和路人一起把自己送到救護車上就離開了。

人海茫茫，遊客往來，每天都有無數人來到這島上，每天也有無數人離開。他連她的臉都沒來得及看到，就記得她拉住自己的那隻手，那樣急，那樣用力，想把他從危險中拉出來。

夜深人靜，他一邊躺在床上忍住腦震盪的噁心，一邊使勁回憶她那聲尖叫。但人在高度緊張和危險的狀態下，聲音其實和平時不一樣，那聲尖叫眞的又尖又利，並不悅耳。

而且他已經對車禍前後的事感到記憶模糊，醫生說是受傷導致，他使勁地想，她那聲尖叫到底說的是哪國語言的「小心」，他竟然拿不準了。英文？法語？日語？韓語？甚至，是不是中文？

他都已無法確定。什麼資訊都沒有，這救命恩人就像一滴水般，消失在峇里島深沉的大海裡。

你能在大海裡找出一滴水嗎？

不能。

高鵬也就放棄了。

——我是很久很久之後的分隔線——

很久很久之後，高鵬突然在一個他最討厭的人手腕上看到一條傷痕，那條傷痕跟曬傷似的，很淺很淡，不怎麼容易看出來。

因爲是很討厭的人，所以他就忍不住毒舌：「怎麼，年輕不懂事的時候，妳還鬧過割腕自殺啊？」

顧欣然那戰鬥力，油鹽不進，刀槍不入，渾不在乎地抬起手腕看了看那道傷，說：「姊會鬧自殺？你也不打聽打聽，這全世界都完蛋了，我也不會自殺。這是見義勇爲的傷痕，見義勇爲你知道嗎？」

「就妳這白雪公主——的後媽心腸，還見義勇爲？」

顧欣然終於被激怒了。「眞的，我那年去峇里島度假，路上有輛摩托車突然失控衝過來，我看著那車直朝一個人撞過去，我就趕快拉了他一把，不然那人就被撞死了。後來救護車來了，周圍所有看到的人都說幸虧我拉了那人一把，不然就眞的沒救了。一條人命呢，我曾經救過一條人命呢！」

顧欣然驕傲地挺起她那三十六D的傲人胸圍。

高鵬卻覺五雷轟頂。

再見美人魚！

不是再見！美人魚！

而是，再次見到，美人魚。

美人魚沒怎麼樣，也沒化作薔薇泡沫，活得好好的。

可是王子已經五雷轟頂，外焦裡嫩了。

高鵬想起很多很多年前，自己剛剛看到那本童話的時候。

他的心裡充滿了悲傷。

他悲傷的是王子怎麼能傻成這樣，連誰救了自己都搞不清楚，這麼傻的王子，他父王都不怕把王位傳給他會亡國嗎？

生平第一次，高鵬開始擔心他父親的商業帝國了。

後記

十來天前，買了馥鬱清麗的芍藥，插在瓶中清供，等今天再去花市，發現芍藥已經不見蹤影，花市裡已多得是紫蓮和茉莉，惆悵地想，花期易過，若要賞芍藥，只能再待明年。

舊曆四月，剛剛立夏，雖然換了夏季的衣裳，但還沒有到吃粽子的時節。四季嬗遞，流轉無聲，時光就是這麼匆忙，只有偶爾駐足回首望，才會覺得彈指驚心。

因爲算來已經有三年沒寫過後記，上一部作品《尋找愛情的鄒小姐》出版，還是三年前的事情。

這三年裡發生很多的事情，有好的，有壞的，有重要到可以等將來老了寫進個人回憶錄的，有細碎繁瑣不足爲外人道的。那天與朋友聚會，說起來，自己已經出道十二年了。唔，還好，並不覺得十分疏懶，因爲可以爲自己的第二十三部作品，第十八部長篇小說寫後記了。

《愛如繁星》是一部非常特別的作品，雖然過往的每一部作品，對身爲創作者的我而言都是獨一無二，但《愛如繁星》還是很特別呀，在它還沒有完成的時候，我就說，這部小說的主題叫「新生」吧。

因爲遇見眞愛，是一次新生。

所有的新生都是脫胎換骨，就像螃蟹和蟬，會蛻去不再合適軀體的硬殼，就像鳳凰於烈火中涅槃，就像每一個你我，在現實的激流中以痛楚和傷口、勇氣和執著、微笑和眼淚，塑造自己，改變自己，成爲更好的那一個自己。

不破不立。

我們處於一個瞬息萬變的時代，資訊發達，朝夕萬里。

可是，總有一些東西是不會變的，比如我們心裡的某些執著。

很高興在這部小說裡，寫了一群心中有執著的人，雖然他們每個人執著的人或事並不一樣，可是都是一群很有趣的人。不擰巴，跟生活不較勁，哪怕是一地雞毛，仍舊樂觀而積極。

一直覺得越勇敢越幸福，但繁星是我寫過最勇敢的女主，以往的女主們總會有點慫，但繁星不會啊，她是會唱黃梅戲〈爲救李郎離家園〉的人，迎難而上，越戰越勇。

很高興寫了這樣一個簡單而純粹的故事，沒有狗血，沒有離奇，沒有生離死別，就是萬人如海的城市裡，一對尋常的紅塵兒女遇見了彼此，相知，相愛。

感謝各位看官大人在我的微信公眾號連載這個故事期間，對我的各種鼓勵，沒有你們，這個我在沙灘上吹著海風靈機一動諏出來的故事，寫不到這麼長，也不會寫得我自己如此「嗨皮」。與你們在每章連載下的互動交流是令我非常開心的事情，這讓我回到一個很簡單的狀態，就像剛剛開始寫作的時候，我知道自己並不是獨自站在黑暗中唱歌，因爲有你們不斷地發出聲音，讓我知道，我可以大膽地，勇敢地，往前走。

人生或許是一條孤獨而漫長的道路，有時候我們不知道還要走多遠，也不知道前方會有什麼。

所以需要寫作，需要講述，需要一個個故事，就像暮春時節落英繽紛，亂紅如雨，有一朵花從枝頭飄落到水面，隨著流水緩緩向前。

也許這朵花最後會浮浮沉沉，最終無人賞惜，化爲春泥，來年再綻芳顏。也有可能在水流的前方，會有人看到它，隨手拾起它，端詳它，感受到它的美，想到它還開在枝頭的樣子，萬紫千紅，是春天如錦如繡的一部分。

多謝你拾起這朵落花。

願它給天涯一方的你，帶去一瓣春天。

匪我思存

二〇一七年五月九日

寫於武漢

國家圖書館出版品預行編目資料

愛如繁星 / 匪我思存著. -- 初版. -- 臺北市：春光出版：
家庭傳媒城邦分公司發行, 民108.07
面；　公分
ISBN 978-957-9439-66-4（平裝）

857.7　　108009623

愛如繁星

作　　者／匪我思存
企劃選書人／何寧
責 任 編 輯／李曉芳

版權行政暨數位業務專員 ／陳玉鈴
資深版權專員 ／許儀盈
行 銷 企 劃 ／陳姿億
行銷業務經理 ／李振東
副 總 編 輯 ／王雪莉
發　行　人／何飛鵬
法 律 顧 問 ／元禾法律事務所　王子文律師
出　　　版／春光出版
台北市104中山區民生東路二段 141 號 8 樓
電話：(02) 2500-7008　傳真：(02) 2502-7676
部落格：http://stareast.pixnet.net/blog　E-mail：stareast_service@cite.com.tw
發　　　行／英屬蓋曼群島商家庭傳媒股份有限公司城邦分公司
台北市中山區民生東路二段 141 號11 樓
書虫客服服務專線：(02) 2500-7718 / (02) 2500-7719
24小時傳眞服務：(02) 2500-1990 / (02) 2500-1991
服務時間：週一至週五上午9:30～12:00，下午13:30～17:00
郵撥帳號：19863813　戶名：書虫股份有限公司
讀者服務信箱E-mail: service@readingclub.com.tw
歡迎光臨城邦讀書花園　網址：www.cite.com.tw
香港發行所 ／城邦（香港）出版集團有限公司
香港灣仔駱克道 193 號東超商業中心 1 樓
電話：(852) 2508-6231　　傳眞：(852) 2578-9337
E-mail : hkcite@biznetvigator.com
馬新發行所 ／城邦（馬新）出版集團　Cite(M)Sdn. Bhd
41, Jalan Radin Anum, Bandar Baru Sri Petaling,
57000 Kuala Lumpur, Malaysia.
Tel: (603) 90578822　Fax:(603) 90576622　E-mail:cite@cite.com.my

封 面 設 計 ／周家瑤
內 頁 排 版 ／極翔企業有限公司
印　　　刷 ／高典印刷有限公司

■ 2019 年（民 108）7 月 2 日初版
■ 2023 年（民 112）12 月 26 日初版3.3刷
Printed in Taiwan

售價／380元

城邦讀書花園
www.cite.com.tw

ISBN　978-957-9439-66-4

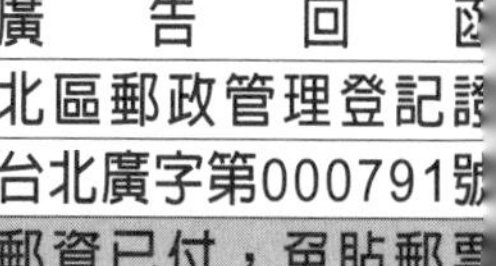

104台北市民生東路二段141號11樓

英屬蓋曼群島商家庭傳媒股份有限公司

城邦分公司

請沿虛線對折，謝謝！

愛情．生活．心靈

閱讀春光，生命從此神采飛揚

春光出版

書號：OF059	書名：愛如繁星

請於此處用膠水黏貼

讀者回函卡

謝您購買我們出版的書籍！請費心填寫此回函卡，我們將不定期寄上城邦集最新的出版訊息。

姓名：＿＿＿＿＿＿＿＿＿＿＿＿＿＿＿＿

性別：□男　□女

生日：西元＿＿＿＿＿＿年＿＿＿＿＿＿月＿＿＿＿＿＿日

地址：＿＿＿＿＿＿＿＿＿＿＿＿＿＿＿＿

聯絡電話：＿＿＿＿＿＿＿＿ 傳真：＿＿＿＿＿＿＿＿

E-mail：＿＿＿＿＿＿＿＿＿＿＿＿＿＿＿＿

職業：□1.學生 □2.軍公教 □3.服務 □4.金融 □5.製造 □6.資訊

□7.傳播 □8.自由業 □9.農漁牧 □10.家管 □11.退休

□12.其他＿＿＿＿＿＿＿＿

您從何種方式得知本書消息？

□1.書店 □2.網路 □3.報紙 □4.雜誌 □5.廣播 □6.電視

□7.親友推薦 □8.其他＿＿＿＿＿＿＿＿

您通常以何種方式購書？

□1.書店 □2.網路 □3.傳真訂購 □4.郵局劃撥 □5.其他＿＿＿＿

您喜歡閱讀哪些類別的書籍？

□1.財經商業 □2.自然科學 □3.歷史 □4.法律 □5.文學

□6.休閒旅遊 □7.小說 □8.人物傳記 □9.生活、勵志

□10.其他＿＿＿＿＿＿＿＿

為提供訂購、行銷、客戶管理或其他合於營業登記項目或章程所定業務之目的，英屬蓋曼群島商家庭傳媒（股）公司城邦分公司，於本集團之營運期間及地區內，將以電郵、傳真、電話、簡訊、郵寄或其他公告方式利用您提供之資料（資料類別：C001、C002、C003、C011等）。利用對象除本集團外，亦可能包括相關服務的協力機構。如您有依個資法第三條或其他需服務之處，得致電本公司客服中心電話 (02)25007718請求協助。相關資料如為非必要項目，不提供亦不影響您的權益。

1. C001辨識個人者：如消費者之姓名、地址、電話、電子郵件等資訊。
2. C002辨識財務者：如信用卡或轉帳帳戶資訊。
3. C003政府資料中之辨識者：如身分證字號或護照號碼（外國人）。
4. C011個人描述：如性別、國籍、出生年月日。

請於此處用膠水黏貼

*本故事純屬虛構，
書中涉及技術方面的相關知識皆爲情節需要所虛構，
並不完全符合事實。